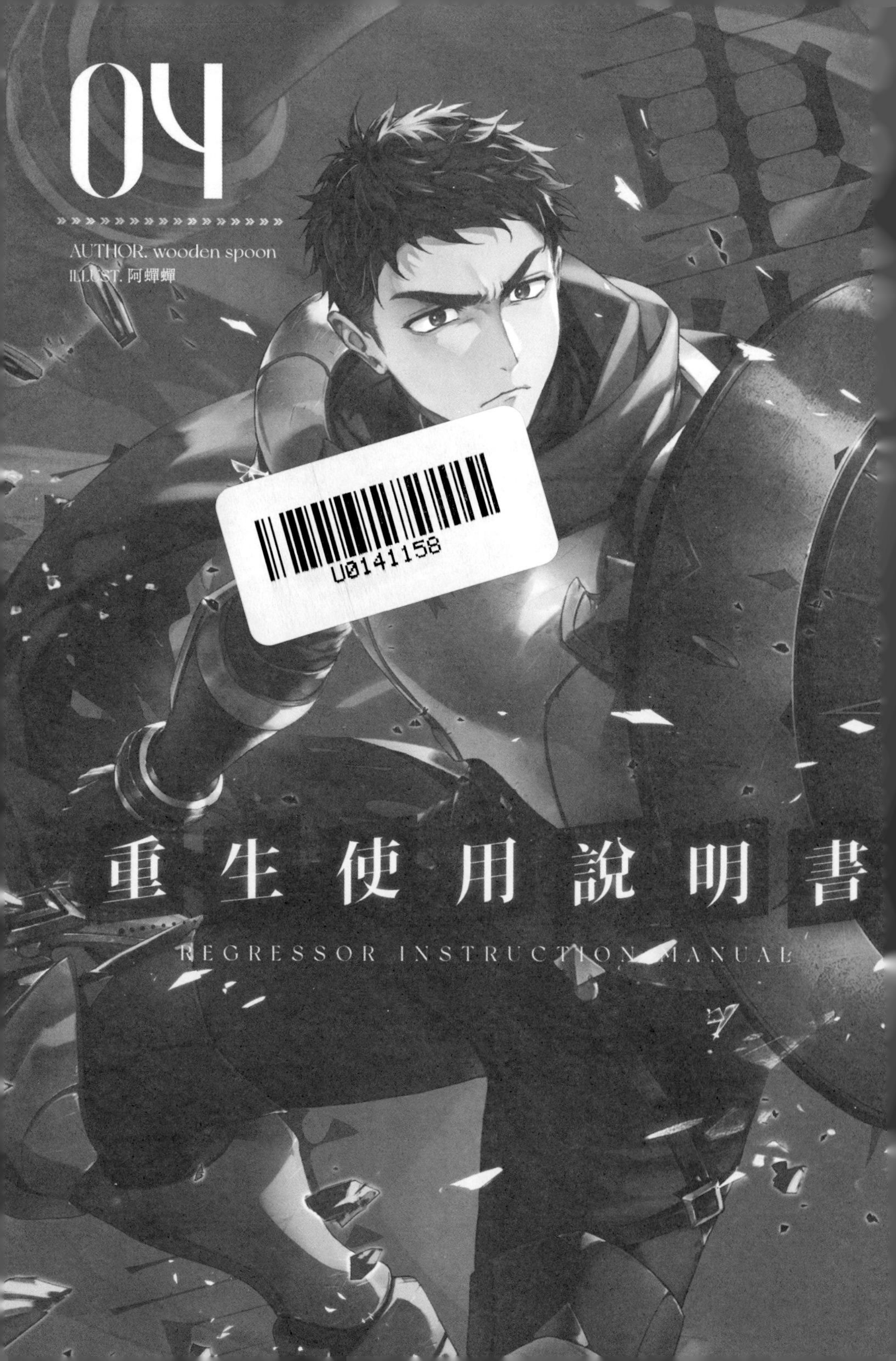
04
AUTHOR. wooden spoon
ILLUST. 阿蟬蟬
重生使用說明書
REGRESSOR INSTRUCTION MANUAL

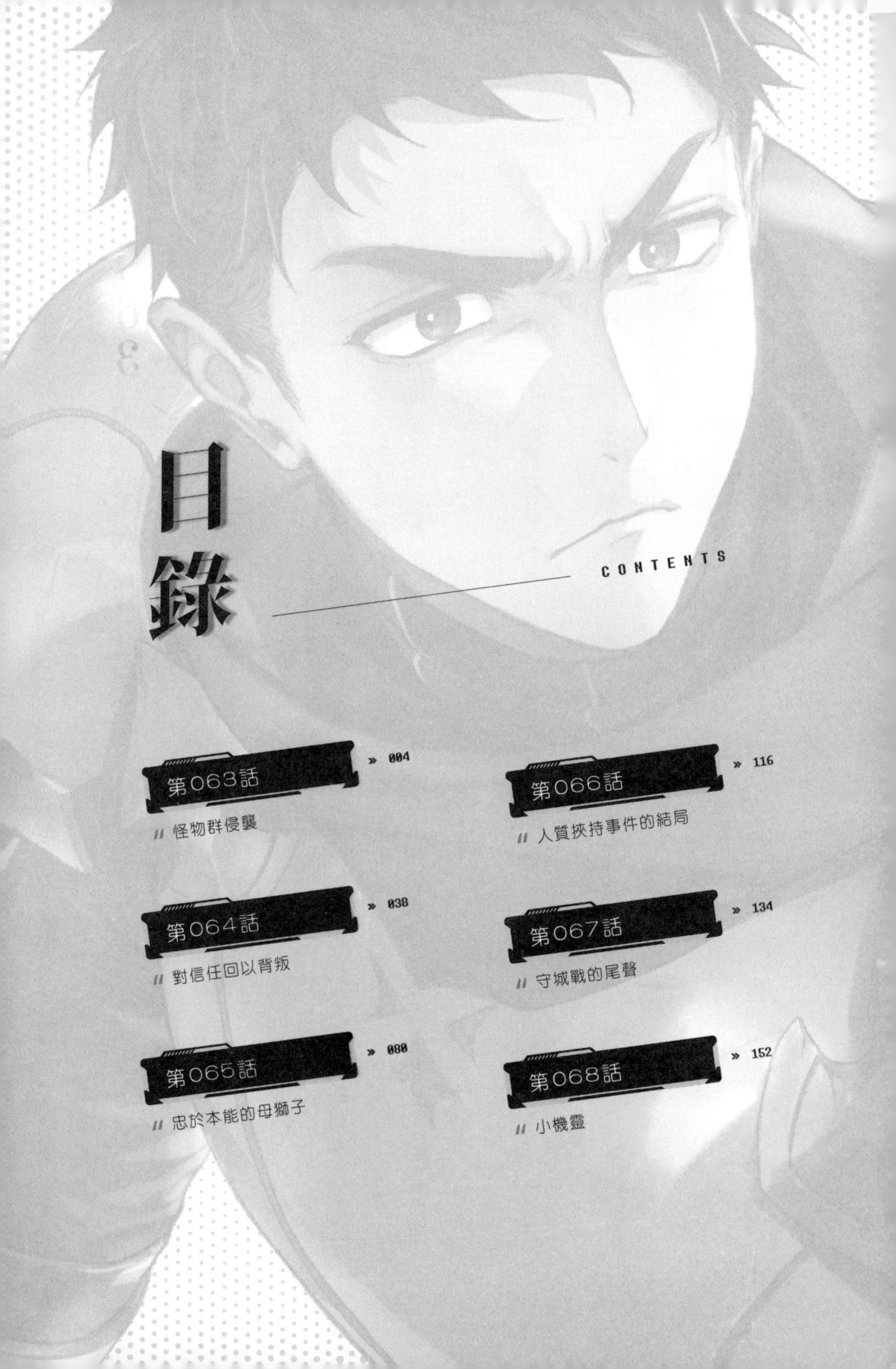

目錄

CONTENTS

第063話　怪物群侵襲

「各位接下來會前往自由之都琳德，先在我們公會住一陣子，之後我一定會送妳們回故鄉的。」

「真、真的嗎？我們會不會……」

「請放心，我如果想傷害妳們或糟蹋妳們，那我打從一開始就不會冒著巨大的損失，從怪物手中把妳們救出來了。到了琳德以後，妳們馬上就會拿到新的身分證，身分暫時會是帕蘭公會的客人。只要是在琳德境內，都可以自由行動，不會有人傷害妳們。要是不敢出門的話，當然也可以待在公會總部。」

「謝謝您。」

「與其向我道謝，妳們應該感謝那邊那位曹惠珍小姐……其實當初想救妳們的人是她才對。」

「啊！真的非常感謝您。雖然我們認識不久，但真的很感謝您的照顧。」

「妳們一定可以回到故鄉的，我向妳們保證。」

「嗚嗚嗚嗚……」

一群妖精縮在一起哭泣，而曹惠珍正在安慰她們，那畫面看起來很唯美。

雖然要把價值相當於十二萬金幣的妖精免費送回故鄉很令人心痛，但我覺得就現在的狀況而言，這麼做是對的，反正她們也沒有別的用處。

她們的能力值不差，但是要培養成冒險家的話，潛在能力稍嫌不足，程度就和普通的農村婦女沒兩樣。或許她們原本就是過著平凡的日子，某天卻突然倒楣地被獵人抓走了。

其實我也覺得應該盡快把她們送回家，因為我得到五個妖精奴隸的消息已經傳到春日由乃耳中了。

春日由乃還認為自己是我的僕人，這對她來說等於挑起了一場競爭。她甚至突然寫信給我，吵著說要來凱斯拉克，因此我得盡快把這些妖精送走。

妖精們默默乘上馬車的同時，還一直盯著我看，那副模樣實在令人無奈。

她們應該是在擔心自己會被賣到其他地方，不過等她們到達目的地後，自然就會了解狀況了。

「以防萬一，提醒妳們一下，在抵達目的地之前，最好都不要下車。待在鑲著公會徽章的馬車裡是不會有危險的，不過馬車外就不是那麼一回事了。」

「是，我們會銘記在心的，恩人先生。」

「被稱為恩人會讓我很難為情的，我只是做了我該做的事而已。沒能救出其他人，我反而還覺得很抱歉。我代表全人類向各位致歉。」

「如、如果可以的話……！」

「如果有看到其他妖精的話，我會盡我所能幫助她們的。」

「謝謝您。」

「快上車吧。」

妖精們坐上馬車後，她們又再一次向我致意。曹惠珍也默默向她們道別，心情看起來似乎輕鬆了點。

「妳覺得心情豁然開朗了嗎？」

「並沒有。」

「那有對她們產生感情了嗎？」

「是的，雖然時間短暫……但我好像有點對她們產生感情了。」

「我們已經盡了人類該盡的責任，不只救了她們，還幫助她們藏匿在高級旅館裡，帕蘭接下來也會負責照顧她們，反而應該說我們做得太多了。」

「謝謝您發揮善心，副會長。」

「我發揮善心並不是為了她們，而且準確來說，發揮善心的人是妳。總之，我們現在救了那些妖精，以後總會得到回報吧。」

我看見曹惠珍露出有點聽膩了的表情。

這個結果並不是我一開始就計畫好的，但我覺得這樣也不差。妖精十分重視自己的族人，賣人情給她們沒有壞處，我今天做出的善行總有一天會得到回報的。

「那我們去吃飯吧。」

「是，副會長。」

我當然不是只有對妖精好而已，一路上也和曹惠珍聊過很多話，應該也算是成功和她拉近距離了。曹惠珍雖然沒有像宣熙英或鄭白雪那樣產生極端的變化，不過她逐漸可以理解我了，而我當然也不得不理解她。

我雖然想過要不要再和她拉近一點距離，但曹惠珍似乎在我和她之間畫下了明確的界線。

她畢竟不是會受我的特有癖好影響的「危險異性」，要讓她對我抱有太高的好感好像有點困難。對我來說，最重要的就是和曹惠珍拉近距離。

雖然還有很多努力的空間，但目前至少解決了燃眉之急。我們一直像這樣共同行動，她卻沒有覺得哪裡不對勁，這就是成功的證明。

我覺得把她這樣的女人擺在朋友的位置上就夠了，畢竟她有點死腦筋，姑且不論外在如何，至少個性和我的理想型相去甚遠。

「那麼……妳有好好想過了嗎？」

「您是指什麼……」

「妳知道我在說什麼吧？要在新的受害者出現之前趕快解決問題啊。」

「我不知道。」

「什麼？」

「我不是不想懲罰他們，他們的確應該被繩之以法，我一直都這麼想，但是……」

「妳不知道事情會不會順利進行，是嗎？」

「說來慚愧，但我確實這麼想。畢竟就算告發他們，也難保不會發生跟上次一樣的狀況。」

「妳的想法是對的。沒有證據就貿然行動，結果一定會像之前一樣。」

我們的想法還是有點不同，但現在可以和對方傾訴煩惱了。這不正是細微卻重要的變化嗎？

在我們行進的過程中，曹惠珍像是為了尋找自我而徬徨的青年般，開始對我侃侃而談。這對我來說實在是一件令人高興的事，因為我可以趁這個機會告訴她，人的生活方式是有很多種的。

「妳不同情和妳一起通過新手教學的珍貴伙伴了嗎？」

「我現在不想原諒他們。」

她會有這種反應很正常，畢竟我們不過幾天前才目睹了那些景象。

「其實我不認為他們連那種事都有參與……那和我想像中的他們實在差太多了，讓我覺得有點混亂。不對，應該說我甚至還在懷疑我認識的那些人是不是真的有牽涉其中。」

「人本來就會因為環境而改變，我們在地球上的家人也不會想到我們竟然會殺人。雖然是正當防衛，但我們的雙手確實都染了血。那些人只是想用自己所擁有的東西換來往上爬的機會罷了，就算他們真的不知道自己抓來的妖精或怪物會被用在什麼地方，他們所犯下的罪也不會消失。」

「您說得沒錯，他們做的事確實是錯的，應該受到懲罰。我想跟您討論的是懲罰的方式。副會長您想的應該是親自動手解決……」

「沒錯，我會自己私下解決。」

「我也不是沒想過這個作法，但這讓我忍不住開始思考一個人懲罰另一個人，究竟是不是對的，以及我有沒有資格懲罰那些人。我真的有資格懲罰他們嗎？」

「為什麼沒有？包含小石公會在內的那些人必須為濫用權力付出代價。『以牙還牙，以眼還眼』現在依然是我最喜歡的格言。犯了罪就必須受罰，就是這樣。多方思考是好事，但想太多就不好了。請妳捫心自問，妳想怎麼做？」

曹惠珍靜靜地看著我。她沒有回答，但她內心一定也很想把待在那個噁心之地的傢伙全都殺了。

這樣的對話很令人煩躁，不過很有幫助。因為我們會在這個過程中不斷交換彼此的價值觀，而不是拚了命地洗腦，強迫對方接受自己的想法。

我認為大部分的問題都可以靠錢解決，她在有意無意間接受了我一部分的價值觀，之後也一點一點受到了我的影響，而她所說的話當然也讓我產生了很多想法。

曹惠珍和李智慧，這兩個人和我之間的關係有點不同。

系統之所以說李智慧是我的靈魂伴侶，原因在於我們的行為模式和價值觀幾近相同。這也為我們帶來了加乘效果，和她一起做事的話，效率至少會提升兩倍以上。

而曹惠珍則是和李智慧完全不同，和她一起做事甚至可能會降低效率，但她會讓我不停思考。當兩個人的意見和價值觀不同時，確實會產生另一種互補效果，這應該就是所謂的協調吧。

當然，比較有利的一方是我。

我不希望曹惠珍變成擋在我面前的一道牆。若是用汽車來比喻的話，她就是煞車與行車記錄器，可以預防事故發生，也可以在事故發生後替我善後。

這個人在我的控制範圍中，但她不會和我站在同一邊，而是會站在和我對立的那一邊。將來金賢成王國壯大後，她也會以摯友的身分站在和我對立的那一方，在我有需要的時候替我踩下煞車。

和我站在對立面的人必須由我決定，如此一來，煞車才能真正聽從我的指令。

我和她以後還有很長的路要走，以後就拜託她了。

「我的想法……和您一樣。」

「既然社會無法解決問題，就必須由個人出面，這也是革命的第一步。」

「我不太懂您的意思。」

「我想說的是，我們不會只把他們剷除就讓事情結束。犯罪這種東西本來就不會消失。」

「什麼……」

「換句話說，要打造出一個完美的社會是不可能的。雖然我的人生閱歷也沒有多豐富，但我是這麼想的。只要是人生活的地方，就永遠都會伴隨著犯罪。即便小石公會和那個圓形競技場消失，終究還是會出現第二個小石公會和圓形競技場，把他們除掉後，又會有第三個小石公會和圓形競技場。只要有需求，就會有供給。」

「您的意思是……」

「我要控制這個社會的弊病。」

「真是危險的想法呢……」

「總比坐視不管好。我要將原有的東西夷為平地，然後在原地重新建立一座高塔，不論是在琳德還是凱斯拉克都一樣。」

「您打算怎麼做？」

「妳說呢？要怎麼做呢？」

「您要把那個地方買下來嗎？」

我沒想到她會說出這種答案，忍不住噗哧一笑。

「不，我打算一鼓作氣將那裡夷為平地，連一株雜草也不剩。」

這麼做當然是為了我自己的利益。

說完這句話，我悄悄望向曹惠珍，只見她露出一臉複雜的表情，正在思考要怎麼接受我的言論和行動。

我想她是不會阻止我的，因為她已經看過那些令人震驚的景象了，不可能單純基於對人類的大愛，就出面阻止我，說不定她反而希望我付諸行動。

問題是我沒有半點力量，要怎麼把那裡夷為平地？曹惠珍似乎也對此感到疑惑，但只要能借力使力，就不無可能。

怪物群馬上就要出現了，而我正好對於圓形競技場的所在位置瞭若指掌。

之前我和曹惠珍的視線完全遭到遮蔽，當然不知道那是哪裡，不過……有一個人從頭到尾都在追蹤我的位置，她一定知道。

白雪，妳有在追蹤我吧？

* * *

被大魔法師監視的好處比我想的還多。

我本來還很擔心我身上有位置追蹤魔法的事會被發現，仔細一想又覺得不可能，因為之前就連稱得上高階魔法師的魔導學者黃正妍也都沒能馬上發現。

利用催化劑進行位置追蹤，是這片大陸上至今從未出現過的發想，而且鄭白雪的術式還在不斷升級，隨著時間推移變得越來越完善。除非有哪個大魔法師時時刻刻跟在我身邊，否則不太可能會有人發現我身上的魔法。

雖然途中一度有經過魔法禁用區，但我覺得位置追蹤魔法的功能應該沒有停止。

這就是為什麼我一直在期盼著鄭白雪回來。當然，我也很期待金賢成帶回來的情報。拼圖都拼得差不多了，幾乎可以說即將完成，但現在還無法開始行動，因為缺少了最後一塊拼圖。負責各自帶回拼圖的人還在遠征中，目前我已經沒有什麼事情能做了。

他們到底什麼時候才要回來呢？

有大事件在城市周邊發生是千載難逢的事情，最適合我這種人趁機行動了。然而等待那個大事件爆發，對我這種急性子的人而言實在有點煎熬。

我現在真的完全沒事做，和瑪麗蓮千金或曹惠珍一起打發時間，還有管理跟我簽約的公會和戰隊，就是我現在能做的所有事情了。

我當然也沒有忘記持續和重要人物保持互動，最具代表性的就是小石公會的宋正旭。那傢伙還在對瑪麗蓮千金展開求愛攻勢，但事情發展不如自己想像得順利，似乎讓他有點焦慮。

看到他那副模樣，我就想要做個了斷，畢竟即便他現在對我卑躬屈膝，也沒人能保證他不會為了瑪麗蓮千金從背後捅我一刀。現在要他對我宣示忠誠當然不是難事，但只要想想他的特有癖好，就知道他不管什麼時候都有可能背叛我。

如果我是他，應該也會很想揍我吧……這明明是他成為貴族的大好機會，我卻好像一直在阻撓他。雖然就算沒有我，瑪麗蓮千金也不一定會選擇他就是了……反正那也不關我的事。

其實瑪麗蓮千金並不是重點，重要的是宋正旭正在逐漸失去利用價值。那傢伙還有很多事情需要我的幫助，但我把他身上的好處都撈盡了，當然也就不再需要他了。

更何況小石公會跟曹惠珍有過節，我現在連把時間花在他身上都覺得浪費。

至於剩下的空閒時間，我都用來和帕蘭的戰略企劃組聯絡，討論凱斯拉克的防禦體系與攻城戰，也不斷和曹惠珍討論這個議題。我也因此得知曹惠珍和我不同，我對戰術之類的東西一竅不通，她卻在這方面知識淵博。

我們根據是否會出現怪物群計算了凱斯拉克的兵力狀況，並嘗試進行兵力編制，反覆確認補給物資是否充足，單純的日常生活就這樣一天天過去。

差不多就在這個時候，金賢成和小隊成員們一起回到了凱斯拉克。

「李基英大人！金賢成大人剛剛回來了。」

「好。謝謝您還特地來通知我，瑪麗蓮千金。」

「不、不客氣，這是我該做的。」

「那我先失陪了，千金。」

「好的。」

對其他人來說，這次就和以往一樣，只是出去打怪再回來而已，但是對我來說意義非凡。要是我沒有主動去尋找線索，差點就以為金賢成這小子不回來了。現在既然他回來了，就代表凱斯拉克周圍的情勢改變了。

我不慌不忙地走到外頭，馬上就看到了和金賢成一起回來的小隊成員，包括朝我衝過來的鄭白雪，還有揮著手的朴德久。

金藝莉、宣熙英和黃正妍露出筋疲力盡的表情，我大概能看出大家都硬著頭皮完成了高強度的行程。

「基英哥！」

「白雪，這段時間過得好嗎？」

「嗯，我、我過得很好！」

「沒有發生什麼事吧？」

「我也不知道該說有還是沒有，總之賢成老兄上次說的好像是真的。」

「他上次說了什麼？」

「就是那個怪物群還是什麼的啊。」

我就知道他一定會帶回這個消息。

「德久說的是真的嗎？」

「是的，基英先生，我待會再跟你說明詳細情形。」

「原來是真的啊。」

「對。之前有點難以判斷，不過經過這次的遠征，我覺得事情大致有眉目了。我可能要先去見凱斯拉克伯爵一面，雖然才剛回來就這麼說很不好意思，但我必須先回辦公室了。基英先生你……」

「我等等再過去找你們。」

「好。」

我猜待會馬上就會召開全體會議進行報告了。

在那之前，我應該先和鄭白雪談一談。

「白雪，妳跟我來一下。」

「啊……好！」

「抱歉，一回來就叫妳們做事，但我想請熙英小姐和正妍小姐幫忙清點補給品，需要從琳德寄來的東西也要麻煩另外叫貨，這部分惠珍小姐很清楚。」

「好的，賢成先生。」

我悄悄離開現場，便看見鄭白雪緊緊跟在我身後。

我不知道她在想什麼，不過至少看起來對於我把她叫過來這件事是感到開心的。看到她露出大大的笑容牽起我的手，我也不由得勾起嘴角。

該怎麼跟她開口比較好呢？

鄭白雪還不知道她的祕密被我發現了，她如果想繼續隱瞞的話，對我來說不是好事，因此我必須盡可能在好的氣氛下提起這件事。

我推開房門，招手示意她進來，她就像跑來領聖誕禮物的小孩一樣，笑得合不攏嘴，臉上甚至泛起一抹紅暈，不知道她在期待什麼。

「進來吧。」

「嗯，基英哥。」

鄭白雪進來後，我聽見「喀嚓」一聲。

她幹嘛鎖門？真搞不懂她在想什麼。

我往椅子上隨意一坐，拍拍我旁邊的位子，她便默默過來坐下，抬頭看著我問道：「你、你找我有什麼事嗎？」

「有一件事情讓我覺得很好奇。」

「什、什麼事？」

「嗯，不是什麼重要的事……我問妳喔。」

「嗯！」

「妳應該沒有什麼事情瞞著我吧？」

「嗯！」

她看著我說謊的樣子實在太過理直氣壯，讓我一時之間不知道該說什麼，同時也不得不考慮再說得直白一點。

「白雪，這件事我一定要知道。你們出發去遠征的那天，妳知道我去了哪裡，對吧？」

「咦？」

「小隊出發去遠征的那天，妳知道我去了哪裡，對不對？」

「我不知道你、你在說什麼，我怎麼會……」

「我沒有要責怪妳，白雪。妳是知道的吧？」

「這、這個嘛，我不太……」

我目不轉睛地盯著她，她可能是被我盯得不自在，因此默默移開了視線。說得更準確一點，她現在不敢看我，看來她在說謊這方面沒有天分。

「我都知道了，妳就放心說出來吧。我沒有要對妳興師問罪，真的是因為有需要才問妳的。」

「我、我真的不、不清楚……」

她很明顯就是在說謊。我可以感覺到她無論如何都想隱瞞這件事，再這樣下去可能會沒完沒了，也許我的態度應該再強硬一點。

「白雪。」

「是。」

「我討厭會說謊的人。其他事情我都可以接受，但我真的很討厭會說謊的人。」

「我……我……」

她打從一開始就不是我的對手，我們之間的對峙就此宣告終結。

看到她渾身顫抖的樣子，我的惻隱之心油然而生。

「嗝。」

她就像對媽媽撒了大謊後被發現的小孩，淚水奪眶而出。

甚至哭到開始打嗝。

「嗝。」

我本來只是想稍微嚇唬她，沒想到她的反應會這麼大。

「嗝。」

「妳知道我去了哪裡吧？」

「……」

「我從以前就知道，位置追蹤魔法會一直把我的所在位置傳送給妳。」

「……」

「三、二——」

「對……」

我稍微作勢威脅她，最後她似乎覺得沒辦法了，才終於點頭承認。

斗大的淚珠撲簌簌落下，讓我有點心疼，不過她的反應實在滿有趣的。雖然還想再捉弄她一下，但現在最重要的是先問清楚狀況。

我只能一邊輕撫她的頭，一邊開口說道：「我沒有要生氣，妳不用擔心。雖然一開始覺得有點抗拒，但我知道妳這麼做都是為我好，對吧？」

「對……對！」

「妳是怕我遇到危險，才施了那種魔法吧？」

「對……算、算是吧……」

「妳擔心我被襲擊，對吧？」

「對，沒、沒錯。」

「雖然妳有點用錯方法，但我知道妳是為我好。我可以理解。」

「啊……」

而且她也確實有幫上忙。

對於因為能力值差勁，而隨時暴露在外部威脅下的我而言，位置追蹤是最好的保障，這樣還可以應對被綁架的狀況。

雖然會產生個人隱私的問題，但是作為安全措施確實不錯。

「妳只要別說謊就行了，但我當然也不是說妳做的是對的……妳知道自己做的是不好的事吧？」

「知道……」

「我沒有要罵妳，妳別哭了。」

「嗯！」

「很好，那我們來看一下地圖吧？」

「好！」

她看起來明顯鬆了口氣。大概是因為本來以為會被臭罵一頓，結果卻和她想的相反，沒受到什麼責備，事情就過去了，讓她心情很好的樣子。

鄭白雪很聰明，她可能不知道箇中緣由，但她知道自己幫上忙了。

看到她甚至表現出有點高興的樣子，讓我苦惱了一下自己這麼做究竟是不是對的，不過我都已經點出她的錯誤，她也承諾不會再說謊了，結果應該不算太壞。

當然也不能保證她絕對不會再犯。

「妳可以指出我去了哪裡嗎？」

「我、我不知道確切的地點，因為我對凱斯拉克的地理位置不熟。」

「沒關係。」

「那裡是在……我記得是從這裡往左邊五百公尺左右……」

她就算不知道確切位置，還是對我走過的所有路線瞭若指掌，真令人毛骨悚然。

我當然沒有讓沉浸於找路的鄭白雪看出我的想法，不過看到她臉上的淚水都還沒乾，就笑容滿面地對我說明她監視我的路線和方法，讓人忍不住覺得實在很有鄭白雪的風格。

「從這裡開始會暫時進入魔力禁用區，不過我對基英哥施的魔法不會因此被擋住，因為我把魔法升級了……嘿嘿。」

「啊……好……」

「這裡應該是封閉的空間耶，真是奇怪。基英哥明明往這邊走了……然後……在這裡停一下，之後好像就進入地下空間了。」

「妳不用管堵住的路，只要繼續把路線指出來就好。」

「我知道了。這裡是這樣……」

「嗯。」

「然後這樣……」

「嗯。」

「就是這裡！」

當她纖細的手指指出某個位置的瞬間，我忍不住揚起嘴角。

原來在城裡啊？

＊　＊　＊

我思考了一下有沒有在城外的可能性，但左思右想後，還是覺得應該就在城內。如果是這樣的話，我行動起來就方便多了。

地下拍賣場位在西區。那個地區只有一個特徵，就是凱斯拉克的上流階級都住在那裡。

雖然很難想像地下會有占地那麼大的空間，但鄭白雪都自信滿滿地指出來了，應該不用擔心有錯。

「妳確定嗎？」

「嗯，我確定！」

「知道了。謝謝妳，白雪。」

「嘿嘿嘿。」

這個位置不差。雖然有一些令人擔心的部分，不過坦白說，把那裡夷為平地應該也沒關係。領主城也離那裡很遠，神殿則是完全在另一邊，照這樣看來，就算那個地方從地圖上消失，也不會造成什麼影響。

我的腦筋不停轉動，與此同時，鄭白雪則是直勾勾地盯著我。

至少目前解決了一件大事，我想我該去參加會議了。

「辛苦妳了，白雪。」

「啊……嗯！」

「我們待會見。」

「好……好。」

我很喜歡拼拼圖。

現在又拼起一塊拼圖，當然很令人興奮。

我不必做出任何行動，圍繞著凱斯拉克的情勢就已經時時刻刻都在變換了。

我又摸了一下鄭白雪的頭，隨後走出房間，接著便聽到凱斯拉克伯爵召見領地內所有公會與戰隊首長的消息，我的心情雀躍得都想唱歌了。

只要事情發生在神聖帝國境內，想必都會上演類似的情況。

這樣的召見形式與往常不太一樣，但凡在領主城找到容身之處，以及在神聖帝國生活的自由民，都有義務為帝國戰鬥。

現在的情勢很好。將城市有危險的消息帶回來的是帕蘭，如果要進一步說明的話，可以說無論是在怪物群的侵襲開始之前，或是結束之後，帕蘭都站在相當具有優勢的位置上。

我來到會議室後，看見凱斯拉克伯爵正在和金賢成交談。任誰都能看出他們的表情很嚴肅，不過老實說我很高興看到這兩人對話的樣子。

「你是說真的嗎？」

「千真萬確，森林裡已經出現一些徵兆了。」

「過去幾十年來都沒有發生過這種事……」

我悄悄地加入兩人的對話，他們的目光便立刻集中到我身上。

「危險的到來本來就不會有預警，都是突然發生的。事先做好準備也沒有壞處。」

我的任務就是支持金賢成的意見，替他增加可信度。

如果是別人突然說有事情要發生，通常沒有幾個人會相信，但如果由神聖帝國的榮譽主教來說就不同了。

我馬上看到坐在旁邊的金賢成對我點頭表達感謝。

金賢成得到我的三寸不爛之舌加持後，繼續說下去。看到他用堅定的語氣一字一句說著，讓我覺得很欣慰。

「我已經說過了，相關的徵兆正在不斷出現，我們這次出去打怪時也親眼確認過了，和曾經受到怪物群侵襲的城市出現過的徵兆極度相似。」

原來湧入凱斯拉克的是怪物群啊。

「不只棲息地安靜得詭異，而且怪物的生態大部分都出現了異常。」

「好像確實是這樣沒錯，怪物會離開自己的棲息地很可疑……總之我們先開會討論對策吧。」

「如果要討論對策的話，我有準備了一些資料。」

「啊，李基英榮譽主教大人。」

「我知道凱斯拉克一定也有遇到突發狀況時的應對程序，不過我們這邊還是做了一些準備。其實我們帕蘭來到凱斯拉克後，也有收到關於怪物森林出現異常徵兆的消息。」

「嗯？但我什麼都沒有聽說……」

你當然沒有聽說，因為根本就沒有那種消息。

「因為那個消息只有在自由民之間私下流傳而已，您沒有接收到資訊也很正常，凱斯拉克伯爵大人。雖然我也是自由民，說這種話可能不太好……但是有很多人都不樂見這種狀況發生。」

「我好像能明白您的意思。」

「是，有很多人雖然住在神聖帝國的土地上，卻主張自己是自由民，不需要承擔義務，或是為自己享有的權利負責。不對，幾乎大部分的人都這麼想。有一些自由民光是受到徵召就感到相當不滿了，一定也有人在想『我們為什麼要為凱斯拉克戰鬥』。」

「……」

「怪物群一旦突然開始湧入，這種人大部分都會溜之大吉。」

我敢保證，只要怪物湧入凱斯拉克，肯定會有一些人逃跑。凱斯拉克伯爵不是笨蛋，一定聽得懂我在說什麼。

「您必須立刻發布戒嚴令，並封鎖城門。不只要召集兵力，還要編製部隊，進入戰時體制，嚴陣以待。」

因為絕對不能讓地下拍賣場的那些混蛋和裡面的商品有機會跑到外面去。那些都是錢……而且我還要趁這個機會逮住想逃跑的混蛋。

「我擔心會導致長年居住在這裡的居民產生不安的情緒……不過您說的也有道理。」

「會感到不安是正常的。不，應該說現在必須緊張起來才對。」

我的話才說到一半，就看見幾個人接二連三悄悄走進會議室裡。

他們是之前跟我見過幾次面的自由民，一開始是透過小石公會的宋正旭介紹而認識的，之後我私底下都有分別和他們見過面。

凱斯拉克伯爵似乎很不喜歡那些人，畢竟只要反覆咀嚼我剛才說的那番話，就不可能對他們有好印象。

「各位請坐。」

「是，伯爵大人。」

「好久不見了，凱斯拉克伯爵大人。」

「咳咳。」

大家陸陸續續互相問好，但這裡可不是社交場合。

氣氛略微沉重，公會會長和戰隊隊長入座時的表情都顯得有點茫然。

宋正旭望向我，似乎想問我發生了什麼事。我對他笑了一下，又揮了揮手，他就像個傻子一樣咧嘴笑了。

他看起來一副以為有好處能撈的樣子，實在相當可笑。

宋正旭一定是因為知道身為神聖帝國榮譽主教的我和凱斯拉克伯爵十分親近，他自己又和我維持著非常要好的關係，所以無論發生什麼事，他都可以不用擔心吧。

真不知道該說他敏銳還是遲鈍。他看起來已經知道有什麼事情爆發了，卻沒有想過自己的處境。

我和金賢成也找了鄰近的座位坐下，過了一會，凱斯拉克伯爵便靜靜地開口。雖然剛才只有進行短暫的對話，不過他確實有將我的想法傳達給其他人。

無論要做出什麼樣的選擇，都是凱斯拉克伯爵的自由，但我認為身為瑪麗蓮千金父親的他應該會尊重我的意見。

假如今天的會議在通知完大家即將發生怪物群侵襲事件後就結束，勢必會有人以遠征或旅行之類的藉口逃離凱斯拉克。對於必須保護領地百姓的伯爵而言，這是無法容忍的事，也就是說，從各種角度來看，我的意見都是合理的。

「從現在開始，凱斯拉克將進入戰時體制。」

很好。

「根據判斷，怪物群可能會在未來一個月內侵襲凱斯拉克。我會向其他城市請求支援，同時封鎖城門，並集結自由民與領主城的兵力備戰。」

「怎麼會突然……」

所有人的表情都愣住了。事情發生得太過突然，有幾個人的表情甚至像吃到屎一樣開始扭曲。

「您說會有怪物群侵襲凱斯拉克嗎？」

「那是……從哪裡得到的情報……」

回答那些廢話的果然是金賢成。

「那是我們帕蘭調查出來的情報。」

「你、你確定嗎？」

「是的，我之後會透過簡報向各位說明，不過這個情報千真萬確。」

重生者話音一落，四周便傳出幾近哭聲的哀號。

突然間收到必須抵禦怪物群侵襲的通知，會感到不安也很正常。而且還要被編入領主城的軍隊裡作戰，似乎又讓他們的焦慮更上一層樓。

我本來以為會有人爆發出不滿的情緒，然而凱斯拉克伯爵的態度比我想像的還要強硬，讓在場的公會會長全都如同啞巴吃黃蓮，有苦說不出。

就在此時，小石公會的宋正旭悄悄開口：「凱斯拉克伯爵大人。」

「怎麼了嗎？小石公會會長。」

「您說要進入戰時體制，並發布戒嚴令，這我可以理解，但是將我們編入領主城的軍隊作戰這部分有點……」

「有什麼問題嗎？」

「這麼做可能會降低效率，《帝國法》也明定發生戰爭或類似的危險狀況時，公會與戰隊要各自以獨立部隊的形式行動。若是接受領主城的指揮……」

「不，準確來說，《帝國法》寫的是兵力編制可以根據最高司令官的裁量進行調整，因此這麼做在法律上不構成問題。」

「可是……」

其他人也開始出現不同的聲音。

「既然您提到了最高司令官的裁量，那就更要請您好好考慮我提到的事情了。我們都是在凱斯拉克落腳的自由民，知道必須團結一心抵禦即將面臨的威脅，但是……」

「和領主城的騎士共同作戰對你們來說有困難，你是這個意思嗎？」

「我不是那個意思，只是想告訴您，自由民有自由民的作法。希望您做出更合理的選擇。」

「我不知道究竟何謂『自由民的作法』。把帝國人推上前線，只顧自己生存，就是自由民的作法嗎？」

「不是那樣的，伯爵大人。我只是認為至少要讓自由民來指揮自由民……」

「所以小石公會的會長要親自調度兵力，是這個意思吧。」

「不是的……」

「不然是什麼意思？小石公會會長，我不是傻瓜。我知道你們為什麼會留在凱斯拉克，也知道你們為什麼想以獨立部隊作戰，更明白你們不想為這個地方奉獻生命。」

「我絕對沒有那個意思，只不過現在的情況……」

雙方似乎都不願意退讓。

其實場面演變成這樣，對雙方都沒什麼幫助，畢竟自由民和帝國人之間始終存在著共生關係。

雖然站在伯爵的立場來看，肯定會覺得現在必須堅持到底，但這對之後的事情並沒有幫助。

太過強硬的話，還可能造成反效果。

即便不滿對方的作法，也得在一定程度上達成共識。

就在這時，凱斯拉克伯爵說出了出乎我意料的話。

「如果你真的那麼想，那就讓李基英榮譽主教來指揮好了。」

很好！

這對於住在凱斯拉克的自由民來說，當然不是他們樂見的事，畢竟我只不過是一介客人而已。

果不其然，馬上就有幾個會長提出異議。

「但李基英大人並不是凱斯拉克出身的，不是嗎？」

「這是我能夠做出的最大讓步了。」

「我覺得這樣也好。」

令人有點意外的是，宋正旭就這樣接受了。

我不動聲色地看向他，只見他對我微微一笑。

這小子雖然看起來正在拚命地鑿洞求生，實際上卻是在自掘墳墓，而且對此渾然不覺。

正旭，我已經決定好了，你再怎麼跟我攀關係，還是要去最前線喔……

＊　＊　＊

我可以理解宋正旭的想法。被編入領主城的軍隊聽命行事，和自行調度自由民部隊，兩者之間當然有差別。

宋正旭想完整維持自己的公會。不對，說得更明確一點，這已經是攸關生存的問題了。他之所以會同意伯爵說的話，也是基於這個原因。他似乎認為我和他之間有交情，如果由我來擔任最高司令官，就會把小石公會安排在適當的位置。

他大概……想要被排在後方吧。

反正凱斯拉克伯爵心意已決，他已經宣布凱斯拉克領地進入戰時體制、下令戒嚴，防止自由民逃離城市了。

宋正旭知道伯爵不會讓步，因此即便爭取站上指揮系統的頂端，也只會被反駁。不過我身為榮譽主教，情況就有一些不同了。

我在自由民當中擁有一定的地位，又被教皇廳授予了榮譽主教的頭銜，完全有資格坐上這樣的位子。無論如何，這對小石公會都沒有壞處。

宋正旭選擇我作為小石公會的保護傘，是很出色的決定，但是他沒有好好掌握我的心思，則是最大的失策。

他好像以為我現在還很重視他，拚命贊成讓我擔任最高司令官，那副模樣令人不忍直視。其他幾個公會會長也自然而然開始附和他。

「公會和戰隊就算要獨立行動，還是需要有指揮系統，伯爵大人的決定似乎也不無道理。雖然李基英大人不是凱斯拉克出身，但我們都一樣是神聖帝國的百姓，不是嗎？」

「嗯……」

「我覺得不錯。」

「其實我們也不是沒有想過這個方法……」

其他人或許覺得現在是個拍馬屁的好機會，開始你一言我一語地發表意見。

「這麼做確實比較好。」

「乾脆讓李基英榮譽主教大人來指揮吧！」

幾家公會表示贊同後，其他也想分一杯羹的公會和戰隊便開始大聲附和。

他們都察覺到這裡有利可圖了。

只不過一瞬間，原本質疑的聲浪就發生了一百八十度的轉變。一群人抓準時機對我拍馬屁的模樣十分可觀，讓我不由得產生一股彷彿正在看著一群小狗對我撒嬌、討好我的感覺。

伯爵想出了一個不錯的點子呢。

對自由民採取強硬的手段或許有助於解決眼前的危機，但若是考慮到後果，就不能視之為明智的作法。在合理的範圍內達成妥協本來就是正常的手段。選擇我作為他和自由民之間的橋梁，無論是對我還是對領主而言，都是不錯的想法。

畢竟凱斯拉克沒有任何他能信任的自由民。

不知道是因為受到瑪麗蓮千金的影響，還是我為凱斯拉克盡心盡力的樣子打動了伯爵，我似乎在不知不覺間得到了伯爵的信任。想想王城內流傳著關於榮譽主教李基英的正向風聲，也不難理解為什麼會這樣。

我看見金賢成輕輕點了點頭，看來我們的重生者也對這個狀況頗為滿意。因為他自己必須東奔西走，要是有個人可以穩定地幫忙調度兵力，想必也能減輕他的負擔。

這對我來說當然也是好事，因為我正想嘗試指揮大規模的兵力。

「我覺得……這樣讓我壓力有點大。」

「請別這麼說，李基英大人，我會全力輔佐您的。」

「既然宋正旭先生都這麼說了……咳咳。」

雖然我已經研究過理論了，但理論畢竟不能和實戰相提並論。

錯過這次的機會就和傻瓜沒兩樣，不過謙虛是韓國人的美德，於是我先以「能力不足」作為鋪墊，再不著痕跡地接受推舉，眾人的視線便立刻集中到了我身上。

「那……我會盡全力和凱斯拉克領主城一起編制和管理部隊的。還請您多多指教，凱斯拉克領主大人。」

「請多指教，李基英榮譽主教大人。」

氣氛這才終於稍微緩和了下來。

看到所有人現在緊緊盯著我不放的樣子，想必他們有很多話要對我說。畢竟所有人都不想去最前線，而調動兵力的權限在我手上，他們會向我投來這樣的視線也是當然的。

雖然要去那個位置的人選已經決定了，不過直到最後一刻之前還是得謹慎考慮。

在簡報進行的過程中，他們很明顯在想著別的事——該怎麼做才能避免被分配到最外圍的第一城牆？

當然也有很多人還在懷疑是否真的會有怪物群侵襲凱斯拉克，但是金賢成解決了他們的疑惑。

「最近有外出打怪的人應該大部分都有感覺到，現在棲息在凱斯拉克前方森林裡的怪物生態出現了異常。」

「確實……我們是有發現，像是原本住在沼澤裡的巴西利斯克突然出現在樹林裡之類的事情經常發生，還有高等怪物出沒在森林外。我們戰隊也有叫新進成員暫時不要去打怪。」

「只要研究過數十年前凱斯拉克發生怪物群侵襲事件前的徵兆，就會發現和現在的情況驚人地相似。」

「那發生的原因呢？」

「可能是因為個體數量達到飽和，或是有新的怪物遷入棲息地，威脅到了原本的怪物。」

「但只是這樣就可以當作怪物群侵襲的徵兆嗎？戰時體制或戒嚴令可以等到事情確定之後再發布也不遲……」

「到那個時候才有所行動就已經太遲了。我認為在事先知情的情況下做準備是最保險的。除此之外，各位如果看到這張圖表……」

「嗯……原來如此。」

我沒必要在這個時候插話。雖然我們這邊提供的資料感覺還是有點不夠多，但現有的證據全都明確地指出即將有事情發生。

抱持疑心的幾個人只是對於突然進入戰時體制感到不滿，或是不想接受而已。

其實我自己也覺得很奇怪。

根據金賢成帶回來的情報，怪物群會侵襲凱斯拉克幾乎是已經確定的事。不對，根本沒有必要特地收集證據，因為在金賢成所知的歷史中，怪物群侵襲事件已經發生過了。但是起因不太明確，金賢成自己好像也不確定為什麼會發生怪物群侵襲。

那也無妨吧？反正我們該做的事很明顯——抓住闖進來的怪物，這就是全部。不只是我，大部分的人都心知肚明。

簡報結束後，四周開始傳來人們交談的聲音，我覺得自己必須說點話，因為目前什麼事情都還沒確定，大家對於我們的下一步眾說紛紜。

「那麼，我想以指揮官的身分向各位說幾句話。我希望各家公會與戰隊向我提交你們的部隊編制及主要兵種報告。請務必照實書寫，我才能將各位安排到恰當的位置，不可以有所隱瞞。」

「什麼？」

「各家公會擁有的補給物資會先進行統整，我們帕蘭帶來的物資也會經過統整後再分發使用。」

「這……」

「之後還會有來自琳德的物資，我也打算統整後再作使用，因此希望大家都能配合。我計畫將物資交由凱斯拉克商人協會負責管理，事後剩下的補給品會按照合理的方式重新分配，請各位不用太過擔心。」

「可是……各家公會或戰隊的狀況不同……」

「這是我們帕蘭可以免費提供的補給品清單，應該比一些中小型公會能夠上繳的數量還多。如果可以顧慮到各家公會的狀況是最理想的，但我不是為了給各位方便才接下這個職位的。我當然會在一定程度上酌情處理，但如果各位還是不願意配合，那就乾脆到凱斯拉克領主麾下，和領地部隊共同作戰比較好。」

「我們也不是不願意配合，只是……」

要控制聽不懂人話的蠢貨，第一步就是掐住他們的命脈，我一定要死守補給品。

小石公會的宋正旭也一邊點頭，一邊對我開口說道：「我完全贊成李基英榮譽主教大人的作法。」

雖然他的支持讓人感覺有點突然，但這樣也不錯。

「請所有公會都暫時入駐城牆內側的軍營，並且隨時都要有人在城牆上待命，公會總部只保留最低限度的兵力。另外，明天馬上就開始進行集體訓練。我打算請紅色傭兵的人親自為我們進行訓練。」

「啊，紅色傭兵的人也會過來嗎？」

提問的聲音帶有一線期盼。

「我現在正在持續和琳德聯繫。如果時間配合得上的話，車熙拉大人也會過來和我們一起戰鬥。」

「喔喔喔喔。」

眾人的臉上浮現明顯的喜色，這個話題應該可以驅散他們的不安。

我不用猜也知道這些傢伙在想什麼，八成是「有紅色傭兵在真是太好了」、「和他們一起戰鬥的話一定能贏」之類的。

不知道是不是因為有車熙拉的光環加持，感覺他們好像對我多了一點崇拜。

我是一個懂得未雨綢繆的指揮官，這當然也是他們對我抱有好感的其中一項因素。雖然我只是把我從金賢成說要來凱斯拉克時就開始整理的計畫說給他們聽而已，但是在人心惶惶的情況下，指揮官的自信能夠帶給那些愚民信心。

我等於是在告訴他們「只要跟著我，就有好處撿」。

「哈哈哈，凱斯拉克有李基英大人在，真不知道有多令人慶幸。」

與此同時，宋正旭還在不停對我拍馬屁，看來他是真的很想被安排到後方。

「凱斯拉克商人協會今天收齊所有物資後，就會開始進行統整。其他公會的各位也麻煩在完成整裝後，搬進城牆邊的軍營。」

「要在今天之內搬完嗎？」

「沒錯。」

「那就得趕緊行動了。」

「萬一發生什麼狀況，請務必直接向我報告。」

「是，我明白了。」

「請問我們要去哪一個軍營？」

「各位搬完物資回來後，一切就會分配好了。」

因為整理需要時間，所以多給他們一點時間是對的。

我把事情說明得就像已經做好萬全準備一樣，因此他們看著我的眼神開始慢慢產生變化，也許他們是真的對於我掌握指揮權感到慶幸，這就是我要的結果。

我是神聖帝國的榮譽主教，能夠得到其他城市的祭司幫助；又是傭兵女王的情夫，也能得到紅色傭兵的幫助；更曾與春日由乃締結過契約，說不定連席利亞的夜空公會也會幫我。光是擁有這樣的背景，或許李基英這個人在別人眼中就已經是一個很有能力的指揮官了。

「我會盡快和凱斯拉克伯爵大人討論出部隊的編制。那我們就此解散，請各位盡快整理好自己該整理的東西。正如凱斯拉克伯爵大人所說的，現在是戰時體制，我也不喜歡製造無謂的紛亂，只要各位配合我的指揮，就一定會得到好處。」

「啊……」

「各位最好不要只想著眼前的事，也想一想怪物群侵襲事件結束後的未來。」

「是。」

我率先緩緩起身，便看見優秀的部下們也同時從座位上站了起來，才剛走出會議室，一群人就頓時朝我簇擁而來，那幅畫面還真是壯觀。其中最積極的莫過於讓我坐上這個位子的最大功臣——宋正旭。

「李基英大人，請問我應該在幾點以前回來？」

「其實我是希望大家能在下午以前回來集合……」

「但我可能會需要多一點時間……」

「那我可以稍微通融一下。」

「哈哈哈，真是太感謝了。」

「不會，畢竟太過一板一眼也不好嘛。」

「真不愧是李基英大人。我從您剛來到凱斯拉克的時候，就感覺到您會成為帶領凱斯拉克打勝仗的光芒了，哈哈哈哈。」

對我阿諛奉承的不只是宋正旭而已，幾乎所有人都有跑來跟我搭話。等我甩開這些人的時候，已經過了好一段時間，導致我只能晚一點再去找鄭白雪詢問關於我身上的位置追蹤魔法的事。

除此之外，我還要編制兵力……不過這不是什麼大問題，因為比起我自己來，這種事更適合交給有能力又聰明的曹惠珍。

「惠珍小姐？」

「是，副會長。」

「我要出去辦點事，而且我還有其他東西要整理……希望能把兵力編制交給妳處理。」

「什麼？」

「把小石公會的宋正旭安排到第一城牆，其他的請妳幫我大概編排一下。」

「啊……」

「既然犯了罪，就必須受罰，不是嗎？」

我想宋正旭的背後恐怕要被狠狠捅一刀了。

第064話　對信任回以背叛

「那個……會長，這樣真的沒關係嗎？」

「你是指什麼？」

「就是讓帕蘭的李基英擔任這次的總指揮官……」

「啊，你不用在意。」

「咦？可是……您的計畫……」

「總得先解決眼前的事吧。反正李基英那個人是琳德出身的，就算他在凱斯拉克的影響力擴大，行動範圍還是有限。我們反而還要覺得高興，因為還有很多好處在等著我們。」

「啊……」

「帕蘭的李基英……那個人很清楚禮尚往來的道理，呵呵呵。」

儘管宋正旭對李基英這個人的第一印象不太好，但後來越看越覺得他是那種會帶給人驚喜的人。

宋正旭一開始當然也以為李基英只是一個運氣好的小鬼，不過是利用自己身為傭兵女王的情夫這一點，才取得了現在的地位，然而和他相處久了之後，就會發現他所展現出的手腕非比尋常。

雖然很好奇他是用什麼樣的方法掌握了現在的權力，不過那不是重點，重點是他面對與運用權力的態度。感覺似乎沒有人比李基英更了解該如何運用自己的權力與地位了。

打從李基英第一次去找宋正旭的時候，他就已經判斷出李基英是什麼樣的人了。這麼說雖然有點可笑，不過從某種角度來看，李基英還挺令人尊敬的。

透過宋正旭的介紹，他才剛來到凱斯拉克沒幾天而已，就幾乎成功和所有中小型戰隊的隊長建立起了交情。他很重視效率，而且無論遇到什麼樣的人，都會先將對方拉攏為自己人。除此之外，還會藉由獎勵對自己效忠的人，讓對方感覺到他多麼有幫助。

這帶來的結果顯而易見——凱斯拉克的情勢大至政治經濟，小至微不足道的部分，都產生了劇變。當人們說到凱斯拉克的時候，李基英已然成為不能不提到的存在了。

宋正旭稍微走神的同時，他看見眼前的副官朴秋天開口說道：「我可以理解您的想法，但是很奇怪，我就是覺得有點擔心……」

「你不用擔心。我沒有你想的那麼笨，而且我聽說他跟曹惠珍的關係不太好……你覺得這代表什麼意思？」

「這……」

「這就代表那傢伙和我們是同一種人，他在帕蘭經營的事業也大多遊走在法律邊緣，而且他跟我們簽訂契約的時候使用的方法也不算完全合法，不是嗎？那明明就是強迫推銷。」

「確實是這樣沒錯。」

「綜合我聽說過的傳聞來看，他好像還做過不少堪稱『喪盡天良』的事，所以比起曹惠珍，他更接近我們這種人。其實我甚至想過是不是可以跟他維持更緊密的關係……其他事情就不用多說了吧。」

「會長……您該不會打算把我們的事業告訴他吧？」

「不。」

「呼……」

「現在還不是時候。」

「您、您的意思是……您之後會告訴他嗎？」

「我越想越覺得這麼做好像不錯，讓那傢伙加入我們的話，一定會很有看頭。你能想像琳德的李基英到了地下世界後會是什麼樣子嗎？我們的勢力說不定也能擴大……搞不好還可以掌控整個圓形競技場，給那些瞧不起小石公會的傢伙一記重擊。」

「的確有道理。但我還是有點不安，一直覺得不該和他走太近……」

「咳咳，反正我們就先照現在這樣走下去吧。說不定李基英會爽快地把瑪麗蓮讓給我……總之只要假裝對他效忠，就有撈不完的好處。我也有在注意他，你就不用太擔心了，秋天。」

「……」

「之前聽說要住在城牆邊的時候，我本來還覺得有點擔心，果然人脈這種東西就是好用。」

這間房間寬敞到無法稱為軍營，甚至比宋正旭自己的房間還要舒適，這就是李基英給予宋正旭的優待。

雖然還是得顧慮目前的情況，因此不能太過奢侈，但進入戰時體制後，還能過著不錯的生活就該知足了。

「光是從我們現在所在的這個房間就能看得出來那傢伙有多重視我，對吧？說實在的，他不能不重視我啊，呵呵呵，因為他也需要我。」

「是。」

「話說回來，朴秋天，你為什麼從剛剛開始表情就那麼難看？」

「沒什麼。」

「你有什麼不滿嗎？」

「沒有，不是那樣的，我只是覺得事情好像進行得太順利了……」

「我就跟你說不用擔心了嘛。」

「我總覺得那個人……」

「怎樣？」

「應該說給我一種不祥的預感嗎……雖然這只是我的直覺，但我總覺得跟那個人扯上關係沒有好處。」

「嘖，你的問題就是太過謹慎了。」

「我很抱歉，會長。」

「你不需要道歉，因為這也是我中意你的原因。要相信一個突然出現的瘋子當然不是什麼容易的事，但我上次跟李基英那傢伙喝酒的時候，他說了一句話。」

「什麼話？」

「他說他不怎麼喜歡賭博，但如果是值得賭一把的狀況，就要賭下去。哇……我聽到他這麼說的時候，就覺得這傢伙不管做什麼都會成功。雖然他比我年輕，不過還是有值得學習的地方。我現在的狀況就像他說的一樣，我也不怎麼喜歡賭博，但我的直覺告訴我，現在就是擲出骰子的時候。」

「原來如此……」

「我知道你在擔心什麼，但是太過瞻前顧後也不是好事。你覺得我跟那傢伙的差別在哪裡？看看他達成的成就，你相信李基英才來到這世界一年而已嗎？雖然他能達成那些成就有一部分原因是他和傭兵女王關係很好，但我跟他之間分明存在著差異。」

「什麼差異？」

「每當抉擇的時刻到來，我都沒有擲出骰子，李基英那傢伙則是每次都有擲出骰子。這就是為什麼我現在還在凱斯拉克躊躇不前，而李基英已經將琳德玩弄於股掌之上的原因。你懂我的意思嗎？」

「是，我當然懂，會長。」

「沒有下注，怎麼可能有收穫？啊，這也是那傢伙說的。該怎麼說呢……我總覺得那傢伙在暗示我跟隨他的腳步。咳咳，這個話題就到此為止吧，我差不多該去開會了。對了，東西都有保管好吧？」

「是，會長，全部都保管在公會的倉庫裡了。」

「蛋呢？」

「都有好好地進行保存，請您放心。」

「很好，就是這樣，這樣事情結束後才有戲唱。持續留意外界情況，越是這種時候，就要越認真。其他人也要管好。」

「是。」

結束稍微有點冗長的對話後，宋正旭走到外頭，高大的城牆映入眼簾。

城牆上不僅有巡視城外狀況的士兵，以及正在進行集體訓練的公會成員，還有別著紅色傭兵徽章的人。

最引人注目的莫過於混在他們之中的紅髮女人，車熙拉。

雖然李基英說過也許可以得到紅色傭兵的支援，但宋正旭沒想到他們真的會跑到這個地方來。

第一場會議結束後，車熙拉騎著獅鷲飛來的樣子還歷歷在目。充滿肌肉的結實身材，還有看起來強悍的外貌，都和宋正旭以前在酒席上聽說的傭兵女王一模一樣。光是仰望著她，就讓人心跳加速，不需要用其他言語來形容。

宋正旭聽說過他們在地球上就認識了，坦白說，如果問他羨不羨慕，他一定會回答羨慕。傭兵女王的武力固然不容小覷，美麗的外貌更是無須多言。

紅豔的嘴唇、強烈的眼神，以及烈火般的紅髮隨風飄揚的模樣，都讓人覺得像極了神話中的女神。

宋正旭失神地望著車熙拉，這時突然看到她對自己揮了揮手，於是連忙彎下腰打招呼。必須盡可能表現出恭敬的態度。

重新站直身子後，車熙拉已經不見蹤影，看樣子是先去開會了。

比傭兵女王還晚進入會議室的後果令人不堪設想，當宋正旭找回離家出走的神智，並氣喘吁吁地跑到會議室時，眾人已經齊聚一堂，正在討論各項事務了。

宋正旭當然意識到了自己的失誤，他確實有點鬆懈了，這在戰時體制下可謂是巨大的過失。

「你來得有點晚呢。」

「啊……是，非常抱歉。」

「沒關係，小石公會會長，部隊編制還沒結束，不過還是希望你今後稍微繃緊神經。」

「真的非常抱歉。」

看到李基英在前方若無其事地說著，讓宋正旭心情極佳，這就是和掌權者當朋友的好處。

「那我們繼續剛才的話題吧。」

「是。」

「啊，麻煩小石公會會長也盡快入座，我們正在進行部隊編制。」

「是。」

「規模比較小的公會和戰隊必須合併成一支部隊共同行動。雖然我很努力想保留你們的自治權，但編制上只能這樣進行，還請各位見諒。」

「親愛的，你幹嘛說得那麼小心翼翼？總指揮官說什麼就是什麼，要是有人不服從命令，就依軍法處置，通通砍頭就行了。我有說錯嗎，各位？」

「您說得沒錯，車熙拉大人。」

「那、那還用說嗎？傭兵女王大人說得是。」

「看吧，大家不是都同意嗎？在戰時狀態下，指揮官的命令就是法律。這不管是在琳德還是凱斯拉克都一樣，沒有必要計較出身。順帶一提……我的脾氣可沒有我家親愛的那麼好，不服從命令就是死路一條。」

「啊……是！」

「了解！」

「熙拉姐。」

「知道了知道了，我不說了，你別那樣看著我，親愛的。」

宋正旭偷偷掃視了一圈在場的人，幾乎所有的公會會長和戰隊隊長都在極力避免和傭兵女王對上眼，大家似乎都在不知不覺間看起了傭兵女王的臉色。

會有這樣的反應很正常。畢竟對方是琳德權力最大的人，又是神聖帝國前五名的強者，和這樣的人同席，對凱斯拉克的自由民來說非常陌生。

但小石公會的宋正旭想起傭兵女王剛才對自己揮手的樣子，他知道，傭兵女王的情夫一定事先都幫他安排好了。

我應該會很安全吧。謝了，李基英，呵呵呵。

宋正旭的腦海中自動浮現出被安排到戰場後方享樂的劇本。而且他是推舉李基英成為指揮官的關鍵人物，說不定還能得到更多好處。

「啊，那我先來公布部隊編制，從第一城牆開始。」

「是。」

「第一城牆是暴露在諸多危險中的戰略要衝，我認為應該交給值得信賴的人。」

這個區域應該會由和小石公會規模差不多的公會負責。

要是競爭對手的規模因征戰而縮減，對小石公會來說也有很大的好處。宋正旭的嘴角忍不住上揚。

「第一城牆將由小石公會負責。」

「什麼？」

宋正旭瞬間轉過頭，只見李基英勾起一邊嘴角，對他露出燦爛的笑容。

宋正旭的臉上明顯浮現驚慌之色，臉龐過於扭曲，甚至開始顫抖。沒想到臉頰的肌肉竟然能抖成那樣，真不可思議。

＊　＊　＊

這個情況對我來說非常有趣，不過對那傢伙來說，恐怕一點也不有趣，他現在應該很想發出怒吼吧。但他之所以能夠把到了嘴邊的髒話硬是吞回去，顯然是因為不論什麼樣的情緒管理障礙都能治好的車熙拉就在我旁邊。

多虧車熙拉剛才幫我給眾人一記下馬威，讓我行動起來方便多了，現在我這個才來到這裡一年的菜鳥可以隨心所欲地擺布眼前的前輩們。

換句話說，我可以把眼前這些礙事的傢伙通通解決掉。

別人或許會覺得我仗著車熙拉的權力與武力狐假虎威，但別人的想法關我什麼事？重要的只有我在他們的推舉下當上了指揮官，還有車熙拉現在在我旁邊而已。

車熙拉不僅能治好情緒管理障礙，還能解決各種紛爭，可謂靈丹妙藥。

看到宋正旭緊閉著嘴巴，一臉被背叛的樣子，讓我再一次感受到了車熙拉的威嚴。

反正我和宋正旭遲早會決裂。只要想想他的特有癖好「表裡不一的雙面人」，就能得知他不是我一定要帶在身邊的人才。與其繼續和這種各方面能力都不足的傢伙維持交情，還不如犧牲他換來曹惠珍心靈的平靜。

抱歉啦，正旭。

「第二城牆由巨人公會和薄荷糖戰隊負責，第三城牆由領主城負責，第四城牆和第五城牆由凱斯拉克北部地區的聯合戰隊負責。至於凱斯拉克商人協會則是像我之前說的，會負責管理物資。」

「了解。」

「是。」

「中央指揮部會以帕蘭與紅色傭兵為中心組成，之後各部隊必須統一對中央指揮部進行戰況報告。」

「是。」

「傭兵女王大人似乎讓氣氛變得有點緊張呢，我再次向各位致歉，哈哈哈。雖然維持緊張感也是必要的，但我其實希望會議的氣氛輕鬆一點。」

「哈哈哈。」

「哈哈哈哈。」

我這麼說並不是想逗大家笑，我也沒有要開玩笑的意思，不過有些人似乎覺得現在不笑不行，因此臉上扯開了大大的笑容。

噗哈。每個人都忙著看我的臉色，因為他們都擔心只要一犯錯，就會被派去第一城牆。

有些人看起來對於我突然拋棄宋正旭的舉動感到有點驚慌，不過現在對他們來說，宋正旭已經不是重點了。我剛才宣告那傢伙微不足道的權力就此終結，而他除了接受以外別無選擇。

其他會長毫不猶豫向我投來哀求的眼神，看來他們之間的關係沒有我想像中那麼緊密，我的嘴角忍不住上揚。

「啊，各位如果有任何建議，歡迎隨時告訴我。」

「哈哈哈，當然。」

「如果有人對編制感到不滿，我會在審慎考慮後盡量配合各位的意見調整。」

「那個……榮譽主教大人。」

「是，您請說。」

「就是……我對編制沒有不滿，但我在想，西區的城牆是不是應該多花一點心力防守呢？這只是我個人的意見。」

「啊，感謝你提出寶貴的意見。」

沒想到會得到這麼犀利的建言。

當我正要開口說出預先準備好的臺詞時，坐在我旁邊的車熙拉一邊百無聊賴地用手捲著頭髮一邊開口，那副模樣實在很有她的風格。

「首先，你想在正對森林的第一城牆多放一點心力，對吧，親愛的？所以你才會把這項重大的任務交給小石公會……至於西邊城牆的話，假如第一道防線被突破，我和領主城都會前往支援的，你不用擔心。」

「啊……是，我明白了。很抱歉，我說了沒用的話。」

「這沒什麼好道歉的，大家都是因為不知道才發問……」

「傭兵女王大人說得沒錯，提問的時候不用有壓力。我還有很多地方做得不夠好，各位如果願意踴躍提出意見，會對我很有幫助的。」

「你沒有做得不夠好，能在短時間內做到這個地步，已經很了不起了。至少在我看來幾乎沒有漏洞……要是沒有帕蘭，凱斯拉克根本做不到這個地步。」

「……」

「搞不好根本連要準備守城戰都不知道。我可以跟你們保證，在沒有事先做準備的情況下，怪物開始攻擊後才發現要防守，然後急急忙忙開始準備是絕對不夠的。最後大家只能拋下凱斯拉克逃跑，或是全軍覆滅。」

「那、那種事……」

其實我也同意車熙拉的看法，但這種事不能直接說出來。

「熙拉姐。」

「知道了知道了。」

她願意為我出力是好事，問題是她用力過猛了。

氣氛變得有點尷尬，我想差不多該結束會議了。

「雖然今天的會議沒有太大的進展，但至少完成了部隊的編制，各位可以到各自的崗位上待命了。具體事項之後會再通知各個組別，值勤工作請各公會會長自行分配。下午的訓練所有人都必須參加。」

「是。」

「了解。」

「勞煩大家專程過來，辛苦了。」

人們陸續走出會議室，就連離開的時候也想討好我的模樣實在有夠荒謬。

其實很多人都沒什麼緊張感。當然也有一些人很嚴肅地看待現在的狀況，不過有些人比起專注於擋下怪物群的侵襲，更關心之後能獲得的利益，讓人不禁覺得不管走到哪裡，在上位的既得利益者做的事情都大同小異。

通常在這樣的戰役中，待在後方發號施令的指揮官的確會暴露於相對較少的危險之中，他們會想要討好我是再自然不過的事。

就在我忙著回應來自四面八方的寒暄和閒聊時，小石公會的宋正旭叫住了我。

「那個……李基英大人。」

「啊，宋正旭先生。」

「呃……」

「你想說什麼就直接說吧，小石公會會長。」

「請、請問……」

「是。」

「如果我有做錯什麼事……」

「我不知道你為什麼會這麼說，不過……」

「咦？」

「哈哈哈，小石公會會長哪有做錯什麼事？我反而還想向你道謝呢，謝謝你願意負責風險比較高的城牆。」

雖然是我指派的。

「小石公會會成為領主城的騎士和其他帝國人的表率的。我會盡可能為你們提供支援，其他部分請你不用擔心，你只要專心守護凱斯拉克就可以了。」

就算想專心也很難吧。

只見他愣愣地望著我，一時說不出話來。感覺好像沒必要再跟他多說什麼了。

「請問還有什麼問題嗎？」

「你應該也知道，小石公會背負著非常重大的任務與責任，希望你們盡最大的努力應戰。」

「呃……沒有了。」

「是……」

他們一定會盡全力的，因為不盡全力就會死。不過就算死了也是活該。

「啊，之後如果還有什麼問題，或是需要協助的地方，你可以透過我的副官告訴我。」

「您的副官是……」

「副官！」

「是，副會長。」

「這位是曹惠珍小姐。」

看到曹惠珍默默現身，宋正旭緊咬著嘴唇，大概是覺得自己之所以會面臨兔死狗烹的遭遇，都是曹惠珍害的。我並沒有刻意要挑撥他們之間的關係，但是覺得這樣也不錯。畢竟宋正旭遭到兔死狗烹，的確有一半是因為曹惠珍的關係。

我看著車熙拉，悄悄往她旁邊移動，同時看見宋正旭緊緊握著拳頭。

我不想被曹惠珍討厭，覺得還是讓宋正旭被她討厭比較好，所以沒必要解開誤會。

事到如今，就算他努力想要挽回也已經太遲了，因為大勢已定，那傢伙沒有選擇。

「今後部隊的大小事將由惠珍小姐負責管理，畢竟我一個人沒辦法管到所有瑣碎的小事。這麼說來，兩位是舊識吧……你們可以聊一聊。」

「是，副會長。」

「哈哈哈，那就交給惠珍小姐了。」

我慢慢移動腳步離開，兩人交談的聲音從後方傳來，但我沒有將太多的注意力放在上面。反正他們一定是在互相埋怨、互相爭執吧。

就算不聽他們的對話，也能預想得到接下來會演變成什麼樣的場面。比起他們的對話，現在更重要的是這場守城戰能為我帶來什麼，以及執行我的作戰計畫。光是這兩件事就夠我頭痛了。

「你在玩離間計嗎？親愛的？」

「不是那樣的，熙拉姐。對了，謝謝妳願意過來。」

「不客氣，我還想謝謝你找我過來呢……我本來就在等這種事件發生。」

「能聽到妳這麼說真是太好了。」

「怪物群侵襲事件如果真的會發生最好，但也有可能不會發生，我就當作是來看你的，還可以趁這個機會久違地讓公會繃緊神經。總而言之，對我沒有壞處。」

「那是什麼意思？」

「怪物群侵襲事件有可能不會發生，親愛的。」

「怎麼會？」

「該怎麼說呢……從金賢成那傢伙帶回來的情報看來，幾乎可以確定會發生，不過……應該說證據稍嫌不足嗎？」

「嗯？」

「親愛的你才來到這裡沒多久，可能不太清楚，通常發生怪物群侵襲事件發生的徵兆都是森林的生態達到飽和，或是副本出現不穩定的狀況。因為怪物在森林裡找不到食物，或是生活空間不足，就會跑到森林外面來。但那份資料完全沒有提到森林生態達到飽和的狀況。」

「是嗎？」

「這附近也沒有會刺激到其他怪物的副本……也就是說，雖然有一些徵兆，但是找不到關鍵的因素，這樣你明白嗎？」

「我懂妳的意思了。」

我當然也有質疑過這個部分。我和實際經歷過怪物群侵襲事件的車熙拉不同，沒有任何經驗，所以無法點出哪裡不對勁，不過我確實有一種好像漏掉了什麼的感覺。

而且好像不是只有我這麼覺得，金賢成光是準備應對怪物群的侵襲還不夠，不知道還在忙些什麼，似乎就是在尋找那個關鍵的因素。

我們親愛的重生者在第一輪人生中與凱斯拉克關係密切，然而就算是這樣的他也還沒找出怪物群侵襲凱斯拉克的關鍵因素。

但無論原因為何，根據金賢成上一世的經驗，怪物群侵襲事件一定會發生，不會像車熙拉說的那樣不了了之。

就在我苦惱著要不要告訴車熙拉接下來會發生的事情時——

「嘰欸欸欸欸欸。」

我依稀聽見了怪物的叫聲，那個聲音不是來自城外，而是來自城內。

＊　＊　＊

「剛才那是什麼聲音？」

面對車熙拉的疑問，我搖了搖頭，這反而是我想問的。

此時，哭叫聲不斷地從某處傳來。

高音頻的尖叫聲此起彼伏，和人類刻意模仿的聲音明顯不同。

「嘰欸欸欸欸欸！」

難道地底下的怪物全跑出來了？這種情況不無可能，但眼下傳入耳中的叫聲，似乎比一般的怪物更加淒厲。

無論是什麼理由，先查出聲音的來源肯定不會錯。

就在我望向車熙拉，正準備開口時，她閉上雙眼，像在試圖感知些什麼。

「親愛的，你能暫時保持安靜嗎？」

「嗯？」

「先安靜一下。」

雖然無法理解她的舉動，但我立刻就明白了此番話的用意，因為當我的視線不自覺地往下移，地板便開始緩緩顫動。

即便幅度相當微弱，但地面就像地震來襲一般，不停地晃動。伴隨著啪啦啪啦的聲響，小石子向上跳動的模樣清楚可見。我頓時意識到，這並不是錯覺。

「準備好了嗎？」

「準備什麼？」

「好像來了。」

「什麼？」

「我不是在開玩笑。看來我失算了，怪物在來的路上，現在得盡快做準備。雖然目前離這裡還有一段距離，但應該馬上就到了。」

「為什麼這麼突然……」

這簡直令人哭笑不得。

雖然金賢成這陣子看起來相當忙碌，但他的模樣一點也不像在等待即將到來的敵人。從他的態度看來，發生這件事的時機點應該比現在更晚才對。

難道這次發生的時機比第一次人生更早嗎？金賢成知道怪物會在這個時候出現嗎？

好巧不巧，遠處的金賢成果然開始朝我飛奔而來，臉上寫滿了驚慌。

見到他那張藏不住內心想法的面孔，我頓時明白，一切果然比第一次人生進展得更加迅速，而他也的確沒料到會這麼早發生。

「基英先生。」

「是，賢成先生。」

「盡快準備作戰……看來怪物群就要來了！」

「好，我明白了。」

為什麼會出差錯？不只金賢成，我也很納悶。

或許未來的一切早已改變，即便這樣的念頭在腦中不斷浮現，但這一次我並沒有太多懷疑。

反正怪物群提早入侵對我的影響只有需要提早編列完隊伍。

不過，仔細思考後，就能發現這起突發事件的導火線。不，依照目前的情況來看，根本不需要動腦也能察覺。

雖然無從得知怪物的叫聲為何會傳到城市外圍，但這起事件的起因，肯定是剛才那道叫聲。

「規模似乎比想像中更大……」

「是啊，現在立刻準備進入戰鬥模式，賢成先生覺得如何？」

「我去通知領主城，基英先生在中央指揮部繼續觀察情況，並調派備用軍力。帕蘭的所有人將會一同出動。」

「我知道了。我會讓所有人備好弓箭，在魔法施放後隨時待命。」

「好。還有剛才聽見的聲音……」

「目前還在調查。如果有任何不對勁，我會馬上向你報告。」

「好。基英先生……」

「什麼事？」

「我相信你。」

「嗯，謝謝你。」

我的心情沒來由地好轉。不是因為得到了重生者的信賴，而是因為他說的話，不單單只是客套話。

金賢成同樣也認為這次的行動至關重要，要說這是個能提升經驗值的大好機會也不為過。

就目前的情況而言，我雖然負責指揮隊伍，但金賢成願意給予經驗不足的我十足信任，肯定不容易。那傢伙二話不說地默默支持我，我對此心存感激。
我雖然對眼下的情況感到有些茫然，但也意識到必須做出應對。
於是我立刻動身，將發生緊急狀況的消息傳出去。接著，負責傳令的士兵們立刻放聲吶喊。
就這樣，消息迅速朝四面八方傳遞開來。
耳邊傳來鐘聲的瞬間，周圍一陣騷動。
「準備戰鬥！」
我再次平靜地開口。
「全體士兵堅守戰鬥位置，魔法兵團施放魔法後，開始待命。」
「怪物來襲！全體士兵準備戰鬥！堅守戰鬥位置，魔法兵團施放魔法，隨時待命！」
有人替我傳遞命令確實方便多了。
凱斯拉克也並非一盤散沙，一下子就進入了戰鬥模式。
在看不見怪物本體、令人摸不著頭緒的狀態下，雖然施放了魔法、備好了弓箭，但不斷響起的鐘聲，卻令眾人不自覺地板起面孔，而我當然也沒有心思顧及其他。
剛才的叫聲是關鍵，聽起來就像初生的小狗在尋找母親一樣。
我突然想起即將在地下拍賣場上出售的怪物卵……不會吧？
由於僅僅只是略有耳聞，所以我並未多加確認。萬一那顆蛋沒有售出，或者被其他另有所圖的公會暫時保管，確實無法排除那顆蛋早已孵化的可能性。
當初那顆蛋在地下拍賣場出現時，我就應該起疑心了。
當然，我的猜想很有可能並不正確，但不知怎地，有種越來越接近謎底的感覺。

怪物群出現的時間比預料中更快，由此看來，原本的假設應該沒錯，哭聲就是整起事件的主因。

事到如今，必須先調查那顆蛋。

「熙拉姐。」

「怎麼了？」

「剛才從城市裡傳來的聲音……」

「去了解一下狀況就行了吧？」

「嗯。妳不需要親自出馬，守在這裡會更好，畢竟傭兵女王的名聲有助於提振士氣。」

「當然。」

「西邊那邊妳打算怎麼做？」

「怪物群一旦來襲，我們會即刻進入戰鬥模式，你不必擔心，親愛的。我這邊沒有任何問題，你還是好好想想這次該如何報答我。我的錢已經多到花不完了，你休想用金幣敷衍了事。」

「呃……」

「你該不會真的打算用錢打發我吧？」

「猜對了一半……」

「我就知道了。對了，這畢竟是你第一次出戰……不如發表一小段演說吧？」

我確實很想獻上一段出師表，但一切實在太過突然。

我知道指揮官這個角色的重要性，雖然這不是人與人之間的戰爭，但也算是一場大規模的戰役，鼓舞士氣同樣重要。

不過，眼下不是開口的好時機。軍隊剛成立不久，此時的我就像隻無頭蒼蠅一樣，盲目而沒有方向。

然而，一切確實都已步上正軌。我擔心有人趁亂逃跑的小石公會，也同樣站在第一城牆上，俯視著下方。

負責運送補給物資的商人協會將弓箭與藥水等消耗品搬到各處。

原先緩緩晃動的陸地，震盪的幅度開始明顯上升。大概是因為感受到地板的震動正在逐漸加劇，心志較為軟弱的帝國民不是在向上天禱告，就是不停地四肢發抖。

這時，遠方傳來怪物們的詭異叫聲。

媽的，還真嚇人……要是有人問我害不害怕，我的答案絕對是肯定的。

眼下的情況太過不真實了。原本天真地認為一切會沒事，內心卻不知不覺湧上一股不安。

當然，被嚇得渾身發抖的我，手中握有不少牌。有可愛的重生者金賢成、人肉盾牌朴德久，以及惹人憐愛、眼裡只有我的鄭白雪和高階祭司宣熙英，還有小鬼金藝莉和黃正妍，就算他們距離我有些遙遠，但當我遭遇危險時，他們都會挺身相救。而眼下最可靠的人，就是在我身旁的車熙拉。

我只需要在後方監控著一切，無須擔心人身安全。

除了我的同伴，前方還有數千數萬名為了我豁出性命的士兵。

「沒什麼好擔心的，對吧。」

「嗯？」

「麻煩妳幫我施展聲音增幅魔法。」

「你想說幾句話嗎？」

「當然囉，熙拉姐。」

詭異的叫聲越來越響亮，怪物們急迫的聲音不斷傳來。此時，我不慌不忙地開口。

儘管不是什麼了不起的發言，從嘴裡輕輕吐出的話，透過聲音增幅魔法，傳到了城牆和整座領主城，順利地在短時間內掩蓋了怪物的叫聲。

此刻渾身顫抖的人們所聽見的，不是那些傢伙的叫聲，而是我說的話。

「我們的家鄉不在這裡。

「嚴格來說，我們和這個地方毫無關係。因為不明的原因，我們來到了這個地方。大多數來到凱斯拉克的人，一部分是為了存活下來，一部分則是為了找工作。

「許多人懷抱著悲痛的回憶，那是因為目前所處的環境對我們並不友善。有人失去了朋友，有人失去了愛人；有人每天痛苦不堪，整夜借酒澆愁，也有人為了該不該結束生命而煩惱。」

「親愛的？」

「但是各位，請你們回頭看看身後這些文明的結晶。今日的凱斯拉克都是各位一手打造的。讓從前沒有軍事設施的凱斯拉克改頭換面的人，正是現在的自由民和帝國民。過去人們認為凱斯拉克相當危險，避之唯恐不及，紛紛搬遷到其他地方；但現在的凱斯拉克，卻是無數觀光客和自由民經常到訪的景點，也是打怪的核心地帶。這是各位與逝去的友人、愛人、家人一同打造的成果。

「踩在我們腳下的城牆，握在手中的弓箭，以及各位所處的位置，創造這些文明結晶的人，不是別人，就是在場的各位。這是每個人流血流汗建立起的珍貴之地，也是我們的避風港、我們的家，有親愛的家人和朋友的家。」
「親愛的說得真好。」
「現在我想問在場的各位，凱斯拉克真的不是我們的故鄉嗎？這個地方真的和我們一點關係也沒有嗎？
「凱斯拉克是安全的。只要各位抱著守護這片土地的心，舉起武器，我們親手開拓的家園就能安然無事！各位，我們並不是迫於無奈而站上戰場。我們舉起手上的劍，是為了守護我們的家鄉。各位！一起保衛我們的家園吧！」
這番話來得有些突然，但效果相當不錯，因為人類這種動物一旦處於極端的情況下，就特別容易被這種空泛的演說觸動心弦。
雖然我根本不是凱斯拉克人……但現在恐怕不會有人想起這件事。
或許有些人認為我在胡扯，順口辱罵了幾句，但說不定也有某部分的人內心受到了震撼，為了忘記心中的恐懼而放聲高呼。
「一起……保衛家園吧！」
「守護故鄉！保衛我們的家園！」
「守護家鄉！」
原本一句微不足道的喊話，就像傳染病一樣，不知不覺地開始蔓延到每一座城牆。
可笑的是，連第一城牆的小石公會也高喊著守護家鄉的鬼話。
那就好好守護吧，你們這群渾蛋。
「咕喔喔喔喔喔喔！」

空中傳來詭異叫聲的同時，怪物群穿越樹林，進入了視野範圍。幾名士兵一時之間被嚇得蜷縮在原地，但某處傳來的保衛家園口號，讓他們也不自覺地念著守護故鄉的話語。

「各位！我們凱斯拉克會平安無事的！」

「守護凱斯拉克吧！」

「全體士兵！」

「咕喔喔喔喔喔喔！」

「發射！」

霎時間，魔法與箭矢襲罩整片天空。

＊　＊　＊

沒想到能親眼看見這壯闊的景象。

天空布滿巨大的火球與箭矢，就像以前在戰爭片和漫畫中看過的場景一樣。更不真實的是，不斷朝城牆飛奔而來的怪物群……怎麼那麼多？

「咕喔喔喔喔喔喔！」

雖然沒參與過幾次打怪，但前方出現的怪物，確實都是我沒見過的種類。

從比人類大上五倍左右的中型怪物，一直到被中型怪物踩在腳下的小型怪物。體型大小和鎖定的目標雖然各不相同，但這些一心只想跨越城牆的怪物，確實令人不寒而慄。

當那些怪物來到城牆前方時，如鸚鵡般高喊著「守護故鄉」的我方士兵，開始施放魔法和箭矢。

匡——！

空中頓時傳來一道轟天巨響。

伴隨著爆裂聲，碎片四處噴散到地面，小型怪物瞬間被大火吞噬，中型怪物全身插滿箭矢，摔倒在地。一發又一發承載著魔力的箭矢，成功地射下小型怪物的頭顱。

然而，蜂擁而上的怪物數量超乎想像。一批批從樹林中竄出的模樣，簡直荒唐得令人失笑。

牠們究竟是從哪裡蹦出來的？這種程度的話，樹叢最深處的怪物肯定也一起出動了吧？這片樹林規模十分龐大，要是裡面的所有怪物一下子傾巢而出，數量應該相當壯觀。

「發射！」

我再次下達指令，第二次的砲擊旋即從城牆上方往地面發射。

同樣的動作與指令不斷反覆。撲面而來的怪物們一個接著一個倒下，摔落在地的怪物又絆倒了後方接踵而來的怪物。

我稍稍舉起手，熟知大地屬性的魔法師緊接著念起咒語，泥土和岩石做成的長矛，開始從地面上飛起。只知道奮力往前衝的愚蠢怪物，就這樣被無數長矛貫穿身軀，發出淒厲的慘叫聲。

情況非常理想，雖然效果不明顯，但光是以目前的攻擊就差不多能解決眼前的垃圾了。

總之，眼下我唯一能做的，就是有效地運用魔法和弓箭而已。

我原本打算加入施法的行列，藉此提升自我的經驗值，但立刻就打消了念頭。為了讓重生者精心準備的大型盛會進行得更加完美，普通或稀有級的怪物最好留給那些傢伙處理。

魔力必須省著點用，以便應付日後登場的高經驗值供給來源。

「還真順利呢。」

「是嗎？」

「是啊，親愛的。一開始能有這樣的效果已經算很順利了。用大地魔法一下子壓制住那些怪物，實在令人印象深刻。凱斯拉克裡的飛行怪物並不多，要是持續擋住入口，進行防禦的話，牠們肯定會先陣亡。」

「真是個好消息！」

「為了以防萬一，我要提醒你，魔力必須省著點用，畢竟這種情況很少見，難保之後不會出什麼意外。」

「我知道。」

有資源有背景的人占到的便宜，往往比一無所有的人來得多。在這裡，這樣的現實同樣存在。

不同於那些拚命想活下來，按照指令集中火力對抗怪物的人，擔任指揮官的我，正在為將來做打算，盡可能地節省魔力和體力。

「牠們抵達第一城牆了。」

「嗯，好像是呢。」

守城戰持續進行著，第一波進攻的怪物群開始陸續抵達城牆。

怪物們來勢洶洶的模樣，彷彿能即刻摧毀城牆，但數百年來一直守護著凱斯拉克的巨大城牆絕不可能倒塌。

依舊活著的怪物們，將其餘怪物的屍體當成階梯，一批接著一批攀上城牆。

「擋住！」

「咕喔喔喔喔！」

「射箭！該死的！箭！」

「用魔法攆走牠們！」

位於第一城牆的小石公會極力守住第一戰線的模樣，著實令人印象深刻。

他們會這麼拚命是理所當然的，因為怪物一旦突破防線，最先斷送性命的不是後方的凱斯拉克，而是站在第一線的自己。

雖然恨不得能當場死去撒手不管，但他們絕不可能這麼做。怪物的攻擊才剛剛開始，繼續撐下去才是明智之舉。

看到遠方的宋正旭為了守護公會成員而卯足全力的模樣，我不自覺地落下了幾滴淚。

真是崇高的傢伙，守護家園的同時，卻保不了自己。如果這不是犧牲，那什麼才是？

弓箭手像機器一樣馬不停蹄地發射箭矢，魔法師們早已筋疲力盡，祭司一刻也不敢鬆懈，戰士則是設法擊落開始一步一步爬上城牆的怪物。小石公會的宋正旭，就在其中。

「絕對不能讓牠們上來！」

他肯定想拔腿就跑，不過在各處站崗的紅色傭兵八成會把他抓回來，因此他無法那麼做。

換作是我，恐怕也無法拋下一切獨自逃亡。

想到自己在凱斯拉克的地位，以及一路以來苦心栽培的公會成員，宋正旭不可能做出那樣的選擇。

先前那傢伙雖然高喊著捍衛家園，但對他而言，要說這裡是比真正的故鄉更珍貴的地方也不為過。

咦……我原本以為他會瞬間倒下，結果情況和預想的不同，可見小石公會的戰力比我先前預估的更加強大。

見到他們努力認真的模樣，身為指揮官的我，當然倍感欣慰。

「支援第一城牆。」

「知道了！支援第一城牆。預備隊立刻前往第一城牆。」

在這種未來不排除會進入持久戰的情況下，勝負取決於體力的適當分配和預備軍力的調遣。

將幾百幾千條人命握在手中，雖然倍感壓力，但在戰場上，把人命當成數字會更有效率。要是被無謂的仁慈擺布，反而會招來麻煩。

其他城牆想必也受到了不少損害，但眼下讓第一城牆的士兵多些喘息的空間，能讓他們提升效率。此時，被包含在預備軍力的魔法師慌忙地跑了起來。

「嗯……」

「怎麼了？熙拉姐。」

「沒什麼……只是覺得你似乎能成為優秀的指揮官。」

我沒有特意回答。

因為車熙拉似乎能大致理解我內心的想法。

「看來你喜歡給人希望？」

我沒有看向車熙拉，而是一直將視線投向小石公會宋正旭身上。

距離雖然有些遙遠，但我看得很清楚，宋正旭正注視著我。突如其來的預備軍力讓那傢伙疲憊的臉龐頓時充滿希望。

那或許意味著，他不會放棄第一城牆。

「援軍來了！大家再加把勁！」

「是！會長。」

雖然不曉得宋正旭在想像些什麼，但他一副認為自己沒有被拋棄，奮不顧身的模樣，令我印象深刻。

當我開始將援軍集中到第一城牆後，明顯牽制了怪物群向上攀爬的行為。

「熙拉姐，我不是喜歡給人希望，只是覺得最好能充分利用這一點。」

「嗯。」

「反正第一城牆遲早會淪陷。從凱斯拉克過往的守城戰紀錄來看，數百年連續不斷的守城戰當中，第一城牆雖然不曾完全被擊潰，但在無數次的戰役中，總是無法全身而退。」

「你做了不少研究呢！」

「都是一些稍微看過相關紀錄就能知道的事。我雖然不明白當初建造凱斯拉克城牆的建築師有何居心，但他的腦子大概不太正常。」

「為什麼？」

「這座城牆的功用，就是迫使士兵們為戰爭犧牲。蓋這座城牆的人，當初就是以犧牲第一城牆的士兵為前提來設計……嗯……這也是第一城牆被蓋在最外圍的原因。凱斯拉克之所以到目前為止，一次也不曾被攻陷，是因為背後有無數人的犧牲。」

「也就是說，這次的犧牲者是小石公會，對吧？」

「當然，他們應該還能再撐一陣子。只要榨乾所有利用價值，等到魔力全部用光之後，再一腳踢開就行了。要是他們在保有魔力的狀態下死去，冤枉的不只他們，連我也會覺得浪費。」

「太卑鄙了……」

「妳之所以會認為我能成為優秀的指揮官，不就是因為這個嗎？」

「話雖如此……但你還真他媽的垃圾啊。」

「反正這群罪犯遲早都會死。給他們機會以這樣的方式死去，他們應該感謝我才對！這不就是所謂的光榮赴死嗎？」

確實是光榮赴死。

雖然目前沒有那些傢伙犯罪的證據，但查明證據易如反掌。就算他們幸運地從第一城牆活了下來，宋正旭終究難逃一死。

他如果活下來，說不定會被嚴刑拷打，所以在怪物的包圍下死去才最為理想。短時間之內，所有人想必會引以為戒，即便宋正旭死去，肯定也能幫我一把。

「全面應戰！」

「絕對不能讓牠們爬上來！戰士在幹什麼？」

他們比想像中更能撐，甚至能驚險地守住第一城牆，簡直是奇蹟。

當然，雖然目前出現的只有稀有級怪物，但光是擋下現在的攻擊，第一城牆也算充分地發揮作用了。

要是他們能再替我擋下更高階的怪物，小石公會就等於提供了更高的價值。所以為他們增派一些援軍，也是個不錯的選擇。

箭矢集中落在第一城牆下方怪物的身上。怪物們發出慘叫聲的同時，士兵們再次獲得喘息的空間。

宋正旭的臉上又一次浮現希望的光芒。此時的他，對我投以無比信任的眼神。

蠢貨。

他似乎認為我之所以將小石公會安排在第一城牆，是為了讓他們大展身手。

然而就在此時，必須組成戰隊才能制伏的英雄級怪物，開始接二連三地衝向城牆。

真正的戰鬥，現在才正要開始。

一次能前進一大段距離的四足怪物，朝我們跳了過來，接著爬上城牆。

照著教戰手冊的指示，此時應該集中火力朝那些傢伙發動攻擊。就連預備軍力也必須緊急出動，設法削弱牠們的體力是第一要務。

不論是鄭白雪或黃正妍，都在持續地施放魔法。為了擺脫這些傢伙，看來我得一點一點亮出手中的牌。

由於新怪物的出現，第一城牆的支援兵力就此中斷。這時，令我們無比驕傲的小石公會，開始與一批批湧上的怪物們展開肉搏戰。

就算支援他們也沒什麼意義，我不自覺想著，該是時候拋棄他們了。

慢慢撤去剩餘的兵力的同時，仍然持續提供第一城牆遠距離的魔法支援。

部分區域已經開始發出痛苦的哀號。

「啊啊啊啊啊！」

「救我！救……！」

小石公會的宋正旭想必也開始著急了，他雖然一臉可憐兮兮地回頭望著我，但出現在他眼前的，卻是預備軍力準備撤退的畫面。

「李基英，你這個渾蛋！後、後退！兵力向後……」

他們絕不可能背對著一批批蜂擁而至的怪物逃跑，實在太勉強了。

由於怪物們發出的怪聲，宋正旭的聲音變得模糊不清。

「李基英！王八蛋！李基英！李基英！李基英——！」

慢走不送。

「李基英——！」

最後，就在無數怪物湧向第一城牆，連那傢伙的聲音一丁點也聽不見的當下，我開始結咒印，準備背誦咒語。

「絕不能讓小石公會白白犧牲！」

此時，我的眼眶噙滿淚水。

＊　＊　＊

在增幅魔法的作用下，我的聲音清晰有力地傳向四面八方，這番喊話反倒穩定了士兵們動搖的內心。

雖然有一部分的人認為自己會如小石公會一般死去，但小石公會的成員臨死前，並沒有滿臉驚恐地四處逃竄。

宋正旭模糊不清的最後一聲慘叫，大概也沒人聽見。因為那些基層士兵和我不同，我在魔法的幫助下，順利地掌控了局勢，而那些基層的士兵則忙於應付眼前的怪物。

宋正旭怒吼著「李基英！王八蛋！」舉起劍奮力抵抗的模樣，看在他人眼裡，大概會被視為不停地咒罵怪獸，奮戰到最後一刻的英雄壯舉。

遠遠一看，宋正旭的模樣宛如電影情節裡最壯麗的死亡。

站在最前線，為了凱斯拉克奮戰到底，最終壯烈犧牲的小石公會和宋正旭，才是在這場守城戰役下誕生的真英雄。

宋正旭，你就好好當你的英雄吧！

事已至此，要是佯稱小石公會堅持守下第一城牆的壯舉完全是出於自願，效果應該會更好。當然，比起成為那種英雄，我寧願苟延殘喘地活著。

見到身為凱斯拉克指標性公會之一的小石有這樣的表現，士兵們有所感觸也是情理中的事。此時，周圍開始接二連三出現附和的聲音。

「別讓小石公會白白犧牲。」

「你們這些骯髒的怪物！」

「一起守護家園吧！」

宋正旭的死亡，再次提振了軍隊的士氣。

從雙眼噴發怒火，拉緊弓弦的弓箭手，一直到奮力抵抗的戰士和不斷釋放神聖力的祭司，所有人紛紛拿出全力應戰。而我也不例外，為了做出表率，我也開始念起咒語。

是時候讓第一城牆下的怪物見識一下，凱斯拉克有多麼強大了。

「守護凱斯拉克！」

鄭白雪似乎感受到我的魔力，在遠處的她也開始念起咒語。

光靠我一個人，大概難以對那些傢伙構成威脅，不過要是有鄭白雪的魔力加成，肯定能造成超乎想像的傷害，我得趁現在賺一些經驗值才行。

咒印完成的當下，我開始念咒。彷彿等待已久似的，此時第一城牆上方的天空，出現一隻巨大的手。

用催化劑瞬間重組而成的巨手不停地膨脹。除此之外，鄭白雪所提供的魔力，也不斷地為巨手注入力量。

接著，巨手持續膨脹，最終引發了爆炸。這不是我的傑作，一看就能知道是鄭白雪施加了魔法。

「匡」的一聲，位在第一城牆的怪物瞬間粉身碎骨，其中似乎還有一些小石公會的成員被波及。不過為了顧全大局，一點小小的犧牲是必要的。

「咕喔喔喔喔喔！」

做得好。即便沒有聽見經驗值上升的聲音，但剛才的魔法彷彿一次解決了數百隻怪物。一部分的城牆瞬間倒塌，被壓在下方的怪物數量也不少。

〔數種職業已開放，請根據需求選擇職業。〕

這麼快？按理來說，隨著等級越來越高，成長的困難度也會提升。雖然解決了不少怪物，但沒想到能因此得到新的職業。由此看來，這次的成果相當可觀。

我不自覺地揚起嘴角。

車熙拉似乎看見了我的表情，她悄悄開口：「新職業？」

「嗯。沒想到來得這麼快。」

「這是第幾次啊？」

「第四次。」

「雖然剛才的表現還不錯，不過還真快……應該是連伊藤蒼太事件所累積經驗值也一併計算了。原則上，戰鬥能帶來的經驗值最多，不過系統也會根據日常行為給予經驗值。至於選擇職業，等到怪物群侵襲結束之後，再好好考慮也不遲。反正經驗值是日積月累的。」

「多謝妳的建議。」

「沒什麼，都是一些原本就知道的事。不過，你好歹收斂一下表情。」

「我知道。集中火力攻擊怪物的所在的第一城牆！這是宋正旭會長最後的遺志！」

他當然沒有說過那種話。

「不能辜負宋正旭會長要大家守護凱斯拉克的苦心！各位！再加把勁吧！如果沒有犧牲，就什麼也守護不了。這就是宋正旭會長在第一城牆堅持奮戰到底，最終壯烈犧牲的原因。為了每一位奉獻生命守護凱斯拉克的英雄，大家一起奮戰吧！全體人員，發射！」

第一城牆那頭說不定還有生還者，他們比我預估的更能堅持，而剛才的爆炸也相當於激起了怪物們的憤怒。

在心中做了各種盤算之後，無數道魔法瞬間降臨。用「犧牲」這種崇高的名義包裝而成的魔法和箭矢，伴隨著震耳欲聾的轟天巨響，瞬間擊中怪物聚集的第一城牆。

嘰嘰嘰嘰嘰！

由於必須集中加強火力，使用火系的魔法果然有用。

小型怪物承受不了爆炸產生的壓力，紛紛被炸飛的模樣，簡直令人嘆為觀止。被火燒得一片焦黑的，反而是那些權貴。

「咕喔喔喔喔喔！」

扭動著身軀死命掙扎的怪物們，從城牆上方往下墜落，碾碎了向上攀爬的同伴。在一波波蜂擁而來的怪物群當中，頓時形成了巨大的坑洞。

想當然耳，陸續把坑洞填上的怪物們，依舊繼續朝前方飛奔。不過大致看上去，確實傷亡慘重。

我嘴角的笑意始終難以掩蓋，這一切都得感謝已故的宋正旭，我真應該為他獻上感恩的禱告。

「一切應該會比想像中更容易解決……」

車熙拉說的沒錯。

倚靠著城牆的我方軍隊，順利地擺脫了怪物。然而，英雄級的怪物還在一批批地持續往上爬。

一部分的怪物爬到了城牆上方，但各公會的幹部或戰隊的隊長們正在阻擋他們。身為團體中的一分子，金賢成和我們小隊也做著類似的事。

金賢成穿梭在每座城牆之間，有條不紊地解決一隻又一隻怪物，宛如戰神。

雖然不曉得單憑一把劍，該如何砍下怪物巨大的頭顱，不過目光如炬，穿梭在戰場各處的重生者，一肩扛起了大部分輸出。

鄭白雪巧妙地讓魔法落在適當的位置，黃正姸則在一旁輔助，而宣熙英則到處奔波，在四面八方布下神聖力，天賦異稟的小鬼金藝莉也不例外。

就連我們小隊唯一的普通人朴德久，也在努力發揮自己的力量。所以我能夠深刻體會到這個訓練有素、實力堅強的小隊，為戰況帶來了多少影響力。

包括我在內，小隊確實和從前不一樣了。大家進步真多呢。

就在此時，一名別著紅色傭兵徽章的成員，迅速地跑了過來。

「車熙拉大人。」

「噢，處理好了嗎？」

「是。目前已經按照您所說的，取得留在黑市裡的所有商品。另外，剛才聽見的怪物叫聲也調查清楚了。」

「說吧。」

「小石公會的倉庫裡有顆怪物的蛋，從那顆蛋破殼而出的小獸，就是聲音的來源。到目前為止，從來沒有見過這種……」

「什麼？」

「那是一種到目前為止從未見過的怪物。我們先占領小石公會的總部，確保了牠的安全……不過，您似乎得親自走一趟。說不定……」

天啊……

「說不定牠就是這波怪物群侵襲的原因。」

我對著紅色傭兵的成員說了一句，只見他點了點頭。

我想的沒錯，事出必有因。純粹的推測變成了事實，讓我開始有些頭疼。

假設怪物來襲的原因，確實是因為那顆蛋，那麼說不定我們得對抗牠的父母。車熙拉似乎也有相同的看法，她靜靜地望向牆壁。

「蛋是在哪裡發現的？確認過了嗎？」

「雖然盤問了小石公會的倉庫管理員，但除了在樹林深處被發現的這一項線索之外，什麼也沒有。」

「天啊……真是一群瘋子。隨便把怪物的蛋帶進來不僅是違法的行為，更是禁忌。雖然一開始就知道他們淨幹一些非法勾當，沒想到竟會愚蠢到這種地步。事到如今，那些王八蛋就這麼死去，實在太便宜他們了。」

「那麼，怪物群侵襲……」

「很有可能是那隻小怪物引起的。現在一切似乎都說得通了，我終於能理解你們會長發現的那些狀況了。怪物群侵襲確實也是從那道號叫聲開始……」

「情況相當危險嗎？」

問出口的瞬間，我意識到這是個蠢問題，情況當然危險。

「不，不會有太大的問題。親愛的，你先進城了解一下情況或許會好一些。在上主菜之前，我得先收拾一下這些前菜。別太擔心，不過是多了一個需要解決的傢伙。」

車熙拉特意告訴我，從現在開始，她即將展開行動。這一番話令我有些不知所措。當然，從時機點來看並無不妥，但車熙拉的行為意味著情勢進入緊急狀態。

「我會快去快回。」

「嗅……好。」

她游刃有餘地再次揮了揮手，緊接著縱身一躍跳下城牆的模樣，著實讓人大開眼界。

擔心她遭遇危險，我稍稍望向紅色傭兵的成員，對方立刻開口。

「她喜歡一個人作戰。」

「原來如此。」

「因為會長只要集中精神，經常會變得相當激動……應該說失去理智。」

這些事我多少知道，光看車熙拉的特性就能明白一切。

〔特性：嗜血狂女（英雄級）〕

〔短時間內降低智力，並提高攻擊力。〕

不曉得降低的是智力值還是智商，不過大概兩者都是吧。事實上，我認為現在的車熙拉，就是由這項特性造就而成。

考慮到車熙拉原本擁有九十七點的力量值，此時處在攻擊力上升狀態中的她，用戰神來形容還遠遠不足。

匡啷啷啷啷！

稍稍往城牆的下方一望，情況果然如我所料，她正在將怪物們碎屍萬段。

到目前為止，她還保有一絲理智，在滴血未沾的狀態下將怪物們送上西天。但沒過多久，車熙拉卻漸漸顯露出禽獸般的一面。

車熙拉跳到英雄級怪物的上方，硬生生用手撕開怪物的下顎，扭斷牠們頭顱。她簡直就像個戴著人類面具的禽獸，讓人分不出誰才是怪物。

太強了……像伊藤蒼太那樣的傢伙，實力究竟有多麼強，我心裡多少有數，但車熙拉卻完全超乎我的想像，甚至到了毛骨悚然的程度。

媽呀，好可怕……車熙拉面帶微笑地將內臟徹底攪爛，眼神彷彿完全喪失理智，看來她的精神狀態確實不正常。

就在此時，她的視線緩緩往城牆上方移動。

「咦？」

這不是錯覺。雖然有些不明所以，但車熙拉一隻手握住頭顱，將目光準確地鎖在我身上。早已失去理智的雙眼，以及咧嘴一笑的表情，再加上隱約有些興奮的神色，該不會……

〔您正在確認玩家車熙拉的特有癖好。〕

〔忠於本能的母獅子〕

看見車熙拉突然朝我狂奔而來的身影，我不得不承認我心中的猜想果然是真的，事情變得越來越棘手了。

「媽的……快跑！」

第065話　忠於本能的母獅子

雖然不知道原因，但車熙拉分明是在追我。

她布滿血絲的雙眼，直勾勾地盯著我，簡直令人頭皮發麻。

我不知道她在想什麼，她就像隻猛獸般，不停地發出嘎咯咯的聲響，嘴角噙著一抹壞笑。

媽的……本以為車熙拉至少擁有自制能力，此刻的她卻和炸彈沒有區別。

不同於鄭白雪能在失控的前一刻被及時制止，車熙拉的行為完全超乎預期。

一般來說，執行計畫時，事情應該在自己的掌控之中。不，大部分的事情都是如此，這次的遠征也不例外。

即便有些後知後覺，但我們依然順利地推測出怪物來襲的原因，第一城牆的倒塌也在我們的預測之內。

對於這次守城戰可能出現的變數，我們事先做了不少準備，甚至還有精英怪物出現時的教戰手冊。光是針對不可控因素進行的沙盤推演，就有數十種模式。

不過，被我方盟友追殺的失控場面，完全不在我的計畫之中。我的腦海裡一次也不曾上演過這樣的景況。

車熙拉摘下身旁怪物的頭顱後，沿著城牆向上全速衝刺，朝我飛奔而來的模樣，讓人不寒而慄，這簡直荒謬至極。

不知怎地，我似乎隱約能知道她為何鎖定我，而不是敵人。一想到她的特有癖好欄位上寫的「忠於本能的母獅子」，答案呼之欲出。

一般戰鬥狀態下的車熙拉，只要啟動特性，立刻就能化身成馳騁沙場的嗜血狂女，集中精力釋放體內的暴力基因。不過這一次，她釋放了暴力基因以外的其他東西。

車熙拉目前處在智力與智商低下的狀態，而她本人似乎也沒料到會出現這種狀況。萬一在這之前，車熙拉有過相同的經歷，她肯定會提前警告我。由此可知，這種情況是第一次發生在她身上。

〈您正在確認玩家車熙拉的狀態欄與潛在能力。〉

〈姓名：車熙拉〉

〈稱號：嗜血狂女、紅色傭兵、神聖帝國的紅色狂女〉

〈年齡：28〉

〈傾向：無法預測的革新家〉

〈職業：傭兵女王（傳說級）〉

〈職業效果：習得基礎劍術知識〉

〈職業效果：習得中級武器知識〉

〈職業效果：習得高級武器知識〉

〈職業效果：習得高級雙手武器知識〉

〈職業效果：習得高級魔力運用知識〉

〈能力值〉

〔力量：117／成長上限值高於神話級〕
〔敏捷：90／成長上限值低於英雄級〕
〔體力：90／成長上限值低於英雄級〕
〔智力：00／成長上限值高於稀有級〕
〔韌性：90／成長上限值高於英雄級〕
〔幸運：56／成長上限值高於稀有級〕
〔魔力：82／成長上限值低於英雄級〕
〔裝備：無〕
〔特性：嗜血狂女（英雄級）〕
〔短時間內降低智力，並提高攻擊力。〕
〔總評：處於暫時降低智力值的狀態。力量值提升20點，暫時達到117點，超越了傳說級。由於喪失理智，最好不要輕易靠近，尤其是弱不禁風的玩家李基英。只要玩家車熙拉動動手指，就能讓您飛到九霄雲外，請您務必要小心。希望這不會是我們的最後一次見面。請您務必活下去……〕

一點屁用也沒有的總評，我一定會親手把你撕爛！

如我所料，車熙拉已經完全被本能所吞噬。而最惹人注目的，莫過於數字高得嚇人的力量值，以及高於神話級的成長上限值。

那種情況真的存在嗎？連我都不禁這麼懷疑，想必驚人的程度無須贅述。車熙拉光是打個噴噠，都能讓我瞬間飛走。

紅色傭兵的成員看著朝我們狂奔而來的車熙拉，眼神裡充滿困惑。

「咦？怎麼會？」

「先跑再說！」

此時，身邊當然得有一個能保護自己的擋箭牌。

我稍稍瀏覽一下他的狀態欄，發現他的能力值不錯，起碼能替我擋下一兩次車熙拉的攻擊，把他帶在身邊還不賴。

「她之前曾經這樣嗎？」

「不，沒有。這是第一次……」

交談的過程中，車熙拉持續地往城牆上方攀爬。

在她爬上城牆之前，我必須使出吃奶的力氣全速衝刺，盡可能和她拉開距離，但以我的敏捷值和體力值，根本跑不了多遠。

「擋住她！」

「我、我知道了。」

他就像被我的話蠱惑一般，連忙舉起盾牌，阻擋車熙拉的進攻。然而，他卻沒能擋下車熙拉伸出的長腿，瞬間被踹到城牆內。

匡嘰！

「啊啊啊啊啊！」

他的骨頭肯定碎了一大半。

車熙拉或許還保有一絲理智，沒有失手殺掉自己的手下，換作是其他人，恐怕在被彈飛之前，就已經被大卸八塊了。

剎那間，我想起和我同行的獅鷲——白波爾。

「尤里耶娜！不對！白波爾！白波爾！」

雖然不曉得牠能否聽見我的聲音，但眼下我只能心急地呼喚牠的名字。不過，原本以為無比勇猛的傢伙，此時卻對我的呼喊充耳不聞。

究竟是聲音沒有傳到牠的耳裡，抑或是連牠都察覺到危險，打算明哲保身，我無從得知。但如果是後者，我想這傢伙果然是我的獅鷲，連個性都跟我一模一樣。

我也想過，落入車熙拉的手掌心或許不會有事，但一想到最糟糕的下場說不定是被她碎屍萬段，立刻逃走絕對是最上策。

值得慶幸的是，我腰間的尤里耶娜，正匆匆忙忙地朝著車熙拉前進，它肯定能替我拖延一點時間。

在守城戰進行的過程中發生這種事，簡直讓人哭笑不得。因為失去理智的車熙拉，這座城牆的保衛戰無法順利進行了。

事已至此，為了打贏這場守城戰，首先必須把她引到城市裡。

即便沒有我或車熙拉，守城戰也能順利進行。當然，要是小石公會手裡那隻小怪物的母親找上門來，情況或許會有所不同。不過，有這些為了守護凱斯拉克而孤軍奮戰的兵力，我們的勝算顯然更大。

留下來代替我的指揮官如果不是個傻子，短時間之內應該不會有任何問題。

當我上氣不接下氣地大口喘氣時，後方傳來淒厲的叫聲。

車熙拉全速衝刺的同時，肯定也一邊揮舞著手臂，拍開周圍所有礙事的東西。當然，她隨手一推，可能就會對他人造成無法承受的傷害，但此時此刻，不是該為他人操心的時候，因為她的氣息似乎離我越來越近了。

「嘎咯咯咯……」

她是怪物嗎？

我的腦海雖然出現過數萬種被車熙拉逮住後的下場，但誰都無法保證我能全身而退。

就在此時，我的身體被抬了起來。當我差點不自覺地發出驚叫聲時，身體瞬間騰空。

這次的狀況有些不同。一睜開眼，出現在眼前的不是車熙拉，而是把我擁在懷裡的曹惠珍。

「呼……」

「這到底是……怎麼回事……」

「說來話長。總之，我們最好先往城市裡面跑。」

「噢……好。」

「惠珍小姐，注意安全。」

「好。」

「守城戰的狀況如何？」

「似乎進行得相當順利。不過，副會長似乎正在被車熙拉大人追著跑……」

「很好。指揮部知道目前的狀況嗎？」

「他們只知道為了抵擋從下水道內部入侵的怪物們，副會長和車熙拉大人帶著一部分的軍隊前去支援。」

「誰說的？」

「我、我暫且先這麼說了……對了！守城戰的總指揮，暫時由巨人公會的會長來擔任。」

曹惠珍開始懂得變通了。她這麼做，大概是為了不給軍隊添麻煩，但即便如此，我還是想表揚一下她說了謊。

由巨人公會的會長來指揮，我也十分滿意。他先前對西側城牆的軍隊編制抱持疑問，是個相當敏銳的傢伙，想必能遵循作戰計畫主導守城戰。

「不過……車熙拉大人怎麼突然……」

該如何說明這一切，確實令我相當苦惱，因為我根本摸不著頭緒。

見我雙唇緊閉，曹惠珍或許以為我不希望她再繼續多問，於是默默地朝我點了點頭。

事實上，在車熙拉的追擊之下，我們根本無暇顧及其他。

一開始，兩方的能力值差異懸殊，曹惠珍險些被追上，但到了後來，即便車熙拉持續穿梭在大街小巷，也無法順利逮住我。怒火中燒的她，不斷摧毀城市裡的建築，朝著我急速狂奔。

單手抓著我，馬不停蹄向前衝刺的曹惠珍，巧妙地避開到處飛濺的建築碎片，往城市內部前進。

她移動地相當快速，身旁的背景也隨之飛快切換。

「嘎咯咯咯咯……」

逃命的過程中，不斷從後方傳來的恐怖聲響令我不知所措，只能頻頻乾笑。

眼前的一切實在過於荒謬，這不單單只是出現了超乎預期的變數。事到如今，我不禁懷疑，這或許是早已見閻王的宋正旭，擠出最後一點力氣，對我下的詛咒。

車熙拉肯定不會一直處於目前的狀態。既然是特性，除了必須付出相應的代價之外，也會存在時間限制。

我再次開啟心眼，瀏覽車熙拉的狀態欄，緊接著與特性相關的資訊，立刻浮現在眼前。我記得不久前還沒有這項功能。看來是心眼進化後伴隨而來的功能。

〔您正在確認玩家車熙拉的特性——嗜血狂女的詳細資訊。〕

〔短時間內降低智力，並提高攻擊力。持續時間：1小時／剩餘時間：49分鐘〕

持續時間一小時。目前只經過十一分鐘，體感上卻彷彿過了半小時。

不過，確實不得不對於存在時間限制感到慶幸。

萬一狀態欄上寫的條件是「直到車熙拉的體力耗完為止」，說不定我會當場自我了斷。

「能撐一個小時。」

「什麼？」

就在曹惠珍反問我的當下，只見車熙拉從遠處急速飛騰，朝我們逼近。

「小心！」

驚呼聲脫口而出的瞬間，曹惠珍連忙轉身，但似乎為時已晚。

她緊咬著嘴唇，把我甩到外側，緊接著拿出長槍。雙方的能力值天差地遠，她恐怕擋不住車熙拉。

但事態發展似乎完全超出我的預期。

霎時間，「匡」的一聲巨響傳來，然而曹惠珍並沒有被彈到外面。一道聲音劃破長空，緊接著映入眼簾的，是擋下車熙拉的金賢成。

當然，雙方能力值依舊相當懸殊。

金賢成的手不停顫抖，這副模樣確實不是我所熟悉的金賢成。

見到灑落在他身上的神聖力之後我才明白，來到這裡的人不只金賢成。回頭一望，只見宣熙英朝金賢成施展輔助魔法，鄭白雪則一語不發地盯著車熙拉。

連金藝莉和黃正妍也一同現身，令我有些反應不過來。

「這是怎麼一回事啊？大哥？」

朴德久也舉起盾牌，擋在我的前面。

「我也不太清楚……雖然不知道原因，但她大概徹底失控了……」

「你說的恐怕是對的。傭兵女王的特性，我也略有耳聞。」

「原來如此。」

「降低智力以提升攻擊力的特性，大約能維持一個小時……已經過了一段時間，只要再撐一下就行了。雖然還不知道她暴走的原因，總之得先阻止車熙拉大人。」

「城牆的狀況如何？」

「到目前為止，守城戰一切順利。暫時離開戰鬥位置應該沒有大礙。」

可愛的重生者解決了我的疑惑。

「原來如此……我知道了。」

「我會壓制她的行動，不會殺她。」

「真的……辦得到嗎？」

對於朴德久充滿困惑的提問，鄭白雪搖了搖頭。

雖然不曉得鄭白雪是否想趁機宰了車熙拉，但見到她眼冒怒火的模樣，我不自覺地背脊發涼。

要是車熙拉死在這裡，情況只會變得更棘手。不，坦白說，單就戰鬥力來看，我們小隊處於劣勢。該擔心被大卸八塊的人不是車熙拉，而是我們。

我們之所以到現在還能維持勢均力敵的局面，主要是多虧高階魔法師出身的黃正妍，以及表現超出預期的重生者。

曹惠珍同樣也是懂得讓局面維持平衡的人才，要是沒有這三個人，人肉盾牌朴德久大約只能支撐三秒，金藝莉大約十五秒。

一旦前鋒被瞬間擊垮，隊伍的後排不必多說，肯定會被消滅殆盡。

「我不知道這是怎麼一回事。」

驚慌失措的人，不是只有我。他們全都沒料到，原本只是前來支援打怪，最後卻得對抗車熙拉。

這原本是場多麼重要的盛會啊……

＊　＊　＊

「我會以對付傳說級以上精英怪物的心情應戰。熙英小姐負責協助近戰職群增強能力，德久先生和惠珍小姐負責守住後方陣形。我和藝莉會想辦法擋住前方，要是白雪小姐和基英先生以及正姸小姐能為我們施加魔法，應該就能擋下她。」

「好，我明白了。」

「知、知道了。」

宣熙英和朴德久點了點頭，開口回應。

一般的情況下，通常會加強後衛的防守能力，但或許是為了不讓近戰職群迅速瓦解，才將能力的加成集中使用在先鋒部隊身上。如果是我，應該也會做出同樣的選擇。

有趣的是，金賢成似乎對目前的情況相當熟悉，可見他至少經歷過一次這種事。看來在不遠的將來，還會出現幾次讓車熙拉徹底失控的事。不過，當然不會是現在這種狀況……

「嘎咯咯咯咯……」

車熙拉站在距離我幾公尺的地方，靜靜地凝視著我，模樣有些驚悚。因為她剛結束一場與怪物之間的浴血戰役，除了一頭紅髮，身上也染上鮮紅的血液。

車熙拉披頭散髮，直勾勾地盯著我，讓我不禁渾身發抖。

所幸她還能準確地分辨出敵我。從她剛才沒有殺死紅色傭兵的成員來看，應該也不會對我發動致命的攻擊。

要是車熙拉隨便丟出一顆石頭，我們可能就會被擊斃。總之，光是不會發動致命攻擊，就很值得慶幸了。

「來了！」

「嘎咯！」

伴隨「啊」的一聲慘叫，巨大的建築物碎片瞬間撲面而來。

她應該不會真的殺了我吧？

此時，從上方向下投射的陰影，瞬間籠罩小隊成員。所幸在黃正姸的咒語作用下，碎片旋即停在半空中，戛然而止。

這似乎是一種透過念力來完成的魔法。不過在建築物短暫的遮蔽之下，車熙拉的位置變得難以掌握，因此沒有任何成員敢發出驚呼聲。

剎那間，從旁邊突然出現的車熙拉，胡亂地揮舞著手臂。

而此時擋在車熙拉面前的人，竟然是朴德久。

「別想動我大哥一根汗……呃啊！」

朴德久伸出盾牌抵擋攻擊，頓時被彈飛到反方向，那模樣簡直超乎現實。

他筆直向外被甩了出去，伴隨著一陣巨響，接著狠狠地撞上了建築物。雖然性命無憂，但手臂的骨頭應該碎了一大半。即便他舉起盾牌一副意氣昂揚模樣，頂多也只能擋下一次攻擊。

就在此時，曹惠珍、金賢成和金藝莉正好藉此機會，一口氣衝向車熙拉。

彷彿嫌金賢成礙事一般，車熙拉的手臂立刻掃向他，不過我們可愛的重生者巧妙地轉身避開了攻擊。

其間，曹惠珍伸出了長槍。隨後傳入耳中的，是長槍劃破空氣的聲音。

神奇的是，過去無法看見的、小隊成員們的招式，開始出現在眼前，這大概也是心眼進化到傳說級所帶來的影響。

接著，車熙拉一把拍開刺向自己的長槍，曹惠珍頓時失去平衡。

就在車熙拉準備揮拳的同時，金藝莉手持短刀，迅速從後方竄出。

這是一記令人目瞪口呆的合力攻擊。

假如在第一次的人生中，這三個人也默契絕佳的話，現在金賢成和她們如此合拍，也情有可原。

「咿！」

金藝莉緊閉雙唇，將短刀刺向車熙拉。然而，車熙拉一頓足，周圍三人立刻在魔法的衝擊之下，向外彈開。

鄭白雪的魔法立刻填補了戰鬥過程中的空檔。

「咿咿！給我消失！」

等等，不是叫妳殺了她啊！

鄭白雪不自覺流露出真心，不過，要說她的魔法能對車熙拉造成傷害，著實難以想像。

鄭白雪曾在演示會施展過一次的元素炸彈，此時正以極快的速度飛向車熙拉。難以形容的各種魔力摻雜在一起，讓地面瞬間焦土化，眼看著也即將吞沒車熙拉。

「嘎啊！」

儘管如此，車熙拉依舊只是一臉不耐煩地將魔法一掌拍開。鄭白雪傾注魔力完成的元素炸彈，撞上了對面的建築，發出轟天巨響。

匡啷啷——！

該死……目睹建築物像骨牌一樣接連倒塌，我頓時想起那個大喊凱斯拉克肯定能安全的自己。果然人生在世，不可能事事盡如人意。

總之，收拾眼前的局面才是第一要務。

金賢成八成和我擁有同樣的想法，他立刻舉起長劍衝向車熙拉，曹惠珍和金藝莉也連忙跟上前，在一旁輔助金賢成。

劍、長槍、短刀，再次刺向車熙拉，但一切毫無用處，她甚至打算一腳踩斃揮舞著短刀的金藝莉。

金藝莉的韌性值並不算高，這太危險了。當我慌張地試圖念出咒語時，不知從何處冒出的朴德久，再次阻擋了車熙拉的攻擊。

「朴德久！幹得好！」

「喔喔喔喔喔喔喔喔喔！」

想當然耳，朴德久再次撞上了對面的建築。雖然回到場上沒多久，又立刻被送出場外，但他起碼成功保護金藝莉，韌性和耐打程度都不錯。不過再這樣下去，事情肯定沒完沒了。不，只要能繼續撐下去，情況一定會對我們有利。

問題是車熙拉會手下留情到何時，我們無從得知。就連現在，她也是一副怒氣沖沖的模樣。雖然僅存的一丁點理智彷彿在告訴她，不能殺掉我們，但萬一這種狀態真的要持續一個小時，車熙拉說不定會失去調節力氣的能力。

要是正面承受神話級能力值的攻擊，不只會彈飛到對面的建築物，甚至會當場變成肉塊，往四面八方爆裂。

情況不太妙啊……

我、黃正妍以及鄭白雪三人，持續發動魔法，卻始終無濟於事。

金賢成的臉色越發凝重，透露著些微不安。

車熙拉與我方還保有一定的體力，本該用來打怪累積經驗值的體力和魔力，竟然得浪費在這種事情上，令我無比煩躁。

這確實也是算是一種累積經驗值的方式，但是不能再這樣下去了。

其實賺經驗值不是重點，萬一金賢成和車熙拉離開崗位的期間，小怪物的母親突然出現，城市裡的凱斯拉克帝國民說不定將會全軍覆沒。

當我正想著，無論如何都得找出辦法的同時，城牆外面傳來彷彿等待已久似的、震耳欲聾的叫聲。

「嘎喔喔喔喔……」

聲音相當低沉，儘管如此，巨大的咆哮聲依舊震得我渾身發麻。

死定了。

即便看不到城市裡的一切，光是聽耳邊傳來的叫聲，就能猜到發生了什麼。

應該不是飛行類的怪物，所以無法在短時間之內來到這裡，但城牆頓時傳來一陣騷動，令我不得不承認，事情終究爆發了！

那傢伙發出的聲音，當然不是只有我聽見，金賢成同樣板起了面孔，黃正妍也一臉驚愕。

咆哮聲裡充滿不容忽視的存在感，就算是英雄級的怪物也無法與之相提並論。雖然不曉得究竟是何方神聖，但重要的是，城牆需要支援。

我們固然不能對車熙拉放鬆警惕，然而此刻必須先擋下怪物。

「先往城牆移動！賢成先生！必須先往城牆移動才行！」

「但、但是……」

「不，往西側移動！」

「什麼？」

「沒時間解釋了！把我帶到西側之後，再立刻前去收拾聚在城牆的怪物就可以了！」

「危、危險，基英哥。」

「所有隊員現在立刻往城牆前進。惠珍小姐負責指揮，設法擋住往城牆靠近的怪物。把基英先生帶到西邊的區域之後，我會馬上前往城牆。」

「可是……」

「別再說了！這是第一要務。」

「沒事的，白雪。」

鄭白雪一臉震驚，但金賢成似乎知道我心裡有所盤算，安靜地點了點頭。

命令已下達完畢。

瞬間，金賢成朝我靠近，一把抓住我之後，立刻跑向西邊。在金賢成的快速疾行之下，身旁的景象一閃即逝。

被緊緊擁在重生者安逸又溫暖的懷中，有種奇怪的感受，但前進的速度確實和曹惠珍抓著我狂奔時不同。

車熙拉此時一副心愛的人被搶匪劫走的樣子，不停地鬼吼鬼叫，但想揪住穿梭在街頭巷口的金賢成並不容易。

「你有什麼想法嗎？」金賢成氣喘吁吁地朝我開口。

沒頭沒腦地突然往西邊前進，肯定令他匪夷所思。

某種程度上來說，這種行為可以說是一種賭博。雖然不能打包票，但如果我想得沒錯，眼下凱斯拉克裡，還有一個人能替我征戰。

「雖然我不能確定，不過也許……我們能請求支援。」

「嗯？」

「幾天前，我偶然遇上一個人……」

「什麼？」

金賢成的臉上寫滿困惑，彷彿我正在胡說八道，而此刻的我，其實也沒有十足的把握。

不過，這並非不可能。

要是我剛離開黑市，那個人隨後也馬上離開城市的話，我的想法或許有誤。不過，就在我去了一趟黑市之後，凱斯拉克立刻進入了戒嚴狀態，所以她肯定還沒離開。

目前凱斯拉克戒備森嚴不說，紅色傭兵牢牢地包圍凱斯拉克，不可能讓任何一隻螞蟻逃脫。或許還有我所不知道的地下出入口，但從地下拍賣場的調查報告來看，並未發現通往城市外的逃生出口。

不只如此，萬一她對我還有一絲迷戀，肯定不會立刻離開城市。也就是說，她也許會在地下拍賣場附近徘徊，期待能再次相遇。

她恐怕也還在尋找機會逃脫。我翻了翻口袋，接著開始端詳起不久前收到的紙條。原本以為不會再相遇，沒想到我竟然會主動聯繫她。

「我們要在哪裡停下？」

差不多這附近。我深吸一口氣，接著再次喊出我不願提到的名字。

「小……小林！」

「什麼……」

「小林！出來！」

重生者一臉錯愕，斜著眼盯著我看，像在質問我為何會知道那個名字。但他緊閉雙唇，不發一語。

媽的……原來是他認識的人。

甚至就像彼此交惡一樣。雖然和面對鄭振浩時的反應不同，但關係看起來確實不太友好。

從小林的特有癖好來看，她似乎並不屬於正義的一方……說不定她是共和國的一員，怎麼想都不無可能。

我的推測準沒錯。總之以後再找個適當的理由向金賢成解釋吧，我想他會同意的。

「小林！出來！」

「她真的在這裡嗎？」

「我不確定，可能……不，她肯定在這裡。」

光是今天，充滿戲劇性的各種幫助，就出現了無數次。我恨不得向她行大禮，拜託她要是聽見我的呼喚，務必要現身。

距離車熙拉恢復理智還有三十四分鐘，這是唯一的辦法。畢竟她直到現在還發了瘋似的緊追在後，我總不能躲在金賢成的懷裡，持續奔逃三十四分鐘吧。

到目前為止，雖然順利地避開了攻擊，但坦白說，過程十分驚險。虎視眈眈地從後方狂奔而來的狂女，總讓人沒來由地心生畏懼。

就在這時，我終於聽見某處傳來了聲響。

「沒想到這麼快又見面了呢……還是在這種情況下……不過，我該怎麼稱呼你呢？面具男？可以這樣叫你嗎？」

建築物上方，站著上次遇見的女人。此刻的她，露出了原本被面具遮住的臉蛋。

和上次一樣，她身穿旗袍的模樣，令人印象深刻，面具下的臉蛋相當引人注目，的確是個不折不扣的美女。我不自覺地揚起嘴角。

就是她，用瘋女人來對付抓狂的禽獸，肯定最有效果。

這句貌似在哪裡聽過的名言，不斷在耳邊迴盪。

得靠她平衡一下兩邊的實力才行。

＊　＊　＊

「很榮幸再次見到妳，美麗的小林小姐。」

面對我充滿熱情的問候，她看起來有些錯愕。

「是嗎？我們好像是第一次見面吧！你怎麼知道我的名字？」

「當然是因為小林小姐的身影，一直在我腦海中揮之不去的緣故啊。我一直在找妳。」

「說謊。」

「小林小姐，我說的都是真的。」

「哈……」

「妳不是想幫我才出現的嗎？」

「被你一口拒絕之後，我的心情不太好呢……準確來說，我是特地來欣賞拒絕我的男人，最後是怎麼死的才對！」

陰險的女人！我早就猜到她會這麼說，不過她肯定會幫我。

若非如此，她沒有理由以這副模樣現身。她之所以刻意唱反調，鐵定是為了和我來一場交易。

一個可能隸屬於共和國的女人，在我的呼喚之下，現身在神聖帝國的軍事重地，這確實是冒險的行為。

當然，只有我和金賢成親眼目睹她的廬山真面目，但她似乎認為自己能基於這個理由得到一些好處。又或者，出於自我意識過剩，純粹想在我面前炫耀賣弄才會現身。一想到她在地下拍賣場表現出的態度，這樣的可能性並非完全為零。

不可否認的是，她確實想和我們談判，雖然不清楚她想進行哪方面談判。

令我有些詫異的是，重生者此時的反應。

金賢成不單只是怒不可遏地盯著小林，望向我的神情也不甚友善。他的眼神雖然不帶一絲敵意，卻像在要求我提出解釋。

正好她稱呼我為面具男，我才能想出合理的辯解。

「我們曾在面具舞會見過面。」

「噢……原來如此。」

「其他小隊成員們一起出去打怪時，我和惠珍小姐曾和她見過一次。」

曹惠珍肯定能為我作證。

「惠珍小姐也一起同行嗎？」

「沒錯。之前小林小姐曾向我提出困難的提議……我記得當時拒絕了。沒想到她還在這座城市裡，幸好她留下來了。難道你也認識她嗎？」

「不……我不認識。」

就在我為了讓金賢成採信我的話，與他短暫交談的同時，一道聲音再次從上方傳來。

「你把我叫來，就打算這樣無視我嗎？還是我乾脆直接走人算了？」

「怎、怎麼可能呢！好不容易才見面，說這些話未免太傷感情了吧？小林小姐，上回真抱歉，那時我身邊的伙伴，對於妳的提議有些反應過度……」

雖然對一下子被我形容成偏執狂的曹惠珍有點過意不去，不過眼下博得那個女人的歡心，才是第一要務。

畢竟在我們交談的過程中，車熙拉還在後頭追我們。

「我明明記得感到為難的人不是她，而是你呢？」

「哈哈哈哈。妳這麼美麗，我有什麼理由拒絕呢？都怪面具遮住我的隨行部下和小林小姐美麗的臉龐。雖然知道妳是個美人，卻沒想到美得超乎想像。我也不自覺地陷入妳深邃迷人的眼眸。」

「油嘴滑舌。」

「我何必說謊呢？」

「還不是因為現在情況緊急。」

「緊急情況才是讓兩個人互相產生好感的大好時機，電影裡的主角通常都是這樣的。先別光是站在那裡看好戲，不如幫我一個小忙吧？因為情況相當不樂觀……」

「幫忙是可以，不過想讓我擋下神聖帝國失控的傭兵女王，這個要求似乎有點困難呢……況且我也沒有把握一定能阻擋她，總要有些甜頭才好辦事，不是嗎？」

「我不是要妳拚盡全力應戰，要是妳能和我們一起撐三十分鐘，我會非常感謝妳……妳想要什麼，我都會盡力配合妳。當然，包括讓妳安全地離開凱斯拉克。」

「嗯……三十分鐘也不容易呢？」

「金幣如何？」

「這個嘛……」

「如果妳想要其他東西……」

「我不缺物質層面的東西……」

「我可以和妳來一場正式的約會。不只這樣，我會竭盡所能滿足妳開出的所有條件。」

「嗯……」

「拜託妳了，美麗又高貴的小林小姐。」

「那麼……看在你這麼著急的上，報酬就這麼決定吧？」

「我的條件是，壓制她的行動，但不能殺她。」

「你大可放心，反正她也不是我想殺就能殺得了的人。藉這次機會讓那隻發瘋的母猩猩欠下一次人情，似乎還不錯，對我也沒有壞處。」

我不曉得她們認識的契機，但要是她確實有些來頭，說不定至少和神聖帝國的代表性玩家車熙拉見過一次面，這樣或許更好。

無論如何，她願意替我擋下車熙拉才是最重要的，雖然她們的關係看起來不太友好……

小林一伸手，不知從哪裡冒出來一名男子，隨即悄悄地遞上盒子裡的武器。

她一語不發地接下遞來的物品，手中的武器長長地向下垂墜。

鞭子？

然而車熙拉似乎不把小林放在眼裡，就在車熙拉逕直朝我狂奔而來的當下，一股巨大的魔力困住了她。

此時耳邊傳來一道劃破長空的聲響，車熙拉緊接著被甩向左方。

匡噹噹噹！

一陣吵雜的撞擊聲之下，連我也不自覺呆愣地望著小林。原來她這麼強嗎？

之前沒有好好確認過小林的能力值，現在當然得再仔細看看。

〔您正在確認玩家小林的狀態欄與潛在能力。〕

〔姓名：小林〕

〔稱號：虐待狂〕

〔年齡：22〕

〔傾向：充滿好奇心的探索者〕

〔特有癖好：絞首浪漫派〕

﹝職業：鞭子高手（英雄級）﹞
﹝職業效果：習得基礎劍術知識﹞
﹝職業效果：習得中級鞭打知識﹞
﹝職業效果：習得高階武打知識﹞
﹝職業效果：習得高階鞭打知識﹞
﹝職業效果：習得高階魔力運用知識﹞
﹝能力值﹞
﹝力量：87／成長上限值高於英雄級﹞
﹝敏捷：89／成長上限值高於傳説級﹞
﹝體力：71／成長上限值低於稀有級﹞
﹝智力：81／成長上限值高於英雄級﹞
﹝韌性：64／成長上限值高於稀有級﹞
﹝幸運：81／成長上限值低於英雄級﹞
﹝魔力：89／成長上限值高於英雄級﹞
﹝特性：充滿力量的鞭笞（英雄級）﹞
﹝根據抽打鞭子造成的傷害，按比例轉換為體力。﹞
﹝總評：體力與韌性的能力值較低，有點可惜。但擁有相當紮實的基本能力值。尤其體力的不足可以透過特性加以彌補，相當值得讚許。雖然傾向很不錯，但特有癖好卻不太理想。應該算是對於危險的好奇心有所領悟的玩家。可以確定的是，最好不要和她走太近。﹞

她確實能被歸類為強者，不過還是無法和車熙拉比擬，因為兩人光是在體力值上就已經落後了一大截。

從整體的能力值來判斷，她算不上相當強大，但她手裡的鞭子卻讓人無法忽視。

〔裝備：罰神之鞭（傳說級）〕

〔在古老的神殿中發現的武器。使用對象與方法尚且不清楚，大多數的人只知道這是一條用來懲罰女神的鞭子。即便被塵封了相當長的一段歲月，依舊保存著絕大部分的力量。道具的持有人將會永久降低隨機能力值10點，鞭子本身擁有的魔力則會增加。〕

果然，我本來就認為小林肯定有某處值得信賴，但沒料到她竟然擁有傳說級的裝備。雖然她的鞭子大部分的功能似乎處於封印狀態，但和到目前為止尚未被喚起意識的尤里耶娜相比，簡直是天壤之別。

要是握有傳說級的道具，想要憑一己之力抵擋車熙拉的攻擊，確實說得通。既然能力值永久下降十點……或許那件道具能展現出和下降的能力值相符的威力。

實際上，她帶來的那群手下似乎沒有加入戰鬥。雖然他們能在小林遭遇危險時，及時保護她，但到目前為止，她和車熙拉還保持著一大段距離，尚且足以應付。

倒塌的建築物之間，傳來一陣陣劃破空氣的聲響。

「嘎咯咯咯咯咯！」

直接威脅到自身安全的攻擊逐步逼近之後，車熙拉終於不再把我當成追擊目標。她瞬間追向手持皮鞭、突然從建築物之間冒出來的瘋女人。

金賢成似乎也意識到不必再抱著我到處兜圈子，於是立即朝著城牆一路狂奔。

但我現在並不打算同行。

「你可以先前往城牆，因為我還得去其他地方……」

「什麼？」

「我有其他的保命計畫。對了，為了以防萬一，請通知紅色傭兵的成員前來。雖然到目前為止似乎沒有大礙，但不能放任情況一直這樣下去，還是得攔住其中一方。」

「好，我明白你的意思。那麼，我先前往城牆。」

「好，賢成先生。」

「還有……」

「什麼？」

「關於今天的事，我希望你之後能更詳細地向我說明。」

「當然沒問題。」

他的表情和剛才一樣凝重。

他會這樣也情有可原，畢竟我不僅認識在共和國占有一席之地的女人，還直接找上門請求她的幫助。

當然，我既不知道小林的住址，也不曉得她的來歷，就結果而言，我只不過叫了她的名字，而她也回應我罷了。

坦白說，我幾乎快忘了和她在地下拍賣場的一面之緣。

西部區域接下來應該會一步步淪陷，因為我一開始的計畫是先讓怪物們直接入侵，再一舉消滅牠們。不過巨人公會的會長接下了指揮官的位置後，西部區域的兵力大概會有所強化。雖然不曉得局勢會如何發展，但眼下不必擔心此處被攻陷了。

「嘰欸欸欸欸欸……」

當然，萬一那隻在外面哭喊的怪物突然大發雷霆，事情還是有可能出現變數。

「那麼，我先去觀察情況。」

「好，賢成先生。」

可愛的重生者或許也同樣憂心忡忡，只見他縱身一躍，立刻前往城牆。

外面的守城戰和怪物侵襲，想必還得持續一陣子。雖然應該不會有任何差池，但為了防止小林對車熙拉不利，在紅色傭兵的成員到來之前，我得躲在這裡守著她。

就像那個瘋女人說的，想殺掉車熙拉或讓她受傷，簡直難上加難，不過……事情總有個萬一，先守在這裡肯定不會有錯。

「瘋婆子！」

「嘎咯咯咯！」

一場瘋狂的怪物對決正在展開。

＊　＊　＊

原本以為這是一場只要在後方發號施令就能結束的守城戰，現在卻有種平白無故遭殃的感覺，我沒來由地感到一陣委屈。

幸好事情似乎收拾得差不多了。

坦白說，現在還不能完全放心，畢竟令人不安的因素還很多，像是早已註定走向崩解的西邊城牆，還有至少能被歸類為傳說級的怪物群。

然而，距離第一次聽見號叫聲，已經過了一段時間，看來現有的兵力將防線守得相當穩固。多虧金賢成的加入，城牆的兵力得以再次提振，想必守城戰能順利落幕。

不過凡事都應該做最壞的打算。所謂戰況，隨時都有可能翻盤，車熙拉是如此，那隻發出號叫的小怪物也是，因此防護措施永遠不嫌多。

為了順利擺脫危機，我必須不斷絞盡腦汁。現下能做的事情有限，我只能不停思考如何利用手中的王牌。

我不自覺地咽了咽口水，望向前方，只見怪物大對決依然持續進行著。

小林的確也是個強者，但我大致能理解，她為何會認為自己未必贏得了車熙拉。

她手上持有的傳說級道具罰神之鞭，確實威力無窮，伴隨著響亮的啪噠聲，光是一記抽打就讓小型建築物瞬間被捲走。不過第一次偷襲成功之後，車熙拉不會再允許自己挨下第二擊。

「喀喀喀喀！」

在傳出匡匡巨響之前，車熙拉搶先一步避開攻擊，在理性蕩然無存，只剩下本能的狀態下，擁有九十點敏捷值的她，速度快得幾乎讓人看不見。在我看來，這既是實力也是本能，已經是無法憑訓練達到的境界了。

車熙拉和鄭白雪一樣，是個天才。當然，能力足以和她相媲美的玩家中，大多都具有特殊才能，不過車熙拉更為突出。

小林想盡辦法和她拉近距離，試圖將她捆綁起來。然而，逃脫牢籠的猛獸，絕不可能臣服於馴獸師。

驚險的戰鬥畫面不斷在眼前上演，小林還真能撐啊。

由於沒有造成傷害，小林無法透過特性補充體力，眼看著特性即將失效，就這樣讓她被車熙拉大卸八塊也不是件壞事，不過要是她就這麼死去，當初根本沒必要特意把她叫來。

丫頭！再撐一下！

和我想的不同，兩人之間總是隔著一段距離。

魔力的存在，多少能抵銷鞭子的部分缺點，不過由於鞭子特性的影響，較低的能力值自然會讓她在近身搏擊上居於劣勢。尤其當對手是近身格鬥的專家車熙拉，情況更是如此。

此時，猛獸衝了上去，打算把試圖逃跑的訓獸師啃得連骨頭都不剩。正當車熙拉準備鑽入手持鞭子的蠢女人懷中時，只見小林當場放下了武器。

她擺出奇特的姿勢，甩開車熙拉的手臂，接著往車熙拉的胸口送上一記肘擊。這一拳的力道出奇地強勁，車熙拉頓時被彈到對面，模樣有些超乎現實。

靠……這是什麼拳法啊？

一般來說，持有那種遠程武器的人，近身搏擊的實力理應相對薄弱。

見到小林那副樣子，我不禁感到訝異，她竟然那麼強？

雖然金賢成還處於成長期，但攻無不克的他，也在車熙拉身上吃了不少苦頭。小林則是從使用傳說級武器的中長距離戰到超近身戰，無一不駕輕就熟，顯然是個強者。

即便能力值略為遜色，但和早已上西天的伊藤蒼太相比，小林依舊更勝一籌，因為她對車熙拉造成了一定的威脅。

不過，這似乎只是我個人的判斷。雖然給了車熙拉一記重創，小林卻一副面有難色的模樣。我下意識順著她的視線方向看過去，只見一隻紅毛猛獸雙手各握著一件廉價武器，看來她在來的途中碰巧路過了一間武器行。

這麼說來，這是我第一次見到車熙拉使用道具。職業所帶來的效果，讓車熙拉學會了高階雙手武器知識，雖然不明白她為何從不隨身攜帶自己的武器，但不可否認的是，戰況似乎變得有些不同了。

無論如何，手持武器的一方，都比赤手空拳的另一方更加強大。或許正因為明白這一點，小林的神色似乎有些緊張，而我也開始莫名地替她感到擔憂。

「再這樣下去，該不會鬧出人命吧？」我不自覺地喃喃自語。

此時，後方突然有人回應我的話。

「相當危險。雖然她的實力的確很強⋯⋯」

「嚇我一跳！」

「哎呀⋯⋯真抱歉。」

「沒關係，你來得比想像中快呢。」

站在我身後的，是不久前請金賢成帶過來的紅色傭兵。就在我回頭看的瞬間，他立刻開口。

「目前城牆一帶的兵力有些吃緊，我只帶了五名成員過來。我們聽說這裡需要支援，所以特地前來⋯⋯我大概明白該做些什麼了。」

「沒錯。那個手持鞭子的女人，正在抵擋熙拉姐的攻擊，希望你們能幫忙照看，別讓任何意外發生。我擔心她萬一受傷的話……」

「這個部分您似乎不必過於擔心……守護會長也是我們的職責，我們會心懷感激地遵照您的指令。不過，那個女人是？」

「除了她以外，還有其他的部下，人數大約五名，看起來像是共和國那邊的人。作為請他們提供協助的代價，他們的人身安全，要勞煩你們多費心。特別是在暴走狀態結束之前，要想辦法保護他們……」

「是，我明白您的意思了。一般來說，很難制止處在這種狀態下的會長……看來在會長恢復理智之前，我們得協助那個女人。還真是萬幸！要是進到城市裡，或者那個女人沒有出現的話，說不定會突然發生其他意外。會長明明已經很久沒有這樣了……」

他不敢說出一切都是因為我，對吧？

「她之前曾經像那樣徹底失控過嗎？」

「來到大陸不久後，曾發生過無數次。在紅色傭兵正式成立後，只發生過一次。當然，那時的情況和現在不同……」

「那時的狀況如何？」

「我記得當時會長根本分不清敵我，胡亂發動攻擊。聽說現在至少能分辨敵軍和我軍，實在值得慶幸。」

要是發生那種狀況，我八成會不管三七二十一，立刻逃離凱斯拉克。

車熙拉的事情是一回事，此刻我好奇的是城牆那邊的狀況。我望著成員，開口詢問，緊接著馬上得到了回覆。

「原來如此。對了！現在守城戰的狀況如何？」

「沒有大礙。雖然出現了傳說級的精英怪物，但牠沒有積極發動攻擊。」

「了解。」

「到目前為止，只來了一些英雄級或低階的怪物，並沒有對城牆發動直接攻擊。如果那些傢伙破城而入，我們將會遭受巨大的損失。幸好魔法師在之前的作戰當中，省下了不少魔力，用在守城戰上綽綽有餘。在第一城牆那一帶，一口氣解決掉所有怪物，確實更有效率……」

聞言，我輕輕點頭。

雖然精英怪物按兵不動令我有些意外，不過，目前的狀況都在預期範圍內。不，事實上，那些傢伙明明可以發動攻擊，此時為何不採取行動，我大概也有了答案。

仔細想想，這個問題相當簡單。

我的嘴角不自覺地上揚。

截至目前為止，戰鬥雖然相當吃力，不過從現在開始，一切似乎能順利進行了。畢竟我準備的防護措施，和現在的情勢正好吻合。

「西側城牆的狀況如何？」

「西邊的城牆沒有太大的問題，雖然折損了不少士兵，但迅速投入的預備兵力填補了短缺。不過，其他城牆相比，西邊的戰力相對遜色……難道西側城牆有什麼問題嗎？」

「不，聽起來沒有大礙。萬一發生突發狀況，請隨時到東邊待命。」

「是，我明白了。」

「這裡有魔法師會施展聲音增幅魔法嗎？」

「噢……有。」

儘管紅色傭兵的魔法師分隊實力單薄，他卻非要帶一名魔法師過來，想必是為了我特意安排的，我們重生者的體貼細膩真不是蓋的。

「除了魔法師以外，其他人立刻去執行剛才交代的任務。假如熙拉姐脫離了失控的狀態……」

「不會有其他的副作用，她會馬上恢復正常。」

「真是太好了。那麼，命令就由我來公布。」

「什麼命令？」

「你們之後再聽熙拉姐說就行了。現在我要前往小石公會，一路上應該不會有危險，不需要派人保護我。」

「您還是多帶上一名侍衛吧！」

看來他們十分掛念我的安全。雖然是因為車熙拉有交代，但我還是非常感激。

我微微點頭，一名戰士和一名魔法師立刻跟在我身邊。

還剩下十五分鐘。

多虧小林為了我努力奮戰，讓我既能觀賞這場對決，又能輕鬆自在地到處走動。這令我相當愉悅。

能得到侍衛的保護，我也安心了不少。紅色傭兵的魔法師走出去之前，在我身上施加幻覺魔法，看來是為了不讓我被車熙拉發現，不過此時的車熙拉，早已對我失去了興趣。

我們悄悄地來到了外頭。可想而知，爆裂聲和轟天巨響充斥各處。

儘管如此，此刻我的處境非常輕鬆，內心也無比雀躍。背後的原因顯而易見——因為我需要的所有要素都備齊了。

我開始加快速度，身旁的景色也隨之出現變化。

只見車熙拉專注在與小林之間的對決，全然忘了我的存在。當然，發現我消失之後，她似乎也有些惱火，比先前更劇烈的聲響一陣陣傳來。但眼下不是該擔心這個的時候。

剩下十分鐘。

「你能背著我跑嗎？」

「當然沒問題。」

讓戰士增加體力上的負擔，我也有些過意不去，但這樣一來才能更快抵達目的地。

剩下兩分鐘。

位在西邊的小石公會離這裡有一段距離，需要花上一些時間。如果是金賢成，現在應該早就到了。不過比起敏捷度，戰士更看重韌性和力量，他能以這種速度前進，已經相當了不起了。

背景切換之後，出現在眼前的，是一群占領小石公會總部，惹人疼愛的紅色傭兵。

車熙拉恢復意識後，西邊此起彼伏的爆炸聲響逐漸平息。

過了一段時間之後，不知怎地，總覺得耳邊傳來一陣車熙拉的吼叫，我想我最好假裝沒聽見。

一靠近小石公會總部，一名紅色傭兵成員立刻上前迎接。

我連忙朝他開口：「你們在這啊？」

「哎呀，李基英大人。」

「沒有其他狀況吧？」

「沒有。不過，您怎麼會來到這裡……」

「剛出生的那隻小怪物，在這裡對吧？」

這麼做雖然有點卑鄙，但這是最快速的辦法。

紅色傭兵的成員猶豫不決地交出小怪物。

外表和龍有些相似，唯一的差異就在於牠尚未長出翅膀。確切來說，牠的前腳看似黏了某個東西，怎麼看都不像是用來飛翔的器官。

不過，外表並不重要。反正只要將嘴套解開，牠的哭聲將立刻傳遍整座城市。

「嘰咿咿咿咿咿……」

匡啷！一聲巨響傳來，位在西側城牆的怪物媽媽，此刻正直勾勾地盯著我。

瞪我又能怎樣？該死的怪物！噗哈哈哈！

第066話 人質挾持事件的結局

完全被我猜中了！怪物媽媽一開始登場時還氣勢洶洶，此刻凝望著我的眼神中，卻透著一股驚慌。沒料到自己的孩子竟然會被當作人質挾持，牠靜靜怒視著我，模樣甚是有趣。

雖然作為綁匪的我，看起來有些卑鄙，但眼前的景象極其有趣。

「咕喔喔喔喔……」

牠嘗試著稍微挪動了一下。

在我的命令之下，尤里耶娜緩緩地朝著剛出生沒多久、楚楚可憐的小怪物移動。此時，那傢伙就像中了束縛魔法一樣，僵在原地無法動彈。

不只那個傢伙，連同牠派來的其他怪物，也像中了魔法似的一動也不動，是被壓制住了嗎？

現在的狀況，比我想像中更能進行有效的溝通。當然，我也因此得以仔細地端詳那傢伙。

牠的體積比我想像的更加龐大，儘管隔著一大段距離，牠的模樣依然準確地落入我眼中。

那傢伙的頭上有兩隻巨大龍角。想當然耳，那不只是裝飾，不久前西側城牆的崩塌，就是那一對龍角的傑作。

那對角應該能賣個好價錢。

看起來價值連城的，不只那傢伙頭上的角。烏溜溜的外皮，一眼望去威嚇力十足，站在遠處都能感受到皮革上方的亮麗光澤，看起來似乎能反彈稀有級以下的咒語。

想必用那樣的皮革製成的盾牌，應該能擋下大多數怪物的攻擊。

或許牠屬於龍族的其中一類，外觀上確實是龍的模樣，身後強大雄壯的尾巴，同樣讓人過目不忘，感覺也能拿來做成武器……

當然，我還未曾聽過小說裡出現的那種龍，存在於這個世界。

牠似乎不是那種連續發動魔法，凌駕人類之上的那種怪物，不過一看就知道牠擁有相當驚人的魔力。儘管不確定傳說級的怪物們是否都如牠一般，但從牠眼中豐沛的情感來看，確實足以被歸類為具備高智能的智慧生物。

別的我不清楚，唯一能確定的是，那傢伙具有母愛。

我用心眼瀏覽了牠的狀態欄，關於牠的資訊立刻浮現在眼前。

〔黑龍迪亞路奇（傳說級）〕

〔棲息在拉克雷布山脈深處的傳說級怪物。身為龍族的怪物，具備一定程度的智慧。主要利用巨大的龍角和尾巴狩獵中型以上的怪物維生。〕

〔您正在確認傳說級精英怪物黑龍迪亞路奇的狀態欄〕

〔姓名：迪亞路奇〕

〔稱號：拉克雷布山脈的主宰者〕

〔年齡：4,036〕

〔傾向：溫馴的母親〕

〔分類：龍族〕

〔能力值〕
〔力量：105／成長上限值高於傳說級〕
〔敏捷：101／成長上限值高於傳說級〕
〔體力：123／成長上限值高於傳說級〕
〔智力：100／成長上限值高於傳說級〕
〔韌性：132／成長上限值高於傳說級〕
〔幸運：101／成長上限值低於傳說級〕
〔魔力：125／成長上限值高於傳說級〕
〔總評：孩子被搶走，目前處於極度憤怒的狀態，渾身散發著猛烈的怒火，您最好小心一點。〕

能力值高得令人難以置信。假如怪物的力量會按照體型等比例放大人類的力量，那牠的能力值簡直超乎我的想像。

力量值方面，雖然相較於失控的車熙拉略遜一籌，但兩人的體型原本就天差地遠。假如是從那種龐然大物體內迸發出來的力量，要說威力至少強上好幾倍也不為過。

韌性值一百三十二，魔力值一百二十五。雖然還不曾對傳說級怪物發動突襲，但以一座城市的所有戰力總和來應戰，究竟可不可行，著實令人存疑。

或許辦得到。如果是正面交戰，凱斯拉克看起來相當不樂觀，但牠的心肝寶貝此時被我當成人質，緊緊握在手上，因此牠也不敢輕舉妄動。

按兵不動的傳說級怪物發出的叫聲，和身上散發的壓迫感，雖然讓凱斯拉克暫時陷入一片寂靜，卻沒有帶來任何實質影響。

牠作為智慧生物，反而對我有利。那對巨大的龍角，一下子就能推倒建築物；只要呼出一口氣，城牆將立刻變得千瘡百孔。那傢伙的實力明明如此堅強，卻始終在一旁靜靜地等待時機，其背後的原因顯而易見——因為牠無法確定小孩的位置。

任誰看來都知道那傢伙的小孩，也就是此刻在我身邊哇哇大哭的小怪物，身體十分柔弱。牠不敢輕舉妄動，正是擔心自己一旦破壞城牆，心肝寶貝的性命反而會受到威脅。

我們也沒理由非得和絕頂聰明的牠正面起衝突。

一開始悲憤激昂地朝著城牆猛攻的龍媽媽，剎那間默不作聲地緊盯著我。短暫陷入混亂的士兵們，也同樣不知所措。他們正在試圖釐清，一直靜靜地觀察局勢的超大型怪物，為何會停止動作，以及這是否代表即將發生大事。

此時，指揮這些根本無法應對突發狀況的士兵們，當然是我的職責。

才剛開口，這群人立刻給予回應的模樣，十分有趣。

「各位！一起守護凱斯拉克吧！」

我的聲音經由聲音增幅魔法，清清楚楚地傳到城牆那一頭。剎那間，腦袋還一片混亂的部分士兵，開始大聲吶喊。

「牠不過就只是怪物。讓想要入侵凱斯拉克的噁心怪物見識一下，我們的力量有多麼強大！為了防範突發狀況，由防禦組負責施展屏障魔法，其餘士兵負責攻打眼前的怪物。魔法和弓箭，集中攻擊右臂！近戰職群負責保護遠攻職群，解決城牆外殘存的怪物勢力。」

「殺啊啊啊啊啊！」

「各位！勝利就在眼前！全體人員，發射！」

五彩繽紛的魔法瞬間降臨在那傢伙身上。儘管牠的能力值相當高，但這些士兵一口氣施放的魔法，應該能穿透那傢伙的外皮。

看到牠的身子搖晃了好一會兒，我不禁失笑。這已經不能稱作是襲擊了，那傢伙的模樣簡直和單方面挨揍的沙包沒兩樣。

或許是出於防禦本能，雖然下意識地試圖揮動尾巴，然而看到尤里耶娜持續遊蕩在牠的心肝寶貝身邊，那傢伙也明白其中的含意，於是牠沒有反抗，只是安安靜靜地待在原地。

「嘰咿咿咿咿咿……」

耳邊再次傳來小怪物哀淒的哭聲。

不曉得這個小傢伙是否認出了自己的母親，牠的哭聲聽起來莫名地悲傷。

萬一牠是隻不管孩子的死活，只知道發了瘋地橫衝直撞的愚蠢怪物，或許會難以對付。不過孩子淒厲的哭喊聲，就像一記又一記沉重的精神打擊，對牠來說，這才是真正的教訓。

接二連三落在那傢伙身上的魔法和箭矢不斷累積，情況看起來真有趣。

「各位！再加把勁！敵人現在已經無力抵抗了！勝利就在眼前！今天的勝利，將會永遠留在凱斯拉克的歷史之中。這是用無數的犧牲換來的勝利！再加把勁！」

看好了，這就是人類作為萬物之靈的力量！你們這些野蠻的怪物！

「一起保衛家園吧！」

一想到那些身體部位加總起來能賣出多少價錢，心臟就興奮地狂跳。

當然，我的良心也有些過意不去。大量的魔法和攻擊，朝牠撲面而來，此時迪亞路奇變得越來越狼狽，簡直只能用淒慘二字來形容。

每當牠蠕動著身軀，打算做出反擊時，我總會用那隻可愛小傢伙的性命來作要脅，因此牠似乎認為反抗毫無用處。牠甚至沒意會到要是自己被殺了，下一個死的，就是自己的孩子。

當然，即便牠有這番覺悟，眼下也無法做出任何行動。因為所謂的母愛，本來就是這樣，沒有任何父母想見到自己的孩子被人渣傷害。

唉唷……好像有點可憐呢……雖然心中僅存的一丁點同情心隱隱作痛，但我並不打算停手。倘若沒有一開始就狠下心這麼做的話，想抓到那隻怪物簡直難上加難。

能用輕鬆的方法取得勝利，就沒有必要光明磊落地展開對決。何況凱斯拉克的人口說不定已經死了一大半，我們也還是有可能被打敗。

不僅自己的蛋莫名其妙被偷走，突然連生命安全都受到威脅，對於溫馴的母親來說，我的確深感抱歉，不過我也別無選擇，一切都是逼不得已……

或許是想要正式開始處置那傢伙，只見近戰職群向牠逼近，一刀又一刀地刺進牠的身體，眼前的景象精彩萬分。

那傢伙虛軟無力的模樣，簡直令人難以相信牠是傳說級的精英怪物。

霎時間，我突然發現牠默默緊盯著我，還沒來得及反應過來，一股魔力和異樣的氣息便開始流向我。

這是怎麼回事……身體沒有任何異常，此時卻湧上一陣虛脫感，我頓時啞口無言。

這說不定是那傢伙的陰謀詭計。正當我暗自盤算著，是否該趁現在砍下那個大哭大鬧的小怪物一條腿，拿來當作標本時，狀態欄浮現在眼前。

〔您已獲得新的稱號。〕

〔龍的配偶〕

這是什麼鬼？

〔只有被選為龍的配偶，與龍族伴侶生死相隨的人類，才能獲得這個稱號。您已被選為迪亞路奇的配偶。從此刻開始，您將作為迪亞路奇的另一半，與她同生共死。魔力值上升5點。〕

我要瘋了……突然湧上一陣虛脫感的原因為何，不言而喻。魔力值上升五點可以說是一件值得高興的事，但我頓時意會到，現在的我，隨時可能當場見閻王。

我連忙望向迪亞路奇，陶醉在勝利中的玩家們，為了替凱斯拉克獻上無比崇高的最後一擊，正在凝聚所有人的力量。

那致命的一擊，也會把我一起送上西天。

「停、停止攻擊！停止攻擊！停止攻擊！」

想當然耳，阻止他們發動最後一擊，是第一要務。

以那隻怪物的韌性值來看，牠應該能堅強地活下去。不過，畢竟我的性命和牠的綁在一起，我還是十分不安。

士兵們聽見我的命令後，立刻收回魔法。然而迪亞路奇的身軀不只輕微晃動，甚至開始東倒西歪，一副快要死掉的模樣。

城牆將牠擋住了大半，我無法看清牠的模樣，只知道牠彷彿當場暈死過去一般，動也不動，我不由得開始擔心是不是某個對經驗值著迷成痴的瘋子又補了最後一擊。這樣下去可不行……

「往怪物那邊前進！」

「什麼？」

「現在馬上前往怪物的所在位置。」

「啊……是，我明白了。」

我到底還要奔波多少趟啊……

我將小傢伙擁在懷裡，接著在紅色傭兵成員的懷抱之下，穿越一道道風景。現在這件事已經變成家常便飯，我甚至覺得很自在。

不過，守城戰的戰況再次出現轉折。大概是因為迪亞路奇失去了意識，剛才還默默被當成沙包，任人攻擊的怪獸們，開始變得躁動。

「活捉精英怪物！集中火力解決掉城牆外的怪物。」

拜託別死啊……

「我再說一次！活捉精英怪物！集中火力解決掉城牆外的怪物！在倒塌的城牆設下屏障魔法，然後重新回到守城戰備狀態！活捉精英怪物！」

眼看著就要抵達西區，我卻連迪亞路奇的身影都看不見，到底是為什麼？

我著急地離開紅色傭兵成員的懷中，接著跑了起來，卻依然什麼也沒看見。

不，此時落入我眼中的，是一名頭上有著一雙巨大龍角的人類。在數名士兵的壓制下，她楚楚可憐地盯著我。

雖然有些手足無措，但我馬上就意會到，這前這名女子，就是剛才的迪亞路奇。

「孩……孩子！」

誰都會覺得我是歹徒，而她是受害者。

「原來你沒事啊……孩子……原來你沒事……沒事……」

這時，她的嘴裡突然湧出一口鮮血，我焦急地大喊。

「別碰她！你們這些傢伙！」

＊　＊　＊

她一副氣若游絲的模樣，彷彿一不小心就會沒命，因此我的情緒相當激動。

重重包圍她的士兵們，似乎對於我的命令感到不知所措，此刻正緊盯著我。他們看起來十分好奇眼前的情況，但我沒有時間多做說明。

「現在立刻回到前線作戰，我會親自拘捕她。」

「什麼……遵命！」

不過，普通的士兵不可能違背我的指令。一轉眼，那些傢伙立刻消失得無影無蹤。

她奄奄一息地呼喊著自己的孩子，雖然不曉得我的藥水能不能讓她康復，但這是眼下唯一能夠治療她的方法。

我將小怪物緊緊擁在胸前，慢慢接近她，她則是不斷地把手伸向我。雖然擔心她突然展開攻擊，但根據狀態欄的說明，應該不會發生意外。

她在成功幻化成人形之前，把自己的性命和我的綁在一起，堪稱最完美的絕殺。只能說，迪亞路奇腦筋轉得相當快，她肯定也意識到，萬一自己被殺掉，孩子大概也活不了。

於是，為了保全自己的性命，她選擇我這個透過聲音增幅魔法來發號施令的綁匪作為自己的配偶。我一點也不想為了人類的和平獻身，不曉得她是否知道我這種自私的性格，但她確實押對了寶，我完全中計了。

想拯救孩子，就必須活下來，而把我的性命握在手上，就是讓自己存活下來的最佳手段。一想到孩子被挾持或性命受到威脅，她就無法對我發動攻擊，因此她肯定認為，除了選擇我作為配偶以外，沒有其他活命的辦法。

因為我疏忽了龍這個種族的生態，導致資訊量不足，目前只知道四件事。當然，這些是不是所有龍族的共同特性，我無從得知，但至少眼前的迪亞路奇符合這些特性。

第一，母龍不須交配，就能獨自產下後代。或許在龍族的世界裡，根本不分雌性和雄性。從牠們稀少的個體數看來，我的想法應該是對的。

第二，龍能夠幻化成人形，而且不是透過魔法。應該說，這是種族特有的能力。

第三，雖然不曉得是透過盟約、魔法還是同一種族特有的能力，總之，龍有選擇自己配偶的方式。能不能拒絕成為配偶，尚且不清楚，但對於防禦能力和自動門沒兩樣的我來說，事到如今再追究這件事，也已經毫無意義。

第四，龍和自己選擇的配偶必須同生共死。雖然不曉得透過何種方式，不過生死與共已經是既定事實。我本身就是最有力的證據。

雖然難以理解，但牠們肯定不只是動物。說得更貼切一點，牠們是一群擁有自己的文化和生活方式的智慧生物，並且和人類進化的方向完全不同，也許牠們比人類更高階。

需要研究和思考的事情越來越多，不過眼下必須先救活迪亞路奇。我連忙將藥水倒到她的傷口上，然而，效果並不明顯，只見她的身體以極其緩慢的速度修復。

原本無比龐大的體積，瞬間變成人類的身形，應該也得付出一些代價。如果治療普通人需要用上一瓶藥水，那麼治療一條龍，恐怕至少得用掉好幾百瓶。

她的意識正在一點一點喪失，但少量的藥水似乎起了作用，她的眼神逐漸恢復生機。剎那間，她立刻將目光投向她的孩子，也就是我懷裡的小怪物。

「孩、孩子！」

「嘰咿咿咿咿咿……」

見到如此感人的場面，我的腦海不自覺閃過讓他們母子重逢的念頭，但由於不能確定她會做出什麼舉動，我只能悄悄地拉開和她之間的距離。

見狀，她嘴裡頓時迸出一道淒厲的哭聲。

「請……請還給我。我的……孩子……請把我的孩子還給我。求求你，請把我的孩子還給我。拜託……」

她望著我，眼淚如瀑布般湧出。

媽的，別哭啊……現在的我，看起來實在太像人渣了。

本以為她會像車熙拉一樣，直接撲上來，但她似乎相當了解自身的處境，只是趴跪在地板上。和我預料的狀況完全相反，她並沒有拿自己的性命來要脅我。就她的立場來看，選擇我作為她的配偶，或許已經是她的最後一步棋了。

這是她的本性嗎？我的猜想應該是對的，因為她的傾向是「溫馴的母親」。活到四千多歲，卻不曾襲擊過凱斯拉克，由此看來，確實是因為孩子被搶走才會徹底抓狂，親自找上門來。

宋正旭這個王八蛋。

為了減低內心的罪惡感，我只好把錯怪到宋正旭身上。

正當我不知道下一步該怎麼做的同時，一名紅色傭兵的成員正好開口，「這個人是……」

「是剛才那隻怪物，看來牠能幻化成人形。」

「沒聽過有這種事……」

「我也覺得難以置信，我從來沒見過這樣的事。牠襲擊凱斯拉克的原因，恐怕也是為了牠的孩子。」

「原、原來是這樣。」

「守城戰還沒結束，先把那個怪物，不對，是那個女人，拘禁起來。守城戰目前的狀況如何？」

「收拾得差不多了。」

「那真是太好了。」

和紅色傭兵成員對話的過程中，女人可憐兮兮地不斷把手伸向我，試圖和我交談。

坦白說，我很難袖手旁觀。當她以怪物的模樣示人時，我的良心早已隱隱作痛，更不用說以人類的外表做出那種舉動，我的內心當然會有所動搖。

我的腦海裡開始浮現各種悲傷的情節。

站在迪亞路奇的角度來看，肯定會認為這一切荒謬至極。龍蛋平白無故被偷走，一群人類還把自己剛出生的孩子綁去當人質，甚至把自己打個半死。

「請、請還給我。」

「……」

「孩子……我是媽媽，媽媽來了……你放心，不會有事的。孩子……別擔心。」

「……」

「孩子……」

「嘰咿咿咿咿咿……」

坦白說，雖然不想把孩子還給她，但見到她這副模樣，我根本無法坐視不管。

此刻的她，早已滿身瘡痍。雖然我也想過，萬一孩子重新回到她的懷抱之後，她立刻變回本體，襲擊我們的話……但這是不可能的，眼前的迪亞路奇早已失去大部分的戰鬥力，就算注入藥水，也不過是急救措施罷了。

她知道自己一旦死去，下一個死的說不定就是孩子，因此不可能攻擊我們。就算現在立刻讓孩子回到她的懷裡，也不會對我們造成任何風險。

為了將來著想，先讓她抱一次也沒什麼損失，畢竟日後還得和她打好關係。

我不再多說什麼，慢慢地將胸前的小怪物交到她懷中。只見無法行動自如的她，立刻把孩子緊緊擁在自己的懷裡。

「孩子……孩子！」

「嘰！」

見狀，紅色傭兵的成員立刻開口問了一句「這樣沒問題嗎」。

「不會有事的。她已經喪失了絕大部分的戰鬥力，況且她就算抱著孩子，情況也不會有任何改變，反而有助於安撫情緒。」

「原來如此。」

她的情緒似乎穩定了許多。

一把將孩子抱在懷裡之後，彷彿害怕孩子再次被奪走似的，此時的她對我充滿防備。不過，她看起來確實不打算採取任何行動。

她比我想像的更加明白事理。趁現在和她交談幾句，似乎不失為一個好主意。

我緩緩開口，她立刻望向我。她確實長得相當怪異，不只頭上長了一對巨大的龍角，那雙眼眸也不是人類會有的樣子。

「妳能聽得懂我的話嗎？」

「……」

「聽得懂嗎？」

過了好一陣子，我才得到答覆。

「我聽得懂……」

「那太好了。我還是先自我介紹吧，我叫李基英。」

「迪亞路奇……」

「我們之間似乎有些誤會，雖然有很多事想向妳說明，但以目前來說，恐怕有點困難。總之，請遵照我們的指示。」

「……」

「妳可能不相信，不過妳的孩子不是我們偷走的。就我們的立場來說，嚴格說起來，先發動攻擊的人是妳。」

「……」

「妳要是不配合我們，我們只能使出一些強硬的手段。當然，過程中我們絕對會確保妳的孩子平安無事。我保證，絕對不會動妳的孩子一根汗毛。」

「人、人類的話不能相信……」

「信或不信的選擇權不在於妳。現在妳必須照我說的做。」

「唔……」

可想而知，她望向我的眼神裡充滿懷疑。如果換作是我，也會像她一樣，對周圍一切的人事物抱持疑心。

剎那間，我再次用心眼確認她的資訊。必須先了解她是什麼樣的人，接下來的對話才能更輕鬆。

〔您正在確認傳說級怪物迪亞路奇的特有癖好。〕

〔無私奉獻的大樹〕

難得見到正常的特有癖好，真不錯。

由於她的存在充滿威脅性，原本還擔心她會是車熙拉或鄭白雪那一類人，沒想到她的特有癖好比我想像的正常，我不得不感到詫異。

不久之前還無法掌握確切情況，此時一見到她的特有癖好，我的腦中頓時湧入各種想法。她的傾向是溫馴的母親，而特有癖好則是無私奉獻的大樹。自從來到這片大陸，我已經想不起來上一次看到如此正常的性格和傾向是什麼時候了，這簡直棒呆了。

會有這種想法也是當然的，一想到眼前這隻怪物的能力值和實力，我瞬間安心了。再加上我們的性命被綁在一起，對我而言可謂相當有利。

我的壽命是否能延長，暫且無從得知，不過以迪亞路奇的處境來看，即便是為了孩子，她也一定會想盡辦法活下來。如果我死了，她也會死，而她的心肝寶貝想必會被狠狠推入火坑，因此說不定她得比我自己更加重視我的性命。

迪亞路奇具有召喚怪物群的能力和強大的魔力，再加上高智能及鋼鐵般的龍角、龍尾，甚至是瞬間打穿城牆的破壞力。

用「中計」來形容我現在的處境，實在太奇怪了，反而應該說是碰上了奇特的緣分，成為了龍的配偶，讓我不自覺地揚起嘴角。

憑自己的努力也難以有所提升的魔力值，直接上升了五點。不僅如此，作為一名煉金術師，還有誰能夠得到研究活體龍族的機會呢？比死去的屍體更難取得的，就是活體實驗樣本。只要獲得恰當的協助，不管是她的龍鱗或龍角，都能免費到手。

我和她的生命被綁在一起，採取強硬手段對我們雙方都沒有好處。即便如此，還是不能否認這件事為我帶來的幫助。

一瞬間，我用笑容掩飾著扭曲的面孔。見我突然改變態度，迪亞路奇目瞪口呆地望著我。

我輕輕扶起她的身體，抓住她的肩膀，手裡傳來她輕微的顫抖。不過，我能感覺到她的身體順著攙扶的動作，站了起來。

「我會遵守約定的。」

「這……」

「我方也死了很多人。我當然能理解妳現在的心情，但我們都無可奈何。」

「是……我知道。」

「首先，我必須先將妳拘禁。當然，站在我們的立場來看，這樣的行為或許有些自欺欺人，但重要的是，讓人們親眼看到怪物群入侵的始作俑者被拘捕。希望妳能明白，我們已經盡可能地給予方便了。」

「孩子……」

「妳不需要擔心妳的孩子。」

接著，我在她耳邊悄聲說道：「因為牠現在也是我的孩子了，噗呵呵呵。」

在精神恍惚的狀態下，她似乎到現在才發現，我究竟對她做了什麼。只見她頓時嚇得臉色發白。

當然，這件事最好只有我們兩個知道，否則只會自找麻煩。

不過她對於心尖上那一塊肉的愛，是貨真價實的。所以被逼到懸崖邊，沒有任何反撲機會的人不是我，而是迪亞路奇。

孩子，爸爸會對你很好的！

第067話　守城戰的尾聲

雖然有了這個孩子，我也是萬般不願意，但事到如今也無所謂了。多了一個能託付晚年的穩固保障，我反而該大聲歡呼才對。

眼前的迪亞路奇一臉驚愕地張著嘴巴，一句話也說不出來。一瞬間，腦海裡湧現千頭萬緒，她的表情彷彿在煩惱該如何解決眼下的狀況。

不過，一切早就已經有了答案。

「真是的……雖然我也不是很樂意，不過我會盡全力做到最好。」

「啊……」

「對了！妳先走吧，等我把事情處理完之後，馬上就會去找妳。噗哈哈！待會見。我們寶貝也要好好聽媽媽的話喔！」

「你……你叫誰寶貝？」

「還會有誰呢？總之，相關的事情之後再說。我再提醒妳一次，別想惹事生非，我也不想動用強烈手段。畢竟，有哪個父母希望自己的孩子受傷呢？噗呵呵呵。」

我轉身背對一臉恍惚的迪亞路奇，快速地邁開步伐。

如果說守城戰即將順利落幕，那麼我也沒有非得繼續參與的必要。不過這次守城戰的總指揮官是我，慶祝勝利的當下，我理應在場才對。就算沒有太大的貢獻，我也得出來露個臉。

我雖然想和迪亞路奇待在一起，不過押送她和孩子的工作，交給紅色傭兵就夠了。我點了點頭，向替我打雜的成員們致謝，他們也點了點頭，告訴我不必擔心。

我緩慢地往城牆上方移動，只見下方屍橫遍野。

沉迷在濃濃的血腥味之中的怪物變得神智不清，拚命地爬上城牆；一部分的怪物或許看清了眼前的狀況，朝著反方向拔腿狂奔。

一波波如浪潮般的怪物，似乎不再湧入。不，既然那個女人在我們手上，成群的怪物便不敢再入侵。

城牆上的大部分士兵，即便早已筋疲力盡，見到逐漸減少的怪物，仍堅持擠出最後一絲的力氣應戰。

「不能輸！」

「直到最後一刻都不能鬆懈！」

每個人高聲吶喊，拚命抵禦怪物的姿態確實十分帥氣。往更遠的地方眺望，金賢成小隊的成員似乎同樣在城牆上馳騁自如，擋下接踵而來的怪物。

鄭白雪依然咬著下唇，不停地施放魔法。金賢成也揮舞著長劍，對準正在向上爬的怪物，唰地一聲，砍下牠們的腦袋。

相較之下，我所累積的經驗值並不多，內心不由得感到焦急。儘管不是什麼了不起的魔法，但眼下我只能不停地結咒印並念誦咒語，朝城牆下方的怪物發動攻擊。

「坦克立刻前往倒塌的西側城牆，阻擋剩餘的怪物入侵！」

收尾的工作相當重要，因為我也得表現出一副有所貢獻的模樣。

匡噹！

「擋住怪物！」

我召喚的巨大手臂瞬間砸落，怪物們發出慘痛的哀號。

體力方面，我占不了上風，不過在魔力方面還算是有把握。指揮官氣喘吁吁施法魔法的模樣，肯定會成為所有人的典範。

多虧一連串的突發狀況，外表也狼狽得恰到好處。沾滿泥土的身軀，再加上逃跑時產生的擦傷，即便只是皮肉傷，此時我的外觀和努力奮戰的士兵們，沒有太大的區別。相較於其他衣冠楚楚的指揮部成員，我的外表簡直慘不忍睹，這就是總指揮官親自上戰場，身先士卒的一種表現。

當然，這和真相差了十萬八千里，但有人在乎真相嗎？

我得悄悄地走到城牆前方就定位，讓大家看看我手握尤里耶娜，展現刀法的模樣。剛得到尤里耶娜時，雖然有向金賢成學習一些技巧，但我握劍的方式依然生疏。準確來說，應該是我的身體在跟著尤里耶娜的行進方向移動才對。

乾淨俐落地砍下一隻小型怪物的腦袋之後，我再次利用聲音增幅魔法，大聲呼喊。

「直到最後一刻都不能鬆懈！耗盡魔力的魔法師們，舉起你們的長槍和刀劍！神聖力減弱的祭司們也立刻到城牆下方，拿起石塊，用力投擲！守護我們的家園！」

當然，這不是我的家園。

「勝利就在眼前！」

勝利確實就在眼前。一旁的普通士兵也同樣拿起長槍，使勁地朝下方突刺。

此刻的我，混在一群普通士兵當中艱苦奮戰的模樣，光想想就覺得有些帥氣。

「再加把勁！戰友們！」

「總指揮官大人?!」

我也不忘在一旁鼓勵士兵們，拍拍他們的肩膀，加油打氣。

「不能讓小石公會白白犧牲！」

這個時候，當然要再次提起漸漸被遺忘的宋正旭。

然而就在此時，一隻小型怪物瞬間撲向我身旁的士兵。

雖然有些猶豫，但被這樣的怪物咬上一口，想必不會有事。

我用力推開士兵，代替他成為怪物的攻擊目標。我舉起手臂，怪物的獠牙立刻嵌進皮肉，留下了我在這場守城戰的第一道傷口。即便如此，心裡卻莫名地湧上一股充實感。

真他媽的痛啊。

當我放開手裡的尤里耶娜時，刀身立刻飛向咬著我手臂不放的怪物，瞬間刺穿牠的頭顱。

只見被我救下一命的士兵一臉驚慌。

「李基英大人！我來替您療傷……！」

「一點小傷而已，省下你的神聖力吧。」

「藥、藥水……」

我的懷裡雖然也有藥水，但我還不至於蠢到當場馬上使用。

「沒關係。神聖力和剩餘的補給品，必須用在重傷患者身上。這種程度的小傷，我還能忍耐。」

「李基英大人……」

「活下來才能再見到珍貴的家人，不是嗎？」

「是……」

要是我的韌性值再高一點，說不定就演不了這場流血的戲碼了。

總之，我的外觀就這麼大功告成了。到目前為止，手臂雖然還能活動，但我刻意讓它呈現下垂的狀態。我抓著一邊的手臂，認真揮舞長劍的模樣，任誰看來都會覺得無比慘烈。雖然傷口痛得受不了，但畫面相當美好。

我刻意不請求其他人的支援，而是移動到看起來較為安全的區域，展開激烈的戰鬥。儘管比不上金賢成，但某種程度上，也算是一副縱橫沙場的模樣。

偶爾也會有祭司走上前來，打算替我治療，而我只是搖頭婉拒。

「這種小傷不算什麼。」

「總指揮官大人……」

我反而將懷裡的藥水拿出來，率先治療其他傷患。因為我知道，雖然這些都是小事，但這種佳話日後將會成為我的助力。

原本滿山遍野的怪物們，似乎被收拾得差不多了。不知不覺間，人們的喊叫聲，稍稍蓋過了怪物的咆哮。因為他們意識到，自己即將迎來勝利。

以整體的戰況來說，怪物被人類打得落花流水。從我加入戰線的那一刻開始，我方早已勝券在握。

「啊啊啊！」

「不能掉以輕心！」

負責射箭的弓箭手也拿出刀劍，刺向怪物。戰士完全殺紅了眼，舉起早已變成鈍器的斧頭，對著爬上城牆的怪物一陣猛敲。

「哇啊啊啊！」

他們知道自己取得勝利了。

位在第三城牆，剛剛結束戰局的士兵們，放下手中的武器，放聲歡呼。第四城牆和第二城牆的士兵們也放下武器，緊緊擁在一起。

我雖然也想慶祝勝利的到來，但回到依舊處於混戰狀態的區域，繼續賣弄慘狀，才是明智的選擇。看來戰爭即將走向終點，即便如此，我也必須和他們一起在戰場上留到最後一刻。

我喘得上氣不接下氣，體力似乎有些難以負荷，但那並不重要。和我不同，抱持著單純動機的小隊成員們，也同樣拚命地跑向這裡。

我將尤里耶娜揮了出去，緊接著，刀身立刻飛向正在與士兵纏鬥的怪物，一劍貫穿牠的脖子。

此刻，落在士兵視線範圍之內的人，就是垂著一隻手臂，救自己於水火之中的李基英大人。即便沒有刻意喘氣，我的呼吸也早已變得急促。或許是身體疲勞的緣故，我下意識地大口喘氣。不過，這既是演出的一部分，也將成為一段佳話。為了日後的名聲著想，美好的佳話自然是越多越好。

「謝、謝謝您！」

「這沒什麼。」

此刻，金賢成依舊賣力地馳騁於沙場。

怪物一個個倒下，各處的城牆開始傳來勝利的吶喊。千瘡百孔的西側城牆一帶，也順利地解決了大部分的怪物，戰鬥即將進入尾聲。

現在才終於能相信，我方取得了極大的勝算。不對，用「勝算」來表達，似乎有些怪異，因為怪物已經逃得一隻也不剩，是我們贏了。

當然，對我來說，往後的日子才是麻煩的開始。一大堆尚未解決的問題，正在前方等著我。我得和車熙拉，以及幫了我一次的小林，做個了結，並且好好向金賢成解釋。最重要的是，必須設法把迪亞路奇和孩子放出來。

當然，凱斯拉克的其他公會，說不定會聲稱自己擁有迪亞路奇的所有權，因此，我也必須好好想想該給他們什麼好處。

還得決定新職業……

戰爭結束後的整頓作業也是個問題，既要處理堆積成山的怪物屍體，還必須開會討論損失的情況，以及後續權益分配的問題。

像我這種身分，戰爭前後比戰爭進行期間還忙碌。

「哇啊啊啊啊啊！」

「活下來了！活下來了！」

「靠！我們辦到了！」

此時，歡呼聲越來越宏亮。

每個人的模樣各不相同，有人正在為死去的同胞流淚，也有歡欣鼓舞、放聲吶喊的人。當然，後者占大多數。

在這種時候，最後站出來說句話，就是我的職責。我得向大家宣布戰爭結束了。

「我們！」

喊出這句話的當下，所有人的目光瞬間聚焦在我身上。此時，我感到一陣暈眩。一時之間，天旋地轉，想說些什麼卻張不了口。

媽的……一想到或許有人企圖殺害迪亞路奇，我的心頓時一沉。不過，應該不可能有人違背我的命令。

會是失血過多嗎？但我並沒有流太多血。

就在此時，我突然意會到，是之前迪亞路奇遍體鱗傷的緣故。

一部分的傷害似乎已經轉移到我身上了，在這樣的情況下，還流著血像隻狗似的到處奔跑，甚至不斷使用魔力，也難怪會暈眩。

雖然想先宣布停止戰爭再倒下，但視線變得越來越模糊，四周也瞬間暗了下來。身體無法控制地不停搖晃，試圖打起精神卻徒勞無功。

所有人的視線都集中在我身上了，那麼全身虛脫到當場暈倒，這樣的畫面……說不定也……還不錯。

「基英哥！」

「大哥！」

「基英先生！」

隊員們注視著我的同時，突然發出一陣驚叫。

聽見聲音的我，滿心愉悅地閉上雙眼。

與此同時，我的心裡還浮現出這樣的雜念——既然事已至此，不如等醒來再處理戰後事宜。

凱斯拉克守城戰的傷亡人數簡直難以想像，而那個因為虛脫而昏厥，在所有人眼中已然成為典範的總指揮官，全身上下的傷，就只有被小型怪物咬中的那一口。

＊　＊　＊

我緩緩睜開沉重的眼皮，亮晃晃的天花板隨即映入眼簾。精神有些恍惚，但我應該沒有昏睡太久。

我感覺身體變得輕盈舒暢，右臂的傷口也得到了治療，全身上下彷彿剛洗完澡般乾爽舒適，看來有人用魔法替我洗去了一身的汙垢。

雖然有些頭昏眼花，不過沒有大礙，過一段時間應該就能自然恢復。

偌大的房間裡，只有我一個人，看來這裡應該是病房。當然，以病房來說，這裡的裝潢擺設似乎過於高級，不過這也是我備受禮遇的證明，我索性滿心愉悅地觀察著環境。

此時，房門緩緩敞開。我理所當然地以為是鄭白雪，猛然一回頭，沒想到竟然是瑪麗蓮千金。

與她一同闖進房內的是一道宏亮的嗓音。

「李基英大人！」

瑪麗蓮千金哭得唏哩嘩啦，朝著我直奔而來，一把將我擁入懷中的模樣，著實相當驚人。

由於太過震驚，我雖然迅速地和她拉開距離，內心卻仍感到有些慌張。

瑪麗蓮千金彷彿也被自己的舉動嚇到似的，連忙揪住胸口，她大概也意識到，這不是貴族名媛應有的舉止。她惹人注目的羞赧神情，隱含著些許的好感，可惜的是，我對她一點興趣也沒有。

長得可愛是可愛……但我不只無法從她身上得到好處，要是連她也要一併照顧的話，只會一個頭兩個大。

「哎呀，瑪麗蓮千金。」

不過，客套的微笑是絕對不能少的。

我噙著淡淡的微笑，開口詢問：「我昏睡多久了？」

「從您昏倒之後，已經過三天了，我還擔心您萬一醒不過來怎麼辦……」

「三天嗎？」

「是的，李基英大人。」

時間流逝得比想像中快。腦海裡瞬間飄過了無數思緒，但我的心情反而相當愉悅。

善後工作差不多結束了吧……不對，光是處理那些怪物的屍體，肯定不是一朝一夕就能完成，善後工作應該還在進行。此刻我才意會到我們小隊成員不見蹤影的原因。

我的身體沒有任何異常，想必迪亞路奇也好好地活著，雖然想知道她身在何處，但我還有很多好奇的事。

「原來如此……」

「真的非常感謝您！李基英大人。」

「什麼？」

「沒想到您會為了凱斯拉克拚盡全力，把自己的身體弄得這麼慘……什麼事也做不了的我，不知道有多遭人怨恨呢。嗚嗚嗚……」

「哈哈哈，沒關係。辛苦的人大有人在，我也沒做什麼。」

「李基英大人怎麼能說自己沒做什麼！您不只指揮凱斯拉克的自由民，還阻擋了從下水道入侵的怪物。奮不顧身地親自上戰場打仗，保護了凱斯拉克城裡的所有帝國人民！嗚嗚……」

「那是……咳，為了凱斯拉克犧牲的小石公會和宋正旭大人，才是真正的英雄。我只是……」

「他、他們當然也有功勞……不過您的身體、您的身體好點了嗎？」

「是，好像沒有大礙了。」

對於慘死在怪物腳下的宋正旭，她一副事不關己的模樣。

總之，我的計畫可以算是成功了。

瑪麗蓮千金口中的「從下水道入侵凱斯拉克的怪物」根本不存在，那是曹惠珍為了能順利逃離車熙拉，隨口編造的謊言。為了讓謊言變成事實，紅色傭兵應該有在現場丟了幾具怪物的屍體。想必他們也不想讓世人知道，車熙拉的暴走破壞了守城戰原本的計畫。

她剛才提到的「奮不顧身地親自上戰場打仗」也不例外，雖然我從來就沒有奮不顧身過，但既然她都這麼說了，可見我成功地營造了形象。

假如瑪麗蓮千金有這樣的想法，帝國人民看待我的目光自然不言而喻。想取得帕蘭和我應有的權益，看來不是問題。

我再次揚起嘴角，朝瑪麗蓮千金提問，耳邊立刻傳來她的回覆。

「其他人在哪裡……」

「您是指誰？」

「我們小隊的成員和車熙拉大人。還有，迪亞路奇呢？善後工作都結束了嗎？除此之外的其他作業，情況如何……」

「哎呀！真抱歉，李基英大人，我應該先向您說明在您昏迷的期間，發生了哪些事情才對……」

「沒關係，瑪麗蓮千金，不必覺得抱歉。我只是好奇守城戰的後續事宜是否順利結束。」

「沒、沒想到您這麼替凱斯拉克著想……」

「哈哈哈……」

「抱歉，我說的話太失禮了……」

「不，真的沒關係。」

她的神情看起來有些激動，似乎以為我是為了她，才豁出性命保護凱斯拉克。

雖然這只不過是我的猜測，但假如一切真的如我所料，事先防止這樣的誤會產生，才是正確的選擇。

我一臉為難地露出尷尬笑容，瑪麗蓮千金連忙開口，聲音聽起來有些焦躁。

「李基英大人昏倒之後發生的事……對了！首先，處理怪物屍體的作業，當下馬上就開始了，現在依然持續進行中。」

「原來如此。」

「因為擔心還有其他怪物活下來，而且需要花上好長一段時間，所以這項工作先交由自由民負責。至於帕蘭的成員們應該……」

「他們應該很努力吧。」

「沒錯。他們和紅色傭兵公會的成員守在第一線，盡力確保善後作業的安全。」

「車熙拉大人也在那裡嗎？」

「車熙拉大人匆匆忙忙地趕回琳德了。雖然不曉得發生了什麼事，但她看起來相當忙碌，我甚至來不及向她道謝。她可是為了凱斯拉克衝鋒陷陣的大英雄呢……也沒有好好招待她，真讓人難過。」

車熙拉落荒而逃了嗎？

「她看起來很忙嗎？」

「是。她說有緊急的案件需要處理……對了！這是車熙拉大人託我傳交給您的信。」

「謝謝您，瑪麗蓮千金。如果方便的話……」

「您當然可以馬上打開來看，李基英大人。」

解除了信封上施加的暗號魔法之後，我稍稍地將視線往下挪動。此時，瑪麗蓮千金似乎也想一起看信件內容，立刻把臉湊了過來。

可是我一點也不想讓她看。

原以為會寫一些道歉之類的話，結果卻有些令我意外。

〔致神聖帝國的的榮譽主教李基英大人：不要忘記，也不要當作沒看見喔！琳德的帕蘭公會副會長，李基英大人，我相信你一定會遵守約定的。期待能在完美的時間點，和你來一場美好的約會。——共和國五虎將，四將小林敬上〕

小林？

看來是結束了和車熙拉的一番激戰之後，才把信轉交給她的。

雖然想乾脆裝作沒看見，但我作夢也沒想到，她竟然堂而皇之地公布自己的身分。

我雖然不太了解詳細情況，但共和國似乎不認為向自由民提供大量的公職，是一件壞事。

從她那了不起的職稱中可以得知，那女人的地位，比我想像的還要高。還有，既然是五虎將，就代表和她同等級的強者至少有五個。

儘管無法得知日後神聖帝國和共和國的關係將會如何演變，但至少現在得到一些像樣的資訊了。

這個情報好像能拿來利用，即便我也得承擔潛在的風險，但如果是小林的話，日後肯定能在必要的時候派上用場。

反正不論神聖帝國與共和國的關係是好是壞，將來總得和共和國來一場大對決。雖然從最近的各項表現來看，似乎不太樂觀……

我現在沒有多餘的心力思考關於共和國的事，因為眼下我連自己都顧不了，更何況光是神聖帝國的事就夠我忙了。

我現在擔心的是車熙拉。她匆忙離開凱斯拉克，連露一面也不肯，由此可知，她肯定覺得自己無法面對眾人。

她不曉得哪根筋不對，脫離第一線之後，開始四處搗亂，沒臉見人也是理所當然的事。這樣的黑歷史，就算過了二十年之後，再突然回想起來，還是會尷尬到恨不得找個地洞鑽進去。

過了一段時間之後，她應該又會若無其事地出現在眾人面前。不過，車熙拉的個性有時候意外地像個少女，所以我十分期待她的反應。

「還有！」

「什麼？」

「那個……獎賞雖然還沒完全分配好，但李基英大人和金賢成大人，以及帕蘭公會成員們的部分，將由我們凱斯拉克領主城直接頒發。」

「我做這些事情不是為了獎賞。」

但嘴角卻下意識地上揚。

我的態度不自覺地變得更加親切，此刻我望向她的眼神裡，充滿善意。在這之前，或多或少有些冷淡的模樣，彷彿都只是假象。

瑪麗蓮千金這才了解到我真正想要的是什麼，她連忙開口。

「不過，凱斯拉克也是因為有李基英大人和帕蘭公會，才能度過這次的危機。我也看見了父親大人正在思考如何分配獎賞……」

「哈哈哈……」

「如果您覺得不夠的話，我一定會……」

「不，只要有瑪麗蓮千金的心意就夠了。況且我做這些事，真的不是為了獎賞。身為神聖帝國的一員，我只是盡一分責任而已。」

「不，我一定會讓您得到應有的回報。」

「如果這是瑪麗蓮千金的堅持……那我就不推辭了。」

「謝、謝謝您。」

「不，我才更謝謝您。我只是做我該做的事，您卻願意給予報酬。」

瑪麗蓮千金似乎也很好騙。看來我能得到的獎賞，將會比原先想像的更加豐厚。

我緩緩地起身，只見瑪麗蓮千金雙頰泛紅地凝視著我。

我並不打算為了表達感謝而做出任何行動，因為我只想盡快處理在我昏睡期間被耽誤的事。

「抓到的怪物怎麼樣了？」

「什麼？」

「您有沒有看見頭上長兩隻角的女人？」

「哎呀……那個女人的話……」

「她發生什麼事了嗎？」

「就我所知，她現在應該被關在地下監牢。老實說，我們也很煩惱，不曉得該怎麼處置她，還有……」

「請說。」

「那隻怪物說，自己的性命和李基英大人的綁在一起。這實在太荒謬了！」

竟然連這個都說了……但她的判斷合乎常理，畢竟她也得保全自己和孩子的性命。看樣子她似乎沒有透漏我是她的配偶，而是安安靜靜地等待我的到來，令我相當滿意。

她的身體應該還沒完全康復，不曉得孩子是不是和她待在一起，看來我得先確認才行。

「我必須去那裡一趟。」

「什麼？」

「迪亞路奇說的是真的。其實我也不太清楚事情究竟是怎麼發生的……我只知道，現在那個女人的性命確實和我的綁在一起。」

「天啊！」

「瑪麗蓮千金，謝謝您告訴我。之後有空再和凱斯拉克領主大人一起吃頓飯吧。」

「是，李基英大人！當然沒問題。」

我立刻動身。因為現在圍繞在我身邊的所有事情中，迪亞路奇的事情最重要。

來看看我的孩子過得好不好吧。

第068話 小機靈

我隨便披了一件外衣，接著走到門外。首先映入眼簾的，是窗外的城市。

城市內部簡直成了一片廢墟。

雖然我原本就打算直接摧毀西邊區域，但得知復原作業要進行好長一段時間，我才深刻體會到戰爭的結束。

至於地下的狀況……

會想到地下也是理所應當的，我原本還打算拆掉重蓋，然而事情並沒有按照計畫發展。當然，從現在開始整頓的話，一點也不遲，不過我又再一次領悟了世事不能盡如人意的道理。

雖然時間上晚了一點，但只要在進行復原作業的期間執行計畫就可以了。

令我頭痛的麻煩事還真多呢。

前往關押迪亞路奇的地下監牢途中，從每個窗戶看出去的風景各有不同。如瑪麗蓮千金所言，有人正在處理怪物的屍體，也有人在清理附著於城牆內壁和建築上的血漬。

除了笑逐顏開的模樣之外，人們沒有其他的改變。

以冒險家來說，所有人的能力都提升了，想必每個人都努力累積著自己的經驗值，低階玩家應該也能獲得轉職的機會。

我們小隊的成員也一樣。成長值已經相當高的黃正妍、曹惠珍以及宣熙英，說不定沒有明顯的變化，但鄭白雪、金藝莉、朴德久以及金賢成，想必不只得到了新的職業，能力值也會有所提升。

「之後得和他們談談了……」

這次遠征的目的是為了提升能力，而所有人都取得了滿意的成果，朴德久說不定也得到了英雄級職業。隊員們的實力變強，自然是一件喜事，我的嘴角悄悄地勾勒出一抹微笑。

就在此時，眼前一名守衛主動向我打招呼，他應該就是負責看守這座地下監牢的守衛。

「李基英大人？您醒來了？」

「噢……原來是巴蘭呀。」

「是、是的！」

從我口中聽見自己的名字，令他有些驚愕。

他似乎相當訝異，像我這種地位這麼高的人，竟然會記住他的名字。實際上，我並沒有把他的名字記在腦海裡，只不過是用心眼稍微看了一下他的相關資訊。不過，我也不至於笨到告訴他實情，因為這也能當成一則佳話。

「方便請問您來這裡有什麼事嗎？」

「當然。我有重要的事要辦，必須前往地下監牢。」

「難道是……？」

「是，你想的沒錯。我正好在煩惱路線太複雜，不曉得該怎麼走，幸好遇見你了。如果你不介意的話，能否幫我帶路？」

「啊……」

「要是你有別的事要忙也沒關係。」

「不！不是的。當然要幫您帶路，包在我身上吧！」

「哈哈哈。」

「不過話說回來，您才剛醒來，就立刻來到這裡，實在太了不起了。您其實可以再休息一下……」

「我已經昏迷一段時間了。剛剛往外看才發現，大家都在團結地進行復原工作。」

「這都是託李基英大人和帕蘭公會的福。」

「你過譽了。話說回來，那隻怪物的狀況如何？」

「老實說，雖然我負責在這裡看守，但除了魔法師不斷前來確認狀況之外，我也不清楚到底是怎麼一回事……據我所知，一開始雖然用拘束具將她綑綁起來，讓她不能動彈，但拘束具全都在不知不覺中被解開了。」

「原來如此。」

「雖然我沒有進入地下監牢的權限，但您應該可以進去。接下來的路，您應該能自己一個人走。那邊的，過來帶路。」

「是。」

「謝謝你們。」

負責帶路的幾名守衛，朝我點了點頭。

地下監牢的門似乎被魔法緊緊地拴住，我連忙念出咒語。伴隨著喀噠一聲，牢門緩緩敞開。本以為裡頭破爛不堪，想不到比我想像的整潔許多。雖然感受得到周圍設下了複雜的魔法，但只要沒有刺激因子，魔法就不會被觸發。

此時，眼前出現一道頭上長出兩隻角的熟悉身影。她緊緊將孩子擁在懷裡，原來我的孩子也在啊。

原本還擔心母子倆會被關押在不同的地方，想必他們考慮了各種可能性之後，認為這麼做最合適。

捆綁著手腳的魔法拘束具上，刻了許多道魔法陣，甚至連脖子都畫上了複雜的魔法陣，看來這就是他們的控制她的方法。雖然不知道有沒有效果就是了……

她的身體尚未恢復，魔法拘束具應該多少還有效。

「嘰！」

「哎唷！是呀，爸爸來了。」

龍寶寶目不轉睛地盯著我，一邊微微啜泣的模樣，十分可愛。雖然不曉得原因，但牠似乎很歡迎我的到來。看樣子迪亞路奇選擇我作為配偶所帶來的影響，也延伸到了孩子身上。

見到牠輕輕晃動尾巴的模樣，我更堅信自己的想法是對的。

當然，和我們的心肝寶貝不同，此時我的老婆正緊緊地抱著孩子，戒備地盯著我。一看就知道那個小傢伙想靠近我，她卻使勁抱住懷中不停掙扎的龍寶寶，模樣甚是可笑。

我輕拍手掌吸引龍寶寶的注意，迪亞路奇便把身體縮得更緊。有趣的是，她的眼神裡似乎摻雜了一些安心感，彷彿一直到剛才都還在擔心我的性命安危。

她會出現那種反應合情合理，萬一我死了，她的處境只會更窘迫。

「你、你說誰是爸爸？」

「不曉得妳是不是在裝傻，真令我傷心呢。噗呵。前幾天才剛成為一家人，妳的態度未免太冷漠了吧？哎唷唷！我的寶貝！想爸爸了嗎？嗚啾啾！」

「嘰！」

「我們小機靈不是也吵著要見我嗎？」

「他不是小機靈……」

「妳沒和我商量，就替孩子取名字了嗎？真令人難過。」

「當初……你……」

「哈哈哈。雖然我是半路跑出來的家人，但這也是妳的選擇，不是嗎？我雖然也有些驚慌，不過突然成為爸爸的感覺還真不錯呢。哎唷唷！我們小機靈真乖！好棒！好棒！」

「嘰！嘰！嘰！」

「好棒！好棒！好棒！」

「嘰咿——！」

「迪亞路利會對你有好感，是因為我選擇你作為配偶，才不是因為牠喜歡你！」

「牠叫迪亞路利嗎？取名前好歹也跟我商量一下嘛……不過無所謂，因為我是個懂得尊重伴侶意見、對家庭絕對忠誠的人。看來成為龍的配偶，還內建了這種附加功能啊。我本來還擔心孩子會討厭我呢，真是萬幸！」

「呃……」

「迪亞路利，要讓爸爸抱一下呀！」

「嘰！」

因為情緒激動而胡鬧的小機靈，依舊被迪亞路奇抱在懷中。

然而沒過多久，過度興奮的小機靈便逃出了母親的懷抱。牠輕輕地晃動尾巴，朝我跑了過來，在我臉上胡亂舔舐的模樣，也十分惹人憐愛。

嘴裡發出嘿嘿聲的同時，還不停對我微微搖著尾巴。除此之外，抓住我使勁不讓自己的身體往下掉的模樣，趣味十足。

真正耐人尋味的是，目睹這一切的迪亞路奇臉上的表情，一副被信任的人狠狠背叛的模樣。

「寶、寶貝！」

「哎唷唷！我們小機靈！」

「寶貝，來媽媽這裡啊！」

「哎唷唷！哎唷唷！我們小機靈好棒啊！好棒！」

「嘰！」

「寶貝！沒聽見媽媽叫你過來嗎?!」

「我們小機靈，爸爸帶你飛高高！」

「嘰！嘰！嘿嘿！嘿！」

「寶、寶貝……」

「哎唷唷！哎唷唷！開心吧？我們小機靈？」

「牠才不是什麼小機靈！是、是迪亞路利……」

「小機靈！」

「嘰！嘰！嘿嘿嘿！」

這小傢伙也太高興了吧。雖然懷疑牠是否擁有危險的特殊癖好，確認過後才發現，牠似乎連特殊癖好和傾向都還沒形成。

我根本不知道牠的性別，對龍族也幾乎一無所知，因此我絕不可能理解這究竟是怎麼一回事。

總之，牠現在的情緒應該可以說是一種與父親久別重逢的喜悅。

比起見到孩子，總覺得更像見到小狗……我已經知道該怎麼對待這傢伙了。

狹窄的空間裡，只有自己和媽媽，肯定相當無趣，也難怪牠會喜歡玩飛高高的遊戲。小機靈在極度興奮的狀態下，一邊噗哧噗哧地噴著鼻息，一邊搖尾巴的模樣，任誰看了都會認為比起媽媽，此刻的牠更想待在我身邊。

「寶……寶貝……」

不過，小機靈似乎無法不理會媽媽垂頭喪氣的模樣。

牠悄悄地揪著我的褲管，緩緩把我拉往自己母親的方向。看來，我們小機靈似乎希望爸爸和媽媽可以和睦相處。

「妳不覺得小機靈就像在說，希望我們可以和平相處嗎？哎唷唷，我們小機靈真可愛……」

「牠不是小機靈，是迪亞路利。」

「哈哈。這是綽號啦，綽號。牠這麼可愛，叫小機靈或迪亞路利，又有什麼區別呢？對不對啊，小機靈？」

「嘰！嘿！嘰咿——！」

剛開始還有些不習慣，但這傢伙越看越可愛，不只是那雙圓滾滾的大眼睛，還有那根螺旋槳般晃動的尾巴。牠緊緊地巴著我不放，一副不願意和我分開的樣子，簡直是最美妙的畫面。

不知怎地，有種內心得到治癒的感覺。

我繼續表現出一副和小機靈相親相愛的模樣，迪亞路奇隨即一臉傷心失落地望著我。

沒過多久，她朝我開口：「你來這裡有什麼事嗎？」

「一家之主來看老婆和孩子，還需要理由嗎？」

「那、那時，我只不過是逼不得已。我一點也不想承認你這樣的人類是我的配偶和迪亞路利的爸爸。」

「不管妳承不承認，我都是已經這個孩子的爸爸，也是妳的配偶。這不是妳做的決定嗎？照這個情況看來，這似乎和盟約差不多，好像也無法取消……但最重要的是，我們小機靈這麼高興，結果妳竟然說不想承認我?!小機靈也想要我當爸爸，對不對啊？」

「嘰！嘿嘿！」

「寶……寶貝……」

「對了，因為我對龍族還不太了解，所以想先問清楚，盟約能取消嗎？」

「……」

「看來是不能啊。」

「……」

「沒辦法，雖然我也是一個擁有大好前程的青年，但我實在無法對這麼可愛的小機靈視若無睹。」

「你不必勉強自己負起責任……這是我的失、失誤，也是我為了孩子不得已做出的決定。當初是你挾持迪亞路利威脅我！」

「妳這女人，在孩子面前還真口無遮攔啊！」

「哎呀……迪、迪亞路利，不是這樣的。」

「嘖。挾持小機靈的人不是我們，我不是已經明明白白地告訴妳了嗎？人類的法律也有規定，挾持怪物的蛋或小孩是禁忌。犯人當中除了幾個人之外，全部都受到了應有的懲罰了。當時我只是在保護小機靈，絕對沒有其他企圖。」

「騙人……」

「我說的是真的。妳不是也親眼看到我有多喜歡小機靈嗎？」

「人類不能相信。」

「那妳打算怎麼做？」

「等我的身體狀況恢復後，我會和迪亞路利重新回到森林裡。我一點都不想再和人類扯上關係。」

「妳覺得妳能逃離這裡嗎？」

「我會逃離這裡……」

「哎呀，原來是這樣。這真是太遺憾了。」

「那是……什麼意思……」

「妳知道我昏迷了三天嗎？」

「……」

「被小型怪物咬了一口，血液止不住地往外流，不曉得有多麼痛。最後在失血過多和魔力耗盡帶來的副作用之下，就這麼昏死過去。人類的身體可是很脆弱的，即便是一點小傷也可能讓人倒地而死。」

「呃……」

「萬一妳和孩子一起回到森林之後，我突然身亡，這對我們小機靈可是一大遺憾。牠大概得孤苦無依地一個人長大……實在太可憐了。噗呵呵呵呵。」

＊　＊　＊

迪亞路奇的臉上寫滿了震驚。剛開始有些慌亂的眼神，逐漸萌生出一股殺意。

一般情況下的她，性格溫馴又隨和，但為了保護自己的孩子，一個母親會做出什麼瘋狂舉動，沒人猜得到。

「我相信無論如何，妳都不會選擇把我圈禁起來，只留我最後一口氣。要是小機靈在沒有爸爸的陪伴下長大，那實在太可憐了！另外，我也不可能笨到沒有準備防護措施。」

「那種想法……」

「雖然不曉得妳了不了解何謂權力，不過我在人類之中，也算是相當重要的人物，把我當成寶的人也不少……身邊的女性更對我展現了滿滿的愛意，妳想執行腦中的計畫，恐怕有點困難。」

「我不曾有過……那種想法。」

從她剛才的眼神看來，她明明就是這麼想的。

為了幫助她理解現況，我必須多做說明。我悄悄地把小機靈拉了過來，迪亞路奇雖然嚇了一跳，卻沒有特意制止，想必是因為看見自己的孩子，一臉天真無邪地搖晃著尾巴，不停發出嘿嘿聲。

我在地上畫出小小的圓，她靜靜地看著我，眼神像在詢問那是什麼。

「這是妳現在的所在位置，凱斯拉克。」

「……」

「而這個中型的圓，就是玩家們的居住的地方，琳德。將這些包含在內的大圓，就是人類的國家——貝妮戈爾神聖帝國。」

「那個和我們在說的內容有什麼關係？」

「這並不單單只是土地大小的問題。土地大，人口就多，能用來打仗的兵力也會隨之增加。姑且不論原因，妳光是招惹凱斯拉克，就已經在這場對抗一整座城市的戰役中吃下敗仗，然後現在待在這裡。」

「要是我全力以赴，結果一定會不同。」

「人類的本質十分頑強，也相當卑鄙。哎呀！我不是在說我自己，妳不必瞪著我。假如妳能殺光這個大國裡的所有人類，情況或許會不一樣，不過在我看來，應該不太可能。我再說一次，我在這片土地上所擁有的地位相當高。想必妳應該也是看中這一點，才選我作為妳的配偶。」

「人類……」

「萬一妳把我綁走，拘禁在某個地方，恐怕會有不少人類為了救我而找上妳。當然，在迪亞路奇的猛烈攻擊下，大部分的人類都會壯烈犧牲，不過人類是相當頑強的動物，因為他們懂得判斷價值。」

「什麼價值？」

「妳身體的價值。」

她大吃一驚，臉上沒來由地泛起一股紅暈，偷偷摸摸地想躲到一旁。不過我指的並非那個意思。

「說穿了，比起我遭到挾持，對人類來說，更重要的是發現了傳說級怪物迪亞路奇。妳那對高聳突出的龍角和美麗堅固的鱗片，以及強壯結實的尾巴，甚至是妳的心臟和寶石般的眼珠……」

「就、就算你這樣稱讚我……」

「我不是在稱讚妳。哈哈。我剛才說的所有東西，對人類來說相當有用處，而且還能得到龐大的財貨。嗯……妳知道什麼是財貨嗎？」

「雖然不清楚，但我明白你的意思。」

「妳的身體相當值錢。外皮能做成盔甲，頭上的角也能做成武器，構成妳身體的每個器官，都是能用來做實驗的上等材料，價值多到數也數不清。人類之所以到現在還沒找上妳，不過是因為尚未發現妳。」

「……」

「人類是貪婪的動物。傳說級的怪物迪亞路奇，某天就這麼突然地現身，就算妳逃出這裡，最後人類還是會找上門。因為身處在這個大圓圈裡的人類，大多都已經得知關於妳的消息，要是沒有擋箭牌，我敢保證，他們絕對會如瘋狗般撲向妳。」

「……」

「這恐怕會是一場漫長的戰役。說不定還有一些醜惡陰險的人類，打算把小機靈綁來當成人質，藉機殺了妳。」

「那、那不就是你嗎？還有，我說過很多次，牠是迪亞路利。」

「總之，從結果來看，不管妳做任何選擇，情況都不會太樂觀，因為妳已經一腳踏入了人類社會的核心地帶。來的時候隨心所欲，想走可沒那麼簡單。」

「不合理。」

「什麼？」

「這一切都太不合理了。當初我們安分守己地待著，明明是人類先逼迫我們。我們和那些人一點關係也沒有。是人類先把我的蛋偷走，也是人類讓我和孩子骨肉分離。我一點也不想挑起事端。」

她的臉部表情逐漸扭曲。我能感覺得到，她正不動聲色地朝我發洩怒火。

「我只是想和孩子安安靜靜過日子，我根本不想和人類打仗。」

「我不是已經告訴妳了嗎？這不是妳能決定的事。舉這個例子或許不太恰當，不過妳不是也會為了存活，獵捕其他的怪物嗎？」

我緩緩地輕撫小機靈，只見牠再次發出嘿嘿聲，朝我貼了上來。

看到我和小機靈親暱的舉動，迪亞路奇一臉不樂意的模樣，將小機靈一把從我手上拽了過去，接著繼續開口。

「那和純粹因為貪婪所產生的自私不一樣。」

「在我看來並沒有不同。如果真要細究的話，恐怕三天三夜也說不完，這個話題就此打住。這樣的背景說明已經足夠詳細了，我們換個話題吧。小機靈，來這邊。」

「嘰。」

「妳是託誰的福才能活到現在？」

「那個……」

「妳應該最清楚才對。傳說級怪物迪亞路奇襲擊凱斯拉克，造成大量的傷亡和難以估計的損失。儘管怪物的死亡可以帶來附屬品，但嚴格說起來，你們是對人類發動攻擊的敵人。」

「我說過很多次，是人類先逼迫我們的。」

「這對人類來說並不重要。因為對他們而言，你們不是智慧生物，只是怪物。確切來說，我是在給妳方便。妳能和小機靈享受溫馨的時光，在地下監牢裡過上舒適的生活，終究只是因為我們的性命被綁在一起。」

「……」

「說得極端一點，當初要是妳沒有選我當配偶，不光是妳自己，就連可愛的迪亞路利也會性命不保。妳不就是看中這一點，才把我和妳的性命綁在一起嗎？我的立場當然也和妳一樣，只要不把對方殺掉就可以了。」

「呃……」

「只要能留妳一條命就沒問題了吧？我知道砍下尾巴或龍角，甚至是扒下身上的外皮，妳都不會死。說白了，就算我緊抓著小機靈不放，妳又能如何？從結果來看，我已經對妳相當紳士了。是不是啊，小機靈？」

「嘰！嘿嘿嘿！」

「畢竟我既沒有折磨妳，還讓妳和自己的孩子待在一起。哈哈哈哈哈！」

她大概也有所領悟。因為我說得一點也沒錯，她正處在自己的身體尚未完全恢復，還必須保護孩子的特殊狀況。

「我對龍族一無所知。不過，關於龍之所以需要配偶的原因，我有幾項推測。」

「……」

「當初迪亞路奇的蛋為什麼會被偷走呢？」

「那是……」

「大概是因為需要營養。龍顯然是需要消耗大量能量的生物，既要為育兒做準備，也可能必須準備過冬，說不定還得同時布置巢穴和處理大大小小的瑣事，想必無法二十四小時待在孩子身邊。」

「沒錯。」

「育兒不是光靠一己之力就能辦到的事。妳獨自生活在樹林裡，或許沒問題，不過既然有了必須保護的東西，情況肯定不同。能夠獨自誕下後代的龍族，之所以必須選擇配偶，原因就在這裡。這樣的推測，妳覺得怎麼樣？」

「……沒錯。」

「那太好了。我大概也知道為什麼龍族會需要一個看似不必要的配偶了。想必龍族必須保護孩子免於周圍敵人的襲擊，所以需要一個能夠共同扶養孩子，一起保護孩子的人，對吧？」

「你說得對。」

「猜中答案真令人開心。那麼，這次輪到妳來公布答案。就像我剛才說的，不論願不願意，此刻妳已經和人類扯上了關係。當妳從原本生活的森林，來到人類的都市時，妳覺得最理想的配偶會是誰呢？」

「……」

「妳覺得有哪個人既能保護小機靈的性命安全，又能確保牠最基本的自由，甚至提供教育和充足優良的糧食？妳覺得那個能為家人打造堅固安全的窩，又精明能幹的一家之主在哪裡？妳尋尋覓覓的理想配偶是誰呢？」

只見她緊咬著下唇，一臉不情願的模樣。

我和她的談話內容，小機靈一句也聽不懂，只忙著輕舔我的手。

即便如此，我的話一點也沒錯。要是她打定主意決定在森林裡生活，當然不需要像我這樣的配偶。因為以怪物的標準來看，我只是弱小、自私又手無縛雞之力的人類。

雖然不曉得這世界是否存在其他龍族，但原本能夠和她匹配的伴侶說不定是龍，又或者是位階凌駕於龍族之上的其他生物，也就是能夠讓龍的巢穴免於危險，既有力又強大的傳說級怪物。

雖然現在的情況相當不同，一切未必會如我所料，但眼下她勢必得和人類建立關係，共同生活。從結果來看，她也算是選了一位相當理想的配偶。

「是……你。」

「答對了！」

我慢慢地靠近她，只見她猛然一抖。我只是想扶起她的身子，絲毫沒有其他意圖。

即便不明白我的動機，但她還是靜靜地拉起我的手。

「我們先離開地下監牢吧！小機靈在裡面肯定也悶壞了。」

「什麼？」

「這陣子這麼辛苦，妳也得好好活動一下身體，吃點好吃的吧？」

「可是……」

「妳還是好好思考該怎麼對外解釋這一切，不過告訴眾人我是妳的配偶，想必也會對妳造成困擾，所以妳最好找個能說服大家的理由。其實，我也是在不得已的情況下，被迫與妳組成家庭，這部分還請妳多擔待。我也有自己的感情生活……總之，狀況有些複雜。儘管我不能成為一個好老公，但我應該能成為一個好父親，這一點妳可以放心。這樣還不錯吧？」

「那個……」

「我們要做的事還有很多。首先，妳得先簽署一份文書，對外宣布妳的所有權歸我，還得討論妳造成的損害該如何處置，畢竟人類的世界相當複雜。很好，小機靈，我們出去吧！」

「嘰！嘰！嘿嘿！」

「我們小機靈也一樣，還有很多需要處理的問題。」

見我突然轉變態度，她好像有些驚慌，不過她似乎也體認到，自己和小機靈現在總算安全了。她的腦中肯定一片混亂，而原本令她反感的我，正在展現一個配偶應有的模樣，想必她也看得一清二楚。

離開地下監牢前，她朝我開口：「有件事……我想問你。」

「請說。」

「人類是貪婪的。」

「沒錯，確實如此。」

「你也不例外。你不必刻意說謊，因為我的眼睛能看見一些東西。」

「是，我也是貪婪的人類。」

「你想要什麼？」

「哈哈哈。不是什麼了不起的東西。只要妳多注意一下我和妳的安全……並且和我一起進行實驗就可以了。頂多只是被針扎一下，不會危及性命。只要躺著就好。」

「實驗？」

「哎呀！原來我還沒告訴妳。我是煉金術師。」

「我不知道煉金術師是什麼。」

「那個之後再一起慢慢了解吧。」

「真的只要那樣就好嗎？」

「什麼？」

「只要注意安全、進行實驗，你就會提供住處和糧食，並且確保迪亞路利的安全嗎？」

「若妳能好好遵守規定，我可以提供更多東西。一開始我就打算這麼做……因為我也想當可愛小機靈的好父親，不光是衣食無憂，我還會全力以赴打造一個幸福的家庭。還有，我再說一次，不是『只要那樣』就夠了。我剛才不是說了嗎？」

「……」

「我說過，妳的身體相當值錢。我需要妳靜靜地躺著，才能解決一切。哈哈哈。」

不知怎地，這聽起來就像人渣會說的話。
像是暗自打定主意似的，迪亞路奇點了點頭。

第069話　帝國八強

一場戰爭之後，許多事都變得不一樣了。不，準確來說，應該是「正在改變」才對。

首先，迪亞路奇的所有權正式歸我所有。事情進行得比想像中順利，因為凱斯拉克本就有意獎勵我這次的表現，再加上輿論普遍認為，帕蘭公會在這次的遠征中戰績最為亮眼。

一部分的公會和戰隊雖然感到惋惜，不過多分配到一些其他怪物的附屬品後，自然就閉上了嘴巴。雖然他們確實一起參與了捍衛家園的戰役，但現實的情況是，沒有非得提供迪亞路奇珍貴的鱗片和外皮給那些人的必要。

即便這樣的想法有些自私，但迪亞路奇顯然是我取得的成果，不願意與別人共享也合情合理。

最大的問題在於，迪亞路奇為凱斯拉克帶來的損失。

慰問死者家屬的賠償金絕對不能少，但光是那樣，當然還不夠。我以個人名義提供充足的賠償金，此外，凱斯拉克一方也對他們表達了由衷的感謝。於是，事情就這麼告一段落。

當然，還有許多事情尚未了結，但無論如何，守城戰順利地落幕了。

有一部分的人雖然懷疑迪亞路奇是這起怪物突襲事件的主謀，但教皇廳的調查結果出爐後，異端審判官正式排除了這個疑慮。

因為我動用了一直以來從未使用的榮譽主教身分來擺平這件事，權力就是這麼好用的東西。

從在凱斯拉克擁有穩固地位的尤達大主教開始，我向幾位經常往來、在教皇廳享有一定地位的人尋求協助。不光是潔西卡主教、異端審問官赫麗娜以及安杜林大主教，還有對我疼愛有加的巴傑爾樞機主教，這就是我持續向他們請願所帶來的結果。

由於凱斯拉克的地下拍賣場還必須繼續營運，我只好隱瞞小石公會綁架小機靈的真相，並對外宣稱小機靈同樣是受到怪物突襲事件影響的生物。也就是說，我必須找出除了迪亞路奇之外的其他原因。

異端審問官和神聖騎士團認為，引發怪物侵襲事件的原因，就在於凱斯拉克深處的神祕副本，而那些不想被貼上異端標籤的人們，並沒有對教皇廳的聲明多加置喙。這樣的結尾可以說是乾淨俐落。

當然，一切之所以可行，都是建立在我和迪亞路奇擁有正式關係的前提之上——被龍選擇的人。

對外的說法是，迪亞路奇是一條可憐的龍，在神祕副本的支配下不小心進入了城市，為了拯救自己，逼不得已選擇了李基英這個人類來自我防衛。雖然像是狗血小說會出現的荒謬設定，不過並不算太差。起碼比為了救回自己的孩子，迫不得已我當她的配偶，還要更正面、更具說服力。

既然存在著被神選擇的勇士，現在出現了被龍選擇的情節設定，一點也不奇怪。傳說級精英怪物就這麼平白無故地到手，對於國防問題較為重視的帝國騎士團在特別留意龍的危險性的同時，想必也暗自期盼迪亞路奇能成為守護帝國的龍，皇帝派會如此積極幫忙也不無道理。

「因為龍很珍貴嘛。」

「你說什麼？」

「沒什麼。」

「那個……」

「怎麼了？」

「那個……謝謝。」

「我不知道妳要謝我什麼。」

「各種事……」

「妳不必在意。多虧有妳，事情才進展得如此順利。」

「什麼？」

「龍相當珍貴。妳活著的時間，比貝妮戈爾神聖帝國的歷史還要長，所以對於人類而言，妳是相當偉大的存在。妳可是足足活了四千多年之久呢！記載關於龍的書籍多半也已經失傳。就如同我想抓到妳一樣，神聖帝國肯定也想將完整的龍保存下來。」

「原來是這樣……」

「當然，我本身擁有的力量確實帶來了不少幫助，但這次的成果，是在錯綜複雜的利益糾葛下形成的圓滿結果，妳不必太感謝我。對不對，小機靈？」

「嘰！嘿嘿！」

「哎唷唷，小機靈，過來！」

「嘿！嘿！嘿！」

「要不要跟爸爸玩飛高高啊？」

「嘿嘿！嘰！」

「哎唷唷！小機靈好棒！好棒！好棒！」

「嘰！嘰！嘰！」

當然，如今改變的不只是周圍的大環境。

這小傢伙……實在太可愛了。原本只打算敷衍應付，想不到小機靈的可愛程度，完全超乎我的想像。

牠跟著拍手聲，在沙發上活蹦亂跳的模樣，任誰看了都會覺得無比可愛。

一雙水汪汪的大眼不停地眨啊眨，尾巴和屁股輕微擺盪。就連原本令人有些火大的哭聲，如今聽起來也相當可愛。老是巴著我不放，在我臉上不停輕舔的行為，有時雖然令人感到煩躁，但小機靈已經悄無聲息地鑽進了我的心房。

當然，從外型看來，與其說是養育真正的孩子，不如說養寵物更貼切。不過，我終於能理解，在地球的人類為何會對寵物如此執著。

「哎唷唷！小機靈，過來！」

「嘿嘿！」

「小機靈要不要吃零食啊？」

「嘰！嘰！嘰！嘰！嘿嘿！嘰！」

一聽見「零食」或「散步」之類的詞彙，牠便會立刻陷入瘋狂，興奮地猛搖尾巴。見狀，我也不自覺地想一把將牠擁入懷裡。

「零、零食剛才不是吃過了嗎？」

「孩子本來就是要吃飽才會長大。對不對，小機靈？」

「嘰！」

「一天只能吃兩次零食，這是規定。」

「小機靈這麼想吃，只不過是零食，有什麼要緊的？這樣反而能補充一些營養，不是很好嗎？」

「牠攝取的養分已經多到超標了。還有，糖果不能算是健康的食物，而且那是人類製造的加工食品……反正再過幾年，想吃多少就能吃多少，現在最好維持適量。」

「媽媽太無情了，真討厭，對吧？」

「嘰！」

「迪亞路利……媽、媽媽這麼說都是為你好……」

「嘰！嘿！」

「從明天開始只餵兩顆吧！小機靈，我們今天再吃一顆！」

我一從懷裡掏出尺寸略大的圓形糖果，牠立刻眼神發亮，盯著我瞧，模樣甚是有趣。糖果在面前來回晃動，牠的眼珠子也跟著骨碌碌地轉。身體雖然一動也不動，尾巴卻使勁地往地面甩。我將糖果輕輕地放入牠的口中，牠立刻在房間裡高興地到處亂竄，著實惹人憐愛。

「嘰！嘿嘿！嘿！」

「我們小機靈開心嗎？」

「嘿嘿嘿！嘰！」

「好棒！好棒！好棒！」

我再次拍手，只見他隨即在沙發上蹦蹦跳跳。要說我是為了這一幕才給牠零食，一點也不為過。小機靈的嘴角淌下一絲絲唾液，雀躍不已。在一旁堅持零食不能吃三次的迪亞路奇，同樣不動聲色地勾勒出一抹微笑。

雖然直到現在，她依然對我充滿防備心，不過她似乎認為我對小機靈的濃厚愛意都是真的。她當然會那麼想，而我也不需要刻意模仿好爸爸，因為我所展現出來的樣子，就是她理想中的家庭樣貌。連我都不禁思考，自己是否展現了過多的愛意，至於她會怎麼想，自然不言而喻。

最近她漾著笑意，靜靜望著我和小機靈互動的次數，越來越頻繁了。

「小機靈站起來了！」

「天啊，迪亞路利！」

原本靠四肢爬行的小傢伙，學會用兩隻腳穩穩地站起來了。每天都能在這小子身上發現新的變化。我甚至產生過「小機靈，好好健康地長大，爸爸的晚年生活就靠你了」這一類的想法。

總而言之，小機靈相當可愛，這是無庸置疑的事實。帕蘭的其他小隊成員也極其喜歡這個小傢伙，我會產生那樣的情感，想必也合情合理。

其實，不是所有的成員都覺得小機靈可愛。

對迪亞路奇和迪亞路利散發濃濃敵意的小隊成員是誰，不用想也知道。

此時，鄭白雪打開房門，走了進來。

「基、基英哥。」

「噢，白雪，妳來啦？今天也辛苦妳了。」

「沒、沒什麼，小事一樁。我只是在旁邊監看作業的過程……現在處理怪物屍體的工作已經完成得差不多了。話說回來，你身體好些了嗎？」

「嗯，我已經恢復健康了。當時只是因為魔力消耗殆盡才會昏倒，不是受了什麼嚴重的傷。其他人呢？」

「應該等一下就會到齊了。賢成先生說大家好久沒有聚在一起吃飯了……你今天有空嗎？」

「當然。」

「太、太好了。」

鄭白雪認為迪亞路奇和小機靈把我搶走了。

見到我醒來之後，還來不及哭哭啼啼，就得立刻展開作業，將迪亞路奇帶來我身邊。雖然現在能騰出短暫相處的時間，然而不過就在幾天前，我忙得幾乎連覺都沒辦法睡。在這緊湊的行程當中，我卻依然會撥空與迪亞路奇和小機靈相處，因此從鄭白雪的角度來看，她會覺得我被搶走，一點也不奇怪。

儘管迪亞路奇是怪物，但幻化成人形的她，相當美麗動人。即便鄭白雪曾叮嚀過我，要我小心留意，但她剛才肯定看了好一陣子我抱著小機靈的畫面……說不定有種在看一家人幸福洋溢的感覺。

更重要的是，宣布我和迪亞路奇的性命被綁在一起的消息後，雖然不明白原因，但她似乎受到了巨大的打擊，把自己關在房裡一整天。甚至連我主動找她，她也不願意開門，難過的程度可想而知。

她看起來像在研究魔法，卻沒有拿出任何成果，不對，或許只是還沒有像樣的成果。萬一鄭白雪研發了新的魔法，那恐怕就是能把我的性命和她的連結在一起的魔法。

以上種種推測，全都不無可能。如果是她的話，或許早就完成了魔法研發也說不定。原本就對魔法有極高天賦的鄭白雪，經過了這次的怪物襲擊，想必成長了不少。

她就和小機靈一樣，需要額外看管，因此我不得不多花心思在她身上。說白了，要是宣布我成為了龍的配偶，想要控制鄭白雪，肯定是難上加難。光看她現在對迪亞路奇和小機靈視若無睹，只一味地和我交談的模樣，就能略知一二。

就在我稍稍分神的期間，鄭白雪悄悄地勾上我的手臂，身體貼了上來。

「現在就一起去吧！」

我莫名地有些在意迪亞路奇和小機靈的目光。畢竟我的臉皮還沒厚到足以讓我在大庭廣眾之下出軌，會有這樣的反應也無可奈何。

「那麼，迪亞路奇，我馬上回來。」

「……」

「迪亞路利也要乖乖的喔！」

「嘰！嘿嘿！」

「快、快走吧，基英哥！大家都在等我們了。」

鄭白雪眼神充滿不安地凝望著我。同樣地，小機靈的雙眼也骨碌碌地盯著我看。可惜的是，眼下不理會小傢伙才是上策。

「嘰！嘰！」

「快走吧，基英哥！」

關上門走了出來，鄭白雪這才安心地鬆了一口氣。

直覺告訴我，她似乎看出了些端倪，讓我沒來由地感到不安。此刻應該關心一下她才對。

我一開口，耳邊立刻傳來充滿活力的嗓音。

「今天賢成先生把大家聚在一起，難道有什麼特別的原因嗎？」

「是的。」

「嗯？」

「啊，看來基英哥還沒聽說啊。」

「嗯。看來有新的消息？」

「詳細情形我不太清楚……聽說神聖帝國這次要選出帝國八強。」

「什麼？」

「很多人都說，說不定帕蘭公會中可能會有兩名人選。」

這又是什麼鬼話啊？

消息來得太突然，我不免有些驚慌。

＊　＊　＊

帝國八強。

我大概能理解神聖帝國創立這種頭銜的動機。

神聖帝國並不會提供公職給玩家們。當初我被破例選為榮譽主教時，就曾引發軒然大波。

簡單來說，除了我以外的其他玩家，與公職可以說是毫無瓜葛。

雖然大型公會領袖或強者得到的待遇，基本上和國家元首沒兩樣，但這也是在變相用這些條件要求這些人與政治劃清界線。我也能理解帝國的立場，畢竟玩家們一旦過度干涉帝國的政事，對皇帝派的人來說，肯定不是件好事。

或許是這些願意捨身守護凱斯拉克的玩家，改變了他們的想法也說不定。不過，我不這麼認為。即便官方說法如此，但如果只是因為成功擋下怪物侵襲就讓少數玩家擁有公職頭銜，這場交易簡直太不划算了。

是因為共和國嗎？似乎有道理。

共和國與神聖帝國長期以來，一直存在著微妙的敵對關係。神聖帝國建了新的大樓，共和國也隨即蓋出一棟；同樣地，共和國一旦發表與全新魔法和副本相關的研究成果，沒過多久，帝國也會對外公開相同領域的研究。

也就是說，雙方在國際關係上，一直處於暗自較勁的狀態。一想到擁有共和國五虎將頭銜的玩家小林，神聖帝國肯定也會認為自己必須有所作為。

雖然尚未聽說關於共和國五虎將的公開聲明，但我方在共和國內部安插了不少間諜，要是對方有任何動作，應該能提前察覺。

共和國選了五名，而帝國有八位。

除此之外，檯面下肯定還潛藏著教皇派和皇帝派之間的拉鋸與權力之爭，以及我所不知道的政治因素之間的相互作用。因為我當下立刻就聯想到，這說不定是皇帝派為了牽制身為榮譽主教的玩家李基英，而想出來的手段。

再加上傳言指出說不定會從帕蘭選出兩名……感覺標準並不嚴苛，難道帝國人民不包含在帝國八強的候選人之內嗎？

我想，必須和金賢成好好聊一聊，才能印證我的猜測。但是我們倆似乎存在著一些誤會，現在面對金賢成，不免令我感到有些彆扭。不過，所有人都在場，應該不會有大礙。

「嘿嘿嘿嘿……」

「怎麼了？」

「好久沒待在一起了，所以很開心。」

「是啊。」

鄭白雪應該不是八強之一吧？

不是的可能性相當高。坦白說，帕蘭公會裡，根本沒有人能夠入選八強。不少人明擺著把我們小隊視為正值成長期的新手，因為不論是鄭白雪、金藝莉、宣熙英或是曹惠珍，都稱不上是強者。

只選一名的話，絕對是金賢成吧。當然，到目前為止，他還沒有特別傑出的表現。不過，一想到他在這次的守城戰中，獨自遞補了車熙拉的空缺，還是說得過去。

雖然當時的我忙著到處奔波，無法親眼見識他的傑出表現。但金賢成和刻意到處散布佳話的我不同，他已經讓帝國人民和自由人民深深地意識到他的實力有多麼驚人。

應該慶幸車熙拉沒有參與嗎？要是她在場，金賢成的表現想必會相形失色，但金賢成確實是凱斯拉克守城戰的核心人物。

不曉得鄭白雪是否了解我複雜的心思，只見她依然笑容滿面地緊貼在我身旁，彷彿整個人靠在我身上似的緩慢前行。雖然有些礙手礙腳，但久違地和鄭白雪走在一起，感覺還算不錯，因為平日裡的她十分可愛。

過了一會兒，餐廳的大門緩緩敞開，小隊成員的面孔隨即出現在眼前。

率先映入眼簾的，是緊緊貼在朴德久身旁與他交談的黃正姸；宣熙英和曹惠珍則安靜地待在一旁喝茶，總覺得她們兩人隱約有點像呢；接著是正在關心小鬼金藝莉的金賢成，最先發現我身影的人，同樣也是他。

他靜靜地舉起手，表情看起來並不糟。本以為事情落幕之後，他會立刻來找我要個解釋。殊不知，他似乎在默默地觀察我，等待著開口的好時機。

這很符合那傢伙的作風，不過一直讓他對我心存疑慮也會為我帶來麻煩，因此我必須盡快找到可以單獨跟他相處的機會。

見到金賢成舉起手，朴德久連忙轉身打招呼。

「哎唷，大哥！」

「我來了。」

「咳咳……被龍選擇的人果然不一樣，要見一面怎麼這麼難？」

「別大驚小怪，這沒什麼了不起。」

「不，這可是一件非常了不起的事。因為是時常對神懷抱感恩的李基英信徒，所以……」

「這真的沒那麼了不起，宣熙英大人。」

聽見宣熙英讚揚我的品行，曹惠珍一臉意味深長地盯著我看，莫名令我有些在意。不過，她立刻迴避了我的視線，一副不願與我有所牽連的模樣。此時，黃正姸向緊挨著站在原地的我們搭話。

「兩位今天也黏在一起呢，真甜蜜啊。」

「哎呀……謝、謝謝。」

「白雪小姐，基英先生，請坐。」

「是，正妍小姐。」

與成員們許久未見，我卻毫無一絲的尷尬。金藝莉向我輕輕點頭，我把它當成招呼，接著也同樣朝她稍稍點了點頭。大致坐定位子之後，我掃視了每一位成員，整體來說似乎成長了許多。

這不是理所當然的嗎？雖然我尚未決定新的職業，但轉職的日子近在眼前。金藝莉、金賢成以及鄭白雪貌似已經完成轉職了，我得找個時間好好瀏覽一下他們的狀態欄。

原本以為所有成員都成功地轉職了，沒想到宣熙英、黃正妍和曹惠珍只有能力值上升，似乎尚未取得新職業，也許是因為那些人的能力值已經相當高了。

問題在於朴德久。

總感覺很可惜呢……究竟那傢伙是像我一樣刻意延後轉職的時間，還是沒有取得新職業，尚且不得而知。他的職業依舊維持在稀有級，韌性值和體力值雖然有所提升，但成長幅度並不大。當然，相較於普通人，朴德久的能力值可以說是十分優秀，但在高手雲集的金賢成小隊裡，朴德久就是個普通人。

朴德久一直都很努力，這一點我比誰都清楚。但見到他毫無進展的模樣，我想似乎有一道牆堵在他面前，得想辦法讓他受點刺激了……

雖然我恨不得能立刻解決那小子的問題，但眼下還有更要緊的事。我不得不轉移視線，望向金賢成。

一瞬間，所有人的目光都集中在金賢成身上，等待他開口。

像是在順應大家的期待似的，空氣中傳來了那傢伙眩惑人心的嗓音。

「大家似乎很久沒像這樣聚在一起了。比起打仗，處理戰後的事宜更讓人焦頭爛額呢！哈哈哈……」

「……」

他雖然想開個玩笑，緩和一下氣氛，但整體氛圍卻讓人笑不出來。金賢成確實沒有搞笑方面的天賦，他大概也意識到了當下的氣氛不適合開玩笑，於是清了清嗓子，再度開口。

「咳。總、總之，幸好大家都平安無事。還有……真的很謝謝各位願意相信並追隨我。」

「沒有什麼追隨不追隨，這是會長的命令……」

「不是的，惠珍小姐，我不是那個意思。在座的各位，應該都是第一次參與規模如此龐大的戰役，尤其是白雪小姐、德久先生、藝莉以及基英先生。雖然加入公會不過才一年的時間，但我比誰都清楚，你們默默地站在最前線，是一件相當辛苦的事。」

「噢……原來是這樣。這麼看來，這是四位第一次進行大規模戰役呢。」

「沒錯。」

普通人在守城戰的當下恐怕都嚇得渾身發抖，不斷地思考該不該臨陣脫逃，這才是正常的反應。只見朴德久有些難為情地撓了撓頭，想必他當時也很害怕了吧。

即便是對於重生者和車熙拉無比信任的我，都如此恐懼，朴德久肯定也相當害怕；金藝莉始終面無表情，讓人看不出她的心思；鄭白雪則是一臉完全不理解金賢成在說些什麼，我能肯定她根本不害怕。

「你別這麼說。我們只是相信賢成先生不會拋下我們，所以才能站上城牆戰鬥。實際上，賢成先生也救了我們好幾次。」

「大哥說得對。其實，要不是有老兄的話，我們早就死了。如果你問我會不會害怕，我應該沒辦法說不會……不過這好像也是個寶貴的經驗，所以該說謝謝的人是我才對。」

「對，基英哥說得沒錯。」

「嗯，基英叔叔說得對。」

成員們紛紛贊同我說的話，金賢成看起來備受感動，內心的情感尤其豐沛。見到他微微頷首，表達心中的感謝，我又再次領悟到他高尚的為人。

他乾咳了幾聲，一副害羞的模樣，令我感到相當詫異，原以為我們重生者不會有如此可愛的一面，剛才的反應還真有趣。

「總之，謝謝大家。對了，今天把大家聚在這裡的原因，就是為了告訴各位，接下來神聖帝國即將公布帝國八強名單。不曉得基英先生聽說了沒……」

「來這裡之前，聽白雪說了。實在太令人意外……」

「是，我確實也覺得有些突然。雖然早就猜到帝國會有這樣的動作，但時間點有點早，所以……」

「老兄有聽說相關的消息吧？」

「沒有，看來基英先生也沒有收到關於這件事的通知。我或許還算正常，但沒想到就連基英先生都沒聽見傳聞……」

如我所料，這起事件的主導者果然不是教皇派，而是皇帝派，否則最近與教皇廳交情良好的我們不可能沒收到消息。

當然，教皇派不可能完全沒有動作。

「首先，針對帝國八強，先向各位說明。簡單來說，帝國八強就是在帝國選出八個最強的人，並賦予職位和權限。詳細的內容有待深入了解，不過實際上，和加封貴族爵位大同小異。」

「那不就一定得接受嗎？不對，比起那個，聽說被認為是帝國最強的八人當中，有兩個人在我們公會？」

「戰力數值雖然很重要，但恐怕涉及許多政治因素。」

「我不否認老兄確實很強，可是……」

我也認同朴德久說的話，金賢成確實很強，但要被選為帝國最強八人之一，實屬勉強。正當我準備開口，想尋求多一些解釋的瞬間，耳邊率先傳來曹惠珍的聲音。

「其中應該沒有包含帝國人民。要是連帝國人民也算上，八個人根本不夠。據說王城的維克哈勒特大人，還有教皇廳的三名聖騎士，他們和車熙拉大人的實力不相上下，甚至更勝於她。光是這些人，就占掉了四個人選……」

「比那個紅髮大媽還強？我之前聽說過維克哈勒特大人，但……聖、聖騎士又是什麼？」

「他們是三名隸屬教皇廳的最強騎士。據說是只有在樞機主教級以上的祭司性命安全受到威脅時，才會出動的武裝組織，說每個人都具備傳說等級的戰鬥力也不為過。身為祭司的宣熙英小姐，應該非常了解。」

「是，曹惠珍大人說的沒錯。因為樞機主教級的祭司是教皇廳的核心。如果李基英大人也晉升到樞機主教級的話……」

如果真的發生那種事，對我來說可是相當幸福的事。但現在說這些還太早，我並沒有做出回應。於是，曹惠珍接著說。

「除去帝國民後，再試著想想，說不定確實是這樣。首先是紅色傭兵的車熙拉大人、黑天鵝的朴延周大人，再來是夜空公會的春日由乃，席利亞那邊會派出一名強者取代已故的伊藤蒼太……臺灣人居住的自由城市大灣，應該也會選出兩名。」

「原來如此……」

「當然，帝國的玩家當中，能算得上是強者的人非常多，但是隱居者和志不在爭權奪利的人，很有可能被排除在候選名單外。說不定有一部分的人拒絕了帝國八強的頭銜，所以我們帕蘭才能得到機會。」

「拒絕的理由是什麼呢？」

「有了權限和職位，責任也會跟著到來。在那樣的枷鎖下，想追求自由的人多半不會接受。而且在原本預計宣布帝國八強的時間點，凱斯拉克正好發生怪物群襲擊事件，所以他們肯定注意到了這邊的消息。人選可能是……」

曹惠珍猶豫著該不該繼續說下去。我想，由金賢成接著說下去也無所謂。

「沒錯。我收到了提議，他們詢問我與基英先生，是否願意一同成為帝國八強的成員。」

＊　＊　＊

「你是說大哥嗎?!」

朴德久直勾勾地盯著我，這傢伙心裡在想些什麼，我一目了然。

「大哥竟然是帝國八強？」他八成在心裡這麼想。

朴德久對我有好感是無可否認的事實，但這和我的實力強不強是兩碼子事。因為我的體能條件根本不值得一提。說穿了，他只要朝我揮一拳，我馬上就能見閻王。

即便我擁有尤里耶娜，但處於沉睡狀態的它並沒有多大的作用，這也是不爭的事實。雖然有許多在能在戰術方面派上用場的煉金魔法，但和鄭白雪的魔法相比，簡直是小巫見大巫。

簡單來說，我個人所擁有的戰鬥力，根本比蛆還不如。當然，朴德久應該還不至於這麼看待我，但他的眼神裡充滿困惑，似乎無法理解，我為何能被推選為帝國八強之一。

「大哥也是……？」

「基英先生的話，大概是……」

「沒錯，迪亞路奇的存在是決定性的原因。」

就是那樣。

「以帝國的立場來看，沒有理由排除被龍選擇的人類。想捕獲第一隻在世人眼前亮相、願意和人類互動的龍，也可能是原因之一……想得簡單一點，單憑迪亞路奇的力量，成為帝國八強之一也綽綽有餘。一想到這條龍的所有者是基英先生，沒有入選反而更令人匪夷所思。」

「哦……」

「再說得明白一點，副會長簡直跟馴獸師、召喚師沒有差別，能夠召喚無法馴化的怪物，或是能力頂尖的召喚獸。還有……雖然有些偏題，但作為一名煉金術師，副會長已經是獨一無二的存在了。以現在來說，幾乎是唯一能製造出英雄級以上藥水的人……只不過職業本身幾乎和戰鬥沒有關聯，所以無法帶來顯著的影響。」

「原、原來是這樣……」

「我並不能像馴獸師及召喚師那樣，隨心所欲地使喚迪亞路奇。」

「那、那也無所謂。大哥不是很了不起嗎？」

的確，要說了不起也沒錯。因為就像曹惠珍所說的，迪亞路奇本身就是個難以擊潰的存在。即便目前身體狀況極度不佳，但說穿了，她只要吐一口氣，火力就能勝過大多數魔法。

雖然她擁有自我意志，但旁人的看法並不值得她在乎。重要的是，她選擇了我，而我能借助她的力量。

雖然朴德久一臉驚訝地喋喋不休，但神情卻意外地有些落寞。

他之所以會出現那種反應，大概是覺得只有自己跟不上其他人的進度。大伙兒一起來到大陸，自己卻在不知不覺落後一大截，幾乎看不見別人的車尾燈。

與其說是嫉妒，倒不如說是對自己感到羞愧。

他似乎不知道其實自己的成長速度也相當快速，只不過圍繞在身邊的人都是一群怪物，才會顯得他資質平庸。總覺得此時必須說些話來安慰他才對。

我思索著該說些什麼，然後朝他開口，立刻就得到了回應。

「這只不過是基於政治考量才取得的頭銜。也許是領主城考量到教皇廳的勢力，刻意創造的職位，或者是教皇廳強行舉薦。無論怎麼樣，情況都不會改變。」

「但是能被選上還是很厲害，不是嗎？大哥本來就是神聖帝國的榮譽主教，是這片大陸的聰明人當中，最聰明的人……」

「我不是聰明，只是比其他人更小心謹慎行事。」

「才不是那樣。還有，大哥這次在守城戰優秀的指揮能力也相當了不起。賢成老兄也是……不管怎麼說，值得慶祝的事情變多了，真開心啊。哎呀，大家都出人頭地啦！」

「其實，我還沒決定要不要接受……」

「也對，這一切取決於會長大人和副會長大人的選擇。」

曹惠珍一說完，我也不得不望向金賢成。

鄭白雪則是一副置身事外的模樣，她坐在位子上，眼睛眨呀眨的。其他成員們的表情相當嚴肅，因為這個問題將決定小隊未來的發展。

他應該會接受吧，反正看起來沒什麼壞處。

「我認為我應該接受。雖然會伴隨著一些責任，但從我個人的角度，以及公會的角度來看，這都是一筆划算的交易，對帕蘭未來的成長也會大有幫助。基英先生的部分，我認為應該由基英先生自己決定……不過既然這樣，我想建議你接受這個職位。」

這是對的。

「我認為沒有必要拒絕。不管怎麼說，成為代表帝國的門面，在行事上應該會更方便。」

「我早就料到你會這麼說了。」

「哈哈……」

「所以……基英先生和我應該得暫時去一趟領主城了。」

「什麼?!」

到目前為止對一切漠不關心的鄭白雪，此時的反應相當激動。她突如其來的一聲大叫，似乎讓金賢成嚇了一跳，幸好在聽了接下來的一番話後，鄭白雪再次恢復了鎮定。

「白雪小姐也會和我們一同前行，妳不必那麼擔心。」

「噢……好……」

「惠珍小姐留下來處理守城戰後續的事宜。正妍小姐負責帶剩下的人回到公會，再照著李尚熙顧問的指示做準備就可以了。」

「噢……這麼看來，現在差不多要開始了。」

「什麼準備啊？」

「下一期的新手要來了。」

「噢！」

時間過得還真快，這件事完全被遺忘在我的記憶深處了。

一般來說，每年會舉辦一次新手教學，照時間點來看，想必新手教學已經正式開跑了。根據通過關卡的速度，活動將會進行幾天到幾個月不等。

「這次新手教學副本的管理，雖然會交由紅色傭兵負責……但就算沒有輪到我們，也必須為招募新血做準備。」

「你打算招募多少公會成員？」

「我並沒有特意規定聘請的人數……不過我會接受志同道合，且能夠融入公會的人才。」

「好。」

「我也打算和車熙拉大人協議，取得優先交涉權……這和戰鬥時的忙碌奔波有些不同，但不管怎麼說，訓練和打怪也不能停擺。那麼，無趣的發言到此告一段落。各位一邊用餐，一邊放鬆聊天吧。」

金賢成一說完，席間的氣氛開始變得活絡。在久違的舒適氛圍下，所有人聚在一起，果然還是與相處最久的戰友一起度過相聚的時光才有趣。

小機靈此時應該在房間裡等著我，牠可愛的模樣微微浮現在腦中，不過大伙兒天南地北地聊著大大小小的事，時間就這麼不知不覺地流逝。

當然，始終一臉悶悶不樂的朴德久，讓我相當介意，但那傢伙正努力地裝出開朗的模樣。

「基英哥，再喝一杯。」

「不，我已經喝得差不多了。」

「今、今天是個好日子嘛！」

「那我就再喝一杯吧。」

「好！」

過程中，不曉得鄭白雪有何居心，一杯接一杯地對我灌酒。

適度地飲酒自然沒問題，但我總覺得應該就此打住，因此不停地拒絕她。只是，想打發執著又執拗的鄭白雪，可沒那麼容易。

德久一副心事重重的樣子，一滴酒也沒有碰，似乎沒有心思喝酒。即便我在一旁勸酒，他也只是笑著敷衍過去，看樣子確實在想著其他事。

我猶豫著是否該主動向朴德久搭話，靜靜地在一旁等待時機，但過了一段時間後，他甚至一聲不響地離開了酒席。

不只那傢伙，未成年的金藝莉和絲毫不熱衷於美酒的祭司宣熙英，也老早就離開了座位。時間確實也不早了……

「那麼，我也先離開了，基英先生。」

「好，明天見，賢成先生。」

「嗯。」

金賢成自然地為這場聚會畫下句號。此時，我理所當然地認為是時候該回房間了，但鄭白雪依舊待在我身旁。

「白雪，我們也該走了。」

「好！你很醉嗎？」

「不，我還很清醒。」

「噢……」

她為什麼一臉可惜啊……

「很晚了，該回去休息了。」

「好……」

「不然，我們來一場夜間散步吧？」

「真、真的嗎？」

「當然。」

我最近多少有些疏忽她，想必她也累積了不少壓力，適當的排解是相當重要的。最嚇人的事，莫過於忍受到最後一刻再徹底大爆發。

如今，天氣稍稍轉涼，還算適合散步。天上掛著一輪明月，眼下的氛圍確實十分浪漫。鄭白雪那隻緊握著我的小手，此刻傳來微微輕顫，儘管只是在領主城的庭園裡轉來轉去，她也一副心花怒放的模樣。

就在此刻，一片寂靜的領主城裡，傳來一道聲響。

「你剛才聽見了嗎？」

「聽到了。」

好奇是人之常情。散步的過程中，鄭白雪老是試圖把我引導到陰暗處，此時我反過來緊抓著她的手，朝著聲音的來源處移動。

出現在眼前的，是金藝莉與朴德久。

他們兩個在做什麼啊？

我一臉驚訝地盯著他們看了好一會兒，光是見到他們拿著武器瞄準對方的模樣，便能大致看出他們的舉動。

轉眼間，只見金藝莉握著短刀，快速朝朴德久飛奔過去，把他的脖子當成目標。朴德久雖然舉起了盾牌，卻只有小鬼的攻擊發揮作用。

「嚇！」

耳邊不斷傳來朴德久特有的短促叫聲，他的攻擊毫無用處。

金藝莉那小鬼彷彿刻意玩弄他似的，總能以極近的距離，迅速地避開所有攻擊，著實令人嘆為觀止。

她是貓嗎？就連在空中停留的時間似乎也比其他人更久，儘管朴德久不停地將盾牌揮向懸在半空中的小鬼，她卻只要一個轉身，就能輕鬆避開。

不僅如此，她的身子甚至能直接落在盾牌上方，簡直不可思議。

感到慌張的人不只我，朴德久也同樣大驚失色。他感受到的震撼和衝擊，肯定比我更大。

因為眼前的一切，根本超出常理。

那傢伙驚訝地張著嘴巴，此時金藝莉抬腿飛踢，朴德久立刻跌落在地。一轉眼，短刀鋒利的刀刃直接對準朴德久的頸部，勝負立見分曉。

緊接著，空中傳來金藝莉平靜的嗓音。

「真弱。」

「現在還沒結束。」

「早就結束了……該睡覺的時候不睡覺會挨罵的。而且已經很晚了。」

「呃……再來一次。」

「不要，很無趣。」

「最後一次。」

「德久叔叔，要是我來真的，你早就死好幾次了。所以今天就到此為止，明天再繼續。鍛鍊是件好事，雖然很無聊。」

她的話沒有惡意，那個小鬼本來就不懂得情感表達和溝通。然而她的話卻一句句地刺在朴德久的心上，他的面色相當凝重。

「那麼明天……明天再幫妳看看訓練成果。」

「錯了。應該是我幫叔叔看才對。」

「就當是那樣吧。那麼，妳先回去吧，藝莉。」

「嗯，叔叔也好好休息。」

「還有……我不是叔叔，是哥哥。」

「你的臉看起來不像哥哥，像叔叔。」

「……」

看她直到最後一刻也沒停止用殘忍的真相攻擊朴德久，我不禁懷疑她是否蓄謀已久。

朴德久就這樣呆呆地望著金藝莉安靜離開的身影。我不曾和那個小鬼進行這麼長的對話，但朴德久恐怕早就像這樣和金藝莉碰面無數次了。

金藝莉離開後，朴德久並沒有馬上離開，只是靠著牆壁癱軟地坐在地上。

一直忙著把我拉向自己的鄭白雪，也十分認真地盯著朴德久。

此刻的他，早已遍體麟傷。不光是全身被汗水浸溼，在塵土中也不曉得翻滾過多少回，整個人髒亂不堪。假如他離開酒席後，就立刻趕來此處展開鍛鍊，想必他已經被金藝莉折磨好幾個小時了，會變成那副德行也理所當然。

體型壯碩的他，此刻正把臉埋在兩腿的膝蓋之間，那畫面讓人不忍直視，光看一眼就能了解那傢伙的心思。雖然猶豫著該不該上前說些什麼，但他肯定不願以這副模樣示人。

他緩緩起身，再次對著天空揮舞著劍。

「呼……」

也許是體力耗盡，他的身體不自覺地抖動。

「呼……」

既便如此，他還是不斷地揮舞著刀劍。

坦白說，我很想告訴他，這一切根本毫無意義，因為就算多揮幾次劍也無法拉開差距，況且那種訓練方式的成效也不彰。如果光是在空中揮幾下劍就能變強的話，那麼這片大陸上的所有人幾乎都能成為強者。

擋在朴德久前方的，不是努力就能突破的障礙，而是名為潛能的高牆。就算當下能補足落差，差距又會立刻被拉開……即便能再次追上，最後還是會被拉開距離。

我明白我沒資格說這種話，但像朴德久這樣的人類，根本不可能追得上金賢成或金藝莉。系統也說過，不論再怎麼努力，最後爬上頂端的，是具備才能的人，而能夠贏得勝利獎盃的人，肯定是這之中最傑出的人類。說得直白一些，朴德久追上那些人的機率幾乎為零。

但是，我不認為這是一件愚蠢的事，因為朴德久喃喃自語的聲音，不斷落入我的耳中。

「我可以做得更好……」

第070話　愚蠢的傢伙

「我們回去吧，白雪。」

「好……」

雖然想對那傢伙說些安慰的話，但不應該是現在說。即便我說了，他也聽不進去。

平日裡最常和朴德久閒話家常的鄭白雪，神情看起來似乎也有些於心不忍。其他的成員當然也很珍貴，但對她來說，金賢成和朴德久大概被歸類在重要他人，她會出現那種反應也合情合理。不光是從新手教學開始一路走來的相互扶持，每當鄭白雪獨自落單時，在身邊照顧她的人，都是朴德久。

尤其，他還替鄭白雪教訓了那個連名字都記不起來的性騷擾犯。除了我以外，和她最要好的人，或許就是朴德久，況且他還身兼鄭白雪的丘比特……

我們躡手躡腳地邁開步伐，深怕被那傢伙發現。離開的過程中，他依舊不斷地揮舞著刀子，口中的喃喃自語在我耳邊揮之不去，令我略為反感。

——我能做得更好。

那是第一次見面時，我對那傢伙說的話。這段時間以來，他肯定不斷反覆在心裡念叨。

那句話最初的用意只是為了讓嚇破膽的朴德久鼓起勇氣行動，現在似乎成了支撐他的力量，我難免覺得有些過意不去。

我當然相信那傢伙。但狀態欄上顯示的真相，就是如此地殘酷。

努力不會辜負你，這根本就是屁話。有些人或許能得到超乎想像的成果，不過也有無論怎麼努力也改變不了的現實。

尤其是，對於那些立志成為天才的普通人來說，努力實在太容易辜負人類的期待了。

悄悄地往回望，只見朴德久依然揮著刀子。我努力地別開視線，但他的身影卻一直留在腦海裡。

我當然也不願意看到朴德久被努力狠狠背叛。不過我也相當苦惱，等到那傢伙的成長值到達極限，被認定再也無法待在金賢成小隊時，我究竟該怎麼做。

他會死的。

這不是拋不拋棄他的問題。朴德久和身為後衛，且擁有許多道安全防護的我不同，前鋒的失誤意味著全軍覆沒。不，問題不在於小隊滅亡，而是萬一碰上了難以抵禦的敵人，一旦正面交手，朴德久必死無疑。

車熙拉就是一個最好的例子。萬一車熙拉處於敵我不分的失控狀態，朴德久肯定會連第一下都捱不過，當場被大卸八塊，直接死去。

一想到金賢成小隊未來要走的路，只會更加困難重重，說不定讓朴德久就此停下腳步，反而是個更好的選擇。真頭疼啊。

媽的……我自己也得轉職。

本來就因為第四次轉職的問題，必須耗費許多心力，現在需要考慮的事，似乎又更多了。

＊　＊　＊

「那麼，之後再見吧。」

「是，會長。我會將善後的工作處理完畢。」

「惠珍小姐，慢慢處理也無所謂。」

「賢成先生，琳德的事我也會好好收尾，您放心地去吧。基英先生和白雪小姐也玩得開心！」

「正妍小姐，我們琳德見了。」

「基英先生，一路順風。」

「我馬上就回來了。熙英小姐，貧民窟那邊就拜託妳了。」

「好。」

前往首都之前，雖然和成員們做了簡短的道別，但總覺得有道極其炙熱的銳利目光，緊緊跟隨著我。

目光的來源，不是受我所託負責建造凱斯拉克地下黑市的曹惠珍，也不是因為即將和金賢成分開而煩躁鬱悶的金藝莉，而是緊抱著小機靈，在一旁死命盯著我看的迪亞路奇。

她雖然和平日一樣面無表情，但心情貌似不怎麼愉悅，眼神中明顯帶著不滿和怨懟。看來，她依舊相當不滿意我這次的首都行。即便簡短地和她道別，她也沒有消氣。

那天晚上看完朴德久之後回到房裡，她的聲調也略微激動。疏於照顧家庭、在外面到處鬼混，就是她發火的原因。

這算什麼啊……我多少能感覺得到一些跡象，卻沒料到她竟然這麼快就打算限制我的自由。

當然，只要想到她懷裡的小機靈，以她的立場來看，這是再理所應當不過的事。

此刻，小機靈持續發出「嘰——嘰——」的聲音，只見牠不停地掙扎，大概是深切感受到即將和我分離。於是我心想，一定得和他們說上話才行。這時鄭白雪恰好正在和其他公會成員們寒暄，想必我能和迪亞路奇順利交談。

「那麼，我很快就會回來，迪亞路奇。」

「……」

「哈……哈哈……我很快就會回來了，迪亞路奇。」

「……」

「應該不會太久。」

「真不曉得你幹嘛跟我報告這個。反正你不是愛怎麼樣就怎麼樣嗎？」

「我也非常想跟小機靈待在一起，但情況不允許。」

「是什麼情況？」

「上次我明明告訴過妳了……這些也是都為了打造出安全巢穴而做的努力，希望妳能諒解……」

「我很清楚你在想什麼。好啊，既然都說到這了，我就再多說一點。安全巢穴、安全巢穴、安全巢穴，沒錯，的確棒呆了。不過對迪亞路利來說，最安全的巢穴，就是和你待在一起的巢穴。我之前也說過了，只要一想到這個時期對迪亞路利的成長有多麼重要，我就無法體諒你。你不也看見迪亞路利有多麼不安了嗎？」

「嘰！嘰！嘰！嘰——！」

少裝模作樣了，小機靈。

「人類的心思實在太明顯了。反正就算到了人類的首都，你也會像那天晚上一樣，喝了骯髒的飲料之後失去意識，對吧？那樣會對我們迪亞路利的教育帶來多麼負面的影響，我想你應該比我更清楚，何況這也關乎你的健康。你和其他女人牽手、親嘴，我都無所謂，但最起碼要對迪亞路利盡責吧？」

媽的……真嚇人……

「反正我早就知道人類都是騙子。這哪是什麼良好的立約人啊……那個一開始發下豪語，說將來會衣食無缺，過上幸福美滿的日子的人，竟然隨便就拋棄了自己的家。你根本就沒有一點自覺。」

「人類的社會很複雜。溝通非常重要，酒席也不可或缺。」

「你總是只會拿『很複雜』、『人類的社會很危險』來當藉口。那你倒是說說看，為什麼要把我們的迪亞路利獨自留在這個複雜又危險的社會啊？」

「那也是……全部都是工作。」

「你的工作不是喝那個叫作酒的玩意兒喝到失去意識，而是守護迪亞路利，好好地愛護牠。」

「……」

「……」

「哎唷唷！小機靈，過來這裡！」

想不到該說些什麼來回應，死命地繞開話題最管用了。因為我很清楚，對於這個狀態下的迪亞路奇來說，不論說什麼都無法溝通。從此刻開始一直到出發前，讓小機靈表現出可愛的模樣，才是最上策。

「嘰！嘿嘿！」

「哎唷唷！小機靈好棒！哎唷唷，很好！只要等兩天，我馬上就回來。」

「嘰——！」

「小機靈，噓！不可以大叫喔！」

「嘰……」

「我馬上就會回來，忍一下，稍微等一下下，可以嗎？」

「要好好聽話，乖乖等我喔。」

「嘿……嘿嘿！」

「嘿！嘿！」

「我們小機靈長大了很多呢！」

「嘰！」

「好棒！好棒！好棒！」

「嘰！嘰！嘰！」

看著再次開始活蹦亂跳的小傢伙，迪亞路奇的怒火似乎也逐漸平息。小機靈無比可愛的模樣緩解了媽媽緊繃的神情，雖然她的臉色依舊有些不悅，但沒有什麼比小機靈更能融化她的心了。

此時，我隱約地感受到好幾道微妙的目光。除了鄭白雪以外，大多數的人都一臉欣慰地望向我們，我這才意識到我和迪亞路奇相處的模樣有些過於親密。

雖然迪亞路奇看起來並不介意，但顧慮鄭白雪心情的我，不得不多加留心。

不過大部分的女性，似乎只是覺得小機靈相當可愛。尤其是金藝莉，她第一次見到小機靈蹦蹦跳跳的模樣。然而，看見金藝莉閃閃發亮的眼神，迪亞路奇連忙將小機靈抱了起來。

「好……好可愛。」

「你必須盡快回來。」

「好。對了，抵達琳德之後，築巢的工作就會開始進行。如果妳有任何需要，去找一個叫作金美英的人，跟她說一聲就可以了。」

「你是說巢穴嗎？」

「對。其實，我不太曉得龍的巢穴應該蓋成什麼樣子，所以我已經事先交代他們先和妳討論，再正式開始動工。」

「噢……」

「既然要訂做巢穴，想怎麼布置都隨妳。」

雖然迪亞路奇仍舊滿臉不悅，但一聽見即將蓋新窩的消息，心情似乎略有好轉。首先，多虧禮物和小機靈的撒嬌，順利解決了一個麻煩。雖然一個麻煩還會衍生出更多的麻煩，但反正這次鄭白雪也會一起同行，想必有許多機會可以化解她的誤會。

鄭白雪大概也心知肚明，所以看起來一副興高采烈的模樣。她連忙湊到我身旁，緊緊揪著住我不放。不過比起她，現在更令我在意的是朴德久。

我悄悄地往旁邊一瞥，朴德久一臉若無其事地向我走來，一張大臉旋即出現在眼前。

「大哥，一路順風！」

「嗯。我不在的時候，迪亞路奇和迪亞路利就拜託你了。」

「噢……」

「我跟她的生命被綁在一起，你懂我的意思吧？」

「嗯，我大概懂。」

「德久。」

「嗯？」

「我相信你，還有如果我能做到的話……」

「我知道，我能做得更好。你是在說這個吧？真是的，耳朵都要長繭了。大哥你不必擔心任何事，放輕鬆地好好玩吧。」

「你也要和正妍小姐好好相處。」

「咳，都說了我和正妍大姐不是那種關係了。大哥你才要對白雪大姐好一點！」

「加油！德久哥！」

「呵呵呵，我可是每天都充滿力量的朴德久耶。」

聽到朴德久的話，我不露痕跡地笑著，一邊撫摸鄭白雪的頭。那傢伙裝沒事的功力簡直是一流。

之前還不了解那傢伙的心思時，能夠當作無關緊要，輕易放過的那些跡象，逐漸浮現在眼前，讓人無法不在意。想必他昨天也花了一整天的時間揮舞刀劍。

他以為別人不會發現，但經過他身邊，總會聞到一股濃濃的汗味。他似乎沒有時間洗澡，所以只是換上了乾淨的衣服，但我當然一點也不覺得不舒服。

「基英先生，現在差不多……」

「好的，賢成先生。」

我們騎上了各自的獅鷲，鄭白雪依然像顆橡皮糖似的，貼著我的後背，我也朝著不停向我們揮手道別的人們以及掙扎的小機靈揮了揮手。和金賢成一起升到高空後，只見朴德久仰頭望向我們，握緊的雙拳似乎正在不停地發抖。

在我完全消失在他的視線範圍之前，他突然轉身，朝向某處狂奔。

那傢伙是我見過的所有人當中，最蠢的一個。

＊　＊　＊

第一次俯瞰首都時覺得非常了不起，第二次果然就沒這種心情了。雖然坐在獅鷲身上，由高處往下望著首都閃閃發光的景象會令人覺得很壯觀，但我現在根本沒心情看這些東西。

不知道為什麼，我的腦中總是浮現愚蠢的朴德久不斷獨自往前跑的樣子。這傢伙真會攪亂別人的心思……

不過就算只有一會兒，我還是能將關於他的想法先拋在腦後。雖然他一直讓我感到煩躁，但既然已經抵達這個地方，我比誰都清楚，正事應該是第一要務。

離開領主城來到王城，首先要處理的事非常明確——維護這段期間疏遠的人脈。這不過是我第二次使用獅鷲起降場，感覺卻相當熟悉。

我們降落後，立刻傳來興奮呼喚我的聲音。不用想也知道是誰，畢竟王城裡最喜歡我的人非他莫屬。

「巴傑爾樞機主教大人！」

「李基英榮譽主教！一陣子沒見，你的臉消瘦不少啊。啊，我聽說凱斯拉克的事了。」

「哈哈哈。這全都是託貝妮戈爾女神的福。潔娜主教，還有赫麗娜異端審問官，好久不見了。」

「李基英榮譽主教大人，真的好久不見。」

「為各位介紹，這位是這次被推舉為帝國八強的帕蘭公會會長金賢成先生。」

「原來如此，久仰大名，金賢成信徒。」

「是，我也久仰您大名呢，巴傑爾樞機主教大人。我是金賢成，還請您多多指教。」

完全不需要我主動拜訪，提前在獅鷲起降場等待的巴傑爾樞機主教、潔娜主教與赫麗娜異端審問官，早已準備好為我們接風的午茶時光。

車熙拉似乎還沒抵達。關於帝國八強的正式公告，本來就訂在之後的其他日子，現在不出現感覺應該也沒什麼關係。但撇除這個不說，至今完全不露臉也算有點符合車熙拉的個性。

難道她到現在還覺得丟臉嗎？

聽說除了我們，可能已經有幾個人來過之後又離開。這樣想想，說不定她早就來過王城，迅速接受任命後又逃跑了。紅色傭兵目前正為了準備迎接新人加入而十分忙碌，沒有太多時間在王城悠閒度過。

在與教皇廳人員們聊天的過程中，最有趣的就是發現提名我進帝國八強的人，正是巴傑爾樞機主教。我本來很擔心教皇廳會不會反對我被列為帝國八強，沒想到事情與我的預想有所不同，讓我感到意外。

他似乎非常確信我親近教皇廳更甚於王城。假如巴傑爾樞機主教真的這樣想，強行將我推進八強中的舉動也是可以理解。屬於教皇廳的榮譽主教被選定為帝國的八位最強者之一，這當然是最有利的宣傳名目。

結束與潔娜主教、赫麗娜異端審問官一同進行的、短暫且有趣的三人祈禱會，接下來還有和貴族人士們睽違許久的宴席。維克哈勒特老先生只是和我彼此打了招呼，卡特琳公爵夫人、瑪麗蓮公爵夫人，以及已經提前來到王城的瑪麗蓮千金則陸續聊著無意義的話題。

瑪麗蓮千金在我離開的時候沒有出來送別，因此我已經預料到她可能有別的計畫，但沒想到居然是先行一步來這裡籌備聚會。席間的對話以瑪麗蓮千金對其他貴族夫人描述我在凱斯拉克守城戰時發生的英雄故事為主。在這之中自然也提起帕蘭公會的事，而暫時被我遺忘的那個愚蠢傢伙，又瞬間浮現在腦海，讓我再次煩躁起來。

此時我也終於明白這世間的人們對迪亞路奇究竟有多麼好奇，不過這也是理所當然的事。等到正式公告的時候，再宣傳有關龍的事也來得及。現在對迪亞路奇而言也是極為忙碌的時期，萬一讓她帶著小機靈過來，很有可能會發生意外，幸好沒帶她一起來。

如同忙得不可開交的我，金賢成當然也同樣過著疲於奔命的日子。畢竟這是他第一次來王城，不僅把時間都花在和我、白雪一起建立人脈，當我和教皇廳及貴夫人們相處的時候，他就忙著和王城的權貴們一起喝酒、比武弄劍。

我是被龍選擇、由教皇廳舉薦的人。但相反地，周遭的人依然對金賢成不熟悉。與維克哈勒特等王城風雲人物一起談論刀劍相關的話題，似乎對提升他的評價具有相當的助益。

雖然早知道來王城會變得很忙，程度卻比我想像的更嚴重。金賢成對這些事本來就不如我在行，整個臉色變得慘白也是意料中的事。我們來首都才過了兩天多一點，與待在我身邊就能補充能量的鄭白雪相反，那小子只感到極度的疲勞。

而我這邊也是一樣……因為我要煩惱太多事了。無論是帕蘭的未來、轉職的選擇、還有和金賢成的事，要思考的內容實在太多。當然，其中最讓我傷腦筋的事根本不用多說。

雖然他的想法可能和我不太一樣，但金賢成面臨的處境卻與我完全相同。現在差不多來到舉辦新手教學副本的時候，說不定他認識的人才即將藉此大舉登場，心裡的想法當然也會因此變得複雜。

不僅要甄選未來能持續活躍的人物，自己對外的地位改變後，也有更多的事要費心。我不知道將來要面對什麼事，但金賢成知道。有許多我們必須達成共識的狀況，也有利害關係必須一致的情形。這就是我們必須拖著疲憊的身軀，在深夜裡碰頭的原因。

雖然我們對這些必須要討論的嚴肅話題，似乎都有點刻意迴避的感覺。但其實我們討論起來完全沒有障礙，我跟他依然是彼此信任的友人與同事。

「呼……真是漫長的一天啊。」

「明天可能還會更忙呢。我們要準備任命儀式……我們好像是最後一批了。咳，話說回來，賢成先生還得去見幾個人才行。除了安杜林大主教……具有影響力的領地千金們也……」

「啊……」

他的臉上寫著「不要這樣對我」。拜訪安杜林大主教沒什麼問題，但叫他去見具有影響力的領地千金們，卻擺明讓他感到不自在。我不自覺露出嘴角上揚的表情。

「咳，賢成先生不方便的話，就由我去見千金們吧。」

「你也沒必要這樣……」

「沒關係，反正我還有空閒時間。」

「謝、謝謝了。」

很久沒有聽到他真誠地道謝了。我看了一眼在旁邊搖晃著腦袋打瞌睡的鄭白雪，金賢成又開啟了新話題。

「已經過一年了啊。」

「是的，時間的流逝好像真的比想像中快。每天庸庸碌碌，也就這樣過了一年。其實當我聽到賢成先生說要準備迎接新人時，真的嚇了好大一跳。」

「哈哈哈，原來基英先生也有忘記事情的時候。」

「我也是個平凡人啊，光是處理眼前發生的事就夠累人了。」

「不。我不覺得基英先生只是個平凡人。」

「我只是運氣很好而已。假如一開始沒有遇見賢成先生，八成連新手教學都逃脫不了，而且賢成先生自己也同樣不平凡。」

「雖然這樣講有點太嚴肅，但現在反而是基英先生的能力更強。」

當面聽見這樣的話，我不客氣地表示欣慰，現在的氣氛也不錯。在這之前的聚會邀請中，我們已經喝了不少酒。

儘管我們對彼此似乎都有一些話想講，卻又沒辦法輕易說出來，導致雙方都有點不痛快，但至少看起來還算和諧。

「那個……」

就在他好不容易開口的時候——

「也對我說好棒、好棒、好棒吧……」

鄭白雪說了一句夢話。我們很自然地噗哧一聲後大笑不止。此時他再次延續著先前的話題，雖然不知道有沒有修改原本想說的話，但他的聲音充滿真摯。

「我最近有一個想法。」

「什麼？」

「有關於現在的帕蘭。」

「啊，是不是針對公會成員的擴編問題……」

「沒錯。雖然還需要一點時間，但帕蘭的體制和目前的小隊，我覺得都有必要進行一些改變。」

「嗯……」

「假如有新的小隊成員們進來，卻全部集中在同一個小隊，不管怎麼想都很沒效率……雖然這只是我自己的構思，但我在想如果設立第二支小隊，然後由德久先生和正妍小姐負責帶領，說不定是件好事。」

「這樣啊……」

我一時之間無法做出回應，只能暫且保留了回答。這讓我察覺金賢成和我有一樣的想法。雖然他沒有明講，但他也同樣在考慮，朴德久待在自己的小隊裡是不是開始變得吃力。

新來的人之中有不錯的坦克嗎？

我認為這是情有可原的。如果有能讓未來更有展望的前鋒，讓他成為小隊的一員才是有效率的作法。

雖然有一點突然，但我知道金賢成並非看不起朴德久，而是充分理解朴德久的上限才做出這個決定，更是為了培養隊伍幹部而進行的合理選擇。他想讓朴德久成為新的小隊隊長並累積經驗，而我們就在過程中持續觀察。

雖然朴德久在戰隊中的威信及地位會隨之上漲，但以結果來說，他確實是被迫脫離金賢成小隊。坦白說，假如李尚熙現在復職回到作戰前線，她也能站在金賢成小隊的主軸位置。金賢成沒有理由非得留下朴德久。

再顧慮到那傢伙的安全，就更是如此了。金賢成的小隊因為不間斷的成長而具有發展性，但只要持續踏足新的地方，朴德久就會不斷面臨全新的危機。如果用客觀角度思考他的作戰能力，有可能只撐得過一、兩次攻擊，在最糟的情況下，或許會就此戰亡。

而且他和擔任後衛的我不同，倘若繼續強拉朴德久在金賢成小隊中擔任後衛，當然更是阻礙他的發展。金賢成顯然已經全面考慮過了。既然我是德久最親近的人，他特地向我提起這件事，或許也隱藏著想先徵求我看法的意思。

朴德久的成長與安危、以後想將他培養成隊伍幹部的計畫等，綜合這些條件看來，金賢成的提議或許真的比較好，但不知道為什麼，總覺得就這樣推開他似乎太殘忍。

不是只有可以看到狀態欄的我知道那傢伙的上限，在近距離看著他、一起奮戰的金賢成，比我更能親身感受朴德久的能力界線。可惡……

「我知道你想說什麼，賢成先生。」

「是。」

「如果不是我會錯意，應該是在說德久的事吧……我想的對嗎？」

「是的。因為我覺得基英先生比我更了解德久先生，你的判斷應該會比我的決策還重要，所以才會先詢問你的想法。只要想到他以後可能會變得越來越危險……」

「這個……」

我的腦中早就有了答案，卻有種開不了口的感覺。

煩死了，媽的……

雖然提前過問我的想法是件好事，但這感覺就像金賢成把殘忍的決策丟給我做抉擇，讓人莫名感到討厭。偏偏這又是必須做出決定的情況，而我也不得不說出最適當的回答。

「我……」

＊　＊　＊

「我認為再觀察一陣子也無妨。」

其實這是謊話，我並沒有覺得無妨。

我當然非常了解朴德久的努力，他也一直表現得很好。但如果問我，他能不能跟上金賢成的腳步，我也不得不搖頭否定。這就是殘酷的現實。

不，先別說金賢成，他連曹惠珍都跟不上。只要以客觀的角度想，最理所當然的結論就是放開他。

看來是因為有感情了啊……我感覺自己正在合理化自己的想法。

無論基於什麼原因，朴德久在很多方面都依賴著我，將我當作值得信任的人全心追隨著。

或許有一天我會離開他，但暫時不是現在。

我不希望新的前鋒加入後，讓我原本在小隊中擁有的影響力隨之降低；也不想再花時間拉攏新來的傢伙。

朴德久再怎麼樣也是可以為我出生入死的人。雖然真的遇到危機時，那個膽小的傢伙會做出什麼反應還是未知數，至少他不會轉身逃跑，因為他很努力。

應該還可以再相信他一下。

「原來如此。」

金賢成聽完我的話，似乎短短嘆了一口氣，我只能趕緊再繼續說下去。

「我也非常清楚，如果前鋒崩潰，整個小隊就會變得相當危險。但我認為現在還有補強的餘地，像是裝備之類的……方法一定還有很多。最重要的是德久自己非常努力，就算成效只有一點點，也絕對會有收穫的。」

那些成效說不定很小……老實說我也不怎麼期待。

「他好像每天都在其他隊員看不到的地方自我訓練，我最近也看過他和藝莉一起訓練的樣子。雖然我沒能力對他們兩個做出精確的評論，但他們似乎都十分善戰。」

簡直是被打得滿頭包啊。

「他本人擁有很強的意志力。」

意志力根本沒什麼用。

「就算只有一點點，但他還是在成長。」

成長幅度太過微弱就是問題所在。

「我想下次遠征，他一定就能展現不太一樣的面貌。我確定。」

其實我也不能保證……媽的。

就算我很擅長說謊，但這次的謊言卻似乎漏洞百出。因為我沒有具體的理論，只急著隨便用意志力之類的名目來掩護他。這種行為一點也不像我的作風。

然而我卻清楚看到金賢成望著這裡，帶著淺淺的微笑。

「我明白了。」

他露出心情非常愉悅的表情。雖然解讀不出什麼，但看起來就像是為了自己的想法無誤而感到高興，更準確來說，應該是放下心中大石的感覺。

這傢伙，難不成……

我不禁懷疑他是不是在測試我。

畢竟親愛的重生者最近對我有些警戒，也抱持著一些疑心。如果他真的在利用這個問題測試我，那麼他也確實比我想得更狡猾。說不定他是因為對我身上違反人性的部分產生疑慮，才設計了這個橋段。

總而言之，金賢成的表情逐漸明朗，散發著某種成就感。我甚至有點懷疑，這難道也是朴德久的計謀……應該不是吧，我相信事情不是這樣的。

無論如何，金賢成正聽著我說的話，邊點頭邊投以心情爽快的微笑。

各種雜念讓我的腦袋變得複雜，在我用不自然的笑容回應他之前，耳邊就已響起他的聲音。

「我明白基英先生的想法了。剛才我也說過，我完全相信基英先生的判斷。其實終有一天，不只是小隊成員，德久先生自己也可能深陷危險。」

「是的……這我也知道。」

「暫時先繼續觀察，但如果看不見成長的幅度或訓練的效果，還是按照我的提議設立第二小隊比較恰當。當然期限就由基英先生決定，不需要我特別提醒，你應該也會有明顯的感受。」

「是，我知道了。這樣做確實合理。」

這是願意再多給幾次機會的意思嗎？

或許金賢成也想繼續觀察朴德久。

不管是什麼原因，至少得到了我想要的結果。

如果他在接下來的幾次副本攻掠或打怪中達到落榜的門檻，還是會像被驅逐似的成為第二小隊隊長，但值得慶幸的是，至少沒有現在就直接被判處死刑。

而在這件事當中，我只有一個立場——必須要幫他變得更強才行。

當然現在還沒能想到什麼妙計，不過能夠進行強化的方法有很多。就像剛才說的，可以幫他找到各種裝備，也可以利用煉金術讓他的身體變得更強壯一點，只不過我也不確定這究竟能不能成功。

除此之外，或許也可以透過獲得傳說級職業，讓事情多一些轉機。在這個世界變強的第一步，就是得到帶有「傳說」這個修飾詞的東西。

既然完全沒有天賦的我都能找到成長的途徑，比我優秀的朴德久一定也能辦到。

其實天賦等級居於三流水準的我為了他的問題費盡心思，這本身就很可笑。但如果把這件事設想為金賢成對我的考驗，我就沒有理由不全力以赴。

這是我最後一次為你傷腦筋了，德久啊。

這絕對不是因為他的模樣總是不知不覺浮現在我眼前，畢竟我自己也有很多事要做、有很多煩惱。我只是覺得，與其不斷想起那個愚蠢傢伙的背影，不如乾脆在短時間之內解決，才能有效運用其他時間。

「那麼我就先回去了，賢成先生。」

「好。」

「不過你剛才想說的話……」

「沒什麼。下次我們再一起喝酒聊天吧。」

「啊……好的。」

「基英先生，我一直都相信你。」

狐狸般的傢伙……這果然是考驗。

「哈哈……那我們明天見了。」

「好。」

我輕輕拉起還在搖頭晃腦打瞌睡的鄭白雪，離開金賢成的房間。

雖然明顯感受到鄭白雪的重量，但幸好我的力量值比一般人高，還是能輕鬆將她拖回房裡。

今天整日都一起四處打轉，她現在看來已經陷入沉睡、完全提不起精神，不過這反而讓我能更方便地移動。

假如鄭白雪知道我接下來要去哪裡，想必會大力反對。

再次關上房門，我開始加快腳步。

我本來就想過去一趟，現在正好是絕佳的時機。

原本就覺得麻煩，又因為忙碌而一再拖延，現在總算有了很好的藉口。

即使我已經決定要幫助朴德久，但要從哪裡開始、該替他做些什麼，這些問題都還沒有頭緒。現在我連妨礙他成長的那道牆究竟是什麼都還搞不清楚，當然也無法為他下診斷。

我並非他的個人顧問，只是能夠檢視他的狀態欄罷了。

他的魔力成長值低得很荒謬，體力和韌性的潛在能力卻高於英雄級。即便如此，最大的問題還是成長速度太慢。除此之外，雖然很遺憾，但他個人具備的戰鬥直覺，和金賢成周遭的怪胎們比起來，完全不符合期待。

坦白說，就算金藝莉的能力值低於朴德久，他也贏不了金藝莉。因為從個人具備的戰鬥直覺就能看出高下。其他人的魔力和智力值高於傳說級，卻沒辦法像鄭白雪一樣操縱魔法，也是相同的道理。況且在能力值本身沒辦法提升的情況下，朴德久連經驗和判斷力都不夠。

職業依然停留在稀有級，特性也還沒開啟，整個就是一團亂……

特性尚未開啟這方面還是有一點希望，但即便如此，他本身具備的戰鬥直覺也不會有大幅的增進。

而在這之中，我認為有必要先看看未來的朴德久比現在成長更多的樣貌。只要能確認他的未來，我就能稍微找到一些眉目，知道該用何種方式讓他進步。

雖然金賢成上一世不認識我和朴德久，但既然春日由乃認得未來的我，說不定她也認得未來的朴德久。

前往巫女房間的一路上，夜空公會的職員紛紛向我打招呼。適當揮揮手後，房門自動開啟，眼前的人如同上次看到的一樣，呈現跪伏在地的姿勢。

春日由乃依然披散著長髮，雙眼一直保持緊閉狀態。耳邊傳來這位偶然結識的巫女說話的聲音。

「恭候大駕，主人。」

「抱歉，這麼晚還來找妳。」

「不會的。您能大駕光臨就已是無上光榮。主人正過著忙碌的日子，這我當然比誰都清楚。您快請進吧。」

「妳早就知道我今天會來嗎？」

「不、不是的。我一直都在等待您的到來。我相信您一定會來找我……」

我一時語塞。

「辛苦妳了。」

「不會的。想到自己正在等待的對象是主人，心情就會比較好……反而度過了愉快的時光。」

這傢伙這樣可不行啊。

「咳。」

「您過來一定有什麼要事吧？」

春日由乃說著理所當然的話，表情蘊藏著些微的遺憾。

就算非常微弱，我的良心還是有點痛，但我依舊說不出「我是來看妳的」這種話。因為我確實是為了公事而來，還帶給人一種時間緊迫的感覺。

雖然稱不上什麼替代方案，但我還是安靜坐下，用手輕拍旁邊的位置，她也隨即小心翼翼地起身，往我的方向走來。

如我所料，她的神色看起來相當愉悅。她不像鄭白雪那樣明顯揚起嘴角，而是用盡全力阻止自己，不讓表情鬆懈。她雖然意圖控制自己的五官，卻還是難以壓住不時迸發的笑意。

「嗯，正確來說，算是順便啦。」

「您願意顧慮我的心意，我已高興得彷彿快要騰空飛起。主人，請告訴我您需要什麼。」

既然她這樣說，我應該可以直接進入正題吧。因為她好像覺得只要跟我坐在一起就已經夠開心了，而且我對相關的事也變得越來越好奇。

「我想問有關暗黑世界的事。」

「是。」

「聽妳上次說，妳在廢墟中發現了我。」

「沒錯，是我先找到快要死去的主人。」

「也就是說……是兩年後發生的事嗎？」

「是，雖然不知道確切的日期，但我認為大約是在兩年或三年後。」

首先這裡有一個問題。

「我在那個廢墟被發現的時候，是一個人嗎？還是有其他人，例如……」

我的話還沒說完，就聽見春日由乃回應的聲音。

「看來主人問的是那位塊頭很大的人呢。」

「妳早就知道了？」

春日由乃睜開一直閉著的眼睛看向我。

原本應該有眼珠的地方，卻只有一片深黑，這個宛如恐怖電影的場景，讓我的背後冒出雞皮疙瘩。

＊　＊　＊

我實在很想跟她說，睜著眼睛沒關係，但不要這樣看著我。

然而春日由乃好像看不見我的表情。

她看到的東西似乎和我完全不同，我不由得認為她現在是否已經進入暗黑世界。

我會這樣想也是當然的，畢竟她突然緊緊抿起雙唇顫抖著，跟剛才的模樣天差地遠。

此時我想起春日由乃能看見具有限制性且隨機的畫面，倘若此時在她眼裡的場面剛好符合我的需要，那豈不是太棒了。

首先站在她也認得朴德久的角度，我的猜想應該有某部分是正確的。

就算無從得知第一次人生中，我在遇見春日由乃之前過著怎樣的生活，但我認為以傾向來說，我的第一次人生有很大的機率是以和今生差不多的模式進行。

可想而知，一開始被召喚時，我也同樣緊緊跟在朴德久身邊。這不僅是第二次人生也發生過的事，而且我認為在當時周遭的人們之中，可能也只有朴德久會讓我覺得值得倚靠。即使現在看來沒什麼，但他一開始的能力值還算高，所以我自然會有那樣的想法。

那時候的金賢成也還不是重生者，所以我很有可能沒跟他接觸過……雖然不知道金賢成當時的潛在能力是否也這麼高，但我想我應該不會像現在這樣黏在他身邊。

假如真的少了金賢成這個轉折點，合理的推測就是我緊緊抓著如同救命繩般的朴德久。或許會經歷各種曲折，但也不難導出我在遇見春日由乃之前都和朴德久一起行動的結論。

當然在那之後是否又重逢、是否在中途分開過、我有沒有扯他後腿等等，這些都是令人擔心的變數，但至少不會是朴德久先丟下我，這一點肯定不會錯。

就在這個時候，春日由乃突然抓住我的手，嚇我一跳。我不自覺望向她全黑的眼睛，看見有畫面映在上面。

〔獲得外力幫助，正在瀏覽限制性內容。傳說級特性『心眼』正在發動。〕

〔玩家春日由乃的特性『看透本質、過去與未來之眼』並未抵抗。〕

「什麼……」

我還沒來得及做出判斷，春日由乃總是向我提起的暗黑世界突然出現在我眼前，我終於明白她為何將這個時空稱為暗黑世界。

找不到準確的方式來形容這個狀況，最接近的說法應該是「我窺視著她看向這個世界的視角」。我也不知道怎麼能辦到這種事，但我先前也曾如此窺探過她的記憶。那時我看到自己掐著她的脖子，但這次的光景裡卻沒有她，只有朴德久和我。

如同春日由乃曾經提過的，我看到的畫面就像是剪輯過的影片或好幾個圖片，雜亂無章地交雜出現。

總之，映在前方的朴德久和我，與我們現在的模樣不太一樣。現在的我們穿著十分高級的披風、擁有昂貴的裝備，但畫面裡的我們卻憔悴無比。正確來說，比較像是大量滯留在貧民窟裡的三流玩家。

我們的外表任誰看來都十分淒慘頹廢，我的身體甚至看起來不太正常。

「那個……抱歉……」

「什麼？」

「今天的打怪，我應該可以表現得更好……」

「你不用在意，德久。反正彼此都是第一次，而且我們也得到酬勞了。」

「那個小隊滿好的……可是應該不會再找我們了……」

「我就叫你不用擔心這些。剩下的事我會自己看著辦。」

「可是……」

「那些傢伙想要的東西，都在我手裡。啊，你今天自己先回去吧。」

「你今天又有約了嗎？」

「金馬戰隊的副隊長。」

「又要跟那個女人吃晚餐嗎？」

「你不要太反感，這也是對我們有幫助的事。」

「那個女人的風評不是很好……」

「這不是你該在意的事，你只要好好訓練就可以了。你知道吧？如果我能做到的話……」

「……」

「你應該可以做得更好。」

「……」

畫面跳轉。

辨認不出我們所在的地點，至少看起來不像是琳德。在我知道的範圍內，琳德應該沒有長得像這樣的打怪場。

我們依然是一副三流玩家的模樣，但似乎已脫離破爛的穿著。

朴德久穿得像個戰士，而我穿著像是魔法師的服裝。看來在這個暗黑世界，我也沒有被堅持要我當指揮官的鸚鵡影響。

雖然不知道下次轉職會選擇什麼，但既然我不會從金賢成手中獲得《拉姆斯．托克的煉金學概論》，就根本不會有理由選擇煉金術師。

「大哥！」

「你這豬頭！專心一點！我說過為了一點小事就回頭，等同於讓步！」

「可是大哥……你的魔力……」

「不要擔心我，管好你自己。」

「我、我知道了。」

如果非得要形容，我是拿著長槍的魔法師，他則是動作生疏的盾兵，配合起來也還算不差。

我們和四周其他隊員的關係看似不錯。不確定是不是建立了戰隊，但看起來不像是隸屬於某個團體的樣子。

我看見自己流暢使用長槍、同時念著咒語的樣子，應該對長槍相當上手。然而朴德久卻不像他狀似可靠的外貌，反而頻繁地失誤，就像第一次踏進恐怖的庭院，沒辦法克服心裡的恐懼陰影。

於是有一隻怪物突破前鋒，攻擊擔任後衛的祭司，而我挺身擋在祭司前方。雖然被小型怪物攻擊也很痛，但我仍然揮舞著長槍，結束了這一回合。

我安撫著憤怒的祭司，朴德久則深深低著頭。

「很抱歉……」

「你現在怎麼還敢說這種話？我就不應該相信你的能力值，還讓你跟來……」

「那、那個……」

「喂，你給我好好說話。不要結結巴巴的，真是煩人。你知道我是看在基英先生的分上才忍耐的嗎？你知道這已經是第幾次了嗎？既然這樣，真不知道你為什麼要選擇轉職坦克？我記得凱斯拉克那邊好像在徵人……你就去那裡做做雜工吧。都是席利亞的人害狀況越來越糟，最近連這種阿貓阿狗都出來打怪了啊……真是無言……」

「啊……我替他向妳道歉，佳希小姐。他平常不是這樣的，今天應該只是狀況有點差。」

「我是看在基英先生的分上才一直忍耐的……」

「再給他一點時間，他就會適應的。既然現在沒有任何問題，我們就先繼續……以後我再請妳吃飯。」

「午餐？還是晚餐？」

「當然是晚餐。」

「那……我就再忍耐一下吧。啊，關於加入公會的事，你考慮好了嗎？」

「我還有別的事要忙……哈哈……事情結束後我會馬上給妳答覆。」

「我會等你的。」

眼前的場景再次轉換，這次似乎是結束打怪的回程途中。

「大哥……」

「所以我不是叫你不要轉頭看、好好保持注意力嗎？你這豬頭。」

「那、那個……我很抱歉……」

「你不需要抱歉。反正打怪也不是我們真正的目的……以結果來說，還算是勉強在計畫內。」

「你要去哪裡？」

「你不需要知道。」

「難道是鄭振……」

「閉嘴。」

「對、對不起。」

「你什麼事都不用在意，只要跟著我就可以了。其他我知道該怎麼處理。我現在只是一隻腳踏進去，還不會發生你擔心的事。這些都不過是我們飛黃騰達的過程而已。」

「可是……加入正當的公會還是比較……」

「你就只要閉上嘴，然後記得一件事——如果我能做到的話……」
「我可以做得更好。」
「就是這樣。還有，你說的話我會再考慮一下，德久。」
「嗯……謝謝。」

除此之外，我還看到很多其他畫面。其實不是什麼有意義的場景，像是跟他一起喝酒、放聲大叫的畫面，還有用腳踢他的模樣等等，一幕幕畫面就像幻燈片，唰唰唰地不斷更替。其中也包括看起來滿重要的場面，讓人覺得就這樣一閃而過有些可惜。
「不要忘記，德久。」
「我知道。」
我持續看著呈現在眼前的這些橋段，但值得注意的是，即使時間來到快轉後的未來，他的成長幅度似乎也沒有太高。雖然我很不想相信，他卻真的沒有隨著時間流逝而成長。
「不要忘記……」
「我知道。如果大哥可以做到的話……」
「這樣就沒問題了。」
我只是想知道他在未來能發展到什麼樣子，看到的卻都是毫無意義的回憶。
「累嗎？」
「大、大哥怎麼能這麼冷血。」
「唯有痛下殺手，我們才能活下來，自然會變得冷血。我覺得這沒有什麼。這裡本來就是你死我活的地方。不要忘記，如果我能做到的話……」

「如果大哥能做到的話……我可以做得更好。」

「沒錯。」

場景再次轉換，我看見他揹著我，奮力往前跑的樣子。

我身上穿著頗為高級的衣服，他也有不錯的盔甲裝備，但我卻在流血。

中間好像被跳過一大段時間，只見我們似乎已經擁有了不差的地位。

周遭不像琳德，但我們的模樣看來頗有成就。要不是那時的我正在流血，整體應該更令人滿意。

「大哥，你聽得到我的聲音嗎？」

「聽得到……」

「如果你死了……」

「不要說那種觸霉頭的話，我還不想去見閻王。」

「對不起，大哥。對不起。」

「說什麼對不起。」

「因為我說的話……」

「夠了，這跟你說的話沒有太大關係，你不用在意。這都是因為我計算錯誤。但凡有一點相信那些偽善的傢伙，都是我的問題。你這個光長肌肉的豬頭沒有任何錯。」

「那也是因為我……因為我……大、大哥的計畫……應該要成功才對……」

「沒錯，你這豬頭。這些都是你害的，所以趕快跑吧。既然你這麼後悔，下次應該會做得更好，對吧？」

各種魔法紛紛落下，長槍和箭四處飛竄。

朴德久不顧一切扛著我逃跑，看起來真的用盡全力。我想，他會這麼做應該是很正常的。我沒辦法得知事情經過，不過大致上可以猜出朴德久曾向我提出某個建議，而我也接受了。看起來事情最終是失敗了……雖然不一定正確，但他似乎成為某種牽制我的角色。

總而言之，這場追逐戰好像持續了很長一段時間。

朴德久不斷用身體擋箭，企圖突破對方的包圍，用一隻手拿著劍，持續朝敵人的頭砍去，不讓對方擋住前方去路。但他已經到極限了，就算能抵擋追殺的人，也沒辦法完全避開從天而降的無數魔法和飛箭。

「我說不出叫你一個人逃跑的話，豬頭。」

「按照大哥的個性，我早就知道了。」

「但你還是把我丟在這裡吧。你頭腦簡單、四肢發達，應該可以活下去。唉……雖然有點可怕，至少這段人生我沒什麼好後悔的了……如果你能幫我報仇就更好了……」

「這是你想誘發我的同情心，讓我不要丟下你的手段嗎？」

「你這小子……」

「不管怎麼說我都不會丟下你的，不要再胡說八道了。我會救大哥的。」

「不要頂嘴，快把我放下。」

「我沒有胡說，是真的，我會負責救大哥的。你、你還記得嗎？」

「什麼？」

「大哥究竟救過我的命幾次，你還記得嗎？」

「我根本沒有救過你的命。是你本身看起來很強大，所以我才會想拉攏你⋯⋯」

「我完全不這樣認為。不管怎麼說，大哥確實救過我的命。不管是在精神上還是身體上，都是這樣。為了我這個不成材的小弟，謝謝你總是替我擋刀。」

「你可不能死⋯⋯我在你身上投資那麼多⋯⋯你不應該還我嗎？」

「攻掠副本的時候，謝謝你為我辯護，也謝謝你選擇我。不管我怎麼回想，一直以來都只有大哥拯救我的記憶，欠人情的一直都只有我⋯⋯我的意思是，這次換我了。」

「我們會一起死⋯⋯」

「我剛才不是說會負責救大哥嗎？不要忘記，大哥。」

「什麼？」

「大哥能做到的話⋯⋯我可以做得更好。」

「⋯⋯」

「大哥辦得到的事，我可以⋯⋯做得更好。」

「⋯⋯」

「大哥⋯⋯能做到的話⋯⋯我可以⋯⋯」

「⋯⋯」

「可以⋯⋯做得更好。」

「⋯⋯」

「大哥……辦得到的事……」

「……」

「我可以……做得……」

「……」

「更好……」

「……」

「……」

接著出現的是春日由乃發現我的畫面。

＊　＊　＊

場景變得陌生，我看到自己靜靜躺在床上，春日由乃也出現在此時的畫面中。

我身處的位置和剛才明顯完全不同。已經聽不到爆炸聲和慘叫聲，現在這裡只有蟲鳴鳥叫。房間即使稱不上高級，也是相當典雅整齊。而我的身體似乎一動也不能動。

這時我發現，房間的構造似曾相識。上次透過春日由乃看見第一次人生時，我也是躺在這個房裡。看來春日由乃發現我之後，應該就是把我安置在這裡吧。

無法得知我昏倒後究竟過了多久，只能確定暗黑世界的我看起來很糟糕，除了整個身體無法動彈，一半以上的部位都傷得很重。看來這已經是德久能為我抵擋的上限了。

不過能在那場攻擊中存活下來，簡直就是奇蹟。萬一春日由乃沒有發現我，我勢必會在那裡慢慢死去。

我絲毫不能移動，連一根手指頭都動不了。整個人呈現所有機能陷入停滯，只剩下大腦意識的狀態。

我看見房門被悄悄打開，春日由乃來到房間的中央。

「可憐的人啊。」

「……」

「真是可憐的人啊。」

春日由乃的模樣比現在看起來更成熟。時間大約是兩年後，她的頭髮變得更長，散發出的氣質也顯得更端莊。

「我想您一定有很多疑問。但現在我沒辦法回答您任何事，請您先專心養傷比較好。」

「……」

「我似乎還沒自我介紹呢。我的名字叫做春日由乃。或許您也曾經聽過這個名字，但我個人認為自己的名聲沒那麼大……」

「……」

「看來您也知道我。關於我怎麼會將您帶到這個地方，我以後會慢慢告訴您。其實我也沒辦法斷言您的身體是否能復原，但我相信只要您有足夠的意志，一定能康復的。」

「……」

「我的話好像太多了。」

「……」

「今天我就先退下了。那麼……明天見。」

身處暗黑世界的我，視線被固定在天花板，看不見春日由乃離去的樣子，說不定連她的臉都看不到。

不過那個我卻一副千頭萬緒的樣子。焦慮的表情、不安的神色，看似正在擔心些什麼、又接受了什麼事實。不知為何，現在的我好像都明白。

朴德久死了。

身處暗黑世界我之所以大受打擊，應該就是意識到這件事。

身體動彈不得、喉嚨發不出聲音，眼淚卻不斷往下流的淒慘模樣，令人不忍直視。那個世界的我，似乎比現在的我更感性。

坦白說，正在觀看這一切的我，也不得不承認情緒受到了動搖。畢竟我雖然是第三人的視角，嚴格來說卻也不能算是旁觀者。

暗黑世界的我依然淚流不止。

我安靜地看著那個什麼話都不能說、沒辦法洩憤，就只能不斷流著眼淚的那個我。

又過了幾天，春日由乃再次來探望我。

正確來說，應該不只是「再次」。

她一個人包辦所有對我的照護。我不知道她為什麼要對我這麼好，但至少看得出來春日由乃對我抱持著相當複雜的想法。

暗黑世界裡的她，早就知道自己未來會與我一起行動。雖然身在暗黑世界的我不知道這件事，但我很清楚巫女可以看到未來和過去，自然能明白她為什麼會為我獻上一切。

她很同情暗黑世界裡的我，同時也很煩惱是否能改變那個我。

眼前的場景再次跳轉。

背景的房間沒有改變，但畫面裡的我已經可以說話，身體也逐漸開始可以移動。

「您醒了嗎。」

「……」

「我幫您拿食物過來。」

「我已經……可以自己吃了。」

「您的身體還是不適合移動。」

「沒必要……」

「我不是說您還不適合移動嗎。請給我吧，我來餵您吃。」

春日由乃對我相當殷勤，我卻相反地戒心非常重。

這種反應很正常。假如是現在的我陷入那種困境，我也不會相信春日由乃。不知道她有沒有察覺，但我的眼神並不善。

「妳為什麼要救我？不，我換個問題。『看透本質、過去與未來之眼』是什麼東西？妳知道未來的事嗎？妳早就知道事情會變成這樣了嗎？」

「我能知道的內容是有限的。我無法得知所有的未來，也並非了解所有的過去。」

「那妳怎麼會來救我？」

「那個……」

「妳認識未來的我吧？」

春日由乃沒有回答。

答案是肯定的。

在我看來，暗黑世界裡的我一定沒辦法停止猜疑——她究竟為什麼要救我？那份善意背後究竟隱含著什麼目的？

眼前的景象再次更迭，時間繼續流逝。

春日由乃依然非常積極照顧我，而暗黑世界的我一方面依然對她的好意抱持懷疑，一方面卻有逐漸打開心扉的跡象。

春日由乃越來越常對我說一些無關緊要的話，例如她小時候的故事、她周遭的環境與生活，還有一些她個人的事。聊天的主題不斷變化，她內心的肺腑之言也透露得越來越多。

雖然不是很確定，但我想這個時候的春日由乃是真心愛著我的。暗黑世界裡的我好像還沒有發現，但以現在的我看來，春日由乃的神情看起來確實就像陷入愛河的女人。

我知道她每天都想著我，也知道她每天都在考慮該為我做些什麼。

結束一整天疲憊的工作後，她會馬上來房間與我相處，有時候也會在關上房門離開後流下眼淚；她會因為我小小的稱讚而開心，也會因為我無心的煩躁而悲傷；她會試著寫信給我，因為我的事而失眠的日子也越來越多。

「妳為什麼對我這麼好？」

「……」

當我偶爾這樣問起，她都沒辦法準確回答，只是臉頰通紅、頭埋得很低。

隨著時間過去，過去的悲痛和身體的傷口都逐步癒合。但是暗黑世界裡的李基英對這個狀態並不感到高興，我變得經常獨自喝酒，動不動就亂發脾氣或自己生悶氣。

那個我應該是在試圖不讓自己忘掉某些事吧。畢竟那個我也很清楚，每段過往都會成為讓自己繼續往前的原動力。

而春日由乃也開始常常探視未來。她明顯對未來變得異常執著，似乎很想揭開自己看不見的那個部分。或許從這個時候開始，春日由乃就夢想著某個完全不同、卻能與我共度的未來。

為了能看見自己想要的畫面，她不斷消耗著自己的能力值。現在的我很想告訴她這舉動有多麼愚蠢，卻發不出聲音，因為我只是個旁觀者。

又過了一陣子。

暗黑世界裡的我已經可以自由活動身體，狀況好轉很多，春日由乃的心境也稍微變得平靜。我們在瑣碎的對話中，分享愉悅的日常生活。

大概也是從這時候開始，我心裡的想法越來越多。我不能確定那個我到底在想什麼，但有趣的是，暗黑世界裡的李基英似乎也在猶豫要利用春日由乃，還是要直接接受她的好意。

暗黑世界裡的我仍然依賴著春日由乃，但雙方關係卻逐漸變得不對等。既然連我都看得出來事態岌岌可危，這段關係失衡的程度自然不言而喻。

「李基英大人，喝茶的時間到了。」

「啊，謝謝妳。」

「您的身體今天還是再觀察一下比較好。目前還不算完全恢復……」

「沒關係，活動起來已經沒問題了。」

「可是……」

「照顧人難道是妳的興趣嗎？」

「不、不是的。我只是……」

像這樣開著無謂玩笑的次數也逐漸變多。

這種曖昧氣氛在我眼裡簡直荒謬至極，但其實也可以說是理所當然的結果。畢竟她對我義無反顧，而我雖然沒有說出口，精神上卻處於無路可退的狀態。

這兩個人看起來似乎正在培養一段甜蜜的戀情，但站在旁觀者的立場，卻覺得結局不會太好，畢竟我這一方看起來正打算要離開春日由乃。

即使沒有在由乃面前露出馬腳，但我知道那個我正在為了什麼感到痛苦。

李基英實在太害怕忘記過去的自己。身體的傷口逐漸好轉、崩塌的心靈創傷也開始癒合，這讓他產生沉重的壓力。

沉醉在美夢裡的春日由乃可能看不出來，但以我的視角來看，那個我就像一顆即將引爆的炸彈。

背景轉換，畫面再次更替。

她和我之間似乎變得更加親密，但暗黑世界裡的我卻本能地抗拒這件事。

對春日由乃而言，就像寒冬過後的春天，降臨在她身上。

接下來是綠意更加盎然的夏日。

季節依序更迭，枯葉又再次掉落，颯颯聲響從窗外傳來。

「我要走了。」

「我……我不明白您在說什麼。」

「我想妳應該很清楚。」

「再……再多留一段時間也沒關係的。」

颯颯。

「您、您的身體還沒有完全康復。」

「我的身體已經恢復正常了，我自己知道。」

「不是……這樣的。您還需要繼續養傷。請不要……請不要走，李基英大人。」

颯颯。

「我很感謝妳。雖然從那之後，我再也沒問過妳為什麼要對我好，但我大概知道原因。」

「……」

「我很感激妳，但也僅此而已。為了修正我的錯誤，我要殺掉很多人，我會變得更加無情、更加殘忍。我想妳看到的未來應該也是那樣的吧。那也有可能是我人生的結局。」

「不是的，不是的，不是那樣的。我看到的未來不是那樣的，李基英大人。我、我看到的是您……您和我在一起的樣子。」

颯颯。

「我親眼確認過了……您和我在一起的樣子。我看到您和我在這個家生活的樣子。我們看、看起來很幸福。我們會有兩個小孩，雖然還沒聽見他們的名字，但他們一定是非常善良的孩子。」

「……」

「您非常珍惜、非常愛我。」

「妳說謊。」

「是、是真的。您和我一起過著平靜祥和的日子，我們兩個都看起來很幸福。不只是我，您看起來也確實很快樂。我做這些只是因為，在我看過的未來中，重複出現我去找你的畫面而已，並沒有其他意思。」

「妳在說謊。我可以看得出來……而且我根本沒資格在這裡跟妳虛度歲月。」

「在我看見的未來，您還摸我的頭，輕聲地說您很愛我。您忘記了以前的一切，過著幸福美滿的生活。您和我一起脫離了所有的痛苦、壓抑以及過往的糾纏，從此變得幸福……這就是我們的命運！」

颯颯。

「忘記什麼？」

「痛苦，痛苦……我看見您忘記了痛苦。在我看見的未來中，李基英大人不再感到痛苦，也不再為了擺脫傷痛而喝醉。您再也沒有感到難過，總是對我笑著，看起來很幸福。關、關於那位的事情也……」

「怎樣？」

「啊……」

「妳覺得那些事都被我遺忘了嗎？」

「李、李基英大人……我、我不是那個意思……」

「妳覺得我忘記那件事了嗎？」

「李基英大人……那、那個……」

「妳覺得我在這裡和妳嘻嘻哈哈地虛度光陰，就真的什麼都忘記了嗎？我難道會忘記那些該死的偽善者做的事嗎？因為我從來沒有問過他的事，妳就以為我可以心安理得活下去嗎？妳認為我真的徹底忘記那個代替我去到陰曹地府的白痴豬頭了嗎？妳看到的真的是那種未來嗎？是嗎?!」

「那個……」

「別開玩笑了，我根本忘不了。春日由乃，我曾經以為妳是解藥，但並不是，妳對我而言應該是毒藥。命運？雖然我聽不懂妳到底在說什麼，但有一件事我非常確定，我來到這裡確實是我的命運。」

「什麼……」

「妳把我帶來這裡就是我的命運。而我在這裡的原因，就是為了消除那些殘害我的惡人。」

「李基英大人……嗚嗚嗚……」

枯葉一再落下。

「收起妳廉價的同情心，該死的女人。妳就和那些人一樣。」

「您……是可憐的人啊。」

「妳以為妳有資格同情我嗎？」

颯颯。

「咳……咳……」

「謝謝妳。多虧有妳，我才能重新想起我該做什麼。」

「咳……」

「我會讓妳見識，我在未來到底會變得多麼殘忍。或許跟妳想要的幸福生活有一點距離……但至少妳會一直在我身邊。這不就是妳想要的結果嗎？」

「咳……咳……」

颯颯。

「我會一直把妳帶在身邊，妳也能成為我永遠記得那傢伙的原因。這對妳來說也算是好事吧？我說得對嗎？」

「請……不要哭。我的……愛人。」

「……」

「請不要哭，我的愛人……」

枯葉又再落下，像極了春日由乃的心意。

愚蠢的傢伙踐踏著那些落葉。

漫長的冬天也再次來臨。

第071話　什麼事也沒發生

我瞬間有種從某個地方飛躍而出的感覺，身體猛然彈起。

眼前的景色並未籠罩著黑暗。不需要特意環顧四周也知道，我回到現實了。

當我清醒過來，最先感受到的是無比的疼痛。喉嚨很想發出哀痛的叫聲，但大腦並不允許，只能下意識張著嘴，任由表情變得猙獰。

幹……媽的……

我透過自己的雙眼，觀看了原本只有春日由乃才能看見的暗黑世界，這或許就是副作用。眼睛感覺就快要爆裂，我只好忍住隨時要衝出喉嚨的慘叫，用手緊緊摀住眼睛。

連我自己都不確定那是怎麼成功的，會有這種程度的副作用也算合理。

如果說有什麼可惜的地方，那就是這些並非我原本想看到的內容。

不曉得是不是因為太痛了，我的眼淚開始完全不顧我自身的意願，不斷如大雨般落下。這是什麼荒謬的狀況……這副身體分明不具有第一次人生的記憶，現在卻莫名淚流不止。

如果問我印象深不深刻，我當然會說出肯定的回答。但其實我不怎麼關心我在暗黑世界過著什麼樣的日子，我比較想知道我是什麼時候、在哪裡死掉，又到底是做了什麼事情而到處遊蕩。

因為最重要的不是暗黑世界的我，而是現在的我究竟能存活到什麼樣的程度。

本來是為了幫助朴德久變強而來，現在卻看到了各式各樣的事，我只能無助地愣在原地。

甚至連春日由乃的事都知道了，不，其實那之後的情節我好像也曾看過。雖然想不太起來，但我總覺得自己確實曾窺視過暗黑世界裡的冬天。

不過既然不管怎麼回憶都想不起來，關於那天之後的事就姑且不談，先把視角拉回到第二次人生的現在。

先前就從春日由乃口中大致聽過她的故事，但沒想到會這麼詳細呈現在眼前，內容讓人哭笑不得。

朴德久為了保護我而死，而我背叛了春日由乃。我根本就是個死不足惜的垃圾。

如果那個世界的春日由乃下定決心要殺我，我絕對是必死無疑。

暗黑世界裡的我應該覺得春日由乃不會殺死自己，但這其實也是那傢伙孤注一擲的賭注。

春日由乃看著我流淚的樣子出現在我腦海。

她是怎麼死的呢？春日由乃分明說過她自己死了，而且比我還早。

畢竟我沒有真的變成那傢伙，沒辦法確定暗黑世界裡的那個垃圾李基英在想些什麼，但至少我認為他不會對春日由乃下手，因為他說會把她留在身邊。

從春日由乃描述的內容中，可以聽出我和她共度了相當長的一段時間，她對我而言也十分有利用價值，因此就算是現在的我，也不會做出殺死她的愚昧選擇。春日由乃是因為某個事件才死掉的。這個推測應該沒錯。

我再次因為劇烈的疼痛而抓住自己的臉。

不只是春日由乃，朴德久的背影也不停在我腦中打轉。

從春日由乃說她發現我的時候只有我一個人開始，我就想過朴德久可能已經死了，但誰也沒想到他是如此壯烈地迎接結局。

我的眼眶有點發紅，但這樣的感傷沒什麼意義，於是我搖了搖頭。

第二次人生的朴德久還活著，我也得到了一些關於成長方式的提示……除了這一陣陣的刺痛，一切堪稱完美。

不對，我還有一個疑問。

「獲得外力幫助，正在瀏覽限制性內容。傳說級特性『心眼』正在發動。」這句話當中，「獲得外力幫助」又是什麼意思？

使用心眼時，我從來沒看過這樣的說明，甚至我當時根本也沒有想要發動心眼。雖然不知道是誰，但這表示有某個人想要讓我看到剛才那些場景。

照理來說，要干涉傳說等級的特性心眼，以及看透本質、過去與未來之眼的發動，本身就是反常的事。這不是一般人類能做到的事，分明是某個超現實的存在，主動讓我看到那些畫面。

為什麼？祂想讓我知道春日由乃和朴德久對我而言是很重要的人嗎？畢竟暗黑世界裡的垃圾李基英，似乎因為這兩個人而頗為失敗。這可以當作是那個存在給我的提示嗎？這個推論還不錯。

這樣一來，不希望朴德久死掉的人就不只我一個了。

而祂之所以這麼做，可能是因為朴德久是能夠牽制我的角色？

可以確定的是，那個存在介入的目的，是不希望我把事情搞得像第一次人生那樣糟糕。至少我們在這部分的想法是一致的。

我本來抱著輕鬆的心情，想找尋幫助朴德久的方法，結果卻目睹了無數個過去的場景。

這時我輕輕把頭轉向側邊。

「呃……嗯……」

映入眼簾的是躺在一旁的春日由乃。

「啊……！」

我驚慌地發現她竟然一絲不掛。

我看向窗外，竟然已經天亮了。我知道我們在暗黑世界待了很長的時間，但絲毫沒有意識到已經過了一整夜，現在這種情況更是出乎意料。

媽的，不會吧……

悄悄拉開棉被一看，盡是她和我共度良宵的證據。

春日由乃雖然看起來很幸福，但不知道是不是因為想起剛才看到的最後一個畫面，我總覺得她有些可憐。

總之她和我彼此探索已經是不可否認的事實了。

我覺得最好不要再細想下去，用盡全力甩了頭。這時春日由乃也默默醒來了。

「啊……主人。」

「妳醒了。」

「是的……」

她的臉微妙地漲紅起來，但看起來很幸福。

她現在的臉巧妙地和暗黑世界裡出現的表情重疊，不過既然她覺得很幸福，狀況就沒什麼大礙。

或許是我平常嚴重疏忽居住在席利亞的她，再加上受到昨天看到的畫面影響，我這才隱約發現她也有可愛的一面。

我想起剛見面就想黏著我不放的她，感覺她當時非常害羞。這一世的春日由乃與暗黑世界裡的她具有判若兩人的個性，但她的第二次人生依然因我而起伏，我也有一定程度的責任。

我摸了摸她的頭，餘留在我心中的疑問促使我開口。

首先從最疑惑的地方開始。

「我有一件好奇的事……」

「是，您請說。」

「是妳向我展示暗黑世界的畫面嗎？」

「啊，不是的，主人。我也沒想到竟然是您進到我的身體裡，一起觀看暗黑世界。我甚至還來不及抵抗，主人就已經進來了。」

這些話聽起來好像有哪裡不對勁，但我只能點點頭。

「原來如此。」

「那時有股連我也不清楚的力量，像潮水般一擁而上控制著我。不知道是因為那股力量還是因為主人，我也是第一次在暗黑世界裡逗留這麼久的時間。」

「是嗎？」

「說來慚愧，我通常只能一個畫面、一個畫面地，看見短暫又破碎的內容。如果我的能力再成長一些，就能窺視更多的場景，但目前還是……啊！難道主人知道些什麼嗎？」

「不，這些事對我來說也前所未聞。我能確定的只有心眼並非我自己發動的。我自己都還沒用心眼觀看妳的視角，特性就已經被發動了。除此之外也沒有什麼異常……總之這是滿新鮮的體驗，最大的成果莫過於我能了解妳所看見的世界究竟是什麼樣子。」

「您有收穫嗎？」

「還不少，謝謝妳。」

「啊……」

「還有暗黑世界裡的事也謝謝你。」

「主、主人不用這麼客氣。」

「我還有一件事想問妳。」

「是。」

「雖然這沒什麼……妳在暗黑世界裡看見的未來，真的有和我在一起嗎？」

「這個我無法確認。但我想，這應該是暗黑世界裡愚昧的春日為了留住主人而說的謊話吧。」

「是嗎？」

「是，我想是這樣沒錯。她可能沒料到這會觸碰到主人的逆鱗吧。啊，說不定她就是故意的。」

「嗯？」

「因為她想讓主人把她帶在身邊。暗黑世界裡的我……」

「我懂妳的意思了。」

簡單來說，她為了留住李基英而說的謊言反而讓事情越演越烈。雖然也有可能如春日由乃所說，她是因為不想分離而故意引發爭執，但我個人認為還是前者比較符合當時的狀況。

總而言之，這是相當不錯的現象。

我輕輕點頭，再次回憶起在那之前發生的情景。此時，暫時被我遺忘的事情也開始浮現在腦中。

我歪著頭，心想自己似乎忘記了某件重要事項時，門外突然傳來一聲巨響。當我想起我究竟忘記什麼的瞬間，外頭也開始傳來叫喚聲，彷彿在回答我的想法正確無誤。

「基英哥！基英哥！」

媽的，糟了！我忘記的正是被我留在房間裡睡覺的鄭白雪。

「您不可以這樣。」

「放開……放開我！！」

匡噹！匡噹噹！

伴隨這些近在咫尺的聲響，我能確認鄭白雪正一步步向我靠近，而且還用了魔法。

不知道她是因為擔心我有危險，還是發現我跟別人接觸才有這種反應，但就算是路過的人也看得出來，這絕對不是什麼好事。

「由乃。」

「是，主人。」

我還來不及向由乃交代要怎麼解釋這些事，身旁的牆壁應聲崩塌，一張熟悉的臉孔映入眼簾。

鄭白雪伸出手，全身上下籠罩著令人不敢置信的大量魔力，眼中散發出難以形容的瘋狂氣息。她似乎已經大哭了一場，眼睛看來又紅又腫。

她像是在瞪著披散著頭髮的春日由乃，而心生愧疚的我也不得不因為她的眼神而瑟縮。

媽的……雖然我對道家那種相信因果報應的思想沒興趣，但我覺得春日由乃會纏著我不放，可能是我的報應。朴德久是如此，鄭白雪對我這麼執著，說不定也是因為我以前對她犯過什麼錯。

即便這很荒謬，但我卻不自覺浮現這樣的想法。

「咿咿咿咿！」

緊緊握拳的掌心流著血，同樣緊咬著的嘴角也出現血絲。鄭白雪不斷顫抖的臉甚至讓人感到有些可怕。

我的腦袋還沒想好要怎麼解決這個局面，我的嘴就搶先迸出一句話。

「什麼事也沒發生。」

「這……」

根本是胡說八道。但我的語氣聽起來，連我自己都覺得絲毫不假。

第072話　龍的巢穴、實驗、轉職、強化

看著鄭白雪坐在金賢成身後一直抽泣，我的良心感到一陣刺痛。連乘坐獅鷲返回琳德的路上也哭個不停，讓我內心充滿了罪惡感。

我悄悄往後看一眼，只見她嚇了一跳，但我還是只能保持沉重的表情。

抱歉了，白雪。

我現在必須堅持在她面前維持惱怒的樣子。

雖然我對她撒了謊，但當時的事態確實令人生氣。她不僅擅自闖入春日由乃的住所，也讓夜空公會的成員們相當困擾，甚至還在王城內使用魔法。即使不是火力強大的魔力，但也具有足以造成破壞的威力，應該驚動了不少人。

站在周遭貴族的立場，這是算是繼伊藤蒼太事件後的首起嚴重意外，自然會成為眾人關注的目標。

與此同時，有謠言傳出夜空公會和帕蘭公會的結盟發生問題，即使我盡力想澄清，但也是徒勞無功。

發生在王城裡的事，沒有任何辦法可以掩飾。這場意外也是多虧夜空公會和帕蘭有結盟關係才得以息事寧人。

萬一春日由乃不是夜空公會的領導人，發生這麼嚴重的事情，就算夜空要與帕蘭斷絕關係也是無可奈何。

這件事對我來說也是闖了大禍。

我無論如何都應該要說服鄭白雪，但這根本不可能。證據如此確鑿，事情已經到了無法用常理解釋的地步，最後我只能選擇對她發脾氣。

我當時先發制人說了「什麼事都沒發生」後，又立刻斥責她做出無禮的舉動，草率結束整起事件。

其實我可能有很多選擇，但鄭白雪突然闖進來就已經夠讓人驚慌了，我完全來不及思考。

兩個人蓋著同一條棉被過夜，卻完全沒有發生鄭白雪想像的那種事，這到底算什麼解釋。關於我們接近裸體的狀態，也只能辯解成某種咒術的儀式。這種解釋簡直荒謬至極。

我說出這些謊話的時候連眼睛都沒有眨一下，連我都對自己感到無言，全身起雞皮疙瘩。

有一瞬間，我覺得當時的自己和暗黑世界裡的李基英一樣，完全就是個人渣。

而我辯解完的後續還更離奇。

趁鄭白雪的大腦還來不及反應，我率先開始責怪她。從經典的臺詞「我對妳感到很失望」開始，乃至「妳很沒禮貌」、「妳應該反省」。

我把這些當作把柄，要求她向夜空公會的成員道歉，而我也假裝對春日由乃表達歉意。

反應靈敏的春日由乃也開始和我一搭一唱，鄭白雪的處境很快就被扭轉。

從那之後，我一直刻意保持冷漠的姿態，結果就是現在看到的這樣。

抱歉了，白雪。

人們說在戀愛關係中，付出更多愛的一方總是弱者，這句話的正確性也在這次事件中得到驗證。

慚愧的心情當中又混雜著罪惡感，為了徹底杜絕鄭白雪的突發行動，我把自己關在房間裡，自然也不和鄭白雪見面。

當然也完全不聯繫春日由乃。

帝國八強的任命儀式完成後，我一言不發，逕自坐上獅鷲。這就是本來應該要坐在我後面的鄭白雪，現在和金賢成搭乘同一隻獅鷲的原因。

對鄭白雪冷漠到這種程度，都是為了避免她以後再闖下這種禍。

金賢成可能會以為這只是原本感情融洽的情侶在吵架，但以我的立場來說，這之中藏著許多其他的意圖。

以後絕對不能再發生這種事了。

我一開始也擔心控制不了她，但她比起懷疑我，更不想被我討厭。

我把自己關在房內的期間，她總在我門前徘徊，也咬著牙獨自去找春日由乃道歉。

我就像電視劇裡出現的人渣，把無辜鄭白雪塑造成加害者。

鄭白雪臉上的眼淚不曾乾涸過。我坐在白波爾的背上再次回頭看，她依然伸手擦著自己的臉。

從事發當下一路堅持到現在，現在也差不多該停止這齣鬧劇了。

「我們先休息一下再走吧。」

我說話的聲音被風吹散，不過感官相當敏銳的金賢成還是聽見了，並依照我的意見改變獅鷲的方向。

我也帶著白波爾停在附近的峭壁上。我們跳下獅鷲後，彼此間瀰漫著尷尬的沉默。

其實金賢成比我更尷尬，我本來就知道他在這方面十分遲鈍，但用盡心思觀察我和鄭白雪的樣子，看起來非常辛苦。這微妙的沉默對他而言，可能有種晴天霹靂的感覺。

如果是小隊成員之間產生矛盾，他應該會想盡辦法調解。然而，現在被牽扯進我和鄭白雪的私人問題裡，他似乎完全找不到方法解決眼前的情況，反正我對他本來就不抱持任何希望……但他不動聲色假裝不在意我的樣子還滿有趣的。

「我們先吃點東西再走吧。」

「好……這樣也好，基英先生。」

我發現他刻意和我與鄭白雪拉開距離。

簡單找好休息的位置後，我們開始拿出從王城帶來的食物。

鄭白雪努力張羅著，同時也還在滴滴答答掉著淚。她流的淚越多，我的罪惡感似乎也跟著遞增。

她看起來沒什麼胃口，但還是一口一口吃著便當。偶爾發出嗚咽啜泣的聲音，眼淚不停湧出，但看到我的表情不太好，只能竭力忍耐想要爆發的情緒。

在鄭白雪看我的臉色、金賢成看鄭白雪臉色的奇妙氣氛中，我們就這樣持續吃著飯。

「天、天氣真好啊。」

「呃……對啊。」

天氣其實不太好。

金賢成大概是對自己說的話感到尷尬，又再次陷入沉默。

鄭白雪依舊勉強往嘴裡塞著食物。

我自己造成的局面，只能由我負責收拾。我最終還是率先向鄭白雪踏出和好的第一步。

其實這也稱不上是和好，從一開始就是我自己犯了錯、我自己佯裝生氣罷了。我若無其事地將原本屬於我的肉放在鄭白雪的碗裡，她似乎嚇了一跳，抬頭望向我。

與此同時，她斗大的淚珠還在不斷往下掉，不過也因為我主動關心她，看起來非常驚喜。

「嗚……嗚……嗚嗚……」

「多吃點。」

「是……嗚嗚……」

「吃慢點。」

「好。嗚……對、對嗚起。」

「別哭了。」

「對嗚起……嗚嗚……」

「妳會噎到的。」

感覺好彆扭。

最近我總覺得自己做了壞事，而這次的事件更是讓這種心情達到頂點，我也因此莫名保持著沉默。

其實我和鄭白雪在外人眼裡是一對情侶。即使我稍微欺騙了自己的心，但我們算是確定過彼此的心意，有時候也會暗地做出只屬於我們的親密互動。

偶爾出去約會，也會彼此說些私密話。

先不管我的真實想法為何，至少我確實擺出戀人般的姿態。鄭白雪對這件事也大概有所體會。

如果懷疑男朋友和其他女人一起過夜，只要是正常的女朋友，無論是誰都會跳出來據理力爭。但這裡不是地球，而是異世界，再加上圍繞在我身邊的所有特殊狀況，以及鄭白雪本來就不太正常，讓我不得不維持現在這種狀態，把自己的行為合理化。

沒錯……我是不得已的。

就連我把伊藤蒼太和李雪浩那個瘋癲老頭送上西天時，也不曾這樣合理化自己。

我和鄭白雪的關係既是戀人，也是一場緊繃且必要的拉鋸戰。只要想到受詛咒的神壇事件，這種感覺就更強烈。

有些人可能會覺得這種話很渣，但在我們兩人的關係中，我必須占上風才行。

看著還在哽咽的鄭白雪吃下被淚水浸濕的肉，這副模樣已經足夠讓我心軟，但我卻只能再次提醒自己不可掉以輕心。

吃完飯後，我們再次搭上獅鷲。

鄭白雪正在猶豫要坐在金賢成身後，還是像以前一樣往我貼近。這時我默默向她伸出手，馬上就看到她開心地笑著，緊靠在我背上。

「嘿……嘿嘿。」

看來她的心情又變好了。

我也鬆了一口氣。

「抓緊了，白雪。」

「是！」

她的聲音聽起來比剛才更有活力，應該是覺得我已經差不多原諒她了。

我能不能忍受和鄭白雪繼續維持這種尷尬的關係只是其次，但是一想到返回琳德後還有很多事要忙，乾脆現在就解決比較好。

回去之後還得做實驗，還有朴德久改造計畫和轉職。新職業選得好的話，對我個人而言就是一箭雙鵰。

雖然要先花一點心力進行研究，但我能肯定到時候一定有很好的結果，因為知識寶庫就在琳德等著我。

雖然先前沒有什麼時間可以研究，但迪亞路奇就是活生生的標本，她能讓我學到所有關於龍的知識。即便有點擔心我現在具備的條件是否足以解析迪亞路奇，但我想應該不會有問題。

最實際的朴德久成長計畫已經在我腦裡逐漸成形，把朴德久進化成琳德隊長[1]的唯一方法，就是「血清」。

而這場計畫所需的催化劑，正是源於能力值超過傳說級的迪亞路奇。

在空中飛行了一段時間，自由之都琳德終於出現在眼前。

雖然想放鬆一下累積的疲勞，但我還有很多事要忙，還是趕緊開始研究比較恰當。正當我點點頭同意自己時，突然發現一座不太熟悉的建築物。

不，準確來說，應該不算是建築物，那看起來像是一個洞穴。然而構成那個洞穴的材質看起來有些奇怪。

1 此處引用漫威漫畫角色「美國隊長」的稱號，該角色曾透過注射血清獲得更強的能力。

那是……祕銀[2]？

整個洞穴彷彿被祕銀覆蓋，甚至還有我從來沒看過的金屬，那些全都不是普通的金屬。這個巨大的洞穴基本上以英雄級以上的材質製成，裡面的空間寬闊到即使放入整隻迪亞路奇也綽綽有餘。

我腦裡浮現離開琳德之前，我對迪亞路奇說的話。

——既然要訂做巢穴，想怎麼布置都隨妳。

天啊！

——不需要在乎預算。

我真的快瘋了！

——想怎麼做就怎麼做。

那個瘋婆子！

這就是把帳戶交給毫無理財觀念之人的下場……我得趕快回去確認我的金庫了。

＊　＊　＊

媽的。

就算回到琳德，我也沒能好好休息。也不知道是不是偶然，小隊員們剛好出去打怪，而我心裡非常緊張。

2　奇幻文學作家托爾金在自己作品中虛構的一種金屬，外表呈銀白色，比鋼鐵堅固卻很輕巧。

此刻的首要之務就是去找金美英組長。我一心只想確定我剛才看到的東西究竟是真是假，以及那個幾乎快要完工的巢穴到底是什麼。

我真的驚訝到下巴快掉下來了。

「我的天啊！」

我並沒有離開琳德太長時間。照理來說，不可能突然出現一座幾乎快要完工的建築物。不，準確來說也不是完全不可能，畢竟這個世界和地球不一樣。

只要大量投入高級人力，情況或許就有所不同。

如果要雇用魔法師，或者技術高超的工匠，當然就要付出相應的報酬。

望著足以媲美藝術品的美麗建築物，看來她應該是把所有能找的工匠都找來了吧。而且不只是投入一兩個人力而已，否則怎麼可能做到連中樞結構都已經完成的階段。

可惡!!

為了建造一個巢穴，他們不僅雇用了英雄級以上的魔法師、鐵匠，甚至還有生產業領域的多位大師名匠，人事費用想必非常可觀。

再追溯到自購買土地開始的拓墾過程，當然又要加上一筆預算。

最大的關鍵還是在於構成那個巢穴的材質。

我一開始很懷疑琳德怎麼會有那種數量的祕銀礦產。假如那些祕銀是從其他城市和領主方進口而來，就會產生龐大的運費，因為一定會利用獅鷲來輸送。

這件事本身的花費已經是天文數字了。我個人擁有的資產也算得上鉅額，但即使傾注我的所有財產，仍完全不足以支付建造那個巢穴所需的額度。

更何況這只是大概從外表看一圈推算的金額，要是再加上內部裝潢，價格很有可能還要再翻倍。

那女人瘋了，真的瘋了！

好不容易暫時忘記朴德久和暗黑世界裡的春日由乃，沒想到卻又發生比那些更令我焦躁不安的事。

火燒火燎地拉開辦公室的門，我看到金美英組長嚇了一大跳。

「副會長。」

她看起來也對這件荒誕之事有很多話想說。

金美英並不笨，她不可能允許公會為了建造那個巢穴而傾家蕩產，也就是說，這個狀況可能早已超過她能掌控的範圍。

我連忙開口詢問：「金美英組長，那個巢穴……」

「我、我很抱歉，副會長。」

「我必須聽詳細的說明。」

「是，事情就是……」

整件事並不複雜。

首先我和金賢成離開琳德後，迪亞路奇就立刻委託公會建造巢穴。因為我事先已經向金美英組長提過要建巢穴的計畫，眾人自然就迅速開始作業。

「我一開始也遵照副會長的交代，沒有太在意預算……」

「金額卻不斷往上追加嗎？」

「沒錯，正是如此。」

這些問題都是從迪亞路奇親自介入施工現場開始的，她似乎看什麼都不順眼，不斷提出新的要求，堅持要按照自己的心意完成那個巢穴。

公會能編審的預算有限，而且不僅是我個人，甚至已經動用到帕蘭的財產，因此當然不可能讓她稱心如意。

當大家發現事情似乎不對勁，金美英組長和幾位小隊員開始試著勸阻迪亞路奇……但我想他們已經阻止不了她了。

「我覺得不能再這樣下去，所以先緊急停止資金供給……結果迪亞路奇小姐就開始親自籌錢。」

「她怎麼籌？」

「她去拜訪各個公會，直接以自己的名義借錢。」

「你們也沒辦法阻止她吧。」

「是，嚴格來說公會不具有任何強迫迪亞路奇小姐行動的權利，更不可能在物理上對她實行禁制。我們能做的只有脅迫其他公會，讓他們不要對迪亞路奇小姐發行債券。」

真是傑出的判斷。如果不能阻止她去借錢，就只好阻止其他公會借她錢。

「不過這個計畫也執行得不太順利。琳德的公會紛紛拒絕對迪亞路奇小姐發出債券，她很快就知道是我們這邊使了手段……然後她就轉而在琳德全境向人們兜售自己的皮革和鱗片。」

「難不成真的賣出去了？」

沒有我的允許，她不能販售自己的身體部位。與其讓其他公會的研究人員得知關於她的資訊，倒不如讓我花錢吧。

但事情已經演變至今，我也不得不接受。

「不對……為了阻止這件事，你們應該只能再放任她向其他公會借錢了吧。」

「是，正是如此。」

「那我要確認一下目前的支出。」

金美英組長不發一語把文件推給我。

我越看越想扶著後腦勺昏死過去。

我也知道不該怪罪以金美英組長為首的行政組，我能看出他們是如何勒緊褲帶在使用資金，所以反而是應該要稱讚他們。

仔細觀察的話，她的黑眼圈簡直要擴散到下巴了，不知道有多久沒睡好。其他職員也不遑多讓，說不定這幾天對他們來說就像在地獄。

「辛苦妳了，金美英組長。」

「不會的，副會長。我反而對您感到很抱歉。」

這並非公會行政組的錯，嚴格來講應該是我的問題。

我就像突然走上高築的債臺，頓時無言以對。都還沒開始研究就已經感到筋疲力盡了。

當然，這段時間還是有收入。

此時此刻也應該持續有人為了買藥水而付錢，但進帳的錢遠不如花出去的錢。凱斯拉克的地下黑市也尚在建設，各種業務都還在準備的階段。

雖然有點不是滋味，但只要有迪亞路奇，這些都是有辦法補救的。

現在我唯一的路就是去找迪亞路奇，無論如何都得先掌握巢穴究竟是何狀態。

當我快速跨上白波爾打算起飛，鄭白雪的視線也朝我看過來。

就算我願意讓她和我一起去也絕對不能這麼做，這可是名副其實的家務事。

「白雪。」

「是，基英哥……」

「明天馬上就要展開研究了，妳先準備一下。我們有可能會一起在研究室熬好幾個日夜。」

「是……好的！」

我暫時用這個藉口留下鄭白雪，匆忙往巢穴方向起飛，在空中一眼望盡綮實龐大的龍之穴。

確實很壯觀……該不會也使用了大量的魔力石吧？

不僅是魔力石，看來也投入很多人造設備。

龍穴建在城市裡的好處是可以做為某種象徵，因為它具有足以震懾人心的外觀。

悄聲走進巢穴，內部裝潢十分華麗。嵌在天花板的夜明珠發出燦爛光芒，還有各種完全猜不出用途的東西。畢竟我不是龍，實在不明白，不過可能都各自有其作用吧。

這時我的側邊傳來說話的聲音。不用想就知道是誰，轉頭一看，果然站著頭上長著大角、穿著人類衣服的女人。

「你好快就回來了。」

「小機靈在哪裡？」

「他現在還在睡覺。我有東西要給你看。」

「這裡建得真快啊……」

我急躁的內心讓我很想對她發脾氣。

但當我看見迪亞路奇臉上不斷綻放笑容，便能明白她真的很滿意這個巢穴。那是她來到這裡之後看起來最幸福的模樣。

如果是我，應該也會露出那種表情。這個地方不管怎麼看都是美輪美奐，甚至還有造景。巢穴裡竟然有池塘和樹木，豪華的程度不言而喻。不，那片造景不適合稱為池塘、樹木，正確來說應該是湖泊及森林。

「人類的魔法真是令人驚嘆呢。我沒想到還能在巢穴裡營造出這樣的環境啊，呵呵呵。」

靠……她看起來真開心，和我的心情簡直南轅北轍。

「既然這是要和你一起生活的地方，其實很多細節我都想跟你商量，但你好像很忙……而且小機靈也需要一個夠大的巢穴。」

「沒、沒有很忙，妳確實應該跟我商量。」

「不。我上次好像真的太凶了。我現在稍微明白你在人類世界的地位了。很多原本我沒辦法自己處理的事，只要說出你的名號就解決了。我在建造這個巢穴的同時，也多少理解了人類是怎麼生存下去的。」

「原來是這樣……」

「我也明白了你是如何為我們提供安全的巢穴。啊，不過我希望你可以避免太過頻繁的外出……畢竟小機靈還在家裡等你。無論如何，出去工作的你也真是辛苦了。」

坦白說我現在氣到嘴角直打哆嗦。站在我面前的人，把我到目前為止賺的錢花個精光，不心痛才怪。

但我還可以忍耐，因為在我去首都前還對我冷漠無情的女人，現在對我的態度變親切了。她可真是個珍貴的寶貝，而且她也開始意識到自己具備何種價值了。

這種讓我散盡家財、欠一屁股債的巢穴，卻能換來她對我的好感，也算是不錯的交易。

反正不用太深入研究就會有很多收穫，錢也很快就會隨之進帳。不僅能讓我賺到天文數字的收入，也將成為我個人轉職以及朴德久強化的關鍵，甚至能提升小機靈的生活品質。

繼續像現在這樣跟她變親近，也是一件好事。想到這裡，我露出一抹微笑。

「啊，剛才妳不是說有東西要給我看嗎？」

「當然。人類不是對龍一無所知嗎？建造了這麼大的巢穴，當然有很多事要了解。」

確實是一無所知。但說不定只要參觀完這個地方，就能大致掌握龍的生態。

和她一起四處走動，我發現巢穴裡確實有很多神奇之處。

「這是糧倉。」

「有必要建這麼大嗎？」

「雖然現在迪亞路利食量很小，但大概三到五年後，牠就會開始大量攝取營養。這都是為了要把營養轉化成魔力。」

「原來如此……」

「人類的魔法之中，也有能讓食物不會腐壞的類型呢。託魔法的福，應該能得到很大的幫助。」

「話說回來，那片森林和湖泊……」

「迪亞路利會在那裡學習狩獵。」

「原來如此。」

她沒有把錢胡亂花在沒意義的地方。雖然要給小機靈的東西全都用到最高等級，但既然那是身為媽媽的心意，我也只能點頭贊成。

但我的心還是很痛。

「然後這裡是你以後要住的房間。」

「連這個也……」

「你是迪亞路利的父親，當然也要為你以後在這裡的睡眠做好打算。我不太清楚人類的生活方式，不過至少在我能做到的範圍內，我已經盡力了。」

雖然我不能常常留在這裡……還是先表達謝意比較好。

「謝謝妳為我著想。」

「其實我真正想給你看的是這個地方。」

「什麼？」

經過結構宛如副本的房間後，我眼前出現一間廣闊的煉金實驗室。這間實驗室甚至容納得下平躺的迪亞路奇本體。

「我記得你說過需要這個。即使沒有明講，但你不是想了解我的身體嗎？那本來就是我住在這裡的條件。雖然我不了解，但我知道這以人類的標準來說等級很高。你可以把這裡當作是你給我這個巢穴的回禮。」

「回禮……」

實驗室規模真的很大，感覺耗費非常多的金幣。想到這裡也花了不少錢，我的心又開始痛了。

但不管怎麼說，總之錢都已經花了。

如果我想得沒錯，這裡應該是迪亞路奇親自要求施工負責人規劃的實驗室。

在什麼都不了解的情況下這麼做，算是有點多管閒事。不過我覺得她的心意還是值得嘉許。

就在這個瞬間，我的大腦突然產生了一個提問——預算不對吧？

文件內容和我心裡大略計算的金額，恰好到這個巢穴本身為止。根本不足以再建造這種規模的實驗室。

「你大可不必擔心。這真的是送給你的禮物。」

「錢……」

「啊，是一些親切的人類借我的。」

幸好不是她販售自己的身體部位得來的。

「這個巢穴得以完工，位於琳德的公會們也提供了很多幫助，不過由此獲得的金幣其實還是稍微不夠。既然有願意借我錢的親切人類，我就向他們請求幫助了。」

不知道為什麼，我有一種不祥的預感。

「雖然對方的條件有點麻煩，幸好我剛好能滿足那些條件……」

「那些條件是什麼？」

「人類世界真神奇，似乎連專門借貸給女性的機構都有呢。細節我也不清楚，只是那時候我偶然看到寫著『女性玩家專用借貸』的字樣。既然是要送給你的禮物，我想不應該在你所屬的公會裡欠下人情，所以第一次試著完成那個叫作合約的東西。雖然我不是被稱為玩家的人類，但好像還是因為你的關係，有一點信用價值。」

「什麼?!」

「你不用這麼感動。這是我希望你能好好善待小機靈的誠意啊，哈哈。」

「不，妳剛才說什麼？那個……什麼不應該欠下人情的前面。」

「你是說女性玩家專用借貸嗎？你也沒聽過嗎？」

「喂……妳、妳……」

「難道你也知道嗎？我記得那叫作美……美……啊！就是美珠之愛[3]公會借錢給我的。」

「妳這個無可救藥的瘋婆子！」

事到如今，我再也忍不住一直憋在心裡的怒吼。

＊　＊　＊

雖然認真想想也不難理解，不過這片大陸確實對女性相當不友善。

除了車熙拉、鄭白雪、曹惠珍等能力卓越的少數人，或者像李智慧那樣個性狠毒的人以外，在新手教學副本裡通常只能倚靠別人幫助通關的女性玩家，都是社會上的弱者。

本來直接和怪物打鬥對男性來說就不輕鬆，更遑論生理條件處於弱勢的女性感到壓力，是多麼理所當然的事。

不具有魔法師資質或祭司資質的玩家們，幾乎從一開始就已經放棄戰鬥。即便適合擔任這

3　美珠之愛（미주사랑）與韓國女性專用借貸機構「미즈사랑」發音相近。

些職業，沒有天賦的人們最後其實也好不到哪裡去。

就算有些人可以鼓起勇氣，但在參與小隊打怪的過程中，總會因為某部分心術不正的瘋子而遭遇危險。無論是餐風露宿，或者必須耗費長時間的攻掠等，女性玩家們一再受制於這些打怪的特殊條件，自然變得對打怪敬謝不敏。

事實上，未加入公會的女性玩家們，除了固定的小隊，也不太願意加入別人。畢竟在需要共度好幾天的情況下，她們無法輕易相信第一次見面的男性。

像黑天鵝這種大部分成員皆為女性的公會也因此而生。

這樣想來，這個男女不平等的問題在我們來到這個世界之前或許還更嚴重一點。

這些放棄以玩家身分生存下去的女性們，最後都轉而進入公會擔任文職，或者以勞務工作糊口。然而公會、戰隊甚至自營業者，都不會照實支付這些人的薪資。雖然有不成文規定的最低薪資制度，但也如同字面意義，只是不成文規定，資方普遍不會遵守規定。

在這種環境下誕生的就是女性玩家專用借貸，例如美珠之愛或 Garrosh & Cash[4] 這樣的合法貸款業者。

其實神聖帝國不僅設有帝國銀行，貸款及保險機制也確實存在，只不過型態還很原始。但這些沒有任何家產的人，根本不可能從這些機構手中借到錢。

這些人既然在第一金融圈、第二金融圈都得不到認可，自然會大量湧向第三金融圈[5]。

4　結合韓國借貸機構 Rush & Cash 和電玩《魔獸世界》角色 Garrosh Hellscream 的名稱。

5　韓國金融機構大致分為以專業銀行為主的第一金融圈、非專業銀行之金融機構組成的第二金融圈（保險公司、證券公司等），以及泛指體制外金融機構的第三金融圈（如貸款公司等）。

用貸款填補貸款，再用另一個貸款填補貸款，最常見的情節就是最終無法承擔滾雪球般的利息而被逼到絕境。

當然也有像我們這樣，嫁給玩家丈夫的妻子，無法承擔自己消費欲的情形。不過我作夢也沒想到，從背後捅我一刀的不是人類，而是一隻龍。

迪亞路奇被我突如其來的怒吼嚇得一臉茫然，一副不知道自己做錯什麼的樣子，她好像還搞不清楚狀況，

「你、你說什麼？真失禮。我為你做了這麼多！這是送你的禮物耶！」

「為了我個屁！」

「真是失禮！你這種人居然是迪亞路利的父親！人類無法理解飽含心意的禮物嗎？」

「妳知道真正失禮的人是誰嗎?!快把合約拿來！」

「什麼？」

「我叫妳快把合約拿來！妳這瘋婆子！」

看到我倉皇失態的反應，迪亞路奇似乎終於發現自己犯了錯。

她用擔心的眼神，拿著一疊文件慢慢向我走來。

我還寧願她是向 Garrosh & Cash 借錢。那是一個規模較小的戰隊，隊長葛悟植的武力也算不上太強。

但美珠之愛的金美珠就另當別論了，雖然規模上還不及大型公會，她卻擁有足以保全自己的武力及人脈。

即使以整體來說，根本比不上與紅色傭兵、黑天鵝、夜空公會並肩的帕蘭，但無論如何，

對方不僅是合法借貸，借來的錢也已經全部花掉了。

想到又要為了協商這件事而浪費時間，心中頓時湧起一股暴躁。急著處理的事還有一大堆，我沒時間再為此費心。

一開始要求借貸的是我方，過河拆橋的舉動看在其他公會或戰隊眼裡，觀感也會不佳。

「在、在這裡。」

我突然一陣煩躁。

「不需要！」

我一拿到那疊文件，就因為心中翻湧的怒氣而將合約丟了出去。

她依然不知道自己做錯什麼事，但或許還是對閣下大禍的氣氛有所感應，臉上寫滿畏縮。她沒有露出一腳就能踩死我的高傲神情，不過還是沒能讓我消氣。

不用仔細看合約也知道那是筆是相當可觀的數字。我沒辦法眼睜睜看著利息日漸膨脹。

事情並不是美珠之愛率先和我方接洽，而是迪亞路奇主動找上門，這部分毫無轉圜餘地。

地下拍賣場的事件讓我花了不少錢，我現在也不方便向夜空公會請求幫助，向黑天鵝或紅色傭兵借錢來補這個財務缺口是最好的選項。

我真的很火大，如果現在有張桌子在我面前，大概早就被我踢翻了。但我還是必須先咬緊牙關，紳士地對待她。畢竟跟她撕破臉沒有好處。

「我……我不是叫妳不要隨便跟人類接觸嗎？迪亞路奇。」

「我還是不懂……」

「錢不是隨便就能借到的東西。我知道妳是智慧生物，但以人類社會的基準來說，妳還處於小孩般的懵懂階段。我明白妳的心意，但還是一步一步學習比較好，而且必須從頭開始！」

「嘰！」

「……」

「嘰——！」

「哎呀，我們小機靈醒了呀？」

「嘿嘿！嘿！」

正想要大發脾氣的時候，小機靈及時登場拯救了母親。

不知道是不是我高分貝的聲音讓牠醒來，但對迪亞路奇來說，應該也覺得牠出現得正是時候。

我們必須在牠面前上演感情融洽的夫妻，所以我不能再繼續罵人。

其實看到一股腦向我跑來的小機靈，可愛的模樣也讓我暫時忘記要生氣，甚至突然明白了人們說「看到自己的小孩就會很開心」是什麼感覺，可愛的程度不在話下。

「哎唷，爸爸回來了，你有想爸爸嗎？」

「嘰！嘰——！嘿！嘿！」

小機靈瘋狂搖著尾巴，看起來就像被施了狂亂魔法。

對我瘋狂舔臉的舉動也表示牠真的很想我。牠確實已經有好一段時間沒看到我了，有這種反應也是當然的。

「好，好，爸爸回來了。」

「嘰——！」

牠可能根本聽不懂我的話，只是開心地蹦蹦跳跳，想盡辦法讓我抱牠。

我抱起小機靈，用不怎麼滿意的表情看向迪亞路奇，卻看見迪亞路奇迴避著我的視線。

「我……去還錢不就好了。」

「用什麼還？我提醒妳，沒有我的允許，妳不能販售自己的身體部位，因為妳的身體是歸我所有，這是我們交易的條件。」

「嘰——！嘿嘿！」

「那、那我就出去狩獵，把怪物抓來就可以了吧。」

「那根本不是抓一、兩隻怪物就能填補的數字。就算妳抓了怪物，充其量也只能用來支付利息而已。錢的部分我會自己想辦法解決，唉……看來需要教育的不只小機靈，妳也必須接受一點教育才行。以後不能再發生這種事了。」

「……」

「現在有一件關於妳身體的事需要確認，請妳先準備。」

雖然想悠閒一點工作，但現在還是盡快開始做實驗比較好。剛好這個如夢似幻的實驗室已經完工了。

我還是很感激她，但礙於瞬間湧上的怒氣而沒能表達出來。

雖然沒有明講，迪亞路奇的表情看起來還是有點傷心。最後我不得不悄悄說一些感謝的話。

「還有……謝謝妳的禮物。我會好好收下妳的這份心意。」

這時她的表情才終於緩和。

和小機靈相處了一會兒，我還是決定趕快對迪亞路奇展開研究。先前要處理的事太多，讓我稍微延宕了這邊的工作。

其實我本來想休息幾天……但見底的存款讓我感覺芒刺在背。

反正錢已經在賺了，比起從現在開始即將要進帳的錢，之前手裡的錢只是零頭。不過就算我比誰都清楚這件事，但還是無法克制心頭酸澀的感覺。

和小機靈相處的同時，我也在煩惱該用什麼方法研究迪亞路奇。

迪亞路奇的表情依然像個罪人，在幾步的距離外看著我們。

接著，我看見她用什麼都不知道的神情望向我。

「我該怎麼做呢？」

「我也還沒有頭緒。首先變回原先的型態就可以了。」

「好。」

話音剛落，她的身體就開始改變。穿在身上的衣服被撐破，但也沒時間趁機欣賞她的人類軀體，只見她各個部位都逐漸變成龍的型態。手臂冒出特有的鱗片，人類皮膚蛻變成龍族外皮，看起來真的很神奇。

她身上傳來骨頭和筋肉扭曲擰動的聲音，但她看起來一點也不痛苦，彷彿走路一樣自然。

「吼喔喔喔——」

牠的體型瞬間變得巨大，龍族的威儀還是一如往常地具有壓迫感，不，坦白說是有一點可怕，令我也不自覺張大嘴巴。這時，我竟莫名想起剛才把整疊文件甩出去的畫面。

不知道我此刻在她眼裡是什麼樣子，如此近距離面對迪亞路奇的本體，確實讓我感到頗有壓力。

她巨大的眼睛正盯著我。

「哇……」

兩隻超大的角、一口就能把我這種小東西吞下去的嘴巴。

我內心充滿低等物種望向高階生物的敬畏感。看著散發光澤的皮革與鱗片，我才意識到現在在我面前的確實是一隻龍。

「很奇怪嗎？」

「啊？」

「我們只能向配偶傳達心意。龍的器官構造沒辦法吐出人類的語言……」

「我明白妳的意思。妳一點也不奇怪，我只是覺得非常壯觀。上次只顧著害怕，現在才有機會仔細觀察妳的身體，真的非常驚奇啊。」

雖然妳把我的錢花光了……

「首先我們就從血液分析開始吧。接下來再測量一些數據，進行各方面的了解。如果覺得痛就告訴我。」

我將特別訂製的注射器插入她的前肢，慢慢抽出血液。立刻就聽到她的聲音傳來。

「好癢啊。嘻、嘻嘻，嘻嘻嘻。」

她的笑聲比我想的還要輕浮。

「請妳忍耐一下。」

「嘻……嘻嘻嘻嘻！」

「如果妳不想看到我被壓死，就不要動！」

「可是……」

「我抽完了。請妳小心一點，人類的身體真的很脆弱。」

「我會小心的。」

其實我知道這項研究沒辦法在短時間內完成，之所以如此心急也是因為我完全無法預估究竟要投入多少時間。

我立刻發動心眼，將她的血液放進實驗器材中。

當她的血液依序被分離出來、引入各個不同的試管，馬上就和我先前準備的催化劑產生反應。但我做這些並非為了看到什麼成效，只是想確認迪亞路奇的血液和催化劑混合後會帶來怎樣的效果。

萃取細胞和基因檢驗當然也要進行。

憑藉我目前擁有的裝備與魔力，說不定會在演算上耗費一點時間，還是預先利用這些設施將材料準備好比較妥當。

我該從哪裡著手研究呢？

〔傳說級催化劑首次被發現。〕

〔智力值上升１點。〕

〔傳說級催化劑首次被發現。〕

〔智力值上升１點。〕

〔傳說級催化劑首次被發現。〕

〔智力值上升1點。〕

〔請直接為催化劑命名。〕

〔您已獲得新的稱號。〕

〔為您對煉金術及真理無限的探究心與冒險心表達敬意。〕

〔首位發現者〕

〔專為發現大陸新物質的玩家而生的稱號。智力值上升1點。〕

〔研究龍的煉金術師〕

〔專為在大陸上首次研究活體龍族的玩家而生的稱號。智力值上升1點。〕

〔發現傳說級新職業。〕

〔龍之煉金術師（特有傳說級）〕

「老婆，我愛妳！」

此時此刻，我已經全然忘了她讓我散盡家財的事。

＊　＊　＊

我本來就預期研究會有所成果，畢竟迪亞路奇是被歸類在龍族的傳說級怪物，她的軀體至今仍圍繞著未知，但我沒想到她會給我這種驚人的大禮。

竟然是特有傳說級的職業。獲得英雄級職業的時候我當然也很高興，但傳說級的職業就連轉職特效都和先前英雄級的紫光截然不同。

「哇……」

全身噴射出金色光芒的效果，正是只從別人口中聽說過的傳說級轉職特效。

感覺自己變成了很厲害的人。

我身上持續散發的金光還沒散去，我嘴角上揚的笑容也同樣沒想要停下。一直到我覺得有點刺眼的時候，光芒才開始逐漸消散，不過還有些許光點尚未消失。

「噗哈哈哈哈哈。」

我端正姿態，卻忍不住笑意。

不開心才怪。我很清楚在這片大陸上，無論是什麼都要配上「傳說」兩個字才具有重大意義。包括未覺醒也能發揮高效率的尤里耶娜、傳說級特性的心眼，還有這次的傳說級職業。

我好想問問一直以來看不起我的總評，現在到底是誰瞎了眼。

以這片大陸上的常識來說，通常在第五次或第六次轉職才會開啟傳說級職業。這表示我的成長速度飛快，推翻了曾說我沒有能力的總評，儘管我的能力值是真的很差……

總而言之，這不是一般傳說級，而是特有傳說級。也就是說這片大陸只有我擁有這項職業，光從這點就能看出研究的價值。

〔龍之煉金術師（特有傳說級）〕

〔這是首次被發現的新型職業。以悠長歲月為傲的大陸歷史中，也從未有人嘗試以活體龍族作為催化劑進行煉金術，因此被判定為高評價的特有傳說級職業『龍之煉金術師』。所有的煉金術師都對您偉大的功績表示驚嘆。龍之煉金術師是唯一可使用龍作為催化劑進行煉金術的煉金術師，而能讓什麼事情變成可能，全憑您的研究與煉金術。智力值上升6點，魔力值上升7點。對龍的理解度上升。前職業『活體煉金召喚師』的職業效果維持不變。以特有傳說級龍之煉金術師的職業效果所產生的部分產物，將被判定為召喚術。〕

〔您正在確認玩家李基英的狀態欄與天賦等級。〕

〔姓名：李基英〕

〔稱號：傭兵女王的情夫、貝妮戈爾神聖帝國的榮譽主教、龍的配偶、首位發現者、研究龍的煉金術師〕

〔年齡：25〕

〔傾向：心思縝密的謀略家〕

〔職業：龍之煉金術師（特有傳說級）〕

〔職業效果：習得基礎魔法知識〕

〔職業效果：習得基礎煉金知識〕

〔職業效果：習得中級煉金知識〕

〔職業效果：習得特殊召喚知識〕

〔職業效果：習得高級煉金知識〕
〔職業效果：習得龍相關之煉金知識〕
〔能力值〕
〔力量：21／成長上限值低於普通級〕
〔敏捷：22／成長上限值低於普通級〕
〔體力：30／成長上限值低於普通級〕
〔智力：87／成長上限值高於英雄級〕
〔韌性：22／成長上限值低於普通級〕
〔幸運：65／成長上限值高於英雄級〕
〔魔力：45／成長上限值低於普通級〕
〔裝備〕
〔詛咒之劍尤里耶娜（傳說級）（已綁定持有者）〕
〔《拉姆斯．托克的煉金學概論》（英雄級）（煉金術師專用）〕
〔魔力護盾之戒（稀有級）〕
〔特性：心眼（傳說級）〕
〔總評：您這麼努力想提高已經無法靠自身力量增加的魔力值，也是滿可憐的。沒想到您竟然會擁有45點的魔力值，真想為您鼓掌。雖然其他能力值還是很差勁，不過即將突破90的智力值，以及獲得特有傳說級職業這點，還是值得稱讚。未來還算是值得期待……但請您不要太自傲，畢竟除了智力、魔力和幸運值，您的其他能力值還是連1點都沒有上升。〕

這又沒關係，反正我是個煉金術師，可惡的傢伙。

其實也不能說完全沒關係。就算不管力量跟敏捷，但體力確實是很重要的能力值。不過我也不後悔，誰能料到我居然可以擁有高達四十五點的魔力值呢？

即使比起其他魔法師，這仍舊是毫無競爭力的數值，但我還是因為自己高超的魔力值而開心不已，當然這所謂的「高超」是我自己的基準。

我輕輕在手裡堆起魔力，拿著懷中看起來相當堅固的催化劑，用力一抓……它完好如初。

可惡。

無可奈何之下，我放下手中的東西，轉而抓起另一個催化劑，立刻就看到它發出啪咯聲，破裂粉碎。

這種感覺就像浩克變身[6]。三十點魔力值辦不到的事，藉由運行魔力讓身體暫時強化，超過四十點之後就可行了。

讓我開心的還不止這個。

最近不怎麼提升的智力值也有爆發性的成長。

我曾聽黃正妍說過，智力值超過九十點之後就能多開啟一項特性。

在研究過程中再獲得三點智力值應該不是難事。雖然從八十九越到九十點的時候，可能會有某些限制。但至少繼續往上增加是沒問題的。更何況我現在才完成第四次轉職，還有第五次轉職的機會。

6 漫威漫畫角色「浩克」的特殊技能是從人類型態變身為力大無窮的綠巨人。

以來到這個世界僅僅一年的人來說，這樣的成長速度快得不正常。和我同時進來的人們，現在大多還徘徊在第三次或第二次轉職的階段。

我當初下定決心加入金賢成小隊，確實是完美的選擇。多虧這個選擇，我身上發生了許多讓人心情愉悅的事。

我沉浸在曾經獲得的好處當中，用洩氣眼神看著我的迪亞路奇這時突然傳來聲音。

「有什麼成果嗎？」

「託妳的福，我得到了很好的東西。老婆，我愛妳。啾！啾！」

這份雀躍無法用言語形容，我跑向她寬大的臉龐、整個人貼在龍皮上，瘋狂親吻她的皮膚。非常離奇的態度轉變，讓迪亞路奇在我心中的身分從「無可救藥的瘋婆子」躍升為「親愛的老婆」。

「我覺得很噁心。可以請你不要這樣嗎？」

「按照我們的關係，親幾下也是可以的吧！」

「我不管，我說了請你不要這樣。這樣的情感表現讓我不自在又反感。如果你有這個時間胡鬧，倒不如趕快做完實驗、多花一點心思在我們迪亞路利身上。人類果然還是……」

「我們的大美人！我竟然現在才發現妳的魅力。妳看這光滑閃亮又直挺挺的角啊！每個地方都好美。」

「不知道為什麼，雖然你是在稱讚我，但實在很討厭。」

「呵呵呵。」

「我說過請你不要這樣噁心地貼在我身上。請不要黏著我。我要動了。」

「哎呀，真的好可愛……妳動了我就會被壓死的，老婆。」

「怎麼會有這種人……」

老實說我真的有點激動。不，不是有點而已，應該說非常激動。獲得傳統英雄級的活體煉金召喚師職業時，我也非常高興，但此時的感受和當時完全不同。

反正這裡又沒有別人在看我，自己發洩一下情緒也不錯。

迪亞路奇一開始還露出嫌棄的表情，但或許是隨著時間過去而放棄掙扎，只是靜靜嘆了一口氣。她吐氣掀起的風吹得我有些站不穩，卻沒辦法吹熄我愉悅的心情。

迪亞路奇的聲音再次傳來。

「所以……你得到什麼了？」

「咳咳。」

「快點告訴我。你該不會想騙我吧？」

「不是的。我只是要緩和一下興奮的情緒……我發現妳身體的價值遠超過我的想像。」

「終究還是為了欲望。」

「並不是這樣的。但這句話也沒什麼錯……」

「有什麼話就快說吧。」

「知道了。生活在這片大陸上的人們，都會被賦予不同的職業。我不知道妳變成人類型態後會不會也被賦予職業，總之人類是這樣的。啊！這個話題太過複雜，還是先跳過好了，反正現在最重要的不是這個。我記得上次有告訴妳，我的職業是煉金術師。」

「我也記得。」

「煉金術師是渴求真理的人們被賦予的職業。雖然也算是從魔法師延伸而來的職群，但無法否認煉金術師與魔法師的追求目標截然不同。」

「不太符合你的樣子。」

「我認同這句話的其中一部分。總之，簡單來說，妳身上的基因或血液之類的東西，都是在這片大陸上從未被發現過的材料。雖然還需要經過淬煉，不可能馬上就被運用為催化劑，但確實是第一次被發現的原料沒錯。換句話說，這些物質是原本不存在於這個世界的東西。」

「那不是我的血嗎？它並不是原本不存在於這個世界的東西，它早已真實存在啊。」

「經歷淬煉過程、成功轉化成催化劑後，就不能把它視為妳的血了。嚴格來說，它是和幾種能幫助實驗更順利進行的催化劑融合之後，形成的合成催化劑。主材料是由妳提供的，這一點依然沒變。原本我只是想測試化學反應而進行實驗，雖然我事先有粗略計算過……卻完全沒料到會有這麼好的成效。」

數百支試管之中，只有三支順利完成。

乍看好像沒有得到太大收穫，但也不能否認，這等同於第一場實驗就開出頭獎。

光看著散發璀璨光澤的傳說級催化劑，內心就能感到陣陣酥麻。

睜著大眼睛安靜看著那些東西的迪亞路奇，臉上閃過一絲趣味。

「這個叫什麼名字？」

「還沒決定。我不是說了嗎？這是第一次被發現的催化劑。既然剛好有三種，就由妳、我和小機靈各自為它們命名吧。」

「哦……」

她的心情似乎不錯，大大的眼睛眨了一下。

「因為這些是沒有經過精準計算就冒出來的東西，接下來還得花時間針對它們具有何種效果、如何製造這樣的產物進行定義與證明，不過整理的過程也沒有很困難。」

「原來是有用的東西。」

「當然了。而且我得到的還不只這些。我剛才說過吧？人類需要透過特定的行為，才能被賦予職業。」

「是的。」

「當我發現這三種催化劑，甚至在仔細研究妳的身體之前，我就已經被賦予了職業。正確來說，不僅是最高等級的職業，也是專門研究龍族的職業。意思就是，我能藉此更了解妳。」

「是被賜予特別的力量嗎？」

「對，也可以這麼認為。不過我還處在初期階段，需要多研究……」

「這樣啊……」

「完成研究之後，也能做到很多事。例如把妳的氣息裝進這小小的試管裡，諸如此類。」

「你是說我的招式『吐息』？」

「當然很難有同等的火力，但應該是可行的。」

「不可能。要把吐息裝在那個小玻璃瓶中，光是在常識上就令人無法理解。」

「先別說不可能，這是要研究才能知道的事。我覺得是有可能的。」

「我想應該不可能。」

「會有可能的。這些東西不也變出來了嗎。我第三次轉職獲得的職業叫作活體煉金召喚師。」

只要運用那個職業的效果，結合現在獲得的龍之煉金術師的職業效果……」

我拿起用迪亞路奇細胞製成的催化劑，瞬間就能感覺催化劑變成魔力環繞在四周。之前都必須要透過啟動開關和遙控來做實驗，龍的催化劑卻完全取代了那些複雜的過程。

只要一種有催化劑，就什麼都可行，這應該是特有傳說級的職業效果吧。

伴隨著「啪嘰！啪嘰！」的聲響，我的手心冒出奇妙的氣息。

迪亞路奇茫然地看著我，她似乎非常好奇我究竟在做什麼，而我也很好奇會出現何種結果。

我用集中在掌心的氣息結出咒印，接著往下方投去，前方的地面上立刻開始顯現出巨大的龍爪。

魔力瞬間擴散而出，發出啪嘰聲音的同時，地面的龍已經可以顯露出手臂的輪廓。

「喔……」

「太厲害了吧……這個……」

「這太離譜了……你、你……」

迪亞路奇的表情寫滿了難以置信。露出那種表情的不只有迪亞路奇，我也對自己展現出來的成果感到驚奇。

「難道你是神嗎？以常識來說！你現在做的這個……」

「啊，嚴格來說那並不是生命體，它也毫無破壞力可言，而且我不可能真的製造出龍。光是製造人類型態的人造生命就必須耗費大量時間與金錢，像妳這樣複雜且高等的生命體是無法被人工製造的，那已經不是透過實驗才知道可不可行的領域了。如果連龍也能造出來，我就真的像妳說的，不是人而是神了。至於低等物種……」

「低等物種就可以被製造出來嗎？」

「還是不可能。」

「原來如此。」

「目前是這樣。」

我聽見龐大的龍吞下口水的聲音。

迪亞路奇是絕對無法被複製的。但如果是沒有翅膀的四腳龍，或許也不是不可能複製量產。其他像是龍息藥水之類的研究想法，也開始在腦海裡冒出。

當然，我並沒有忘記這項研究的最終目標——強化朴德久。

說不定我真的能創造拿著刻有帕蘭公會紋章盾牌的帕蘭隊長。

＊　＊　＊

在久違的熱血驅使下，我正式開始研究。

我認為搜集迪亞路奇的相關數值應該是最為優先的步驟。我不斷用心眼掃視她的軀體，一整天都在擔心有沒有漏掉哪個部分。

我之前告訴她只要躺著不動就可以了，但現在也不得不要求她配合各種動作，這樣我才能對她的運動能力或魔力等問題進行了解。

雖然沒辦法精準測出吐息的火力是何種程度，但還是能以她的魔力值為基礎，推算魔力運用狀態，或者透過她的敘述掌握一定程度的數據。

她說吐息差不多可以摧毀一小座城市。

實際上，她的魔力值為一百二十五。以我的判斷，在人類玩家之間，也只有頂尖玩家才具備只有他們能使用的高級魔力相關運用知識，所以擁有這樣的破壞力一點也不奇怪。

雖然在心眼可見的內容中，沒有看到她習得高級魔力運用知識的紀錄，但也能發現她確實具有某些類似的能力。

假如她並未習得高級運用魔力知識，根本也沒辦法使出各種類型的吐息。

吐息分成兩種，一種是足以摧毀整座城市的放射型；另一種則是用來對付魔法抵抗力較高，或者無法單靠火力戰勝的強者的集中型。

換句話說，放射型不針對個人，而是以眾多敵人為目標的招數。攻擊範圍廣闊，但對車熙拉之類的對象，或是韌性、魔法抵抗力高強的人們而言，造成的傷害較少。

而集中型吐息則是專為這樣的敵人而生。將所有魔力高密度濃縮後發射的集中型，攻擊範圍狹窄，卻是全方面無敵。目前很難算出精準的數值，但應該已經足以貫穿完成第五、六次轉職後的大魔法師手中的盾牌。

當然，在空中行進的速度也會造成影響，但即便是敏捷值很高的人應該也沒辦法完美避開集中型吐息。

我研究的自然也不局限於吐息。我先選定敏捷值或力量值，確認她究竟能釋出何種程度的力量並迅速掌握數據，此外也將各種數值記在腦裡。現在還有些微誤差，不過更精密的測試可以留到以後。

此刻不能只集中往單方面深入研究，必須先了解各方面資訊才行。畢竟她實在太龐大了，不僅是知識寶庫，簡直是知識山脈。光是要了解她的基本資料就必須耗費大量時間，這本身就是很罕見的情況。

坦白說，這根本不是我一個人能完成的工作量。我本來以為她不可能會飛，令人驚訝的是，她竟然能夠靠魔力飛行，實在出乎意料。只不過因為會消耗一定的魔力，導致她平常不太喜歡使用這項能力，但她能飛才是重點。

龍果然是龍。

我心中對迪亞路奇的評價也隨之升高。

然而，我並沒有把所有的精神全部耗費在計算數值身上。分析數據、計算出結果值的過程只是基本的工作，不過是為了讓接下來的研究更能順利進行的基礎資料解析罷了。

在研究的原則上，本來應該要慢慢等待數據累積才能觀察。但迪亞路奇並非死亡的標本，而是活生生的生命體，可以從她身上取得的血液或細胞幾乎是無限。

就算抽掉幾公升的血，她也只要短短幾小時就能自體修復。

我不需要顧慮預算、材料或進度延宕，只要排除威脅我生命安全的條件……即便是有點危險的實驗也無所謂，還是先做再說。

無論選哪個方向，歸途都只有一條，也不需要為了擔心錢而精簡研究設備，因為我已經擁有非常完善的設施。

在這寬敞的空間中，煉金實驗器材沒有一刻停歇。各式各樣的材料都持續在進行精煉，魔法陣的火焰也同樣沒有熄滅的一天。

這個魔法陣的魔力供給來源正是鄭白雪。

關於迪亞路奇的所有事情都是最高機密，能夠進來實驗室的就只有鄭白雪。

其實我曾考慮過要不要把朴德久的女朋友，也就是魔導學者黃正妍也叫來，不過我覺得能夠無條件信任的人只有鄭白雪，所以就打消了這個念頭。

迪亞路奇是珍貴的知識庫。就算在同一個公會，我也不想把她的相關資訊隨意透露給別人，這是我小小的好勝心。

我一天到晚不斷在迪亞路其身旁說著「My precious[7]」向她告白，珍貴的程度不言而喻。

雖然除了第一次實驗偶然取得的成果，到現在還沒有出現什麼收穫，但我並未因此而焦躁，因為我相信一定會有轉機。

不斷累積的龐大數據以及不間斷運轉著的實驗器材，可以說是已經逼近自動化實驗室的水準。

還是搞不太清楚狀況的迪亞路奇總是睜著圓圓的大眼睛看著我們，似乎把靜靜躺著不動的任務當作是休息，有時候還會睡著。

外部的各項檢查都完成後，自然就開始對體內產生興趣。我當然不可能把親愛的迪亞路奇切割肢解，只能以觀察整體的方式著手，盡可能嘗試各種不同角度的實驗。

其中最令我印象深刻的實驗，就是直接進入她體內。

雖然聽起來很瘋狂，但我確實曾和鄭白雪一起從她的嘴巴走進體內參觀。在她的幫助下，不僅是食道、腸胃，連其他器官都讓我們完成了一趟充實的冒險。

「真的有必要這樣嗎？」

7 奇幻小說《魔戒》當中，角色「咕嚕」的經典臺詞。

「這一切都是為了偉大煉金術的發展，也是為了妳。」

「我也不知道裡面會是什麼樣。」

「如果我感覺到危險就會立刻逃出來，妳不用太擔心。」

「不是擔心你的安危才這樣的。我、我覺得很害羞。」

令人意外的是，迪亞路奇第一次對實驗感到抗拒。

這件事對她而言彷彿要把她脫個精光一樣，但回想起一開始連人類衣服都不願穿上的她，實在有點好笑。

幸好沒有發生我和鄭白雪被胃酸腐蝕的悲慘情節。因為龍不會消化吃進去的東西，而是用魔力加以分解。不過換句話說，也就是我和鄭白雪差點被魔力消滅的意思。

為了避免迪亞路奇的器官在她也不知情的情況下發動分解魔法，我們還藉助了鄭白雪的防護魔法的幫助。

第一次的體內探險就到這裡結束。要等到製作好特殊裝備後，才能在比較安全的狀態下放心觀察。在這過程中，我們也發現一件有趣的事——迪亞路奇具備的器官構造比人類更複雜。

不過這一點也不奇怪，她可是稱得上高等生物的種族。光是以魔力進行消化這件事就很驚人了。我看著小機靈吃下比自己體積大好幾倍的食物時，就覺得非常神奇。但誰能想到牠們居然擁有這種器官呢？

這就像某些奇幻小說裡的經典設定，完成消化的魔力被傳送至心臟，再由心臟透過血液將魔力供給全身。

原來如此，所以她的血液才能製成帶有魔力的催化劑。

其他的器官也相當特別，而且她整個身體就像一座巨大的發電廠。傳說級怪物果然不是蓋的。

以魔力分解食物、再將分解得到的魔力輸送到全身。未經過淬煉、不純淨的魔力也不會排出體外，而是自己進行淨化後重新運用。

她所有行為需要的能量祕密，都藏在魔力中。

我對這一切的反應都只是滿意地點點頭，不過鄭白雪似乎對迪亞路奇用以操控身體的系統相當好奇，我常看到她非常認真地分析資料，她好像很努力學習。

最後，她在迪亞路奇的身體裡，被金黃光芒籠罩。

這代表她的特性進化成傳說級了。

〈大魔法師的心臟（傳說級）〉

「這是什麼特性？不是，妳怎麼……」

「我做了一個以魔力形成的器官。」

「什麼？」

「我也想要有那種器官，所以就試了一下……結果真的成功了，嘿嘿……」

「這樣啊……妳好棒，白雪。」

「嘿嘿嘿嘿……」

這部分不需要她詳細說明我也知道。畢竟我一直看著她，也早就知道她是天才，但這實在太令人無言又驚恐了。

雖然不能像迪亞路奇那樣用魔力消化任何東西，但她現在確實也能持續將體內的魔力循環再利用。

這不僅等同在自己的身體裡建造一個可以急速充電的發電機，即便是使用魔力後剩下的殘量，也能重新淨化和累積。

就算沒有立即提升魔力值，她還是為自己準備了一套循環補充魔力的不斷電系統。

當我自以為最近好像快要趕上她了，沒想到這只是讓我明白天才為什麼會被稱為天才的機會。

鄭白雪的進步也確實對我產生莫大的刺激，這算不上是自卑，但還是有令人感到鬱悶的部分。

看來除了傳說級的職業，我還得再得到其他東西才行。

在馬不停蹄針對強化朴德久所需的血清進行研究的同時，我也不忘利用空檔探討迪亞路奇究竟用何種原理發出吐息。

將儲存在心臟裡的魔力集中到位於喉嚨的特殊器官，就能瞬間釋放出吐息。

但如果要對重要的體內器官採取標本，也可能對迪亞路奇造成未知的危險。萬一我在過程中失手，導致她再也不能使出吐息，絕對是莫大的損失。

所以我只能製作一個該器官的小模型。我先用心眼完整掃描她的喉嚨內部，再試著推敲她運用器官的原理。

數十、數百次的測試都付諸流水，但我卻持續從中獲得靈感，終於得以製造出一款小瓶子，構造上完美復刻她體內發動吐息的主要器官。

這個奇形怪狀的玻璃瓶已經過魔法處理，也為了增幅、擴散及控制，反覆在上面刻製數道小型魔法陣。

以迪亞路奇血液製成的魔力催化劑，被置於藥瓶的另一端。只要我發動魔力，預備好的迪亞路奇血液就會滴入小玻璃瓶。

嗚咿咿咿——

血液通過怪異形狀的玻璃瓶入口，大約兩秒後，在瓶中出現猛烈旋轉的反應，魔法陣也隨之啟動。這個小小的瓶子終於產生魔力波動，將蘊藏在血液中的魔力向四方發散。

這正是龍族發動吐息的原理。

和她的放射型或集中型招式完全不同，就只是單純的觸發效果，但已經達到我想要的火力程度了，玻璃瓶也因無法承受魔力而瞬間破碎。

〔傳說級藥水首次被發現。〕
〔智力值上升1點。〕
〔請直接為藥水命名。〕
〔正在輸入藥水名稱。〕
〔龍息藥水（傳說級）〕

這就是爆炸的藝術啊!!

龍息藥水 MK1，大陸首創戰鬥型藥水現正登場。

＊＊＊

〔龍息藥水（傳說級）〕

〔由龍之煉金術師李基英製作的傳說級藥水。注入魔力後，兩秒後即可將迪亞路奇的魔力發散至四周，形成伴隨著衝擊波的爆炸。〕

我手中這個形狀怪異的玻璃瓶，比我想像的更迷人，就連畸形的構造看起來也相當獨特。總之我整個人興奮到就像是要飛起來了。

這個道具不僅足以補強我總是低人一等的戰力，也可以當作保護我自身安全的手段。不過在藥水發揮效用前需要花費兩秒的時間，這是相當大的漏洞。

因此，這個藥水可能不適合在一對一戰鬥的情況下使用，但也無法澆熄我愉悅的心情。畢竟能夠獲得魔法以外的戰鬥技能，已經算是很有收穫了。

單憑我個人的能力值來說，還沒辦法到達帝國八強的水準。但只要繼續改良這個藥水，說不定在戰鬥力方面就能達到不輸給大魔法師的境界。

就在我把這個耀眼的玻璃瓶抱在懷裡呼氣擦拭的時候，旁邊傳來一道聲音。

「太厲害了。我沒想到你真的能做得出來……」

迪亞路奇已經幻化回人形。她在第一次圍觀的時候也充分表達過讚嘆，現在近距離看著藥水，似乎感到更神奇。

她越震驚，就代表我做的藥水越逼真。

這就是煉金術的力量。

我揚起嘴角向她解釋道。

「我不是說過了嗎？這個就是科學、魔法與煉金術結合的產物。雖然這充其量只能說是初期實驗成品，還有很多地方要改良……但以後一定會逐步發展的。」

「這……即便它的威力還不夠強，但我依舊不能理解這是怎麼辦到的。」

「我認為這樣的程度已經不差了……咳，總之原理很簡單。我只是按照妳的器官複製出一個器具而已，在這個看起來像玻璃瓶的容器裡，也有混合一點妳的細胞。儘管沒有很完美，但也可以稱得上是簡易版的器官。如果要說兩者之間的差異，除了濃縮好幾倍的尺寸，還有沿著這個仿造器官流動的不是魔力，而是淬煉過的血液。」

「……」

「其實我也不太清楚這個器官是以何種原理發出魔力波動……嗯，反正這不重要。最重要的是妳的身體裡具有一個可以發射魔力的器官，而我可以複製那個器官。」

「這是有可能做到的嗎？」

「對一般人來說應該不可能。但我的觀察力比一般人更敏銳……嗯，如果要詳細說明的話，是這樣的——妳的血液裡附帶著魔力。就像妳將魔力傳送到身體器官，我也同樣在這個玻璃瓶模型中滴入一定劑量的血液。藉由事先刻印好的魔法陣，引導血液產生能量，再讓這個器官開始作用。完成作用的等待時間為兩秒……」

「嗯。」

「然後……」

匡噹——

我奮力擲出的藥水飛起後破裂，形成強大的魔力波動。

不知道是否受到迪亞路奇的魔力影響，暗黑色的爆發效果看起來真的煞有其事。如果只是一般的爆炸，應該就不會那麼帥了。

想到那個玻璃瓶的造價，還是覺得有點可惜。但反正那只是試驗品，破了也無所謂。

「再看一次還是覺得很神奇。」

「我也這麼想。總之妳應該可以暫時不用參與實驗了。因為需要的數據都已經收集好，剩下的部分都要靠我自己研究。」

「你原本要做的東西完成了嗎？」

「差不多到收尾的階段了。不過說已經完成其實也無妨……反正以我現在的能力，我已經做不出更好的了。」

將朴德久變身成琳德隊長的血清研究幾乎已進入最終階段。

雖然同時研製兩種東西確實有點累，幸好有現在正和小機靈玩在一起的鄭白雪幫了很大的忙。因為這並非只是煉金術，更牽涉到魔法領域，叫她來幫忙才能提高成功的機率。

製造能使人體蛻變革新的藥水，比做出龍息藥水更難。就算做出來了，我也不確定在這個階段就停手究竟有沒有問題。但受制於能力也是無可奈何。

將藥水改良到這個程度，對現在的我來說已是上限。

〔強化血清（傳說級）〕

〔由龍之煉金術師李基英製作的傳說級藥水。以迪亞路奇的血液作為催化劑製成的藥水，可永久提升使用者的能力。但僅限於體力值70點、韌性值70點以上的玩家使用，且成功機率不高，失敗時可能造成使用者死亡，請謹慎使用。〕

綠色液體看起來莫名不祥，沒有加熱也自己冒著泡沸騰的模樣也相當詭異。

限定體力值七十點以上使用者的理由顯而易見，當然是因為有生命危險。製造血清再將它直接注入體內，這件事本來就不可能安全無虞。

人類的身體會排斥龍的血液，而足以抗衡這種排斥反應的最低能力值，即為體力值七十點、韌性值七十點。

即便可以藉助使用者的意志以及各式各樣的魔法提升成功率，但再怎麼樣都無法高於百分之六十二。

那麼，難道金賢成或車熙拉那樣的玩家就能使用嗎？

答案也是否定的。因為對於早已達到他們那種水準的人來說，這樣的藥水根本毫無意義。

我可沒有笨到讓浩克和索爾[8]注射琳德隊長要用的血清。

換句話說，這是專為朴德久量身打造的藥水，從一開始就為他而設計，也改良成適合他身體的成分。

8 漫威漫畫角色。不同於注射血清才得到力量的美國隊長，浩克和索爾本身就擁有強大的力量。

但成功率還是只能達到這種程度，我想應該是因為透過外力強化本身就是具有危險性的行為。

「好像……真的很危險。」

「確實如此嗎？」

「對。其他怪物也會對我們的血液產生排斥反應。採用不同種族的生物血液做這種事，本來就會帶來危險。」

「嗯……」

「萬一失敗的話，也可能全身爆裂而死……」

我可不想目睹朴德久全身爆開死去的畫面。

在忙碌的實驗期間，我曾為了收集朴德久的身體數據去找他，而他依然努力揮著劍。

我現在想創造的，從某個角度來說也算一種嵌合體。但顧慮到所有嵌合體都無法擺脫一定程度的副作用，這確實也不是我想強力推薦給他的選項。

不過……不知道為什麼，我有預感會成功……

這和過度信賴自己的能力是兩回事。如果要表達得更精準，坦白說我總覺得，這件事的成功率會因為某個超現實的存在而大幅提高。

雖然只是我的幻想，但我就是覺得那個存在也不希望朴德久死掉。

既然它能介入我的心眼，自然也有充分的力量可以干涉這場實驗。

成功率一定能再提高。

以朴德久的個性來看，也不知道能不能接受。

雖然決定權在德久身上，我一個人在這裡想也沒用，不過只要想到他隨時有可能被逐出金賢成小隊，我還是決定先把他叫來這裡，先針對各種變數進行判斷再說。

我本來想把這件事當作驚喜，但沒有實驗對象的研究實在難以提升成功率，還是讓他逐步參與比較恰當。

「白雪。」

「是，基英哥！」

「妳可以幫我帶德久過來嗎？」

「啊……好！」

鄭白雪聽完我的話，立刻點點頭往外跑去。

這時迪亞路奇開始用微妙的表情看著我。

「真的要這麼做嗎？」

「總是要先試出可以改良的方法吧。既然是量身打造的藥水，如果他也在的話，我想應該可以再提高一點成功率。」

「要怎麼……」

「我想先測試他的血會引發什麼樣的排斥反應，再試著製作可以抵銷這個反應的另一種藥水。先注射藥水再注射血清的話，或許就能提高成功率。另外，還需要進行精密的檢查。」

「我很難確實理解你說的意思……但我大概知道了。」

「沒辦法臨床實驗有點可惜……總之這次我會更謹慎嘗試的。」

「嗯……有我可以幫忙的事情嗎？」

「說不定也會需要妳。只要注入妳的魔力，或許也能減緩排斥反應。」

迪亞路奇意外地對煉金術頗有興趣，我們就這樣持續著話題。

我甚至短暫產生了讓她和這次加入帕蘭的新人一起訓練的想法。畢竟除了幫助朴德久，迪亞路奇的社會化也是我要想辦法解決的課題。

雖然結論上來說，這間實驗室對我有很大的幫助，但我不想再經歷這種驚悚的事了。要不是李智慧出手相助，我差點就能親身體會高利貸業者究竟有多麼恐怖。

稍微和迪亞路奇聊了一會，外面就開始傳來鄭白雪的聲音。

或許是和朴德久邊走邊聊，氣氛顯得十分熱絡。

我開始下意識把玩手中的強化血清。雖然不能當作驚喜，至少也要讓他看看這個，畢竟這是我嘔心瀝血為他製作的禮物。

這個天賦差人一等的小子，他的心情我最清楚。

我不禁開始期待一心想找到救命稻草的他看到這個藥水會有什麼反應。

我很自然地把頭轉往傳來談話聲的方向，就看到朴德久和鄭白雪走進來。在我向他們打招呼之前，朴德久已經率先揮著手開口。

我們已經很久沒見了，他的臉上充滿欣喜。

「大哥！」

「德久。」

「大哥最近好嗎？實驗固然重要，但也要回來帕蘭看看啊。現在公會的行政組簡直一團亂，新手教學副本要準備的相關事項似乎比想像中多。」

「因為我最近有一個急著要做的東西。」

「啊，我有聽白雪大姐說了，聽說你們創造出很了不起的東西……」

他笑著的表情看起來心情很好。

他身上還留有汗水的痕跡，看來應該是到剛才都還在訓練。

乍聽朴德久的話，我擔心鄭白雪是不是已經說出關於血清的事，但也很快就發現他指的是龍息藥水。

「大哥是為了給我看那個龍息藥水還是什麼的，才叫我來的嗎？嘿嘿……我就知道大哥會第一個讓我看！白雪大姐已經在公會散布消息了吧？」

「哈哈。其實不只是那個，我還做了新的。」

「喔，真的嗎？」

「對啊。」

我的心情開始變得激動。表情單純地向我跑來的傢伙，應該沒想過這是我給他的禮物。算好時機，不動聲色將強化血清推向他。只見他滿臉驚訝，用表情希望我告訴他這是什麼東西。

「你念看看。」

「嗯？這個嗎？」

急著透過狀態欄確認藥水內容，他的臉上也充滿興致，看來他滿好奇的。

既然計畫已經有一半確定成功，我接下他的話。

「現在還有一些需要調整的地方，但因為是為你量身訂做的，應該沒有太大問題。接下來會讓你在這裡一起參與。」

「啊……」

「因為有些問題，不能現在馬上使用，要先考慮很多變數才行。啊，而且你不需要在意那些漏洞，成功率預估高一點的話可以超過百分之八十。我把你叫來也是……」

「是為了這個叫我來的嗎？」

「嗯。因為你最近好像過得有點辛苦。」

「……」

「怎麼了？」

他的反應和我的預想有點出入。

就在我發現他似乎不太高興的瞬間，我感覺朴德久輕輕反推著我的手。

「我不會注射的，大哥。」

「什麼？」

「我說，我不會注射的。」

我第一次看到這個豬頭瞪我。

＊　＊　＊

我以為朴德久會歡欣鼓舞地朝我衝來，但他卻意外地散發著令人不解的厭惡感，而我當然也因此受到打擊。

回想起為了製作強化血清而投入的時間，心情受影響也是理所當然。就算這是本來就要進行的實驗，但畢竟是專為朴德久創造的藥水。

這個豬頭……我不能理解他為什麼要拒絕。

雖然他的理由也不難猜，不外乎是想靠自己的力量變強、不想藉助這種藥水的幫助等，然而那些在我看來都是雞毛蒜皮的理由。

我也不由得感到納悶，難道他不急嗎？

如果他確切了解自己面臨的窘境，怎麼可能還會說出那種話。這傢伙能爬到現在這個地步，本來就是受到各種背景的幫助。

這個可以、那個不行，非黑即白的狹隘思維實在讓人無言以對。

假如朴德久不在帕蘭，而是在其他中小公會裡遭遇各種曲折，勢必會立刻收下這個血清。如果我現在讓這個藥水流入市面，一定也會以迅雷不及掩耳的速度被那些成長受限的人買下。

我自己說這種話可能不太恰當，但這對他們來說就和仙丹沒兩樣。

此時莫名的背叛感讓我的眼神迸出憤怒的火花。我沒有生氣，正確的說法應該是心裡不爽。

「你說什麼？」

「謝謝你的好意，但我不想注射藥水。真的是為了這個叫我來的嗎？」

「沒錯。」

「謝謝大哥為我著想，但你不需要為我費心到這個地步。我又不是小孩子，就算沒有這種東西，我也能做得很好。」

他的表情也看起來相當不愉快。

從我認識他、一起生活以來，我第一次看見他用那種眼神望著我。感覺像是我觸碰了摸不得的逆鱗，但我想有可能是自卑感作祟。

自己非常努力、持續向前邁進的時候，突然收到注射這種血清的提議，也或許會讓他覺得被同情。即使他有千千百百種理由，從我的立場來看，還是不得不勸勸他。

「這是沒有意義的固執。」

「我沒有固執。」

「你就當作這不是為了你，而是為了整個小隊。」

「講話不需要拐彎抹角。不就是需要更強的前鋒嗎？」

「那你找別人當前鋒就好了不是嗎？反正我不會接受這個。」

我確實不能否認。

「你……！」

「我說了，我不會接受的！」

我伸出一隻手想抓住瞬間轉身而去的傢伙，他則因為一時氣憤而甩開我。即便我的能力值上升不少，孱弱的身體還是理所當然地被甩了出去。

朴德久的臉上閃過驚嚇的神情。他的反應說明了他只是不小心，但我依然持續倒往附近的書桌。

幹……

不知道是運氣好還是不好，我還來得及把抓在左手的強化血清護在懷裡，卻又失去重心跌落在地上。

我的後背受到一陣衝擊。確認過血清的安危，我立刻抬頭看向他。
「你！你這個白痴豬頭！」
正當我不自覺想發脾氣大罵時，突然感到一股強大的魔力流動。
「你……這是在做什麼？」
我一轉頭，就看見鄭白雪對著朴德久伸出手。
可能是因為她已經成功開啟傳說級特性，她散發的魔力遠遠超過我的想像，那股龐大的魔力讓我也莫名緊張了起來。
她不只是用魔力壓制朴德久。
我不知道她用了什麼咒語，竟然連那傢伙踩在腳下的地板也伴隨著劈啪的聲音開始破裂。
那傢伙渾身顫抖著打算抵抗，但似乎很快就抵擋不住由上往下壓迫的魔力。他以青蛙平趴的姿勢被打壓在地上，讓人相當不忍。
「呃啊……」
他不斷想撐起身體，卻完全無濟於事。高韌性值可以承受攻擊，但這和在承受魔力壓迫的情況下移動是徹底的兩回事。以力量及魔力值偏低的這小子來說，絕不可能抵抗那股未知的魔力。
我知道鄭白雪對我的安危相當敏感，但我沒想到她連對朴德久也能展現這樣的態度。
「道歉。」
「呃呃呃呃！」
「道歉！」

匡噹！

「呃啊！」

鄭白雪再次發力，朴德久開始被壓入更深的地面。就算他身體強壯，在正面對抗這樣的壓迫後，也不可能完全沒有留下創傷。

再這樣下去他會死的。我反應過來後，只能趕緊阻止鄭白雪。

「鄭白雪，住手。」

「我……」

「我沒有受傷，而且他也不是故意的。」

「對、對不起。」

「妳應該道歉的對象是德久。」

「……」

鄭白雪把手放下的瞬間，魔力的壓迫也隨即消失。圍繞在四周的魔力消散後，呼吸也變得相對順暢。

看來我的四十五點魔力值也還是難以和鄭白雪的魔力抗衡。

我往朴德久的方向走去，也看到他默默撐起自己的身體。我自然地向他伸出手，同時發動心眼確認他有沒有受傷，不過沒發現太大的損害。

他全身上下遍布著全力抵抗鄭白雪的痕跡。為了抵抗鄭白雪的施壓，他過度牽動自己的魔力，似乎有造成一點內傷，但仍屬於能使用自體能力恢復的程度。

我靜靜伸著手，等待這傢伙的回應。然而這豬頭的表情不太對勁，他的臉上清清楚楚寫著戰敗感，在鄭白雪的魔力下連一根手指頭都動不了的戰敗感。

唉……事情越來越混亂了。

假設朴德久確實懷抱著自卑感，情況更是難解。

他早已透過金藝莉大致了解到自己與金賢成小隊之間的距離，今天只是讓他更深刻感悟的契機。

雖然我還能以非戰鬥職群的身分掙扎下去，但此刻的我也已經難以跟上那些怪物的腳步。或許直接站在前鋒位置的朴德久，比我更能有所體會。

他最後還是沒有握住我的手。

臉上帶著擺脫不了魔力壓迫的戰敗感，朴德久自己默默站起身。

「剛……剛才很抱歉，大哥。」

「不，應該是我太激動了。我也很抱歉，德久。我好像有點太急了……這件事我們以後再慢慢談吧。」

「沒有，這不是大哥的錯。」

我沒辦法攔住緩緩往巢穴外走去的他。

我內心滿是煩躁。

我真的很想給他當頭棒喝，直接告訴他「你真的很爛，而且已經到了極限，再這樣下去和其他的人差距就會越來越大，所以給我乖乖注射血清」。但顧慮到他的心情，我還是辦不到，因為就算不用我明講，他自己應該也有體悟。

比起強制脅迫他，可能還是像哄小孩一樣慢慢溝通的效果比較好。

鄭白雪應該是發現自己犯了錯，安靜地看我的臉色。至於在不遠處望著我的迪亞路奇，看起來還在努力了解這究竟是什麼狀況。我也很想知道為什麼事情會突然變這麼複雜，我腦中想像的畫面分明不是這樣的。

真是煩死了，可惡……

我想過他可能覺得若非親自獲得，就不能算是自己的力量。但不管他到底在想什麼，我都無法否認我真的在擔心他。

我終究只得重新一步一步慢慢來。

「我回去公會一趟。」

「好的……基英哥。」

無論是去找那傢伙，還是跟金賢成談一談，我都必須重新尋求解決方案。

這是我最後一次替他著想。不管如何，我決定這次一定要拉他一把，倘若日後他再次往下墜落，就再也不會抓住他了。我邊這樣想著，邊加快腳步返回帕蘭。

我想看看朴德久真正的狀態，所以故意不搭乘白波爾。如果我騎著獅鷲大張旗鼓地出現，那個狀態不佳的傢伙可能會把自己關在房間裡。

帕蘭的總部離巢穴沒有很遠，很快就能抵達。

朴德久剛才的表情一副就是要去地下酒吧買醉的模樣，我不禁這樣懷疑，但我想他應該不會去那些地方。

抱著確認看看的心態，我先前往上次遇到他和金藝莉的地點。

來到上次和鄭白雪一起偷看朴德久的位置，果然就看到他和金藝莉，甚至還看見金藝莉不動聲色轉動眼珠望向我的模樣，看來她已經發現我了。

朴德久對此似乎還是一無所知，但我確定金藝莉知道我在這裡。她沒有特別告訴朴德久，應該也是因為大概了解我的想法。

金藝莉悄悄將視線轉回去，開始對朴德久說話，而那傢伙對也很快就回應金藝莉。

「你的表情不太好啊，叔叔。勉強訓練也沒用，效果不好，而且該休息的時候就要休息。」

「不，我說了今天這不算訓練。」

「那算什麼？」

「對練。」

「對練怎麼會是每天進行？這分明是訓練。」

「不，不是那個意思。」

「不然呢？」

「妳把這個當作是實戰吧。」

「是要我不要放水的意思嗎？你會受傷喔。」

「我說了沒關係。」

朴德久的表情看起來很焦躁。畢竟剛才被鄭白雪壓制得連一根手指頭都動不了，確實受到了不小的打擊。

他似乎想認真測試自己現在究竟處於怎樣的程度。

金藝莉沒有再回答朴德久，而是將視線再次投往我的方向。她的神情彷彿在問我「真的可以嗎」。雖然不知道為什麼這種事情要問我的意見，但我當然輕輕點了頭，畢竟確切了解自己的地位，對那傢伙來說也是必要之事。

朴德久擺出戰鬥的姿勢，金藝莉的攻擊也立刻蜂擁而至。

我突然發現，小鬼頭一直以來都是以金賢成為典範練習肉搏戰。

即使風格比金賢成輕快新穎，但飄忽不定的移動方式仍然帶著他的影子，看來金藝莉在不知不覺間受到了很深的影響。

朴德久似乎嚇了一跳，立刻緊抓手中的劍，然而金藝莉早已貼近他身邊。周邊瞬間出現飛濺的血跡。

在她對戰車熙拉的時候我就心裡有譜，這小鬼頭的戰鬥能力幾乎可以媲美曹惠珍。

朴德久就連在對練中也落得這種被比下去的結果，確實令人心痛。就算用先天的韌性撐著，他對金藝莉卻依然抓也抓不到、擋也擋不了。這並非朴德久太弱，而是那個怪物小鬼頭的戰鬥能力太卓越，她彷彿早就預料到朴德久的下一步，出手的速度甚至比對方早半拍。

拉開距離後，投擲攻擊用的短劍插在朴德久身上，他全身也布滿短劍造成的傷痕。

一下子就渾身是血的模樣，讓人不知道該說什麼。

不知道為什麼，總覺得她還是沒有全力對付朴德久。

「我不想打了。」

「啊？」

「停手吧，再這樣下去太危險了。我去叫祭司來。」

「再一下……呼……呼……」

「不要。我不知道你為什麼要跟我打。」

「……」

「叔叔的職業根本就不適合跟我打，不是嗎？」

「……」

「反正叔叔也比不上曹惠珍阿姨或賢成哥。還是認清事實吧。」

小鬼頭默默看了看朴德久，轉身離去。我想應該是去叫祭司吧。

朴德久撲通一聲坐在地上，把頭埋進自己的膝蓋之間。我繼續看著他，以為他會像上次那樣很快就重新站起來練習揮劍，但揮劍的聲音卻遲遲未傳來。

反而出現了模糊不清的抽泣聲。

第073話　李基英的實境秀

朴德久並不是不急。

我想，他比任何人都急，看朴德久不斷執著於訓練的樣子，就能知道他有多麼迫切。即便如此，他還是拒絕了血清。

雖然我不理解他的理由，但或許他有自己的難言之隱。有可能是想報答我的信任，也有可能是憑藉自己的力量站在大家身邊。但對我來說，比起他這麼做的原因，讓他比現在更強大才是最重要的。

愚蠢的朴德久現在陷入了當局者迷的狀態，連自己的問題在哪都不知道，當然找不到答案。金藝莉說得沒錯。想把自己和金藝莉、金賢成和曹惠珍這些天才擺在同一陣線，從一開始就不合理。朴德久的天賦本來就不及那些怪物，就算他接受血清注射，也追不上金賢成小隊裡的天才們。

我的情形也和他差不多，只是我一開始發現自己沒辦法與他們匹敵後，就改變了路線。

就算我對魔法有興趣且可以利用天賦成長，想要趕上鄭白雪這種人物的水準，依然不可能。我自己也明白，以我具備的天賦，就算修練千年也完全達不到鄭白雪的水準。

比起懶惰的我，朴德久還比較有可能接近那些人。

「所以你就想了這個辦法？」

「沒錯。」

「雖然不算是爛招……但你說如果出錯，有可能徹底毀掉好好的一個人，對吧？我也從新手教學就常常見到那個人，他的精神狀態看起來沒有很強大耶？反而比較依賴別人，坦白說……」

「嗯？」

「坦白說如果不是基英哥的話，那個人早就死在新手教學了。」

我眼前的李智慧滿不在乎地說出要是讓朴德久聽見，應該會很傷心的話。

或許是在黑天鵝工作有點辛苦，她的神情明顯透露著疲憊，不過高傲的表情和悠閒的姿態還是一如往常。

「這不是智慧姐該說的話吧。」

「哎呀，這個嘛……假如沒有基英哥和賢成先生，我應該也可以頑強地生存下來吧。嗯，事情都過去了，就別說了吧。現在重要的不是這個。還有，你為什麼要一直叫我『姐』啊，基英哥？」

〔您正在確認玩家李智慧的狀態欄與天賦等級。〕

〔姓名：李智慧〕

〔稱號：黑天鵝的頭〕

〔年齡：29〕

〔傾向：自私的野心家〕

〈職業：指揮官〉
〈能力值〉
〈力量：16／成長上限值低於普通級〉
〈敏捷：15／成長上限值低於普通級〉
〈體力：27／成長上限值低於普通級〉
〈智力：67／成長上限值高於稀有級〉
〈韌性：14／成長上限值低於普通級〉
〈幸運：44／成長上限值低於普通級〉
〈魔力：13／成長上限值低於普通級〉
〈總評：好久不見這位靈魂伴侶。雖然講過很多次，但還是希望兩位的關係不要太深入。您沒忘記你們要是生孩子，那孩子會有多麼可憐吧？〉

因為妳就是姐姐啊。

她不知道我能看見她的年紀。目前為止，心眼還是屬於我自己的祕密。

我忽略掉總評裡關於孩子的吐槽，悄悄轉移視線。

「我外表看起來也沒有很老……總之，還真是神奇。」

「什麼？」

「我沒想到你會這麼關心他。我以為你是更冷漠的類型呢……是因為不管怎麼樣，還是很難拋開從以前就認識的情分嗎？」

「應該是這樣吧。」

「就是這點讓我感到意外。雖然我知道你每天都只想著賢成先生、賢成先生、賢成先生，但這次卻為了那個大塊頭叔叔費盡心思……要不是我曾聽說你在王城和春日由乃在一起的事，我甚至懷疑過基英哥你是不是同性戀呢。」

「什麼？」

「開玩笑的。我比誰都清楚事情不是那樣的。不過萬一你確實比較喜歡男人，也應該對我透露一點口風吧。就算我喜歡你充滿企圖心的樣子，但假如真的是那樣，不就太令人傷心了嗎？」

「沒那回事。」

「我知道啦。我是因為感受到你的確很為德久先生著想才這樣說的。其實你沒有理由不拋棄他，想保護他繼續生存下去的心意卻十分堅定。你知道其他公會或小隊有很多意見吧？」

「我不知道，最近的研究實在太忙了。難道有流傳什麼不好的傳聞嗎？」

「差不多。傳聞說帝國八強金賢成和李基英所屬的帕蘭公會可能會徵求有力的前鋒。」

「這是謠言。」

「對喜歡說三道四的人而言，這或許聽起來不像謠言。很多事情即使是外人也能看出端倪。德久先生再也跟不上小隊的腳步，這不管怎麼說都是事實。讓他擔任帕蘭前鋒，也確實會有許多讓人不放心的地方不是嗎？帕蘭想徵求更強大的前鋒的消息，現在已經悄悄在市場中流傳了。自由接案的坦克們似乎也開始期待有人找上門……」

「……」

「我當然明白你的心意，但我認為要達到目標，也應該好好考慮時機的問題。嗯，反正你會自己看著辦……我應該沒立場幫你決定這些。你就當作我在擔心你，隨便嘮叨一下。」

「不，妳的話也有一部分是對的。」

「真的嗎？」

「其實賢成先生也有向我提起設置第二小隊的事。比起拋棄德久，他應該也認為如果以後繼續探索比過往更危險的地方，那傢伙的處境就會越來越糟。坦白說，他應該也有挖角其他坦克或重新培養一位的想法……」

「這樣聽起來，德久先生不太妙啊……如果要重新培養，剛好可以在這次的新人裡找找……」

「大概是吧。名義上退休的前鋒李尚熙依然是帕蘭的顧問，所以這件事也不是很急迫，只是該準備的還是要先準備而已。我對朴德久的照顧也是到這裡為止了，妳懂我的意思嗎？」

「明白。」

「其實我為了製造強化血清投入了不少時間和金錢，為了幫助那個傢伙也忙得焦頭爛額。除了我這個身分該做的事和帕蘭的工作，我還有很多事情要忙。不是只有紅色傭兵和黑天鵝重視這次的新手教學。」

「也是……現在帕蘭有了一點地位，應該會想招募不錯的新人吧，我能理解。」

「這是第一次，也是最後一次。如果沒有什麼成果，或是他沒有進步……」

「你會讓他離開公會嗎？」

「怎麼可能。還是把第二小隊交給他，或者讓他轉任行政職比較恰當吧。」

「果然是感情深厚呢。」

「我就當作是稱讚了，智慧姐。」

李智慧露出笑盈盈的表情，似乎真的覺得很有趣。

雖然她觀察我的眼神有點不太對勁，但既然她已經答應要幫我，我此行的目的就算達成了。

「感謝妳百忙之中還願意幫我，姐。」

「我會當作我買了幾張股票，總有一天會有回報吧。」

「黑天鵝過陣子就會有收穫的。」

「延周姐會很高興的。對了，請替我轉達賢成先生，請他空出時間。」

「嗯？」

「我們會長一直想見他，但他卻一點反應也沒有。」

「朴延周小姐嗎？」

「對，你有聽說什麼嗎？」

「沒有……」

「我們延周姐簡直就是迷上賢成先生了，總是纏著我，要我幫她製造機會。以防萬一，我先問問看……那個人應該不是天閹之身[9]吧？」

「不是……吧……」

我以為他和曹惠珍正在發展關係，誰想得到他與黑天鵝公會長之間居然也會陷入奇妙的緋聞，這對我而言是第一次聽說的新鮮事。

9 性器官發育不全，無生殖能力的男性。

我完全沒想過會有這樣的插曲，這對帕蘭當然是好事。但從連我也毫不知情這點看來，金賢成好像不怎麼在乎……

「看來你最近真的一頭栽進研究裡啊。雖然沒有發生什麼互動，但就像德久先生的傳聞一樣，也是不知不覺到處流傳的話題……」

「什麼話題？」

「帕蘭公會能爬到現在這個位置，都是靠會長與副會長周旋在女性之間得來的。其實這個傳聞也沒錯吧？先不管金賢成，至少李基英的部分是完全正確呢。我也覺得很神奇啊，即便你真的很有魅力，沒想到你竟然能讓女人們像磁鐵一樣自己吸上來……」

這背後的故事血淚交加，但我沒有特地解釋。

不過李智慧說了這麼多，我卻全然不知，表示我真的花很多時間在研究上。

我開始好奇，該不會還有其他的小道消息吧。

「除此之外，還有我沒聽過的傳聞嗎？」

「這個嘛，大概就是紅色傭兵的存亡，全賭在這次新手教學副本裡出現的新人。傭兵女王到底為什麼到現在都不肯在正式場合露臉呢？我自己猜或許是有其他原因，但全世界的人都這樣想。」

正確解答。

「還有什麼呢……還有傳言指出帝國八強遲早會在正式場合中公布。我想這個消息應該是從王城那邊擴散出來的，應該視為官方說法，而不是一般的小道消息。」

「真不錯。我也想過說不定會正式公布……時機也很剛好，我想可能……」

「會在新手教學副本開啟之後吧？啊！除此之外，李基英有可能會與瑪麗蓮千金訂婚，然後把凱斯拉克占為己有……」
「這是謠言。」
「我就知道。情報的出處正是瑪麗蓮千金。」
「妳還真的什麼都知道呢。」
「黑天鵝的情資能力，說是帝國最強也不為過。啊，對了，基英哥。」
「嗯？」
「你們公會的金藝莉……」
「怎麼了？」
「你知道她最近跟我們公會的孩子很常來往吧？」
「我對她不太了解，平常都是金賢成負責照顧她……」
「希望你可以叫她不要再頻繁出入黑天鵝。」
「她闖了什麼禍嗎？」
「沒有，不是那樣的……其實和藝莉親近的人是我的直屬部下……她不是很好的人。當然她不會做什麼壞事，只是很多方面都太像最近的年輕人……與其說藝莉造成黑天鵝的麻煩，我更擔心我們這邊會不會對你們造成不好的影響。我們也正想盡辦法控管……」
「嗯？該不會是瘋狂反派？」
「不，她天性還是善良的。不僅有天賦，能力也不錯。實際上，她被認定為足以帶領黑天鵝未來發展的人才。」

「這種情況的話，妳大可不必擔心。反正這也算一件好事嘛。帕蘭的未來與黑天鵝的未來感情融洽，在政治上是很好的現象啊……只要她們把彼此當成朋友，就有很高的機率會得到正面的影響。我們公會的小鬼頭平常總是獨來獨往，聽到妳說她有朋友，我反而還覺得安心。賢成先生也會這麼想的，妳不用太在意。」

當我說出頗為正經的回答，李智慧突然用很大的嗓門叫著某個人。

「時蘿？蔡時蘿？」

「這是姐姐需要我所以叫我的部分嗎？同意嗎？嗯同意。姐姐在與被內定為帝國八強的李基英哥哥見面的時候呼喚我，這正是智慧姐終於認可我的部分！好開心。我好開心呀。在這寧靜寧靜超寧靜的夜晚呼喚我！該不會是要我們三個一起玩的意思吧？沒想到也有這麼令人期待的部分呢，哎呀！[10]」

「不，妳不用進來了。」

「……」

門外傳來扯著嗓門的聲音。

雖然沒看到她的臉，卻成功讓我明白接下來一定要用盡各種辦法，讓金藝莉不要再靠近黑天鵝公會。

「我懂妳的意思了……我一定會阻止她的。」

「好……總之，你們差不多要出發前往遠征了吧？你指定的東西我會全部準備好，不用擔心。我會一一按照劇本安排下去的。」

10 這段話來自二〇一七年的韓國中小學生之間的流行語，意指蔡時蘿就像時下的屁孩。

「謝啦，智慧姐。」

「我們之間不需要這麼客氣……反正就試試看吧。那個大塊頭叔叔人還是不錯的，希望他能趁這次機會得到好結果。」

「妳是認真的嗎？」

「當然啊。當權者的身邊本來就應該要有一兩個這種忠臣不是嗎？我就不特地送你了，我的愛人。」

「嗯，下次再見吧，我的另一半。」

我已經拋出賭注了——第一回合朴德久覺醒及強化企劃。

琳德隊長的想法就排在後面吧，眼下第一要務是先和那傢伙一起進入副本。

當然在這之前，我必須先警告一下金賢成。

帕蘭公會未來的人才可不能跟那種奇怪的傢伙混在一起。

＊　＊　＊

「真的沒關係嗎？」

「當然。接下來不知道什麼時候才能齊聚一堂了。正式開始忙碌後，像這樣大家一起出門的時間也會越來越少。很快就有新人進來，而且還有很多事要做……賢成先生應該也能理解，才允許這次的遠征之行。」

「可是……」

「我也希望大家能靜下心……就當作是久違的串串門子吧。已經很久沒有享受悠閒時光了，人類總是需要休息的。」

「大哥……」

我看到朴德久向我投以原因不明的感激眼神，或許是因為他相信這次的遠征是專為他而生的計畫。

站在他的立場，會有那種表情也是理所當然。在這種時期突然說要去打副本，任誰看都覺得不合理。

他和我發生小摩擦不過是幾天前，他當然會以為我突然規劃這次的遠征就是為了向他伸出和解之手。

其實鄭白雪和朴德久之間的氣氛依然很尷尬，直到這次遠征的話題之前，我也沒有跟他說太多話。

表面上就是一場為了修復暫時疏遠的關係而舉辦的和解之旅，不管是誰應該都會這樣想。他應該作夢都沒想到，在這個計畫裡的所有內容，都和自己的預期南轅北轍。

第一回合朴德久覺醒及強化企劃。

導演李基英、編劇李基英、協辦李智慧。

為了這個被金藝莉澆一大盆冷水、叫苦連天的傢伙，我準備了這份真正的禮物。不，把這稱為禮物或許有點殘忍，但這個方案確實能讓他得到自己想要的東西。

朴德久差強人意的地方不只一處，但他目前面臨的問題之中，我覺得最嚴重的就是第四次轉職。在金賢成的小隊中，現在只剩朴德久一個人還停留在稀有級職業，尚未進行第四次轉職。

我相信他在怪物群襲擊事件中已經獲得非常充足的經驗值了，卻不知道為什麼還沒有轉職，我只能猜是某種心理上的原因阻擋了他自己。

其實他的精神狀態確實有些問題，而且也找不到明確的解決方式。

我很想知道，遭遇危機的時候，朴德久會如何反應。這個問題看似沒什麼，卻值得深思，因為他從來沒有面臨過危機。

金賢成小隊是充滿天才的怪物組合，即便朴德久沒有發揮好自己的職責，很多事情依然能依靠金賢成這種強大的存在迎刃而解。不只金賢成，鄭白雪的魔法也可以比朴德久更快保護後衛，每當遇到危險，天才們就會從四面八方挺身而出，救人於水火。

在受詛咒的神壇與尤里耶娜決戰時，是金賢成獨自對抗當時已是高於英雄級的怪物尤里耶娜；怪物群襲擊事件裡，朴德久也沒有特別突出的表現，頂多只是隨著大家移動罷了。

經驗值明明已經滿了……會不會是系統無法判定要賦予這傢伙什麼職業呢？

這只是假設，但我認為還是有測試的價值。如果就這樣忽略，可能會錯過問題的關鍵因素。即使他沒有在這次遠征中開啟新的職業或特性也無所謂，倘若他能感受自己的不足而接受血清，事情就會變得簡單。萬一他沒辦法克服這次的困境，也只要把他調去主要小隊以外的職位就可以了。

不過……這是不可能的。因為就算只有萬分之一的機率，他也不會放棄自己，這個計畫就是為此而生。

我大致整理好思緒，輕輕揚起嘴角，再次向他搭話。

「但還是不能太鬆懈。就算這只是稀有級的副本，也要隨時留意有沒有意外發生。」

「嗯，基英叔叔說得沒錯。」

「我知道。這次賢成老兄不在，更要保持警戒了。」

「當然我也不希望你過度緊繃，畢竟我刻意買了難度較低的副本。只要不操之過急，該警戒的時候多注意就好。」

「嗯……其實也沒必要特地買一個副本……」

「其他公會現在都為了新手教學副本開啟之後的事忙得不可開交，沒什麼人搶購副本，我買的價格很低，你可以不用擔心。」

「這樣就好。」

好久沒看到他開心的笑容了。

平常他總是維持著笑臉，意圖不在其他人面前露餡，現在則多了一份輕鬆感。說得誇張一點，就是有點超脫的感覺。

我不知道這個一直以來都唯唯諾諾的傢伙在想些什麼，至少慶幸他的狀態不錯，已經不是上次那副模樣了。

他似乎想盡快恢復他自己、鄭白雪和我之間的關係，尤其是他總是在看鄭白雪臉色的樣子。

鄭白雪的內心正在消化我事先交代她的行動要領，而朴德久則非常在意她的表情。

嘖，愚蠢的傢伙，上次的事情反而是鄭白雪應該要道歉。

雖然我不知道他是不是在找道歉的時機，但他這個樣子其實還滿可愛的。

我的視線從那傢伙身上移開，看向一起出發遠征的五位成員。

這次要進入副本的是我、朴德久、鄭白雪、金藝莉，以及一位能在意外狀況中進行治療的祭司。

本來想讓宣熙英同行，但她實在是分身乏術；和朴德久關係親近的黃正妍，也因為在行政方面擔任要職而無法隨行。

其實我本來想讓黃正妍扮演這個計畫的主角，但想到她毫無天賦的演技，我決定還是乾脆讓她安靜旁觀比較好。從尤里耶娜事件就能看出來，就算黃正妍很喜歡追劇，但她的演技爛到令人絕望。

其實除了我以外，其他人也都一樣。鄭白雪不自然的手勢和動作已經開始讓朴德久不安，不發一語而無法捉摸的金藝莉也與演技兩個字相去甚遠，她們的演技真是爛透了。

所以我特別邀請從紅色傭兵借調而來的祭司安其暮。無論如何，總該要有一個人幫我緩解金藝莉和鄭白雪營造出的尷尬氣氛。

恰好朴德久在這個時機開了口。

「啊，我到現在還沒跟祭司大人打招呼呢……方便的話請介紹一下吧，大哥。」

「德久是第一次見到這位嗎？」

「嗯，對啊。」

「很高興認識你，德久先生。我叫安其暮。」

「原來是其暮老兄啊。」

「哈哈，對。我隸屬紅色傭兵公會，因緣際會之下得以參加這次的遠征。」

「熙英小姐太忙了，只好借助她的人脈力量。」

「原來如此。」

看來他也很歡迎安其暮的加入。沒想到這小子會喜歡接觸新朋友，而且從外表看來，安其暮確實擁有看似容易親近的長相。

「謝謝你願意跟我們一起來，其暮先生。」

「不會的，基英先生。帕蘭是紅色傭兵的盟友，而且我也剛好覺得很無聊，能夠和最近讓琳德聲名大噪的小隊一同遠征，我不知道有多麼光榮呢。」

「我們只是運氣好。要說攻掠過的副本，也就只有一個英雄級副本和一個稀有級副本而已。」

「完成的副本有幾個並不重要啊。」

「哈哈哈哈……」

這小子的演技很自然啊……也對，畢竟我事先已經打聽過了。據說他以前主修戲劇，雖然沒能出名，但也在大學路[11]打滾了好一陣子。

我記得他本來不只是個平凡的祭司，而是屬於戰鬥職群，不過他身上已經沒有任何與戰鬥職業併行的跡象，不管怎麼看都像個普通祭司。不知道是不是他自己隱藏了身上的力量，但憑這樣的面貌就已經足夠讓他加入這場遠征了。

小隊員們鬧哄哄地聊著天，開始往副本前進。雖然搭乘馬車可以快速抵達，但我認為邊走邊聊比較好，還能營造類似郊遊野餐的氛圍。

除了鄭白雪對演戲感到壓力而迴避著朴德久，導致那傢伙也因此感到不自在，其他沒什麼問題。

11 韓國街道。大學路設有各種大小型劇場，也培育出許多著名演員，被稱為「亞洲百老匯」。

很好，與其用奇怪的態度互動，不如保持那樣的距離更適當。

金藝莉還是一貫地沉默，偶爾丟出幾句話，幸好她似乎沒有受到朋友太深的影響。頗具親和力的朴德久則是很快就跟安其暮變熟。

一路步行往前，坐下休息的時間逐漸變多，搭建過夜用的營地也費了不少功夫。現在不適合喝太多酒，但可以在用餐的時候小酌，享受一下氣氛。

到目前為止，所有事情都近乎完美。

要為很多事費神的我也難得有放鬆的機會，一切實在好得沒話說。

風景優美、氣氛絕佳，同時還能品嘗美味的食物，簡直是上天的恩賜。有趣的是，金藝莉竟意外地很會下廚。

「新娘課程。」

我問她為什麼廚藝這麼厲害，她給了這個簡短的回答。想必是因為暗戀金賢成才去學習的吧，我只能偷偷在嘴邊碎念金賢成是壞人。

總之，小隊員們在各種不同的話題中逐漸靠近副本。確認我們已經沒辦法輕易返回城市後，我開始默默對安其暮使眼色。

和樂融融的悠閒時光到此為止，現在正是轉換情節的最佳時機。

安其暮接收到我的信號，在一陣寂靜的氛圍中開口。

「好像快到了呢。」

「是的，其暮先生。大概明天上午就能進入副本。」

「你說過這是稀有級的副本，對嗎？」

「是的。」

「以我們的小隊成員來說，應該沒有問題。現在在這裡的每一位，肯定都能輕鬆進行攻掠。」

「這是當然了。有大哥和白雪大姐在……」

「不過進入這附近的話，應該要謹慎一點。」

「啊……你指的是那件事吧。」

「對，李基英先生知道啊。」

朴德久面露疑惑，壓根就聽不懂我們在說什麼。安其暮看到朴德久的反應後，直接轉頭告訴他。

「啊，看來德久先生還不知情呢。」

「什麼意思？」

「其實幾年前，曾發生某個戰隊在這附近被趕盡殺絕的事件。雖然沒有正式公布，但如果是隸屬大型公會的人們，應該多少有聽說這件事。」

這是編造的。

「在這附近嗎？」

「是的。當時琳德並未公開這個事件……但知情的人應該都記得。」

「你是指什麼？」

「殺人旅團。」

氣氛一陣涼颼颼。

我看見朴德久因為突然變化的氣氛而大力吞下口水。

總是笑眯眯的安其暮也在說出這個單字的同時，轉換成有些緊張的表情。

雖然一開始就是因為演技好才找他來，但他的演技簡直可以說是專業級的了。連明知道這是編撰的我，也被這股氣氛弄得緊張起來。

冒著冷汗、雙手緊絞的模樣，任誰看了都是在害怕被稱為「殺人旅團」的那些人。再搭配稍微有點急促的呼吸，表情演技堪稱完美，這就是所謂「有靈魂的演技」。

這小子……可以挖角他嗎？

讓我也不自覺陷入劇情的小子再次補充。

「也就是從神聖帝國來的變態殺人魔們建立的殺手戰隊。」

準確來說，應該是現在已經作古的變態殺人魔鄭振浩本要創立的戰隊。

振浩，我今天欠你一個人情！

我在心裡對那傢伙表達了謝意。

＊　＊　＊

變態殺人魔鄭振浩。

從某個角度來說，他是第二次人生的最大受害者。如果一切按照第一次人生的順序發展，或許他現在已經成功建立殺手戰隊了。說不定還會成為尤里耶娜真正的主人……

當然，鄭振浩曾使用過尤里耶娜，只不過是我自己覺得兩者相當契合的無端幻想，然而他創建殺人旅團的部分卻是不爭的事實。

至於我為什麼會知道這件事，原因也很明顯，因為我看到了。

我並非親眼見證。只是在第一次人生的李基英與朴德久對話中，曾提到我當時差點加入那個旅團，所以也不難導出這個結論。

即使在朴德久的勸阻下沒有正式加入，但我個人似乎和鄭振浩之間有著熟稔的關係。他創立的殺手戰隊「殺人旅團」，本應是一年或兩年後出現的非正規戰隊。雖然我沒能看到更詳細的內容，至少我很確定一件事——既然旅團是以鄭振浩為中心而創立，沒有那傢伙的第二次人生，就不會出現這個戰隊。

殺手戰隊這個戰隊類型也是藉由殺人旅團的稱號編來的，總覺得念起來非常順口。

就算少了鄭振浩，其他成員可能還是存在，也不是完全沒有再次創建的可能性……但即使成功創立，我想在這次人生中應該不會帶來太大影響。

在我的思緒暫時飄到其他地方時，安其暮這小子又開始用嚴肅的表情繼續說著。

或許是從他的表情感受到緊張感，朴德久也湊近耳朵回應安其暮。

「殺手戰隊嗎？」

「沒錯。」

「連琳德附近也有這種混蛋的據點嗎？」

「是的。雖然城市周邊會進行定期巡邏，不過殺手戰隊的手法本來就很隱蔽，完全天衣無縫……據我所知，連我們公會也都還沒找出相關線索。即便那件事已經過了很長一段時間，但還是小心為妙。」

「那……最近有出現他們的蹤跡嗎？」

「如果有的話，我們就不會來這裡的副本了吧，哈哈哈。」

「太好了……」

安其暮那種有來有往的話術真是太厲害了。雖然有點老派，但這是恐怖電影的必備橋段，看來他在設定的劇本之外，加了一點自己的愛好。

先大幅提高緊張感，接著再以「什麼事也不會發生」的態度收尾，實在精彩，通常主角一行人就是在這種情況下遭殃。這樣想想，劇本的第一段開始得正是時候。

總是要先拋下誘餌，才能釣到大魚。

我暫時移開視線的同時，鄭白雪和金藝莉紛紛以差勁的演技說著「啊……是嗎？」、「好、好可怕」之類的臺詞，讓我不得不趕緊接話。

「不要太在意啦，德久。事情已經過那麼久了……其暮先生只是希望大家小心才提起的吧。我說得對嗎？」

「對，哈哈。就是這樣。早就是過去的事了。雖然還是有令人在意的地方……」

負責保護隊員安全的朴德久立刻問道：「有什麼令人在意的地方？」

他毫無防備地一口咬住誘餌。

安其暮應該也意會到朴德久上鉤了，開始向我傳遞信號。就算他不露出那種眼神，我也很清楚現在的劇情演變得如何。

「啊，沒什麼啦。不需要放在心上，德久先生。」

「我是真的很好奇才問的，其暮老兄。」

「好吧，其實最近發生失蹤案件的頻率稍微有點升高。」

「失蹤案件？」

「對。也不算是值得矚目的數字。森林裡的失蹤事件本來就像既定流程似的，每年都會發生。」

「是喔？」

「是的。上一期進來的新手，也就是和德久先生、基英先生同期的人們，最近正值自信心高漲的時期。通常在進來一年左右，能力值也會爆發式成長……」

「這樣啊。」

「即便城市方面有限制不恰當的遠征，但他們大多不會聽話。不知道是不是因為基英先生和賢成先生的關係，兩位來到大陸還沒滿一年就被選定為帝國八強，新人們也因此對自己充滿自信呢，哈哈哈。當然這並不是基英先生的錯。發生這種意外，只能怪他們自己的選擇。」

「確定就只是這個原因嗎？」

「這真的不是需要掛心的事。其實這單純只是因為新人過度熱血而導致失蹤頻率上升，不過紅色傭兵還是針對這些案件完成調查了。我們已經來回搜索好幾次，也沒發現殺手戰隊停留過的痕跡。」

「紅色傭兵的調查是值得信任……」

但朴德久的表情看起來還是帶著疑心。我以為他是腦袋空空的傢伙，不過他現在這副皺眉頭的樣子，似乎也很認真在腦袋裡消化剛才聽到的消息。

我不知道是因為金賢成不在，還是他的敏銳度比我想得更好，總之他確實上鉤了。

可能這次負責保護我安危的只有他一個人，所以他看起來相當在意。

金藝莉的位置也在前鋒，但她其實屬於遠程攻擊類型，意思就是，一旦開始戰鬥，她光是兼顧後衛的部分就夠忙了。

抱著愉悅的心情出來遠征，朴德久此刻的表情卻變得過於嚴肅，害我差點笑出來。

「那我們出發吧。」

「大哥。」

「嗯？」

「啊，沒什麼。」

朴德久心中一定充滿不吉利的念頭，我想他應該是想跟我說，還是打道回府比較好。要不是這次遠征是和解之旅，或許他就會直接說出口。

我個人十分滿意他的反應。止不住的擔心、腦中總是浮現悲慘畫面的模樣，實在太好了。雖然遲遲不行動應該要被扣分，我還是很想告訴他「你合格了」。

在持續往前走的過程中，只有他的神情越來越嚴肅，他似乎認為必須要提高警戒。整個小隊的情緒似乎也受到了他的影響。

快要抵達副本時，他又開始向我提出五花八門的問題，比如關於這個副本的出處。

「大哥，這個副本是從哪裡……」

「這個嘛，我沒有確認出處，只是轉手在各個公會之間的商品。最後的擁有者是黑天鵝。」

「原來如此。」

「怎麼了？你擔心會有什麼問題嗎？」

「不，不是這樣。那個，黑天鵝公會該不會和那個……什麼旅團有牽連吧？」

「應該多少有點關係吧。他們還在活躍的那個時期，黑天鵝早就是琳德具代表性的大型公會之一。難道你還是很在意旅團的事嗎？」

「也不是這麼說。就是莫名有點不安……」

「放寬心吧。我買的時候已經很小心了。事件過去那麼多年，而且旅團也沒理由在這個時機點侵犯琳德。雖然他們做這些事也不需要理由……」

「大哥說的話我都明白，可是……不知道為什麼，就是……如果是我也就算了，但大哥現在是琳德的重要人士，不是嗎？」

「嗯？」

「你身為足以代表帝國的八強之一，也具有象徵性的意義。反正我就是沒來由地擔心會爆發什麼意外。唉，我也不想這樣，卻又莫名一直放不下心。」

這傢伙的直覺很敏銳。雖然他不擅言詞，沒辦法說明得很清楚，但我還是能明白他正為了什麼而擔心。應該是在思考我如今帝國八強的身分，加上現在的時機，讓人覺得不安。

畢竟現在正是中大型公會忙於準備迎接新人而疏於警戒的時期。假設真的有某個集團打算攻擊不特定的群體或是想威脅我，現在這個場合恰好是付諸行動的最佳環境。

帕蘭公會李基英購買副本的消息悄悄在琳德流傳，隱身在城市裡的旅團餘黨也得到了這項情報。

神聖帝國的榮譽主教兼帝國八強的死亡，可能被利用成旅團捲土重來的信號彈。

站在朴德久的立場，這種事也可能被他視為胡思亂想。因為我們一開始只是拋出關於旅團的一小部分情報，在沒有任何事情發生的情況下，能夠繼續拼湊資訊的線索實在太少。他腦袋裡已經大致推敲出事情的輪廓，正想辦法找到其他詳細資訊，所以他才會不停向我提問。

我沒辦法確認他正在拼湊的拼圖和我原本預期的畫面是否相符，但是這已經值得我為他鼓掌了。

這傢伙長大了啊。曾經只會放空黏在我身邊的人，如今身心靈都正在成長。這算不上什麼特別的契機，卻讓我確認了他心中的不安開始持續暴增。

其中，安其暮扮演著決定性的角色。他不時向朴德久拋出誘餌，氣氛有如觀賞恐怖片預告，鄭白雪和金藝莉乾脆不回應的舉動也有很大幫助。

朴德久的疑心隨著時間逐漸擴大，而我耐心安撫著不安的朴德久，鄭白雪和金藝莉也高聲附和說不會有事。

安其暮沒事就提到旅團的話題，就像恐怖電影的主角們豪爽笑著，並且主動把頭伸進老虎嘴裡一樣，簡直是完美的畫面。

通常這種電影，不用猜就知道什麼時候會發生意外——只要腦中不自覺產生「現在很安全」的想法時，就會開始出事。

朴德久還在反覆回想那股未知的不安感。

無論是位置還是時機，現在都是最適當的。

突襲我們也可以，假裝成迷路玩家的橋段也不錯。這部分是由李智慧全權策劃，所以我也相當好奇會發生什麼事。

就在我們即將抵達目的地，正在進行最後整頓、準備進入副本的同時，我看見一位表情冷傲的女子出現在眼前。這應該就是李智慧的計畫吧。

這場景實在太奇怪了，她明顯是一副阻擋我們去路的模樣。

「那個……妳……是誰？妳是一個人來到這裡嗎？」

朴德久小心翼翼地提問，但對方沒有回答。

相較於不安的朴德久，我反而有點失望。

我腦裡閃過李智慧聲稱已經做好萬全準備，誇下海口叫我不要擔心的表情。我還期待她會不會派出黑天鵝的各路精銳，結果竟然只有一個人？

我試著用魔法確認周邊，發現李智慧派來的確實只有一個女人。嘖，雖然這只是演戲，所以派誰來都無所謂，不過刺激感還是稍嫌不足。

就在這瞬間，爆發性的殺氣突然襲捲而來。

手腳開始顫抖，我不自覺向後退去。我之前好像也在車熙拉身上感受過這種氣息。

當四周漫起爆炸性的魔力，我終於明白李智慧派來的人是誰。

實力與車熙拉平起平坐、帝國八強之一，愛慕金賢成的黑天鵝公會會長，朴延周。

我還來不及整理思緒，耳邊就響起朴德久大喊的聲音。

「快逃!!」

第074話　英雄是被創造出來的

我確實有對李智慧要求過，既然要演就必須演得像一點。

——最好能真的營造出危機狀況的氣氛……畢竟如果很不自然，我也演不下去。

——總之讓基英哥的小隊失去武裝能力就可以嗎？放眼整個公會，似乎也別無選擇了。

——是這樣嗎？

——嗯……最近幹部們都很忙，就算安插一名幹部好像也改變不了什麼……沒辦法了，這個我會自己看著辦。雖然我不確定可不可行，但只要有不錯的交換條件，應該就能得到令人滿意的成果。

——妳有什麼妙計嗎？

——先讓我保密。你到那裡再揭開這個禮物吧。

我當時認為應該沒什麼大不了的，畢竟我從來沒懷疑過李智慧處理事情的能力。我也很好奇她究竟安排了什麼盛大的場面，卻完全沒料到她會出動自己所屬公會的老大。

我大概知道她是用什麼辦法說動朴延周了。她分明是以能見到金賢成為條件，才會答應參演這齣戲。

李智慧這個安排的完美程度自然無可否認，可是這也太過頭了吧。

「快逃啊!!」

看朴德久這副激動的模樣就知道了。面對從正前方衝擊而來的魔力與殺氣，他判定我們毫無勝算。

站在這裡的每個人，都被歸類為強者。鄭白雪也是，金藝莉也是，甚至其中能力值最差的朴德久，和來到大陸一年的同期者相比，成長的幅度也十分可觀。

然而雙方的等級截然不同，這一切都不能視為足以戰勝那種強者的指標。

「怎、怎麼突然……」

「大哥！快逃啊！快！」

他似乎以為只有自己感知到危險，不斷大吼大叫的模樣真是令人無奈。這樣的反應當然代表他非常在意我的安危，會如此慌張也是情有可原。

這和對抗車熙拉的時候完全是兩回事。因為那時候還有金賢成、曹惠珍可以維持小隊的平衡，車熙拉也還保有理智，能夠確保不殺死我們。

不管怎麼想，朴德久都難以獨自負荷前鋒的工作。他應該對這件事有所體會，所以才有這樣的反應。不過我也已經比守城戰時成長不少。

還是先擺出戰鬥的姿勢吧。

鄭白雪反射性念起咒語，金藝莉也緊握著短劍，開始戒備那個望著我們的女人。

靠……極高的殺氣讓我不禁懷疑這難不成是真的殺手戰隊。

即便我透過心眼確認過對方是確實朴延周，可以稍微安心，但她不僅一下子消失在視線內，又突然發了瘋似的往這裡狂奔，那個架式真的很可怕。

「啊……！」

她和我們之間還有一段距離，因此率先出擊的是使用魔法遠程攻擊的鄭白雪。

伴隨著「匡」的聲響，數十道魔力開始朝向朴延周發散而去。鄭白雪的魔力或許具有感應能力，過程中不斷變換追擊目標的方向，但她卻只用一把短劍就成功阻擋所有攻擊，持續往我們這邊邁進。

既然只是做做樣子才發動的攻擊，自然也不會對朴延周造成太大影響。

我也不得不開始把魔力導入龍息藥水。這個舉動與其說是裝出竭盡所能抵抗的模樣，應該是為了擺脫從她身上散發的殺氣才對。

砰——！

龍之吐息吸收到鄭白雪的魔法後，引發了一場震撼的大爆炸。

當然，我沒想過要攻擊到朴延周，畢竟就算我們用盡全力，她也還是游刃有餘。

朴德久可能是第一次見識龍息藥水的火力，震驚的他轉頭看著我，但我現在沒空理他。

「專心點！白痴豬頭！」

「好、好的，大哥！」

此時的朴德久無事可做，因為現在的狀況是對方持續靠近，而我方則想要拉開距離。

鄭白雪念著咒語想甩開她，我也應對著各種變數。這也算是測試我和鄭白雪實力的實驗，我可不想傷了自尊心。

「風之步伐！」

多虧鄭白雪的咒語，身體逐漸變得輕盈。即使比不上那個女子的敏捷值，在體力方面依然有些幫助。

爆炸消散之後，她果然以若無其事的姿態穿過煙塵而來，臉上的表情還帶著不耐煩。

靠……她生氣了嗎？被丟了一瓶傳說級的藥水，出現那種反應也是理所當然。

見她的速度比剛才更快，我又再次導入魔力。

藥水爆發需要兩秒，然而朴延周來到我面前的時間根本花不到兩秒。不過既然已經導入魔力，還是丟出去比較好。

砰——！

爆炸的半徑也包含我方在內，但我沒有特別在意。我把藥水往前丟，然後迅速用手掌抵住地面，一條偌大的龍尾巴立刻顯現，並將小隊成員團團包圍。

只有朴延周一人暴露在爆炸之中。

這次朴德久也用嚇一大跳的表情看著我。

「這、這個……」

「最近的研究有點成果。」

「原來如此……」

龍尾巴消失的瞬間，鄭白雪繼續用魔法發動攻擊。

該不會是我們贏了吧？

然而這只是我短暫的美夢。朴延周再次以驚奇的模樣穿越鄭白雪的魔法結界，朝我們接近。

她的表情看起來更加煩躁，露出打算正面迎戰我和鄭白雪的眼神。

正當我以為終於稍微和她拉開距離的時候，本來讓人感覺還在稍遠處的她，已經混進我們的隊伍之中，站在我面前。

是特性的效果嗎？可惜我剛才只用心眼確認了她的名字，沒有查看其他資訊。

我想，朴延周可能擁有可以瞬間縮短距離的特性或能力。

我急忙伸手觸摸催化劑，掌心的火花再次伴隨著啪嘰啪嘰的聲音升起，但我卻絲毫無法動彈，因為我看到朴延周同時向我揮起短劍。

在朴德久反應過來之前，金藝莉已經拿著短劍衝出來了。

匡噹！

「聽說帕蘭人才濟濟……看來是真的啊？」

一道細小的聲音傳來。

竟然能跟上她的攻擊速度並即時擋下，金藝莉確實值得稱讚，畢竟只有她一個人對瞬間出現在我方隊伍中間的人做出反擊。

但這並不代表金藝莉可以打敗她。就算擋下第一次出擊，也沒辦法對抗接下來的攻勢。

朴延周收回手中短劍後，立刻抬腳踢向金藝莉。後者吐出一口血，往反方向飛出去，然後撞上大樹。

金藝莉退場了。

「藝莉！」

「你還是先擔心自己吧，李基英。」

「呃啊啊啊啊！」

看見金藝莉受傷後，受到驚嚇的朴德久拿起盾牌往朴延周衝去。

「藝莉就拜託安其暮先生了！」

「啊……是！」

而急匆匆跑向金藝莉的安其暮，背後也被插上數十支短劍。這也是特性嗎？

「呃啊！」

那樣的傷勢應該是必死無疑，他卻還能發出慘叫，看來不是具有直接性傷害的攻擊，朴延周的短劍很有可能經過特殊處理。

「咳……咳……」

安其暮依然不顧一切地往前爬，用盡全身的力氣展現演技，令人嘆為觀止。

其實沒必要做到那種地步……就算沒人在看也堅持自己的演出，我想他確實稱得上傑出的表演者。因為劇痛而發出淒慘叫聲，同時為了治療金藝莉而掙扎爬行，確實就是失去戰友的模樣。

雖然我被精湛的演技轉移了視線，但這個舞臺的主角並非安其暮。

最重要的還是朴德久，這所有的橋段都是專為他而設計的。

我看見朴德久咬緊牙關準備迎戰朴延周。他當然不可能打得過她，反而有種任她宰割的感覺，這是敏捷值上無可奈何的差距。

朴延周完全無視朴德久，轉而朝鄭白雪衝去，他卻沒有任何辦法阻止。鄭白雪最後也被一支黑劍插入胸前，暫時退場了。

我裝出嚇一大跳的樣子跑向鄭白雪，往她胸前灑藥水。她應該不是真的被刺吧？

這時我看到她偷偷瞇著眼的樣子，才確定她並未受到傷害。雖然我很好奇那把黑劍的材質，但那不是現在的重點。

「基英……哥……我愛……」

「妳不會死的，白雪。」

「我愛你……」

「白雪！」

以即興演出的女主角悲戀情節作結，鄭白雪的呼吸漸漸消逝。

朴德久看到這個畫面後，揮舞著盾牌嘶吼。

「呃啊啊啊啊啊啊！」

即便是預料之內，但他實在吼得太撕心裂肺了，對自己不具武力的憤恨全都寫在臉上。

這一切發生得太快，我不知道他在想什麼，但他眼角似乎盈滿淚水，讓我多少有點愧疚。

這都是為你好啊，德久。你一定可以辦得到。

朴延周用黑劍刺死鄭白雪後，沒有馬上來攻擊我，因為我還在停留在緊抱著鄭白雪痛哭的環節。她應該也認為先讓朴德久失去戰鬥能力再來處置我比較合理，這樣的進展更具有戲劇性。

朴德久不停揮動盾牌、舞弄手中的劍。想當然耳，他的劍傷不到朴延周一絲一毫。

「可惡！可惡！」

連金藝莉都傷不了的劍，又怎麼可能碰得到朴延周。

朴德久反倒陷入被牽制的窘境，看起來就是慘遭欺侮的模樣。

他的身體逐漸布滿血痕，連我看了都覺得可憐。但即便如此，他也未曾放下手中的劍，理由不言而喻，這傢伙想保護我。

「快逃！大哥！快點離遠一點！」

他不斷呼喊著類似這樣的內容。

「大哥！」

我真的對他感到很抱歉……事情已經一發不可收拾，如果他知道這一切都是演戲，就算他直接把我打死，也是我活該。

在計畫的時候，我已經預料到會發生一些對他感到愧疚的事，不過看到他現在這樣痛哭流涕叫我逃走的模樣，心裡還是酸酸的。這讓我再次體會到，他有多麼重視我。

我們心裡清楚一切全是假的，所以沒有什麼感覺，但對朴德久來說，這些都是真實發生的情況。

當他決定獨自阻擋這個女人，讓我趕快逃跑的時候，同時也表示他真的把我的生命看得比他自己更重要。不光只是嘴上說說，而是用行動表達。

然而熱情與鬥爭不能解決所有的事。隨著時間過去，朴德久開始喘不上氣、以渾身是血的模樣怒瞪著朴延周。他的身體已經動彈不得了。

朴延周緩緩伸起手，將黑劍高舉向空中，姿態宛如處刑者。

「快逃啊……大哥……和大姐一起……快……」

他一直呢喃著同樣的話。在黑劍即將從他上方落下的瞬間，我跑過去擋在他面前。

我只是配合朴延周的提示移動身體，但這幅畫面看起來非常有張力。

黑劍插進我的身體，神奇的是，雖然身體動作變得僵硬，我卻一點也不痛。

朴德久看見的畫面，應該是我張開雙臂保護他的背影，這不管怎麼看都是夢幻場面。

果不其然，我的身後傳來微弱的聲音。

「大哥？」

「呃……」

「大哥？」

「白痴豬頭，快……逃……」

我看向朴德久，「嘔」一聲吐出事先含在嘴裡的紅色藥水，他的表情立刻變得無比猙獰。

「大、大哥……大哥！」

我沒想到他會這麼重視我，哭喊的模樣就像個孩子，讓我心裡泛起一陣酸楚，甚至有些感動。

「大哥……嗚嗚嗚……大哥！」

「咳……」

「大哥！大哥！」

「德久……你要記得。」

「不要走……不要走……我全都記得……你再撐一下……再一下……」

眼淚與鼻水在他臉上縱橫交錯，看起來更加悲慘。

朴德久應該也意識到了自己的不足，看來他還有得救。

鄭白雪維持著微弱的氣息，金藝莉也是，我當然也還沒斷氣。

一無是處的豬頭緩緩撐起身體。即使他的身體早已難以動彈，陷入絕境的他，仍然選擇起身戰鬥、守護大家，而不是哭天喊地乖乖受死。

沒錯！就是這樣！

他撐著不聽使喚的身體，再次拿起劍和盾牌擋在我前面。他的身影突然開始變得可靠，嘴邊不停呢喃的字句也持續傳進我耳裡。

「我……可以做得更好。」

這是一直以來支撐著他的臺詞。

一切已水到渠成，整個情節也極具感染力，那些被稱為英雄的角色們，總能在這樣的狀況下突破自我界限。當然，我相信朴德久也可以。當他決定重新舉起劍和盾牌，就有了充分的資格成為英雄。

「我……可以做得更好。」

始終維持著高傲表情的朴延周揮揮手，數十支劍又再次落在我身上。這時，我看見朴德久高舉盾牌，伴隨著意義不明的喊叫聲，整個身體同時籠罩著金黃色，他轉職了。

〔您正在確認玩家朴德久的特有癖好。〕

〔不敗的英雄〕

太好了！

這個結局是必然的。

＊　＊　＊

我猜得沒錯，他的經驗值早就滿了。

從朴德久身上散發出來的金黃光芒太過耀眼，幾乎沒辦法用肉眼直視。我內心此刻欣慰的程度，比起自己轉職的時候高了好幾倍。

幹！終於成功了！

其實我也很擔心所有計畫最終付諸流水，但這次的成果竟然比預期更理想。

假如我沒有和春日由乃一起看過暗黑世界，我可能也沒辦法想出這個企劃。

當時的朴德久在宛如暴風般襲來的魔法與飛箭之中死命抱住我，才讓暗黑世界裡的李基英得以存活，這是促使這次企劃誕生的關鍵。

當然，他擁有非常強壯的身體，乍看就知道韌性值及體力值都相當優秀，也是不可否認的條件，但這並不意味著朴德久光靠這些能力就可以拯救我。不管他究竟多麼強壯，血肉終究會撕裂毀滅。在襲捲整座城市的無數魔法中，還能找到空隙讓我免於一死，這絕不可能是單純的奇蹟。

說不定在第一次人生當中，也發生過和此刻類似的事。

如果我的假設正確，代表他從一開始就有很大的潛力。

他用盾牌擋下朴延周的劍，身上的光芒依然一刻也沒有消散。

直到那股刺眼的金光停止後，我才得以好好瀏覽朴德久的狀態欄。

〔您正在確認玩家朴德久的狀態欄與天賦等級。〕

〔姓名：朴德久〕

〔稱號：無，仍需多多努力。〕

〈年齡：23〉
〈傾向：單純無知的熱情家〉
〈職業：信仰之盾（傳說級）〉
〈職業效果：習得基礎劍術知識〉
〈職業效果：習得基礎盾術知識〉
〈職業效果：習得中級盾術知識〉
〈職業效果：習得高級盾術知識〉
〈職業效果：習得高級魔力運用知識〉
〈能力值〉
〈力量：70／成長上限值高於英雄級〉
〈敏捷：35／成長上限值低於稀有級〉
〈體力：81／成長上限值高於英雄級〉
〈智力：29／成長上限值低於稀有級〉
〈韌性：90／成長上限值高於英雄級〉
〈幸運：29／成長上限值低於普通級〉
〈魔力：28／成長上限值高於普通級〉
〈總評：韌性值達到90點。雖然魔力值及敏捷值仍然沒什麼進步，但極高的體力值和韌性值，與傳說級職業『信仰之盾』是天作之合，達成了足以晉升到前段班的成長幅度。即使韌性與體力的成長上限令人在意，但既然被判定為『高於』英雄級，就意味著還有成長空間，可以透過本人努力來決定是否能稍加提高。不過可能會辛苦得要死。對他的支持鼓勵請不要太吝嗇。」

天哪……韌性值九十？這個數字高得荒謬，令我不自覺地乾咳一聲。

就像總評說的，主要能力值突破九十點，等同於開啟了一條通往金字塔頂端的道路。即使其他能力值相對之下不值一提，獲得傳說級職業且韌性值高達九十點，依然是意義重大的變化。

而且……他竟然習得了高級魔力運用知識？那可是只有朴延周、車熙拉、金賢成、已經作古的伊藤蒼太，還有維克哈勒特老先生之類的人物才擁有的職業效果，我的心情已經無法單純用意外來形容。

朴德久的魔力值只有二十八。看來習得魔力運用知識這件事，與魔力的強弱或多寡並無關聯。就算現在還不懂得如何使用魔法，但這個職業效果在未來肯定能幫助他更上一層樓。

不過比起這些，最令我驚訝的還是爆發性成長的韌性值，最近一次確認時，明明還不到八十點。但突然暴增成九十點的原因也很明顯，我想應該是轉職的附加效果。

〔信仰之盾（傳說級）〕

〔信仰之盾一詞自古就不是職業的名稱，而是為了頌揚偉大的戰士們而創造的封號。僅有為守護他人而拋開自身性命的戰士可獲得信仰之盾的稱號，並可安葬於戰士之墓，在好幾個世紀的歲月中受到古代戰士們的景仰。玩家朴德久承襲了這些偉大戰士流傳下來的意志，因此賦予信仰之盾作為為其職業名稱。韌性值永久上升15點，除韌性之外的其他能力值皆永久下降1

點。受到英雄們的祝福。習得高級盾術。習得高級魔力運用知識。信仰之盾的特殊職業效果為開啟傳説級特性——崇高的犧牲。〕

〔您正在確認玩家朴德久的特性。〕

〔崇高的犧牲（傳説級）〕

〔在一定的時間內替代選定的對象承受來自外部的衝擊與傷害。〕

騙人的吧?!

我有猜到他會開啟特性，但這真的太誇張了。一口氣上升十五點的韌性值，以及可以替人承受外力衝擊與傷害的特性，都讓我瞠目結舌。

以往低敏捷值總是扯他後腿，導致他來不及親手阻擋攻擊，現在能夠以「崇高的犧牲」一舉解決問題。我不確定這與他期待的成長方向是否一致，總之他終於達成轉職，成為全大陸最厲害的坦克。

「呃啊啊啊啊啊！」

隨著「匡噹」聲，一面透明的盾牌在我眼前逐漸形成，這應該就是朴德久的特性「崇高的犧牲」。

為他充滿威嚴的姿態開心的同時，還有一件令人擔心的事——不能攻擊到他啊。如果朴德久發現黑色短劍其實不會造成傷害，事態就會變得極為糟糕。

這齣戲已經進展到這個地步，一定要守住祕密才行。

可能不只是單純開啟了特性，同時也因為他抵抗著朴延周的進攻，黑劍才沒有朝我飛來。

但若那把黑劍刺在我面前的盾牌上，我精心策劃的節目就會功虧一簣。

即使這一切都是為他設想，我還是無法想像朴德久會有多麼深的背叛感。

我不得不持續向朴延周搖頭示意，讓她立刻停手並趕緊消失。

朴延周看見我在搖頭晃腦，也默默轉移了視線。很不幸地，她轉頭看的方向剛好躺著喪失意識的金藝莉，和我想叫她就此離去的意圖完全相反。

靠……她似乎把我晃動頭部的暗示誤解成攻擊金藝莉，手中的黑劍開始全數朝金藝莉湧去。

或許是可以和金賢成見面的條件讓她特別熱情，即便看到朴德久的身上籠罩金黃色光芒，她好像也沒有意識到這齣戲已經結束了。

她瘋了吧？

「不行！」

大量的黑劍瞬間飛往金藝莉。朴德久也嚇一跳，奮力伸出手卻阻擋不了。

這時他似乎認為再次發動特性才是上策，金藝莉前方很快就出現一面透明的盾牌擋住了攻勢。

媽的！當那些劍撞擊到盾牌的瞬間，說不定這一切都是演戲的事就會被揭穿。就在我急著使用煉金術補救的同時，突然看到安其暮挺身代替金藝莉承接所有的劍。

原來那小子還沒死啊，太棒了……連我也不自覺發出讚嘆。看來在劇本裡，他還留有最後一口氣啊。

「呃啊……」

「其、其暮老兄！」

「我不能讓孩子……在我面前死去。」

就算不加這句臺詞，這樣的情節也已經具備充分的戲劇張力與感染力。看來特別熱情的不只有朴延周，安其暮那小子也完全投入在這次的表演裡。

差不多該到此為止了。事情要是過了頭，很容易造成反效果。

我能理解兩位演員想為朴德久送上感動與震撼的心意，但這種勉強度過危機的狀況還是令人緊張不已。現在真的該結束了。

趁著朴德久的注意力被安其暮轉移，我立刻向朴延周比出ＯＫ手勢。朴延周這回終於看懂我的意思，也朝我點點頭。

朴德久的成長肉眼可見，就像是為了獎勵他一直以來的努力，他不僅一舉獲得過去曾停滯不前的能力值，更獲得傳說級職業與特性。但我不認為他這樣就能打敗朴延周。

見識他擋下所有攻擊的能力，我也想過他或許可以撐過去。但他的職業不適合這種近身作戰，應該把焦點放在保護後衛的工作，況且朴延周並沒有拿出真本事。比起被朴延周擊敗的悲慘場景，不如迎來事先安排好的結局更理想。

或許她也覺得此刻正是時候，開始不動聲色向後退。而她突然的舉動，當然也必須有一個適當的理由。

此時，一道高亢的聲音如約而至，拯救我們的黑天鵝救援隊來了。

「不許跟丟。」

「遊騎兵立即展開追擊。」

「其他人請迅速移送傷患。」

四面八方傳來這類的聲音，黑天鵝引以為傲的遊騎兵們，也隨著自己的公會會長再次消失。映入眼簾的是迅速湧上的祭司們，以及來回奔走確認狀況的黑天鵝公會成員。胸前插著劍假裝昏迷的鄭白雪、替代金藝莉擋下飛劍的安其暮，還有看起來像是真的昏死過去的金藝莉身邊，也開始出現兩、三名祭司。

突然登場的援軍讓朴德久愣住，失神地思考著眼前的狀況。不過他沒有花太長時間就重新振作精神。

黑天鵝公會的職員率先向驚慌失措的他開口，「你是帕蘭的朴德久先生嗎？我想請你說明一下事發經過。」

「什……什麼？」

「你現在可以放心了。」

「為、為什麼？這是怎麼一回事？」

「我們看見求救信號就趕來了。」

「啊……原來……求救信號……大哥呢？大哥和大姐沒事嗎？藝莉呢？」

「目前先由我方的祭司負責治療當中。」

「我、我想確認一下……」

「現在的狀況很危急。」

「我、我要和他們一起走，我要找他們！請放開我！」

我的身體在非自願的情況下被移上馬車，寬闊的馬車足以讓鄭白雪、安其暮和金藝莉也依序被抬進來。從這輛外表有如救護車的馬車看來，黑天鵝公會似乎擁有比我想像中更完善的體制。

偷偷睜開左眼，我看見朴德久那傢伙在旁邊目睹我們被一一抬進馬車裡，臉上流淌著滿滿的鼻涕和眼淚。

「嗚嗚……大哥……」

看來是忍了很久的眼淚瞬間爆發，他望著我和其他演員被搬進馬車，往空中伸出手臂。

「嗚嗚嗚嗚……大姐……妳不能死。不能死……不，我也要一起去！我也要！」

援軍出現、旅團的凶手逃亡讓他意識到事情落幕了，注意力再次回到就快戰死的同伴身上。

「我叫你放開我！大哥！大哥！你說話啊，大哥！嗚嗚嗚……」

「請你不要這樣，朴德久先生。傷患現在的狀況很緊急，必須盡可能維持安定狀態。」

「嗚嗚嗚嗚嗚嗚……請你們一定要救我大哥……」

「我們會盡力的。」

「拜託一定要救他們，拜託。嗚……藝莉！安其暮先生！」

「請不要靠近馬車！他們需要安定！」

「嗚嗚嗚……求求你，一定要救他們。這位大人，求求你……」

「好，請你相信我們。」

他的哭聲聽起來實在太哀戚，連我也開始眼眶發紅。

為了讓朴德久冷靜下來，外面已經出現數名醫療專家和祭司此起彼落的聲音，問題是他依然沒有鎮定的跡象。

「嗚啊啊……」

一刻不停歇的哭聲實在太煩了。

「凶手可能會再次找上馬車。德久先生，請你不要輕忽馬車的安危。」

他終於在這句勸說下逐漸冷靜，這表示他直到最後都懷抱著強大的責任感。

當馬車的門被關上，本來躺著的四個人都在外面持續傳來的啜泣聲中緩緩起身。

某種難以言喻的情緒出現在他們的臉上，那是我再熟悉不過的表情。他們正體會著我平時經常出現的感受，應該感觸良多吧。只不過安其暮的表情還參雜著完美演出的成就感。

大家多少還是有點良心，看到朴德久那副模樣，總會感到愧疚，其中最嚴重的就是金藝莉。她似乎飽受衝擊，臉上寫滿深深的罪惡感，原來當時她也醒著。

四名罪人不發一語，觀察著彼此的神情。此時，金藝莉微弱的聲音在馬車中響起。

「我再也不做了。太像……人渣了。」

「辛苦了……我們……成功了。」

在如此嚴肅的氣氛中，連說一句「辛苦了」也相當艱難。

「李基英叔叔。」

「嗯？」

「我們做得很好，對嗎？」

我輕輕點頭，卻吐不出任何肯定的字眼，因為哽咽的聲音到現在還不時從外頭傳來。

純真的金藝莉似乎還沒戰勝罪惡感，我為了安慰她輕聲開口，她也隨即點頭回應。

「活在這世上，本來就會遇到無可奈何的事。」

「嗯……我知道了……」

但她依然愁容滿面。

第075話　麻辣教師李基英

過了將近一個月的時間。

我在黑天鵝公會接受了一週左右的急救，之後被送回帕蘭，剩下的時間都是在帕蘭的病房裡度過的。

隸屬於紅色傭兵的安其暮一週後當然也回到了自己所屬的公會，讓人不禁覺得有點可惜，因為我很想把那個展現了熱情演技的傢伙留下來。

我正好覺得如果有人能同時當輔助治癒和輔助坦克好像也不錯，眼前就出現了這個人才。以一個祭司來說，他的能力值不差，不過我最滿意的其實是他的傾向和我有點相似這一點。

我覺得我會眼饞也無可厚非。畢竟他不只是能力好而已，我很清楚要再找到像他一樣有熱忱的演員不是一件容易的事。

有趣的是，他也表達了想繼續和我共事的意願。

——我的合約快到期了。

安其暮向我拋出暗示，言下之意就是說他要是離開紅色傭兵就無處可去了，問我願不願意收留他。

我當然點頭了。

我本來就有打算去見車熙拉一面，看來下次去紅色傭兵總部的時候，可以和她聊聊安其暮的事。

我也很久沒見到車熙拉了。事實上，我並不是完全沒有見到她。因為我、鄭白雪和金藝莉對外宣稱受到了殺手戰隊的襲擊，即便是為了顧及世人的眼光，車熙拉來探望我也是理所當然的。

當時我們只聊了幾句，車熙拉好像覺得很難為情，因此馬上就回去了，但能夠久違地寒暄已經很不錯了。

與此同時，黑天鵝正式發表了帝國八強之一遭到殺手戰隊襲擊的聲明，展現該公會在琳德境內的影響力。

這件事是有正式經過車熙拉和金賢成同意的。

雖然包括金賢成在內的帕蘭核心人物都知道，這場騷動是為朴德久一個人準備的實境秀，但這麼重大的事件沒理由不拿來做一番政治上的利用。這一步棋八成是出自李智慧之手吧。

黑天鵝、紅色傭兵以及帕蘭，這三方同盟立刻強化了城市的警戒措施，並以維護安全為藉口，行使在城市內部的影響力。

我相信李智慧和金賢成，所以沒有確認詳細的報告，不過他們似乎認為這起事件可以用來提醒最近有些安於現狀的琳德保持警惕，因此都很積極地行動。

黑天鵝的會長朴延周好像也以此為由，更加期待和金賢成見面了，但李智慧說她那邊沒什麼進展，這等於是已經確定要由我來替雙方張羅了。

這下可傷腦筋了⋯⋯儘管我一直都在默默照顧我們親愛的重生者，但想到我連他的感情問題都要出手，還是有點五味雜陳。

從綜觀全局的角度來看，如果那小子和朴延周在一起，對兩家公會都有好處，我沒有理由不幫這個忙。也許可以等這次的事件順利落幕後，再來著手處理這件事。

當然，黑天鵝並沒有因為朴延周個人的欲望而變得客氣，他們最先來找我談的其中一件事就是詢問能否把龍息藥水賣給他們。儘管金額與提案都赤裸裸地表現出了對方的野心，我卻不怎麼訝異。

畢竟只要對這種藥水注入魔力就能展現出驚人的火力，他們會吵著要買，我也可以理解。

可惜的是，我並不打算在市面上販售龍息藥水。

這種藥水的生產過程本來就很繁瑣，而且產量有限，要大量生產是不可能的。換句話說，這不是工廠可以製作的東西，只能純手工製造。

如果只是要我賣出一兩瓶的話是沒問題，但是要我將自己的飯碗拱手讓人，聽起來就不怎麼令人愉快了。

總而言之，現在的狀況就是，我不經意拋出的石頭掀起了不必要的巨大波瀾。

「嗚嗚嗚嗚……嗚嗚嗚……」

我眼前的豬頭當然也還沒擺脫這股波瀾帶來的影響。

「我就說我已經康復了，你別哭了，德久。事情都已經過一個月了，不是嗎？」

「可是……」

「嘖，下次小心點就好，那不是你的錯，這次確實是我錯了。」

「大哥沒有錯。」

「我應該更謹慎行動的。如果在出發之前調查得更仔細一點，根本就不會發生這種事。我的確就像安其暮先生說的一樣，對自己太有信心了。」

「那是……什麼意思？」

「他之前不是說有些才剛來這裡滿一年的玩家，因為對自己太有信心，就會挑戰超出自己能力的副本嗎？我的意思是那段話也適用在我身上。其實我之前沒怎麼設想過會出現突發狀況，也覺得萬一出事的話，我有信心能解決。說穿了，就是覺得即便被殺手戰隊襲擊，我們也一定能戰勝對方。這次的事件給了我很大的教訓。我們現在不是站在終點，而是才剛站上起跑點而已。我認為這次的收穫大於損失，對我來說是如此，對你來說也是。」

「啊……」

「所以說，變強的感覺如何？你測試過了嗎？」

「我沒有特別做什麼測試，只有跟李尚熙顧問和賢成老兄對練了幾次……他們兩個好像都很滿意……其實我不太清楚自己哪裡變得不一樣，但身體確實變得更結實了……對了！我的韌性值現在有九十點了！」

「是嗎？」

「要擊中對手的劍還是很難，腦袋裡浮現了很多東西，像是高級魔力運用知識或高級盾術之類的，但我還沒有完全吸收那些知識……」

「不用太心急，德久。」

「啊……」

「你現在已經做得很好了，實際上也很強，完全超乎我的期待。你腦袋裡的知識不會不見，只要像現在這樣腳踏實地修練，一定能得到比現在更好的成果。還有……」

「大哥……」

「這個，對不起。」

我輕輕將強化血清放在床邊的桌子上，只見那小子目不轉睛地盯著那瓶血清。

「我並不是不相信你。」

「啊……」

朴德久露出了感動不已的表情。

我本來還想說一些肉麻的話，不過看到他的表情後，感覺再說幾句話就要用全身迎擊那小子毫不客氣的擁抱了。

最後我只好長話短說。

「我相信你，就像我一直以來說的一樣。如果我能做到的話，你可以做得更好。從我們第一次見面到現在，這個想法都沒有改變……總之恭喜你了，德久。」

「大哥……」

「好了，你別哭，我都膩了。」

「嗚嗚嗚嗚嗚……藝莉。」

他的淚水又悄悄湧上眼眶，看來這個狀態恐怕還會再持續一個月以上。

我一推開他，他就轉而去抓旁邊的金藝莉的手臂，但金藝莉當然不可能乖乖讓他抓。

金藝莉拚命迴避他的視線，她之前也說過自己不敢直視朴德久的眼睛，顯然是因為罪惡感還沒消失。

「白雪大姐……嗚嗚嗚嗚……」

「我、我現在真的沒事了，我很健康，還可以像這樣走動！」

就連不太會對別人的事情產生罪惡感的鄭白雪也同樣覺得過意不去。

平常還不覺得怎麼樣，但是當那小子淚眼汪汪地問我們有沒有哪裡不舒服的時候，大家的反應都一樣。

老實說我也覺得和他面對面很尷尬，大概只有安其暮有辦法正常面對他吧。

「可是大哥還……」

其實我也已經可以自由活動了，只是因為朴德久那小子一直跟在我屁股後面，才覺得躺在床上比較好罷了。

無論我怎麼解釋，感覺他都不會相信，我只好看向和我們一起待在這裡的宣熙英。

「我的傷已經復原了，其實我是在這裡一邊休息一邊辦公，熙英小姐，妳說對吧？」

「是的，基英先生的外傷都順利地痊癒了，也沒有其他後遺症。他的恢復速度比別人慢，可能是因為職業特性的關係。」

「看吧？」

「基英先生大概再過一週就能像平常一樣自由活動了。」

「那、那就好，不過……」

「所以我希望德久先生可以讓基英先生安心靜養。」

說得好，她完全明白我想獨處的心情。

面對宣熙英一針見血的發言，朴德久乾咳了兩聲，隨後便準備帶著金藝莉和鄭白雪離開病房。

鄭白雪當然不怎麼想離開……不過她應該也有不少話想和德久那小子說，我認為這是一個好機會。

最後房裡只剩下我和宣熙英。

仔細想想，我們兩個也有好一陣子沒有像這樣獨處了。雖然不太會覺得尷尬，但是她臉上微妙的紅暈讓我很在意。

宣熙英是個明辨是非的人，所以光是她願意待在有我這種人在的帕蘭，就已經很令人感激了。

我有點受不了這陣短暫的沉默，只好輕輕勾起嘴角開口。不過說的當然是公事。

「對了，新手教學副本怎麼樣了？」

「以往都是這個時候開放的……但這次好像有點晚。」

「這樣啊。」

「對，可能再過一陣子就會開放了。雖然我來到這裡的時間也不算很久，不過開放時間通常都是在這個時期前後。」

「這麼說來……熙英小姐在這裡待了很久呢。」

「是的，但我之前其實都沒做什麼有生產力的事。現在回想起那個時期，甚至會覺得當時的我是不是死了。」

「什麼？」

「我這麼說聽起來可能有點好笑，不過我直到最近才開始有一點活著的感覺。不管是真正的志工服務，還是在帕蘭做的事，都讓我有這種感覺，我也一直在想自己以前做的事有多麼微不足道。這一切都是託基英先生的福。」

「哈哈哈，我哪有做什麼？都是熙英小姐自己做到的。」

「不，我真的很感謝基英先生。其實這次的事情也是，我大概知道為什麼會發生。」

「什麼？」

「我知道你用德久先生當藉口……制定了計畫，想徹底處決城外的殺人犯……」

她在說什麼啊？我並沒有制定過那種計畫，然而眼前的瘋狂祭司似乎認為自己想得沒錯。

她的確可能會想到那裡去，因為現在城裡認為不能再繼續對殺手戰隊坐視不管的聲浪越來越大。

「我知道我不該有這種想法，也覺得很抱歉，可是……我……基英先生……！」

她在說什麼想法啊……總覺得莫名不安。

宣熙英突然直直盯著我，她的臉龐映照在我的視野中。只見她的雙頰泛著微妙的紅暈，一手緊揪著自己的胸口，她的呼吸似乎有些急促，但是看起來不像是激動的樣子。

我反而覺得她好像有點焦心地看著我，又像是緊張焦慮的樣子。不知為何，我意識到了她正在對我發送信號。

傻瓜都知道她要說什麼，但是她幹嘛突然在這種時間點做這種事？

她的嘴唇蠕動著，彷彿現在就要對我告白。我之前就大概知道這個瘋狂的祭司暗自對我抱有好感，但我想都沒想到她會做出這種舉動，因為她向來都只是站在我身後幾步之遙的地方注視著我。

雖然上次也有過一次這樣的舉動，但這次比那個時候還要亂來。

她是很漂亮沒錯。被稱為「被遺棄者的聖女」不是沒有原因的，她的行為和品德當然也有帶來影響，但我相信她之所以會在琳德被稱為聖女，最大的原因之一在於她的外貌。

一頭及肩的長髮，再加上總是穿著端莊的祭司服，散發出文靜的氣質，讓人覺得「成年女性就是這種感覺」。也許因為我是個男人，她用那麼認真的表情和我對視，我會心跳加速也是理所當然的。

「基英哥！」

病房的門在這時被猛然打開，鄭白雪沒有敲門就推開了房門。

「咦？」

幸好我和宣熙英沒有發生肢體接觸。

鄭白雪出現的時間點非常剛好，但沒想到她上次被我狠狠地教訓了一頓後，還會做出這種舉動。我想應該是有什麼原因，因為鄭白雪的表情看起來似乎有點激動。

與其不由分說地發火，我決定先冷靜地等她開口，我相信自己的猜想沒有錯。

「新手教學副本開放了！紅色傭兵想請基英哥去當老師！」

「這倒是有意思。」

＊　＊　＊

「竟然讓一個傷患大老遠跑來這裡……真是抱歉呢，親愛的。」

「別開玩笑了，妳明明知道事情的全貌……話說回來，我還真沒想到自己會再次來到這裡……感覺跟之前很不一樣呢。謝謝妳找我過來，熙拉姐。」

「你也這麼覺得吧？通常重新回到這裡的人幾乎都是這個反應。」

車熙拉看著我，像是早就知道我會這麼說似的。

她的表情一如往常，一副大剌剌的樣子，莫名讓人感覺很危險的雙眼與鮮紅的唇瓣都和平常一樣。

一頭散亂的紅髮可以說是她最大的特徵。看到她的頭髮已經長過肩膀，到了胸前的位置，讓我意識到我們似乎真的很久沒有見面了。

除了上次短暫地見過一面以外，這是我們這段時間以來第一次面對面。

我大概能猜到她這陣子為什麼要躲我，所以我沒有特別提起那件事，但車熙拉裝出一副若無其事的樣子倒是讓我感到很意外。

她是想當作沒發生過嗎？說不定真的是這樣。不過按照車熙拉的個性，當然不會沒有任何表示，就讓事情這樣過去。

無論起因為何，車熙拉都在凱斯拉克闖了大禍。她給我添了麻煩，自然必須補償我一點好處。

也許這次找我過來的原因就和那個補償有關。

這次的新手教學副本是紅色傭兵負責管理的，即便帕蘭和紅色傭兵之間存在著同盟關係，像這樣對我先行公開也算是一部分的特權，說不定還會給我優先交涉權……

雖然還不確定，但我都來到這裡了，自然會覺得應該有某種好處。

「咳，那我想先聽聽看說明，可以嗎？」

「喔，好啊，反正我本來就打算馬上進入正題。你吃過晚餐了嗎？」

「還沒。」

「那你邊吃邊大概聽一下吧，內容沒有很難。」

「嗯。」

「哈囉！可以幫忙拿一點吃的過來嗎？簡單的就可以了。啊！你還記得我們上次吃過的那個吧？拿那個過來好了。」

「是，會長。」

紅色傭兵確實不一樣。

我可以感覺到這次新手教學副本的規模和上次帕蘭負責時不同，他們沒有像之前的李尚熙一樣，由領導人親自去迎接攻掠組，這一點也很神奇。

我這才知道車熙拉之前來找我和鄭白雪是多麼罕見的事。

當時我們的攻掠時間的確是最短的……但我說的「不一樣」不只是這樣而已。

我現在所在的地方讓人不敢相信這裡和李尚熙以前使用的是同一個地方。

窗外的訓練所也已經完美地布置好了，正在等待新人到來。當我出神地望著那幅光景時，門被打開了，車熙拉點的食物陸續被送進來。

我並不是熱衷於享受美食的人，因此那些餐點沒有特別吸引我的目光，不過大概看一眼也能看出相當高級，這部分也和當時很不一樣。

「親愛的，你吃吃看這個。我上次吃過，很好吃。」

「是嗎？」

「嗯。你要喝杯紅酒？」

「不用了，沒關係。我現在對外還是傷患身分。」

「那還真是可惜。話說回來，你覺得這裡怎麼樣？」

「要我老實說嗎？」

「嗯。」

「我真的嚇了一跳。」

「再說得詳細一點吧。」

「我覺得好像可以明白大家為什麼老是把『紅色傭兵』掛在嘴邊了。我一開始來到這裡的時候，覺得帕蘭看起來也滿厲害的，但現在發現紅色傭兵和帕蘭的層級真的不一樣，不管什麼都用高級品，公會成員的狀態也是……我可以感覺得到他們高昂的士氣。不知情的人看了，搞不好會以為要受訓的不是新人，而是紅色傭兵的成員。你們是在炫耀自己的實力吧？」

「沒錯，雖然我們的確是要訓練新人，但這個一年一度的活動也是我們公會向其他勢力展現實力的機會，自然得費心準備。轉會市場也快開放了，這樣可以挫挫其他公會獵頭的銳氣……不是很好嗎？」

「真是惡趣味啊。」

「親愛的，站在頂點的人本來就需要偶爾展示自己的勢力，否則會一直出現不自量力的挑戰者。」

「琳德沒有瘋子會去挑戰妳的。」

「我在意的當然不是琳德的傢伙。日本人所在的席利亞就算了，臺灣人所在的大灣會怎麼樣沒人知道。你應該也看得出來，紅色傭兵之前也挺辛苦的。既然要展示，就應該做到最好，所以成員的徽章和裝備都汰舊換新了，訓練所的設備也換成了最新型，甚至從幾個月前就開始進行擴建工程，除此之外就不用多說了吧。」

「這跟妳找我過來的理由有關嗎？」

「嗯……不能說完全無關吧，畢竟展示我們和帕蘭之間穩定的同盟關係是好事，不過我找你過來還有其他理由。」

「嗯……」

「你猜到了吧？」

「我不知道我想到的是不是跟妳想的一樣……是為了製造類職業的事嗎？」

「沒錯。」

「我還怕我猜錯呢，太好了。」

「其實在你來到這裡之前，我對製造類職業沒什麼興趣，或者其實應該說幾乎沒有半點興趣。」

「嗯，我可以理解。」

「煉金術師頂多只會在沒有祭司的小隊裡受到重用。坦白說，重用煉金術師實在不合邏輯……明明只要買藥水就好了，根本沒理由讓屬於非戰鬥類職業的煉金術師加入小隊吧？只有招募不到魔法師和祭司的小隊才會勉為其難地讓煉金術師加入。」

「雖然是實話，但還真不中聽耶。」

「我不是在說你。鐵匠也一樣啊，神聖帝國已經有很多有才華的鐵匠了，沒有人會笨到在冒險途中把素材和武器交給新手……除此之外，還有很多系統定義的非戰鬥類職業和製造類職業，我想不用我說，你也知道他們最後會淪落到什麼下場。他們沒有辦法加入公會，十之八九都是在貧民窟意外被人拿刀捅死的。」

「這是在我出現以前發生的？」

「答對了，在你進來以前是這樣的。在此之前，沒有人見識過背負公會資源與資本的製造類職業會是什麼樣子。當然，其他公會也不是沒有投資過製造類職業。在你來到這裡之前，各家公會都有嘗試過幾次，但是都沒有任何收穫。」

「我懂妳的意思了。」

「現在情況變成這樣，城裡的人好像也開始考慮要不要對製造類職業的人提供支援了。」

「這倒是讓人覺得有點意外。」

「其實除了你以外，有個小村落也出了一個不知道是叫星光雕刻師，還是陽光雕刻師[12]的傢伙……那傢伙的職業效益好像不高，但也是有得到公會支援的製造類職業之一。公會看到了他的潛力，因此覺得無法立刻回本也沒關係。而我之所以把你叫來這裡，不只是出於我個人的私心，也是因為琳德的公會會長和戰隊隊長們提出了請願。」

「嗯……原來還發生了這種事啊？」

「雖然無視他們也沒什麼關係，但我也贊成提升城市整體的製造類職業水準。再加上帝國方面似乎隱約希望我這麼做，那我也沒什麼好說的了。」

原來是這樣啊。我完全了解現在是什麼狀況了。

也就是說，因為我的關係，人們對製造類職業的期望上升了。

12 此處影射韓國知名奇幻小說《月光雕刻師（달빛조각사）》。

事實上，在我製作的藥水當中，高級品的治癒效果幾乎和祭司的治癒術一樣好。藥水在大眾的認知中是消耗品，所以不會大量使用高價的藥水，但小隊外出打怪時，都會帶上幾瓶以防萬一。

琳德當然也出現過短暫的製造類職業熱潮，有一些公會和戰隊至今仍繼續對製造類職業進行投資。

在這樣的情況下，多家公會與戰隊會向紅色傭兵提出什麼樣的請願可想而知——他們肯定是提出了在這次的訓練所課程中加入製造類職業課程的提議。

雖然紅色傭兵也可以把那些公會的請願當成耳邊風，但身為君臨琳德的王者，若無視眾多百姓的請求，想必會產生很多顧慮。

特別是當帝國方面也希望紅色傭兵那麼做的時候，他們做出這樣的選擇就不奇怪了，還真是明君啊……

換句話說，車熙拉想趁此機會同時展現紅色傭兵的威嚴與仁慈。這就是所謂「理想的王者」吧。

「這代表那些人知道只要不斷向紅色傭兵提出請願，妳就會把我找來。他們也滿聰明的嘛……」

「帕蘭應該也收到了很多請願，差不多是在你關在研究室裡閉門不出的時候吧？到處都有人找你們會長的麻煩，我猜也有很多人去遊說他。他可能是用自己的方式在體貼你，想讓我們珍貴的煉金術師專心做研究，所以才沒告訴你吧。」

「那還真是令人感激呢。」

「你們感情還真好。以防萬一，我先問一下，你們兩個沒有在交往吧？」

「妳在說什麼啊？」

「沒什麼。只是因為城裡流傳著奇妙的傳聞……還有奇怪的書……」

「那都只是謠言而已。」

「那就好，總之事情就是這樣。雖然我誇下海口跟他們說不用擔心，但你如果不想做，我也不想強迫你。」

「我沒有不想。」

「真的嗎？」

「其實我也贊成提升製造類職業的水準。」

「這倒是挺令人意外的。」

「妳可能會覺得，我現在壟斷了整個市場，拒絕這個提案雖然對我比較有利，但也不完全是這樣。坦白說，現在根本還沒形成一個健全的市場。有名氣的賣家只有我一個人，而我的藥水都是偏高價的商品。說穿了，不會用的人就是不會用。」

「這樣啊……」

「反正貧窮的小隊或戰隊也沒有餘力購買我的藥水。換句話說，那些傢伙根本用不起我的藥水，甚至會在連祭司都沒有的情況下出去打怪，然後在途中喪命。正因如此，我才做了低價版的藥水……但是還要考慮品牌形象的問題，而且既然都要委託工廠製造了，製造高級品的利潤當然更高。」

「嗯……我懂了。所以你的意思是要有人照顧到底層的市場，才能刺激整體市場的活絡，對吧？」

「對。大眾本來就有藥水是消耗品的認知，所以對藥水有不好的印象，但縱使有人從來沒喝過藥水，卻沒有只喝過一次的人。底層的玩家們去打怪回來後，收穫成果、逐漸成長的話會怎麼樣？他們還會繼續使用別人製作的廉價藥水嗎？這可是攸關性命的事喔。」

「反正最後都會選擇『李基英』這個品牌，是嗎？」

「沒錯，這裡的人和地球人都一樣喜歡名牌……因為買家要的是值得信賴的企業。我不是要自誇，但我身為煉金術師，在這個領域占有獨一無二的地位。我敢保證，只要我活著，就沒有人是我的競爭對手。這是其中一項原因，除此之外，考慮到城市的福祉問題，還有我的形象問題，從各方面來看都不是壞事。我只想知道我現在能得到什麼好處，他們提出請願時，總不可能沒有提供任何誘因吧。」

「好處當然有。首先是給你個人的報酬，公會和戰隊會以學費的名義支付金幣。」

「好耶！」

「你很開心嘛？」

「因為我最近急需用錢。那紅色傭兵會給我什麼嗎？」

「你也問得太直接了吧，親愛的？」

「咳……」

車熙拉輕輕敲著桌子，好像很難過的樣子，但我可不想免費授課。

「紅色傭兵當然也會給你酬勞，我自己也有準備一些東西……雖然你就算不接這份工作，我本來也打算直接給你，還有……」

「還有？」

「我想把一部分的優先交涉權讓給帕蘭。」

「多少？」

「你不是應該先問這次的攻掠組有幾個人嗎？」

「啊，對耶。」

「這次總共有十四個人攻掠了新手教學副本，我們可以把五次優先交涉權讓給帕蘭，這樣已經很勉強了。」

「有十四個人那麼多？」

「通常本來就是這麼多，是你們小隊比較特別。所以……你要接還是不接？」

「熙拉姐，妳是不是有點太勉強自己了？」

「我剛才的確也說過很勉強，反正我也想拿這些機會當作賠禮向你道歉，所以你不用管那麼多。」

「妳要為什麼事情道歉……」

「你明明都知道，就不要讓我難堪了。也不要用那種表情看我，快點回答，你要接還是不接？」

我笑咪咪地對車熙拉露出意味深長的表情，便看見她催我趕緊回答，真可愛。

至於我的回答，當然早就決定好了。

＊　＊　＊

當然要接啊。

冷靜判斷的話，就會知道接下這份工作是對的，而我實際上也是這樣決定的。

這當然不是因為我想要那五次的優先交涉權。

擁有優先交涉權確實可以讓我們比其他公會更有機會招募攻掠組加入，但即便沒有優先交涉權，我也可以慢慢觀察新人，這是我想拜託車熙拉的其中一件事。

光是可以優先觀察誰有才能、誰沒有才能，對我來說就已經是很大的好處了。換句話說，我有時間光明正大地展開愉快的尋寶活動。

比較令我感到意外的是紅色傭兵針對這批新人所做的決定。

「不管是不是攻掠組，所有人都要受訓。我們當然會特別留意攻掠組的人，但就僅止於此而已。」

「妳的意思是不會給他們特別待遇嗎？這樣可以嗎？那優先交涉權不就沒有意義了嗎，熙拉姐？」

「親愛的，我可是車熙拉。為了討好剛進來的菜鳥，就給他們特別待遇，那樣像話嗎？要看人臉色的不是我，是那些菜鳥才對。」

「說得也是……」

「上次新手教學副本開放的時候是因為你們小隊比較特別，當時帕蘭也急需招募新血，李尚熙才會給你們特別待遇，但大家通常都不會做到那種地步。反正不管是攻掠組還是生存組，在我眼裡都是差不多的小鬼，好好訓練一番比較重要。我可不想聽到別人說今年的新人訓練亂七八糟……」

「沒想到妳會在意那種事。」

「你知道帕蘭去年被罵得多慘吧？」

「什麼意思？」

「帕蘭當時忙著招攬你們小隊，新人訓練辦得糟糕透頂……雖然加入公會或戰隊之後會再重新受訓，但大家都覺得整體看來慘不忍睹，還有人講也講不聽，跑進森林裡逞強，提高死亡率……害我們在其他城市面前丟臉。這次總不能再被抓到把柄了吧？」

「原來是這樣……」

「紅色傭兵永遠都要是完美的，這也是為什麼我會把小老婆和宣熙英找來的原因……」

「什麼？妳找她們來？」

「既然要合作，當然要來真的啊。」

回想起前幾天的這段對話，我不由得點了點頭。

首先，讓攻掠組也一起受訓，很像車熙拉的作風。

其實我還沒見過攻掠組的人，沒辦法判斷他們的實力是什麼程度，不過紅色傭兵目前沒有準備招攬他們加入，由此看來，水準應該沒有特別突出。

紅色傭兵一定還是有私下特別關照攻掠組，但是並不急於行動，讓我覺得很有意思。

他們和之前彷彿火燒眉毛似的湊上來拉攏我們的李尚熙截然不同。雖然考慮到當時的背景，李尚熙會那樣也情有可原……不過現在和當時的差別實在太大了，自然會讓人產生一種異樣的感覺。

最令我感到意外的是，鄭白雪和宣熙英被邀請來當教官了。

我知道紅色傭兵的祭司和魔法師陣容不算太好，但不至於缺人，而且他們還有像安其暮那樣的人才……

他們自己明明有高水準的魔法師，卻堅持找來鄭白雪和宣熙英，似乎是真的想要和帕蘭合作完成這次的新人訓練。

拜此所賜，鄭白雪和宣熙英的嘴角現在都掛著微妙的笑意。

與其說是因為和我在一起的關係，不如說她們好像對於扮演老師的角色很感興趣。訓練所在幾天前開張後，負責主流科目的鄭白雪和宣熙英已經上完第一堂課了。她們看起來心情不錯，顯然狀態比我想像中還好。

負責收尾工作的我不得不一直待在這裡，當然會好奇發生了什麼事。

看著鄭白雪用餐時愉快的樣子，我的心情也不由得好了起來。她找到能夠讓她集中注意力的工作，對我來說也是好消息。

我知道宣熙英本來就很喜歡做這種工作，不過看到她的嘴角也隱約帶著微笑，讓我覺得這次和紅色傭兵合作是對的。

「熙英小姐看起來心情很好呢。」

「啊，是嗎？因為我想起了一些以前的事……」

「嗯？」

「我以前曾經短暫當過老師。」

「哦？真的嗎？」

「是的，雖然基於私人因素離職了，不過能夠像這樣從事類似的工作，感覺很新鮮呢。」

我忍不住點了點頭。

我是第一次聽說這件事，但總覺得很符合她的形象。

雖然她也很適合當社工，或是在聯合國兒童基金會之類的地方從事救護工作，不過戴著眼鏡站在講臺上的樣子也和她的形象完美吻合。

「基英哥，我小學的夢想也是當老師！」

「啊，是嗎？」

「對。」

鄭白雪就不太適合了……無論我怎麼想像，都沒辦法在腦海中描繪出她當老師的樣子。

「那……妳應該是一位很棒的老師吧？」

「真的嗎？」

「當然……妳上課的情況還好嗎？」

「比我想像中好，嘿嘿……」

「是嗎？」

「嗯，雖然我不知道大家為什麼都聽不懂……不過努力嘗試的人很多。」

「大家都聽不懂？」

「對，不管我怎麼說明，他們都聽不懂。我已經盡量說明得很簡單了，好像還是沒有一個人聽得懂……但是大部分的人都是好人。」

「妳是怎麼說明的？」

「就是告訴他們先這樣，再那樣……叫他們感覺一下魔力，他們卻完全感覺不到。」

聽到她這麼說，讓人不禁覺得這樣下去不太妙。鄭白雪看待事物的觀點本來就和一般人不一樣，她再怎麼傾注熱情授課，能聽懂說明的人恐怕還是連百分之一都不到。

幸好魔法教官不只鄭白雪一個人。

「熙英小姐也是這樣嗎？」

「對，但我覺得這很正常。攻掠組通常都是完成第一次轉職的人，不過生存組有很多人還沒完成第一次轉職，感覺不到魔力或神聖力……想一想也不無道理。」

「嗯……」

「我們現在教的畢竟不是進階課程，只是讓他們了解祭司和魔法師是什麼樣的職業而已。有天分的人也許有機會在課堂上轉職，可以自己決定將來要往哪個方向發展也不錯……紅色傭兵就是因為這樣，才會到現在都沒有幫他們分班吧？」

「簡單來說，現在先讓他們全面嘗試就夠了，是這個意思嗎？」

「是的，基英先生。就像小孩子還小的時候，讓他上鋼琴課、跆拳道課、英文課……他想學什麼，都讓他學學看，這樣想就可以了。話說回來……今天是基英先生的第一堂課嗎？」

「對，因為我這種職業類別的課程不多。」

「哦？那我們一起走吧，基英哥！我正好也有課，嘿嘿。」

「是嗎？好啊。那熙英小姐呢？」

「我今天沒有課了。那就結束後見囉，基英先生，還有白雪小姐。」

「好。」

其實我並沒有很在意上課的事，反正那些新人也聽不懂關於煉金術的知識……雖然進階課程還是必須好好上，但比上課更重要的是物色將來能夠在帕蘭努力工作的奴隸。

我會先說明什麼是非戰鬥類職業，還有製造類職業的煉金術師，之後再對已經轉職為魔法師的人講解《拉姆斯．托克的煉金學概論》基礎，課程就在這裡結束。

上課並不是什麼難事。

看了一下時間，差不多快輪到我了，我只好放下依依不捨的心情起身。兩三口把飯吃完後，馬上出發前往上課地點。

一手拿著《煉金學概論》，不知為何感覺自己瞬間變得有模有樣。

我好像知道鄭白雪去上課的時候為什麼會有點興奮了。

「基英哥要去哪一班？」

「C班？」

「啊，我昨天去過C班，學員真的都很善良。他們班的平均年齡比較小。」

「是嗎？」

「嗯，不過有滿多人想當魔法師的，所以大家都很有幹勁……對了，那一班的女生比例也比較高……唉。」

「這樣啊，話說回來……我們這樣像不像老師情侶檔？白雪？」

「真、真的耶！嘿嘿嘿……沒錯！嘿嘿。」

她的心情好像還不錯。

雖然剛才似乎瞬間有點危險，不過沒有我想的那麼糟。

我第一次進入訓練所，理所當然地看到一群人在練武場上進行訓練和鍛鍊體力。在場外監督學員的教官們悄悄向我打了招呼，我則是隨意點點頭代替問候。

我當然不打算在這裡久留，因為我已經不斷轉動眼珠觀察四周了，依然沒有看見令人眼睛為之一亮的人。

「基英哥，我要走這邊。」

「好，待會見。」

「嗯！」

鄭白雪好像要上B班的課。她一走進教室，原本安靜的教室就傳來鬧哄哄的聲音。

「教官好！」

「大家好，我們要開始上課了。」

總覺得鄭白雪的聲音聽起來不太像她。

聽到那不知為何感覺威風凜凜的聲音，讓我忍不住笑了出來。

學員來到訓練所已經過了一段時間，大家似乎都在接受管制的過程中聽過各種說明，正在逐漸適應中。

這次的新人感覺還不錯。

我會產生這樣的想法也不奇怪。紅色傭兵和帕蘭確實不同，他們建立了有系統的體系，新人好像都已經知道這個世界是怎麼運轉的了。

我對教學產生了一點期待。就在我經過B班，正要走進C班時——

「你們不覺得宣熙英教官真的很漂亮嗎？」

「嗯，但我覺得鄭白雪教官更正……」

「啊，鄭白雪教官確實也很正……她很可愛耶。我就說她是我在這裡生活唯一的樂趣吧。」

「那又怎樣？聽說鄭白雪教官已經有男朋友了。」

我聽見了教室裡傳來的說話聲。

更荒謬的是，我走進教室後，有兩個男生還在聊天。

雖然學員都識相地回到了座位上，但是並沒有像隔壁班迎接鄭白雪時一樣大聲地歡迎我。

我已經進來好一段時間了，教室裡的氣氛卻還是亂糟糟的，看來沒有人好好告訴他們現在站在他們眼前的人是誰。

雖然這樣想很像老古板，但我認為產生這樣的想法無可厚非。

有些人光明正大地趴在桌上，有些人嘻皮笑臉地看著我。我覺得莫名其妙，同時也看得出來他們的表情無疑帶著輕蔑。

沒有人告訴他們我是誰嗎？

如果是這樣的話，我就可以理解他們的反應為什麼那麼冷淡了。大部分的人一開始都會希望選擇戰鬥類職業，所以他們對製造類職業沒有興趣很正常。

不知道為什麼，我好像可以體會負責非主流科目的老師哀傷的心情了。只不過我所感受到的情感更惡毒，因為那些菜鳥的眼中時不時就閃過認為自己和我這個老師不一樣的眼神。

呵，雖然很想稱讚他們已經會區別戰鬥類職業和製造類職業的人了，不過，他們挑錯對象了……

我記得曾經聽別人說過，一個人無言到極點的話，會連原本要說的話都想不起來。一時之間，我愣愣地望著前方，當我回過神來的時候，教室後方傳來一道聲音。

「您不上課嗎？已經過了五分鐘了耶。嗯……可以叫您非戰鬥類職業老師嗎？」

任誰聽了那道聲音都能感覺到說話的人有多沒教養。

＊　＊　＊

我實在太無言了，一直忍不住失笑。

眼前的這些人不管怎麼看，都會被分類為菜鳥。

我一看向那個高聲說著「非戰鬥類職業老師」的丫頭，她的狀態欄便馬上映入眼簾。

她已經完成了第一次轉職，看來似乎有加入攻掠組，但是並沒有特別突出的才能。總覺得她在那十四個人組成的小隊裡，也是個躺分仔。無論是長相還是名字，都沒有記住的必要。

如果她願意努力，也許能獲得某種程度的成果，但如果只是循著一般的途徑成長，就沒什麼好期待的——她就是這樣的新人。

原來她叫韓素拉啊。

看到那個短髮的小不點菜鳥再次開口，我一時氣結，連話都說不出來。

「老師？」

我不禁開始思考該拿這傢伙怎麼辦。不管是對在場的菜鳥們耍小動作，或是事到如今才自我介紹都很可笑。

我現在也有了一點社會地位，光是為了對付那種瘋子而動腦筋，我都覺得很傷自尊心。我大可直接用權力輾壓他們，沒必要像對付伊藤蒼太時那樣絞盡腦汁。

不知道是不是對我的情緒產生了反應，我可以感覺到腰間的尤里耶娜不斷地想要衝出劍鞘。

我慢慢地環顧四周，只見其他人都笑嘻嘻的，似乎以為自己成功給了我一記下馬威。想到鄭白雪剛剛才說他們很善良，更讓我覺得眼前的景象很不真實。

「老師？您不上課嗎？」

「我不是老師，是李基英教官。」

「原來如此，負責非戰鬥類職業的人也能當教官啊。」

或許是覺得那個女人說的話很有意思，陣陣竊笑從教室各處傳來。

我也想笑笑帶過，但這不符合我的個性。

「唉……」

我輕嘆一口氣，教室內就微妙地安靜了下來。

「您別嘆氣了，趕快上課啊……」

那個女人一說出這句話，我腰間的尤里耶娜便衝出劍鞘，朝她飛去。

事情發生得太過突然，不知道從哪裡傳來「啊」的一聲尖叫，但我沒有對那聲尖叫做出任何反應。

尤里耶娜轉眼間就飛了出去，導致我和那女人之間的物品都被彈向四方，甚至連玻璃窗都發出嘎吱聲，並且應聲裂開。這一切都是在轉眼間發生的事。

尤里耶娜帶著要貫穿那個菜鳥咽喉的氣勢飛出去，然後在她眼前停了下來。

「啊……」

她根本來不及做出反應。

尤里耶娜的高速移動帶起了一陣微風，直到她輕輕隨風晃動的短髮停下之前，都沒有人開口說一句話。

只有韓素拉下巴不停打顫，似乎意識到了自己剛才真的有可能沒命。

她尿褲子了啊……黃色的液體滴滴答答落在桌子下方，看來她徹底被嚇壞了。

「啊啊啊……」

虛張聲勢比我想像中還令人愉快。

「真有意思。妳叫什麼名字？」

「啊……」

她就像是得了失語症似的，連嘴巴都沒辦法好好張開。

尤里耶娜再次朝她靠近，她這才小聲地回答。

「我叫……韓素拉……」

「韓素拉小姐啊。嗯……在正式開始上課之前，我覺得可能需要先做一些說明，因為好像有很多人對這堂課感到不滿。」

「……」

「雖然不能說所有人，但應該有一部分的學員都抱持著這樣的疑問：『訓練的時間都不夠了，我一定要上非主流職業和製造類職業的課嗎？』嗯……坐在韓素拉同學旁邊的那位同學，你來回答看看。」

「咦？」

「你可以老實回答，沒關係。」

「沒、沒那回事，我沒有那樣想過……」

「不，我剛才說了，你可以老實回答。」

「我、我有一點那樣想……」

「會那樣想很正常。因為你們都還搞不清楚到底發生了什麼事，就突然必須舉起劍和怪物戰鬥，又在這裡學到了很多事情。雖然要適應這個地方還早了點，但各位應該都已經對這裡有了大致的了解。」

「……」

「擁有力量，就能得到好的待遇。」

我說完這句話後，環視教室一圈，看到有些人神情複雜。

「我想應該已經有一些人感受到了這之中的差異，畢竟大家都知道完成副本攻掠的攻掠組在檯面下有得到優待。坦白說，那些優待是他們應得的，因為他們的適應力就是比較快……我們的社會就喜歡像這樣有經驗的新人。」

「……」

「說句題外話……大家的想法是對的。在這個地方，擁有力量的人確實能得到更好的待遇。實際上，這個世界為數不多的強者享有的特權是普通玩家無可比擬的，他們賺到的錢也超乎一般人的想像。你們覺得兩者的收入相差多少？」

「……不知道。」

「有的玩家一天賺不到一金幣，有的玩家一天的收入卻超過一千金幣。怪物的屍體可以賣錢，難度越高的怪物價值越高。攻掠等級比較高的副本也是同樣的意思，攻掠英雄級以上的副本就等於賺大錢。問題是……」

「……」

「能夠達到這種層級的玩家不多。」

也許是對我說的話產生了一點興趣，我發現學員們開始看向我。

「沒錯，這樣的玩家不多。大家起初也像各位一樣，感覺自己好像能有一番成就、好像能做得很好，於是認真地揮著劍。小心翼翼地外出打怪，就覺得自己好像成長了。這時候還會心想，這個世界是不是其實還不錯，可以像在遊戲裡一樣提升自己的等級很有趣，搭配新裝備也很開心。」

「……」

「接下來就會爆發某種事故，或是面臨極限，然後領悟這裡不是遊戲中的世界，並開始區分有天賦的人和沒有天賦的人，也會茫然地仰望著那些不斷往上爬的人。有些人可能一離開這個訓練所，就會馬上體認到現實，因為外面比你們想像的更危險。仔細想想，為什麼能夠往上爬的玩家那麼少呢？」

他們應該都大概知道答案了。

「因為大部分的人都會在往上爬的過程中喪命。有人活生生地被怪物吃掉，就算活下來，也會在其他地方受挫，因此到貧民窟乞討維生。如果是男性，常常會成為人體實驗的對象；如果是女性，十之八九會被賣到其他國家當奴隸，或是被捲入不好的事情中。過日子比想像中還要難。」

「……」

「剛才說的那些還算好了，也有人被怪物擄走，一輩子在怪物的村落裡吃屎喝尿，最後再被吃掉……還有很多人四肢被砍斷，只能苟延殘喘度日。」

其實那樣也還算好的，實際上一定有玩家的遭遇更慘。雖然不是我就是了……

「你們之中一定也有人會變成那樣。雖然我只是大概掃視了各位一遍，但我個人覺得在場的人大部分都撐不過三年就會沒命，不然就是變成殘廢，流落到貧民窟，說不定以後也有機會在酒店遇到這些人呢。啊……特別是像韓素拉同學這樣的人。」

「什麼？」

「像妳這樣的人通常都會最先死掉，或是變成殘廢。雖然大家看起來都差不多，可是……最先輕舉妄動的人總是會第一個迎接死亡，這是很常見的戲碼。」

「啊……」

「妳，還有你，還有你，跟旁邊的同學……還有再旁邊的同學，有很大的機率會客死異鄉。我敢說，在場的各位當中，沒有一個人能往上爬……啊！除了這位同學以外。」

〔您正在確認玩家劉雅英的狀態欄與潛在能力。〕

〔姓名：劉雅英〕

〔稱號：無，仍需多多努力。〕

〔年齡：21〕

〔傾向：謹慎的樂觀主義者〕

〔職業：無業遊民〕
〔能力值〕
〔力量：11／成長上限值高於英雄級〕
〔敏捷：10／成長上限值低於稀有級〕
〔體力：27／成長上限值高於傳說級〕
〔智力：10／成長上限值低於普通級〕
〔韌性：12／成長上限值高於稀有級〕
〔幸運：15／成長上限值高於英雄級〕
〔魔力：01／成長上限值高於稀有級〕
〔總評：體力與力量的潛在能力值高，雖然韌性與魔力的潛在能力很可惜，但有機會成長為優秀的前鋒。〕

這個人好像沒有加入攻掠組，但能力意外地還不錯。我第一次看到有人的體力成長上限值高於傳說級。

要說我在這裡的目的就是為了發掘這樣的寶石也不為過。

雖然她豐滿的胸部莫名引人注目，但是這樣盯著看想必很失禮。

突然被點名讓她嚇了一跳，我迅速將視線從她身上移開，才緊接著問道：「妳叫什麼名字？」

「我……我叫劉雅英，教、教官。」

仔細想想，她是其中一個一開始沒有嘲諷我的人。

所有人都因為我說的話而轉頭看向她。他們的臉上露出了無法理解的表情，不過他們能否理解不關我的事。

我用指尖敲了敲講桌後再次開口，這次眾人的視線都集中到了我的身上。

「除了劉雅英同學以外，在場沒有人能往上爬，一個也沒有。我敢肯定就算有，也必須先跨越好幾次生死存亡的危機，才能勉強到達那樣的層級。」

「怎麼會……」

「這個世界本來就是不合理的。我們來說說鄭白雪教官的事吧。鄭白雪教官現在是琳德其中一位具有代表性的魔法師，她的成長幅度之大，甚至吸引了魔道公會的注意。實際上，能力在她之下的魔法師也確實多過在她之上的。你們認為，她花了多少時間達成這一切的成就呢？」

「啊……」

「只花了一年而已。也許乍看之下會覺得沒什麼大不了的，但這其實是很罕見的例子。這座城市裡到處都是鑽研魔法二十餘年，也難以望其項背的人，從這一點更能感受到她的特別。噢，既然都說到這裡了，不如就再說得更直白一點好了。」

「……」

「你們就是一群毫無發展可能性的垃圾。」

「呃……」

「正因如此，我才會站在這裡。為什麼會有非戰鬥類職業的教官來上課？答案不是很明顯嗎？反正你們都是一出去就會死的飛蛾，能救一個算一個，我就是為了把你們變成至少對城市有點用處的小零件，才站在這裡的。」

「您、您也說得太……」

「一點都不過分。反正你們就算去打怪或上戰場，也只是擋子彈的炮灰而已。換句話說，與其當一個對城市毫無貢獻的人，不如拿起錘子當鐵匠，或是學會用煉金術工具，對城市更有幫助。不要往沒用的方向努力，你們這群蠢貨，時間是很珍貴的。我敢保證，像你們這樣的傢伙與其聽其他教官的課，聽我的對你們更有利。」

我說完以後，靜靜地看著臺下的學員，感覺到他們都對我表現出了微妙的敵意，好像想說點什麼，卻沒辦法好好說出來的樣子。

畢竟尤里耶娜還浮在半空中，他們會有這種反應很正常。

下課鐘聲正好在這個時候響起，我就不勉強他們對我敬禮了。

「那就下一堂課再見吧，傻瓜們。」

我說完便走出教室。有趣的是，鄭白雪正在等我。

學員都透過窗戶看著我們，鄭白雪卻朝我緊緊靠了過來，那副模樣讓我覺得滿有趣的。

在我進入教室前，聊著鄭白雪的那兩個男生也目瞪口呆地看著我們。

不知為何，我覺得心情好了起來。

「噗哈。」

「上課有趣嗎？基英哥？」

「嗯……比我想的還有趣，學員也還不錯……」

「對吧？C班的學員真的都很善良。」

「嗯，尤其是一個名叫韓素拉的學員，不知道為什麼，我一直忍不住注意她……」

「咦？」

「她對課程很有熱忱……」

「啊……」

「長得也很可愛……」

「這、這、這……這樣啊。」

「她好像是攻掠組的，感覺可以讓她加入帕蘭。我想把她帶在身邊。」

「咦？喔……嗯……那位的話……我、我也知道她……嗯……啊！我想起來了……她很可愛，沒錯……嗯……」

鄭白雪臉上尷尬的笑容映入我的視線中。

我敢肯定，比起打小報告，這一招更有用。雖然看起來有點沒度量，但我滿喜歡用這種方法報復的。

得讓她受到懲罰才行。

第076話　不祥的預感

「神經病！那個長得像狐狸一樣的瞇瞇眼！」

「韓素拉，妳不要沒事惹麻煩。」

「煩死了，煩死了！他以為自己是誰啊……不過是個做藥水的煉金術師！他知不知道……他知不知道自己在教訓誰?!」

「我已經跟妳說得很清楚了，不要無故挑起事端。這裡不是新手教學副本了。我們在那裡也許是王，但是在這裡也只是新人而已，我覺得我們還是應該盡量低調一點。」

「我們是新人沒錯，不過是收到各家大型公會入會邀約的新人。」

「那又還沒確定下來，只要還沒在合約上簽名，一切都很難說。我們只是收到提議而已，人家還要看我們在訓練所成長了多少，還有在演示會的表現。有些公會甚至說要另外進行入會測試。妳就不要管了，把心思放在自己的訓練上吧。雖然我也不是不能理解妳的心情……」

「昌烈哥，你不是也聽過那傢伙的課嗎？你早就知道了他是怎麼樣的人了吧?!」

「嗯……他俯視人的視線是讓人滿不爽的，但他本身看起來沒什麼問題。他說的是很現實的事情，我不會覺得刺耳。雖然我們班沒有發生像你們班那樣的事，所以當時不是處在那種很有壓迫感的氣氛下就是了……其他教官好像也都對他畢恭畢敬的……」

「那還用說？他可是鄭白雪教官的男朋友耶？當然要對他畢恭畢敬啊。」

「哦，是嗎？」

「嗯，那個長得像狐狸一樣的瞇瞇眼是鄭白雪教官的男朋友……那把會飛的劍一定也是鄭白雪教官幫他做的。鄭白雪教官在大城市裡也是數一數二的魔法師，難道會連一把劍都做不出來嗎？那隻臭狐狸一定是小白臉，以為勾搭上一個好女人，人生就從此平步青雲了。」

「誰知道呢……」

「我嚥不下這口氣。」

「妳要怎麼做都無所謂，但至少不要害我遭殃。不知道為什麼，我有一股不祥的預感。」

「怎麼說？」

「那個名叫李基英的人，我想打聽他是什麼樣的人，卻什麼都打聽不出來，其他教官好像也都語帶保留。」

「紅色傭兵的教官不是本來就不回答私人問題嗎？那是你的錯覺吧。」

「是嗎……如果是錯覺就好了，可是感覺又有點像是刻意不想洩漏情報，反正我也不清楚，不然妳去打聽看看吧。坦白說，我現在沒有心思管那種事，光是入會測試就已經夠讓我頭痛了。」

「真是的，你在新手教學副本裡的時候，明明說我們永遠一心同體……」

「計畫總是趕不上變化嘛。妳不要把心思放在那些奇怪的地方了，好好準備入會測試和演示會。其他人都在忙這些，妳也該懂事了吧？」

「算了，我會自己看著辦。」

「只要別害我遭殃就好。」

「知道了啦！」

韓素拉忍不住對這樣的情況感到煩躁。

永遠一心同體什麼的都是屁……本來以為在新手教學副本裡同甘共苦的伙伴會願意幫忙，看來是自己想太多了。

其實她原本就沒有抱著多大的期待，但也沒想到對方的反應會如此冷淡，鬱悶感頓時油然而生。

在她看來，每個人都像傻子一樣，而那群傻子都不懂得把握這個機會。

韓素拉不管怎麼想，都覺得沒必要把姿態放得那麼低。她當然可以理解其他人想加入大型公會的心情，如果可以在有靠山的情況下平穩地生活是最理想的——會這麼想完全是人之常情。

然而，他們都忽略了自己現在所得到的待遇。

攻掠組和生存組得到的待遇基本上是不一樣的。雖然表面上看起來大同小異，但攻掠組確實在各方面都有得到優待，這是無法否認的事實。

為什麼會有這樣的現象？答案很明顯。攻掠組固然急著想加入大型公會，但是站在公會的立場，同樣正在盡一切努力招攬攻掠組加入。

他們也是受現實所迫，別無選擇。生存組無法適應這個地方，在副本裡只會瑟瑟發抖、虛度光陰，然而攻掠組和他們不同，賭上了自己的性命，好不容易才爭取到自己想要的東西。

既然這裡的公會和戰隊想招攬更多強者和人才，那麼適度的拒絕加入也是很重要的。假如攻掠組的十四個人團結起來進行協商，說不定能談到比現在更好的簽約條件。

反正希望他們加入的公會和戰隊多的是，所以現在新人才是甲方！

跟她感情要好的昌烈哥之前說想去帕蘭……惠子姐似乎是想去黑天鵝……其他人不是想去

紅色傭兵，就是……唉……

她敢斷言，如果攻掠組全員一起提出要求，或是表達沒有去其他公會的意願，藉此進行協商，簽約條件一定會比現在更好，她也不會被那個煉金術師戲弄。

「媽的……」

一想到自己失禁的事，韓素拉不禁面紅耳赤。

神經質地打開教室的門，便看見眾人的目光都集中到自己身上，她毫不意外地看到幾個女生跑了過來。韓素拉連她們的名字都不記得，卻對這樣的景象習以為常。

不用想也知道她們是想討好自己，畢竟她在這裡稱得上是特權階級。

「素拉姐，你們談得還好嗎？」

「不好，男生們好像都對這件事不怎麼感興趣。大家都要我好好準備入會測試跟演示會……我都快煩死了。」

「入會測試是指紅色傭兵的嗎？」

「紅色傭兵和帕蘭都有，其他公會和戰隊也有……咦，妳們還不知道啊？」

「嗯，因為沒有人會告訴我們。」

「魔道公會和黑天鵝也有，很多公會都有。其實大家都覺得幾家著名公會的條件很不錯……」

「原來如此，那素拉姐想去哪裡？」

「這個嘛……雖然只是試探，但我有收到紅色傭兵的邀約，魔道公會也有邀請我，帕蘭也在考慮名單中……」

「素拉姐如果想繼續當魔法師的話，感覺帕蘭是個不錯的選擇，因為有鄭白雪教官在。」

「可是我還沒見過帕蘭的人。」

「咦？真的嗎？果、果然是因為那個人的關係嗎？」

「大概是吧……」

這就是那個煉金術師令人煩躁的另一個原因。

「他們是故意的吧？」

「很難說……不過很有可能。」

「看來那個人在公會裡是很有影響力的人物吧。」

「有影響力個屁……」

「那個……不是有一個叫劉雅英的人嗎？」

「劉雅英是誰？」

「就是那個胸部很大的……」

「哦，她啊？」

「雖然不確定是不是真的，但聽說帕蘭正在招攬她加入。」

「什麼？」

「她好像還和帕蘭公會的會長面談過了。」

韓素拉忍不住握緊了拳頭，感覺心中不斷有怒火升起。

在新手教學進行期間只顧著逃跑的傻子收到了帕蘭的入會邀約，自己卻沒有收到，令她感到荒謬不已。

她大概能猜到這種事為什麼會發生。理由八成是因為初次見到李基英的時候，自己的態度太傲慢了。

對方很明顯故意想抵制她、排擠她，簡直到了荒唐的地步。這背後一定有她所不知道的隱情。

韓素拉不自覺地想著「有種就戴著公會徽章行動啊，煩死了」，並罵了髒話。

「哈……媽的，真的很荒謬耶。」

「就是說啊，如果那是真的，也太荒謬了吧？那女的有什麼好的，帕蘭為什麼要邀請她……她的成績也不好吧？好像只有體能訓練還可以……」

「這難道還不明顯嗎？反正那傢伙肯定是在想一些齷齪的事。說他在公會裡有影響力什麼的，也全都是鬼扯。李基英那傢伙之所以能在這裡稱王，都是因為有鄭白雪教官在的關係……在帕蘭裡八成也是這樣，他一定是個讓人頭痛的傢伙。一間公會竟然會被那種小白臉玩弄於股掌之間？那種公會就算邀請我加入，我也不去。」

「真的嗎？」

「……」

當然是假的。雖然其他大型公會也不差，但如果問韓素拉最想加入哪一家公會，她的答案還是帕蘭。

能夠向天才魔法師鄭白雪學習各式各樣的知識也是一項誘因，不過她之所以覺得帕蘭不錯，原因在於這家中型公會的背景，帕蘭和紅色傭兵是同盟關係。

無論是誰都能想到這個原因——加入新興公會帕蘭掌握實權，比加入紅色傭兵當個基層成員更加有利可圖。而且帕蘭公會規模不大，投注在自己身上的資源也會相對更多。

一想到李基英說不定也和鄭白雪教官說了這次的事，就莫名焦慮了起來。這下全都搞砸了，她得做點什麼才行……

就在這時，教室的門突然被打開，是鄭白雪教官來上課了。

聚集在韓素拉身邊的小跟班們立刻跑回座位坐下，等待眼前的教官和大家打招呼。

鄭白雪教官平時總會一邊走進教室，一邊和學員問好，但今天看起來和平常不太一樣。只見她走進教室後看都不看臺下一眼，只是很隨性地開口。

「請各位回到座位上坐好。今天就不和大家寒暄了，我們直接開始上課。」

「是。」

「我們今天要和上一堂課一樣，用魔力寫字。還感覺不到魔力的人另外練習。」

「是，教官。」

「我、我們時間不多，大家快、快點開始！」

「啊……是！」

不知為何，感覺鄭白雪教官散發的氣場和上一堂課不同，好像變得很冷淡，讓人不想注意都難。而且她完全不在乎班上的其他學員，只看著韓素拉一個人，也莫名令人在意。

她的外表似乎也消瘦了一些，整個人看起來狀態頗差，讓人不禁心想她是不是發生了什麼事。

看到鄭白雪渾身散發出煩躁的氛圍，韓素拉很自然地想到了那隻臭狐狸，她相信在場的其他學員全都和她想到了同一個人。

他一定自己加油添醋過，才告訴鄭白雪教官。

那兩個人明明一點也不配，雖然完全無法理解他們是怎麼在一起的，不過那不是重點，課程還在繼續進行。

鄭白雪教官今天似乎非常敏感，儘管不到直接發脾氣的程度，但諸如……

「你、你們是笨蛋嗎……給、給我認真點！」

或是──

「這個我一開始就會了耶……不是都說明給你們聽了嗎？真的是……一群笨蛋。」

以及──

「你們為什麼都聽不懂？氣死我了……這個不是每個人都會的嗎？」

還有──

「一群笨蛋，你們都是笨蛋……真的好笨……真的好笨……」

這樣的自言自語不斷傳來。

原本和樂融融的上課時間頓時變得令人感覺如坐針氈。這和先前上課的氣氛實在差太多了，令人不知所措。

課程的內容好像也變得沒那麼平易近人了。班上有少數人還在練習感知魔力，既然就連身為魔法師的韓素拉都覺得現在的課程很困難了，其他人當然不可能跟得上。

其中最讓韓素拉在意的是眼前的魔法師看向她的視線，那道視線不知為何老是令她起雞皮疙瘩，也讓她在不知不覺間變得更加拚命。

她從來沒有試過，也沒有聽過用魔力在半空中寫字這樣的修練方法。但她認為不能辜負教官的期待，也確實感覺到自己勉強跟上了進度。

因為她必須用實力壓制其他人。

俗話說：「錐處囊中，其末立見。」只要夠努力，大家終究會看到自己的價值。必須不斷展現出自己的特別，才能得到更好的待遇。

最後韓素拉緊咬下唇，開始慢慢讓魔力成形，變成飄浮在半空中的文字。

總覺得只要一放鬆，文字馬上就會解體，因此她一邊顫抖，一邊將魔力聚集起來，隨後便感覺到鄭白雪教官的視線緩緩轉移到了自己身上。

不知道是不是錯覺，總覺得鄭白雪教官有一瞬間露出了很不高興的表情。韓素拉不禁心想自己是不是用錯了方法，但魔力顯然還維持著原本的形狀。

鄭白雪教官好像遇到了讓她非常苦惱的事情，她在想什麼？在煩惱什麼呢？

教室內瞬間被沉默籠罩，令人不由自主地嚥下一口唾沫。

就在這時，鄭白雪彷彿想通了什麼似的，一臉驚喜地揚起了嘴角。她眉飛色舞的臉上帶著難以解釋的情緒。

韓素拉的手臂忽然泛起雞皮疙瘩，背後也爬上一股寒意。她忍不住冒冷汗，連下巴都不自覺地開始顫抖。

鄭白雪依然笑嘻嘻的，那副表情不知為何令人感到不快，然而韓素拉不認為那和自己的身體現在產生的異狀有關。

這或許是韓素拉的錯覺，但她總覺得鄭白雪的眼神很奇怪，她沒辦法理解那個眼神代表什麼。

「呃……啊……」

「做、做得好，韓素拉同學。」

「啊……是，謝謝誇獎。」

「現在在場的人當中，只有妳還算不錯……妳不是笨蛋……真是太好了……」

「謝謝。」

「韓素拉同學好像可以再多學一些額外的課程呢……嘻嘻……」

「啊……是。」

「如果可以的話……我下課後再教妳一些東西吧？」

韓素拉很自然地覺得自己得到了認可。

鄭白雪教官不會隨便對別人說這種話，所以她會這麼高興也是理所當然的，甚至還應該感到自豪。

韓素拉迅速掃視了周圍一圈，所有人都對她投以羨慕的眼光。集中在她身上的視線當中，有的像是在誇讚她果然不同凡響，有的充滿憧憬之情。

這可是接受數百年難得一遇的天才魔法師課後指導的機會，她當然應該點頭答應。但是不知為何，她卻說不出一句話。

「我、我說我要教妳耶?!」

因為韓素拉抬頭一看，發現鄭白雪的其中一邊嘴角正往奇怪的方向扭曲。

「我……」

＊　＊　＊

她應該要說「謝謝」才對。腦海中不斷想著這是正確答案，但不知為何卻無法輕易開口。只有傻瓜才會錯過這種機會。頭腦雖然理解，身體卻一直抗拒，韓素拉不由得慌了起來。她在心裡一次又一次地告訴自己「要答應才行」，但嘴巴最後還是背叛了她。

「我……那個……」

「嗯？」

「我、我下課之後有一些……別、別的事情要做，很抱歉。」

「啊……」

鄭白雪教官極度失望的表情映入眼簾。看到她垂頭喪氣的樣子，感覺就像看著一隻被主人拋棄的小狗。她微微下垂的眼角和大大的眼睛裡充滿失望，韓素拉也因為自己做出了傻瓜般的選擇而自責了一會。

她思考著身體為何會產生抗拒反應，卻想不出答案。

鄭白雪教官口中不斷念念有詞，儘管令人在意，韓素拉還是強迫自己轉移視線。

雖然不覺得對方會做到那種地步，但總覺得所謂的額外課程是那隻臭狐狸設計的陷阱。

那傢伙的個性本來就很卑鄙，不能排除這樣的可能性。

而且……她光是跟上現在的課程就很吃力了。

能夠學習新東西固然是好事，但現在進行中的練習和作業已經讓人覺得腦袋快要爆炸了。

儘管有這麼多理由，韓素拉還是無法否認自己做了很傻的決定。不過她也不想反悔，因為在她拒絕後，她的呼吸終於漸漸恢復正常了。

下課的鐘聲正好在這時響起，不斷低聲喃喃自語的鄭白雪教官緩緩走出教室。她的背影看起來十分落寞，韓素拉也想過要不要叫住她，但最後還是沒有舉手，因為班上的同學又再一次聚集到韓素拉身邊。

「妳、妳真的好厲害喔，素拉姐……」

「啊……」

「在課堂上的表現也很厲害……沒想到鄭白雪教官會提出那種提議！」

「是嗎？」

「對啊。我本來覺得從今天上課的氣氛來看，那個煉金術師一定有和鄭白雪教官說了什麼……可是素拉姐展現出自己的能力後，教官好像還是對妳產生了興趣。教官也是帕蘭的幹部，說不定帕蘭很快就會來邀請素拉姐加入了。」

旁邊馬上有個小跟班接著說道：「素拉姐已經說過她不會加入帕蘭了，帕蘭有沒有邀請她都沒差吧。妳沒看到素拉姐剛才也一口拒絕了教官的提議嗎？」

「啊……對耶。」

「鄭白雪教官好像也有點心急的樣子……」

「是嗎？」

「而且她的表情看起來很驚訝……」

「妳是說素拉姐成功讓魔力成形的時候吧？」

韓素拉的耳邊傳來其他人你一言我一語地熱烈討論的聲音，但她總覺得聽起來模糊不清。

因為她一直想起鄭白雪教官剛才的表情，還有那股奇怪的感覺。

韓素拉默默開口，其他人又再次看向她。

「那個……」

「怎麼了？素拉姐。」

「大家都不覺得奇怪嗎？」

「呃，妳是指什麼？」

「鄭白雪教官啊，妳們不覺得她今天有點奇怪嗎？」

「她的狀態確實看起來不太好，也有點神經質……應該說看起來很累嗎？有一點疲憊的感覺……」

「不對，我不是在說那個……是一種怪怪的感覺。」

「感覺……有點像低能兒吧。」

這和韓素拉想要的答案不太一樣。

旁邊馬上有個小跟班接著開口。

「喂！會被別人聽到啦。噗，但妳說的其實也沒錯……」

「對吧？其實一開始我就有一點感覺……不過當時頂多只是覺得這個人講話有點結巴而已。我不知道天才是不是都那樣，但妳們不覺得她好像有什麼障礙嗎？」

「天才都是那樣嗎？」

「如果天才都是那樣，那我一點也不羨慕天才。你、你、你、你、你……你們是笨蛋嗎？」

「靠！妳模仿得一模一樣耶！再一次。」

「大、大家都、都、都好笨！又不是幼稚園小朋友，連話都說不好……噗，她可能不知道自己那麼說，看起來更笨吧。」

「真的超好笑！」

「就是因為有缺陷，才會跟那種男人交往吧。我認識的人裡面也有類似鄭白雪教官的人。小時候在不正常的家庭環境中長大，沒有好好受過教育的人都有一點類似傾向。我敢說她一定有一些心理創傷。」

「這樣講人家雖然有點過分，但真的滿好笑的。她該不會真的是低能兒吧？」

「誰知道？搞不好本來很正常，是研究魔法研究到瘋掉的……難道不是嗎？素拉姐覺得呢？」

是自己想得太嚴重了嗎？

看到其他人不以為意地嘻笑打鬧，讓韓素拉覺得嚴肅看待這件事的自己有點蠢。大家都沒有感覺到什麼異狀。剛才可能只是自己身體不太舒服，才會影響大腦思考吧。

仔細想想，當時自己的身體狀況好像確實不太好。

現在回想起來，鄭白雪教官一邊竊笑一邊結巴的樣子的確非常滑稽。光是看到眼前的小跟班們模仿鄭白雪講話，都讓韓素拉忍不住爆笑出聲，看來沒必要再多作解讀了。

而且她好像真的有什麼缺陷……說不定其他人說的是對的。韓素拉心想，並若無其事地延續了話題。

「這個嘛……的確不無可能。電影裡那些有點瘋癲的人通常都是這樣的，不是嗎？自閉症患者當中，也有人擁有超強的記憶力。魔法的領域應該多少也有這種人吧？以鄭白雪教官的情況來說的話，好像是天生就很有魔法方面的天賦……」

「啊，是嗎？」

「她搞不好真的瘋了，哈哈。都有人因為在新手教學副本裡留下的創傷而得到失語症了，這種情況應該沒什麼吧？」

「啊，素拉姐終於笑了。剛才妳的表情一直都好嚴肅。」

「因為妳們說的太好笑了啊，我都不自覺地以為是真的了。低能兒，哈哈哈。一想到她可能真的是低能兒，就覺得仰慕她的自己好像笨蛋一樣。是天才又怎樣？反正還不是連話都講不好。」

「對啊。素拉姐，站在公會的立場，也會覺得如果有兩個實力相當的人，那選擇精神正常或是能夠好好講話的人會比較好啊。」

「對耶？既然如此，我要不要去帕蘭把她的位置搶過來？又沒有人能斷定我不是天才……如果我成長到一定的程度，比起那個低能結巴女，帕蘭會不會更喜歡我啊？帕蘭公會的會長又不是笨蛋。」

「如果是素拉姐的話，說不定有機會。要是真的成功了，不可以忘了我們哦。」

「我怎麼可能忘了妳們？即便我們以後去了不同的公會，也要常常聯絡啊。對了，我如果加入帕蘭後被會長重用，還可以請他讓妳們加入，就算只是當個基層的小隊成員也好。」

「真的嗎？」

「應該沒問題吧？帕蘭又不是大型公會……」

「如果真的可以的話就太好了。帕蘭一定和其他大型公會不一樣吧，只要等到素拉姐的影響力擴大……從那個煉金術師現在的所作所為來看，好像滿有說服力的。素拉姐如果加入了帕蘭，要怎麼處理那個人？」

「我加入的公會當然不能有那種人存在。反正那傢伙只是跟在鄭白雪教官旁邊的小白臉而已，兩人一旦分手，他就沒戲唱了吧……」

「現在就要讓他們分手嗎？」

「讓一個製造類職業的傢伙人生完蛋又不是什麼難事。我只要說自己被他性騷擾，他還能怎麼樣？鄭白雪教官，不對，那個低能兒會對他反感，本來就將他視為眼中釘的帕蘭公會也有可能會趁這個機會把他趕出去。如果我假裝成被害者，就能得到公會的支援，那不是很賺嗎？」

「要做到那種地步啊？等等，我們現在說的這些萬一被別人聽到……」

「妳放心，剛才在說低能兒那些的時候，我就用魔力把聲音隔絕了。」

「哇……」

「這個世界什麼都沒有，就算要用上這種手段，也得生存下去啊。有實力固然重要，但有時候也需要用一點小聰明。」

「總覺得素拉姐真的會成功耶……」

「做事本來就應該不擇手段，『弱女子』這個身分在社會上是很好用的武器。」

「感覺好像上了一課呢。」

「嗯？素拉姐，好像有人來找妳耶？」

「誰？」

就在一群人聊到興頭上的時候——

韓素拉正覺得真的帶著這些小跟班加入公會好像也不錯，這時慢慢地轉頭一看，便看見一名男子默默舉著手。

昌烈哥？

他和韓素拉同樣是攻掠組的，但兩人相處起來有點彆扭。因為他的話很少，而且給人一種有點冷漠的印象。

韓素拉不知道他為什麼來找自己，再加上那個人實在令人看不透，因此難以猜測他的意圖。

「我去跟他說個話再回來。」

「好，妳快去吧，素拉姐。」

她當然會過去找他。畢竟眼前的男人對她而言屬於重要的人物，和這些暫時幫她解悶的小跟班不一樣。

他幹嘛蒙面啊？這個人還是一樣難以理解。

但韓素拉絕對不可能把這樣的想法表現出來，她默默走過去，便看見男人率先開口。

「我們談一談。」

「有什麼事嗎？昌烈哥？啊！對了，你最近是不是見了帕蘭公會的會長？」

「……」

「帕蘭也有入會測試嗎？你確定要加入帕蘭了嗎？不對，你簽約的時候談到的簽約金和年薪是多少？你該不會隨隨便便就接受了很低的價碼吧？」

「……」

「我們的價值要由自己決定，不能讓他們決定。大家如果先商量好，就可以拉高年薪和簽約金……」

「我不是來說那個的，妳先閉嘴，要說話就小聲一點。」

「我……真是的……那你有話快說。」

「我其實很討厭妳。」

「那真是太好了，因為我也討厭你。」

「但我也不是對妳毫無感情，畢竟之前都在攻掠組裡同甘共苦，還經歷過在新手教學副本裡的事。」

「這種話就不用說了，請你說一些有建設性的話。」

「我不知道妳接下來有什麼打算……但妳最好不要和帕蘭扯上關係，安安靜靜地過日子。」

「什麼啊？這麼突然。」

「我是在警告妳。不要做多餘的事，低調一點，顧好自己的事就好。不要像在副本裡的時候一樣，耍一些小動作。」

「什麼？我在副本裡哪有做什麼……」

「妳不要以為我不知道。妳這個人就是太貪心了。」

「你別說這些廢話了，能不能說一些對我們有幫助的事情……」

「我能夠告訴妳的就只有這些了。這是妳的事情，我不想干涉太多，也不想讓別人覺得我是大嘴巴。坦白說，現在來轉告妳這些也讓我覺得很不自在……都快煩死了。」

「你手上握有什麼情報嗎？」

「安安靜靜地待著——這就是我要告訴妳的情報。」

「哎唷，你不要這樣……所以你加入帕蘭的事到底確定了沒？」

「我要走了。該說的我都已經轉告妳了。」

「什麼？昌烈哥！」

對方說完之後，便再次戴上面罩離開了，令人啞口無言。雖然只是短暫的對話，卻讓韓素拉的心中卻不由自主地湧上一股不愉快的情緒。

如果有話想說，就乾脆一點說出來啊。把話說得不清不楚，還要人照做，不免令人感到煩躁。

韓素拉不禁皺起眉頭，還忍不住自言自語了起來。

「真是他媽的有夠『昌烈』[13]。要提供情報就好好提供，誰想知道那種事啊？」

韓素拉拋出這句話後，一轉身便看見剛才的小跟班們還在聊天。

或許是沒有察覺到韓素拉正在靠近，一群人拔高音量，聊得很熱絡。

好奇她們是不是在背後說自己閒話的韓素拉將魔力集中到耳邊，聲音又稍微變得清晰了一點。當然，她們並沒有在罵韓素拉。

「話說，素拉姐真的有辦法加入帕蘭嗎？她剛才無視了低能雪的提議，是不是就沒機會了啊？」

「嗯……我覺得不至於吧？就算錯失了這次的機會，只要素拉姐的計畫成功，加入帕蘭的機率幾乎就是百分之百，我們也相當於給了那個白痴煉金術師一記重擊，不是很好嗎？他明明

13　韓國便利商店曾推出一款以歌手金昌烈為名的食品「金昌烈的路邊攤（김창렬의 포장마차）」，卻被消費者認為和昂貴的價格相比，食物本身分量少，賣相和味道也不佳。之後「昌烈」便成為流行語，用以形容性價比低或虛有其表的事物，也衍生出「不怎麼樣」的意思。

只是一個製造類職業的……」

「素拉姐加入帕蘭的話，我們也有機會加入帕蘭嗎？」

「這個嘛……雖然兩件事不能畫上等號，但素拉姐在各方面都會罩我們吧？況且低能雪教官感覺也不像是會輕易放棄的樣子，她可能真的很想招攬素拉姐吧。」

「怎麼說？」

「她剛才走出教室的時候一直喃喃自語。」

「她說了什麼？我沒聽到……」

「她說了什麼來著……我記得是……」

「是什麼？」

「沒、沒、沒關係……還、還有很、很多機會……我可以的。」

「妳模仿她講話真的超好笑。」

「我也因為憋笑，所以被罵了啊。」

＊　＊　＊

劉雅英。

她當然是第一順位的優先招攬對象。

劉雅英還沒有職業，也沒有觸發特性，但是她在力量方面的潛在能力達到英雄級，在體力方面的潛在能力也高達傳說級，顯然具有優勢。

儘管以一名前鋒來說，她的傾向有點被動，讓人不太滿意，但先讓她加入帕蘭，再好好訓練的話，我認為還是充分有可能彌補這項缺點的。

學員的數量一多，也出現了形形色色的傾向，大致上可以分為三類。

第一，會自發性地採取行動的人。攻掠組的人大多屬於這一類。這一類的人最清楚自己該做什麼，以及今後會發生什麼事，所以不用別人提醒，也會自己努力。除了上課和接受規定的訓練，還會主動運用零碎時間。

第二，一個口令一個動作的人。這一類人所占的比例是最大的。雖然上課和訓練時都很認真，也會為將來感到擔憂，但下課後看不出來他們有特別努力。

第三，米蟲。這群垃圾根本不值一提。他們既沒有熱忱，也沒有成長，在訓練所裡就只是一群米蟲。可想而知，這一類人在訓練結束後，大部分都會流落到貧民窟，不然就是隨時得擔心下一頓飯的著落。

準確來說，劉雅英是介於第二種和第三種類型之間的人。她既像米蟲，卻又不可思議地有跟上進度，訓練成績甚至不差，就像要炫耀自己傳說級的體力值似的。

坦白說，劉雅英如果沒有天賦的話，我恐怕不會特別對她產生興趣。

我在金賢成小隊待了一年多，這段時間看著人們的潛在能力和狀態欄時，偶爾會覺得擁有傳說級潛在能力的人出乎意料地常見。

我會有這樣的感覺很正常，因為在金賢成小隊裡，不具備卓越潛在能力的人就只有我和朴德久而已，我見過的每個人也都至少有一個特別突出的地方。即便沒有特別出眾的潛在能力，也有很多人擁有特別的特性或職業，導致我的眼光變得很高。

然而實際來到訓練所仔細查看一番後，我發現擁有傳說級天賦的人不多。

這麼說來，曹惠珍也沒有傳說級的天賦。

就算只有英雄級，也絕對有機會變強。雖然英雄級以上和英雄級以下是有差異的，但只要達到英雄級，就代表能力值可以提升到九十。

這樣想想，我的資質也不差吧？

總而言之，劉雅英是個人才，這才是最重要的。

儘管有點缺乏熱忱，還是有努力跟上進度，在訓練和課程中都沒有落後，光是這樣就很值得稱讚了。

此外，劉雅英在C班隱約扮演著被排擠的角色，這樣的處境或許在某種程度上推了她一把。是因為我的關係吧。

嫉妒使人醜陋。更何況她在被我點名之前，想必沒有受到太多關注，因此引起眾人的反感也是理所當然的。

正當我陷入沉思時，宣熙英的聲音從一旁傳來。

「那個人好像幾乎確定會加入了。」

「啊，妳是說劉雅英嗎？」

「不是，是另一個人。」

「金昌烈？」

「對，賢成先生好像也差不多做出決定了，雖然一開始有點半信半疑……」

「對了，他是不是還有和藝莉對練過？」

「對，結果還不錯。賢成先生很滿意他想當刺客這一點，還說他的戰鬥直覺是與生俱來的。」

「熙英小姐也有看到那場對練嗎？」

「有，因為需要見證人，也必須預防突發狀況……雖然我對近戰職業的戰鬥不太了解，但他好像很拚命的樣子。一開始就抓起一把沙子丟過去，攻擊要害時也毫不猶豫，藝莉也有點嚇到了。他似乎還在嘴巴裡藏了毒針，所以才會蒙面……總之很令人印象深刻。」

「這樣啊……」

除了劉雅英以外，另一個帕蘭希望招攬的對象是名叫金昌烈的弓箭手。

他的敏捷值高於英雄級，力量值低於英雄級，智力值也高於英雄級，其他能力值整體而言都很「昌烈」。

儘管如此，我還是在這傢伙身上用掉了其中一次優先交涉權，是因為他在轉職為弓箭手之後，專門做了近戰訓練。他說想要往弓箭手的上級職業——刺客系職群發展，這部分給人留下很深的印象，目標明確是對他有幫助的。

至於他是不是有出色的戰鬥直覺，這我沒有親眼見識過，所以不太清楚，不過……他的個性應該很頑強吧。畢竟在會長面前那麼做，等於是暴露了自己最赤裸的模樣。

在測試時丟沙子，並使出各種卑鄙手段來進行對練，這本身就不是一般人會有的想法。我甚至覺得說不定不只是我們在測試他而已，那傢伙也在測試我們。

他彷彿是在對我們說「我就是這樣的人，怎麼樣」。

金賢成當然不是會在意這種事的人，反而把他的行為說成與生俱來的戰鬥直覺，可以說和金昌烈氣味相投。

聽說他還和金賢成吃過飯，雖然尚未正式簽約，但也幾乎確定會加入帕蘭了，硬要說的話，那傢伙已經是準公會成員了。

「事情進行得很順利呢。」

「是啊，現在還剩下三次使用優先交涉權的機會嗎？」

「對。其實除了他們兩個以外，就沒有什麼令人看得上眼的學員了，所以我先保留了優先交涉權……」

「再過不久就要舉行演示會了……」

「這確實很讓人苦惱。」

這次招攬成員的另一個目的，是要在帕蘭組織金賢成小隊以外的第二支小隊。除了劉雅英和金昌烈以外，其他小隊成員該如何安排是目前必須考慮的問題。

在假設讓祭司安其暮也加入第二小隊的前提下，目前的前鋒雖然很堅強，但後衛太弱了。隊員不能亂選，比起規模，更重要的是品質。

既然親愛的重生者都提出要求了，我當然得不斷思考要組成什麼樣的小隊才好。

看起來有潛力的人並不是一個也沒有，只是有很多人讓我產生「有非得讓他加入的理由嗎」的疑問。

加入帕蘭意味著可以得到壓倒性的支援，在資源有限的情況下，我不得不慎重選擇。再加上鄭白雪本來就完全不會參與公會的內部事務，這就是宣熙英和我最近忙得不可開交的原因。

「熙英小姐，我想再看一次攻掠組的資料……啊，妳先看吧。」

「不用，你可以拿去看。我差不多要出門了……我今天有別的事要做。」

「好。」

宣熙英將自己本來在看的資料交給我，並微微低頭向我致意，接著便走向外頭。

我和她道別後，開始一一檢視攻掠組的簡介和記錄著成績的資料。因為只用「心眼」確認過還不夠，還必須比對他們在訓練所裡成長了多少。

我不經意地將資料翻到下一頁，一個有點熟悉的名字映入眼簾——

韓素拉。

我上次暗示過鄭白雪之後，就完全將她的事情拋諸腦後了。

她的成績比我想的還好嘛，也有好好跟上課程進度……我在課堂上也有感覺到，她其實也有不錯的一面。

雖然我當時把話說得有點過分，但既然她是攻掠組的一員，想必也有她的本事。儘管如此，她的成長還是會面臨極限，不過這批新人魔法師當中，能派上用場的人占少數，因此她依然會是中大型公會想招攬的人才。

紅色傭兵好像也在偷偷試探她，但我沒有特別阻止他們。

就像對付伊藤蒼太和李雪浩的時候一樣，我覺得沒有必要和這個女人正面廝殺，反正她馬上就會被淘汰了。

就在這時，外頭突然響起「叩叩」的敲門聲。

「請進。」

我一出聲回應，臨時辦公室的門便緩緩開啟，來訪者的臉龐出現在視線中。

「搞什麼？」

我不小心把在心裡冒出的疑問說出口了。但我認為這也是情有可原，因為來找我的人是面帶微笑的韓素拉。

還真是說曹操，曹操到……

她的臉上充滿莫名的自信，望著我的模樣可笑到令人看不下去。

我不知道她在想什麼，但是從她期待的表情看來，似乎是別有居心。

「你好像很好奇我為什麼可以來這裡呢。」

我並沒有很好奇，畢竟學員只有在一種情況下能夠待在這裡。

「妳和紅色傭兵面談了嗎？」

「答對了。」

「這裡不是學員可以隨便進來的地方，妳出去吧。」

我看都不看她一眼，揮揮手要她離開，最後卻還是因為她的下一句話而靜靜抬起了頭。

「我是因為有話要說才來找你的。說得更準確一點，是有一個提議，或者應該說我想和你做個交易。啊！當然，在那之前，我想先為我先前無禮的舉動向你道歉。」

「……」

我勾了勾手指，尤里耶娜便悄然無聲地浮了起來。只見韓素拉瑟縮了一下。

「你還是不要威脅我比較好，反正也沒有用，不是嗎？不是說教官都不會對學員動手嗎？」

「那並不是絕對的，所以妳最好閉上嘴巴，怎麼來的就怎麼回去。」

「我要說的事真的對你有幫助。」

「唉……」

「我想加入帕蘭公會。」

所以呢？

「這件事會對你有幫助的。其實我也想了很多，但我覺得從帕蘭起步好像也不錯。如果你們可以開出好的簽約條件給我，那我非常有意願加入帕蘭。」

我不知道她哪來的自信，但她一副洋洋得意的樣子，好像以為我會說「哈哈哈，真是莫名其妙的傢伙」然後笑著和她簽約似的。

「我覺得接受我的提議對帕蘭也沒有壞處。畢竟魔法師的人力不是很稀缺嗎？」

「妳不符合資格，而且交易要有來有往才會成立……雖然我很喜歡『交易』這個詞，但誰都看得出來，妳沒有什麼能給我的。」

「這就不好說了，不符合資格的人是誰呢……我看你好像以為待在鄭白雪教官的懷裡，自己就真的成了什麼大人物吧？」

神經病。

「還有，你的想法大錯特錯。我是來找你做交易的，而且你應該也會對這個交易感興趣。」

「妳能給我什麼？」

「你的名聲，還有一切。」

「妳在說什麼鬼話？」

她話音一落，就突然撕破了自己身上的衣服。雖然我因此欣賞到了好風光，但我也立刻明白她為什麼要那麼做。

這傢伙真的是個瘋子啊……

不知道我第一次去請車熙拉擔任贊助者的時候，她的心情是不是和現在的我一樣，不過眼前這個女人看起來真的是一個是非不分的人。

「現在好像終於可以對話了呢……怎麼樣？」

韓素拉揚起下巴俯視我的模樣令人十分無言。她絞盡腦汁想出來的點子居然是散布性醜聞，真不曉得她是怎麼得出這種結論的……

要殺掉她嗎？雖然事情會變得有點麻煩，但我有自信能夠做好善後。反正對方是一無所有的學員，操控輿論應該不難。

演示會在即，教官在這個時候殺害學員，恐怕難以粉飾太平，可是那張臉實在令人煩躁到受不了。

就在此時，外頭正好傳來一陣敲門與說話的聲音。

「基英哥？我可以進去嗎？」

鄭白雪剛好就在這個時候登場。不對，這也許不是巧合，我想應該是韓素拉計算好的，感覺這女人動了不少腦筋。

她意氣洋洋的表情再次出現在我的視線中。

「我也不想把事情鬧大。鄭白雪教官馬上就要進來了喔？這樣也沒關係嗎？」

鄭白雪進來的話，有危險的不是我，而是這個女人。

「你應該不想失去至今為止累積的一切吧？已經有女朋友的教官捲入把學員叫到辦公室強

制猥褻的爭議可不是好事……如果和鄭白雪教官之間發生問題就不好了……」

「妳這個瘋子。」

「謝謝教官誇獎，我本來就常常被這麼說。」

她似乎完全不明白我說這句話的用意。

我忽然覺得一陣虛脫。想到我之前一度打算和這種人正面對決，就有一種不知道自己在幹嘛的感覺。

我在對一個小孩子做什麼啊？真是的……

「唉……」

「你放心，只要我的入會程序完成，我就會當作沒發生過這件事。」

「旁邊那個衣櫃裡應該有一件斗篷。妳披上那件斗篷，安靜地離開吧。這樣就什麼事情都不會發生。」

「什麼？」

「自以為聰明的蠢女人。我竟然還一度想和妳玩玩，我都對自己心寒了。妳出去吧……這樣至少還能減輕對妳的影響。」

「真的要我直接出去嗎？你會後悔哦？你沒有聽到門外傳來鄭白雪教官的聲音嗎？」

「再和妳對話下去只會讓我更煩躁而已。妳出去吧，我很忙。」

「我已經給過你機會囉。」

「我也給過妳機會了，要怎麼選擇是妳的事。」

韓素拉緊緊咬著嘴唇的模樣映照在我的視野中。她看起來到現在都還沒清醒，似乎以為我在虛張聲勢。

也許是想到真的要付諸行動，才開始覺得舉棋不定，然而即便猶豫，她還是沒有按照我的建議，披上衣櫃裡的衣服。

其實叫她披上斗篷離開，算是臨時變卦而做出的決定。不知道為什麼，總覺得連我都變得和她一樣令人心寒了，這樣的自覺讓我改變了心意。

而且我不想看到白雪哭的樣子……老實說，這個理由占了很大一部分的原因，畢竟我也不完全是一個爛人。

雖然韓素拉的人生不管怎麼樣都注定會完蛋，我還是給了她一點建議，讓她至少能保有尊嚴地走出這間辦公室，然而她卻無視我的好意，直接將門打開，那個場面實在令人不忍直視。

「基英哥……！」

鄭白雪撞見的是幾乎半身赤裸的韓素拉。

「啊……」

我久違地看見了鄭白雪徹底扭曲的表情。

* * *

繼「瘋狂魔法師與受詛咒的神壇」事件之後，我很久沒看到那種表情了。

我不自覺地瑟縮了一下，不過並沒有特別擔心，因為我比任何人都清楚，鄭白雪已經和那個時候不一樣了。

她最近變得安分不少，都沒有殺人，也看得出來她很努力避免做出會被我討厭的事。她不會傷害我，這是肯定的事。

無論如何，鄭白雪看到眼前的韓素拉後，便愣愣地望著她，好像受到了打擊。沒過多久，只見斗大的淚珠撲簌簌地從鄭白雪臉上滑落，之後得好好安撫她了。

她可能是受到了驚嚇，甚至打起了嗝，那副模樣意外地讓人覺得很可愛。

「嗚……嗚……嗝……」

她的模樣甚至會讓人懷疑自己是否有施虐傾向，否則怎麼可能覺得一個正在哭泣的人很可愛。

我不知道看到鄭白雪落淚的韓素拉心裡在想什麼，不過她的背影看起來相當高興。韓素拉肯定覺得事情正在按照自己希望的方向發展。

我隨隨便便都能想見那個蠢女人心目中的劇本有多麼簡單。她八成是想先透過性醜聞把我處理掉，再開出條件，表達自己想加入帕蘭的意願，然而這種把戲不可能行得通。

雖然她的努力值得嘉獎，但她選錯對手了。

地球上的確有不少大企業老闆被性醜聞纏身，按照地球上的邏輯來思考的話，就不難理解她為什麼會想出那種點子，可惜這裡並不是地球。

我不是大企業老闆，更不是像藝人一樣靠粉絲的支持維生。

「嗚嗚……」

鄭白雪的表情看起來有點複雜。以前發生春日由乃同床事件時，被罵的事似乎一直留在她的記憶中，導致她顯得猶豫不決。

她以為自己又會被罵，最後低下頭，一溜煙朝反方向跑走了。看來春日由乃事件當時好好罵她一頓是有效果的，下次要好好稱讚她。

看見鄭白雪做出那種反應後，在我眼前的蠢女人回過頭來。

「我就說你會後悔吧？現在還有誰保護你呢？」

「……」

「我會讓你體認到你惹錯人了。其實我也不想做到這種地步。」

「嗯，知道了，妳快點出去。」

「我要去找鄭白雪教官。」

「嗯，妳想做什麼都隨便妳。」

「我會跑去找鄭白雪教官，說你猥褻我，之後也會告訴紅色傭兵的教官們。」

「妳是不是常常被說很不會看臉色？」

「我才想問你這個問題呢。反正你就盡情掙扎吧。」

「嗯。既然妳要去找白雪，那請妳一定要轉告她，叫她想怎麼做就怎麼做。」

「都死到臨頭了，還要裝模作樣……」

「我不是說我很忙嗎？妳快點出去。」

韓素拉露出陰險的笑容後，便裝出淚眼汪汪的表情，演技還算勉強及格。雖然和安其暮相比，可以說是小巫見大巫，但也不算太差，我大概會給她七十分吧。

門砰地一聲關上後，隨即傳來韓素拉急促的腳步聲。

我要做的事情本來就已經夠多了，感覺又浪費了寶貴的時間，雖然很不爽，不過我並沒有放在心上。

反正韓素拉本人正好說她要去找鄭白雪，根本是自掘墳墓。

仔細想想，她的計畫好像也不算很糟。假如她要陷害的對象不是我，而是其他公會的普通教官，那還算煞有其事，值得稱讚。

她甚至算準了鄭白雪下課後回到辦公室的時間。雖然有點拙劣又莽撞，但那是因為她站在弱者的立場上，才會想出這種辦法。

如果把對象換成某個中型公會的普通教官，說不定結果會有一點不同，至少不會像現在這樣惹上麻煩。

她這樣的行為無異於喚醒了沉睡的獅子。

鄭白雪意外地精明，她變了很多，和以前處理掉那個現在連名字都不記得的女人時不一樣了。

她很清楚力量的差異、深知自己擁有什麼樣的社會地位，也開始懂得思考對方所擁有的社會地位和力量了。

她還知道哪些人對我來說具有什麼程度的重要性。強大的人、對我有幫助的人、能夠派上用場的人、雖然有點討厭，但不會造成危害的人，比如車熙拉、春日由乃、李智慧和迪亞路奇，都被她歸類為對我來說很重要的人。

雖然我沒辦法直接看到鄭白雪心裡在想什麼，但這是我長時間觀察下來的結果。然而這並不代表她的傾向完全改變了，鄭白雪還是一樣善妒，也經常對我露出陰森的表情。

至於韓素拉，她並非強者，而且對我沒有幫助，又派不上用場，社會地位也很低。

雖然這只是我的猜測，但我認為鄭白雪這次不會忍耐。儘管她比我更清楚，我和韓素拉之間沒有發生肢體接觸，然而從她的反應看來，眼前的景象帶給她的打擊似乎讓她把一切忘得一乾二淨了。

但也沒差吧。

鄭白雪淚如雨下的臉龐無端浮現在腦海中，我在心中想道，如果這件事能夠處理好的話，之後一定要給她一個大大的獎勵。

「繼續工作吧，後衛要選誰呢……」

＊　＊　＊

雖然韓素拉事先想了很多個計畫，但時間點比她想的更巧妙，因此事情進行得比想像中順利。

最棒的是，她在這種狀態下遇見了鄭白雪教官。不對，其實那個愚蠢的煉金術師如果一開始就接受提議的話會更好，可惜那傢伙拒絕了韓素拉伸出的手。

對方的態度過於從容，讓韓素拉忍不住懷疑他是不是還有什麼自己所不知道的招數，不過一切都結束得很完美，他已經玩完了。

李基英以為只有他自己有祕密武器，但他從這個時候就失算了。他八成會想要控制住其他教官，防止謠言擴散，然而韓素拉也自有打算。

這時候如果把鄭白雪教官也變成自己人，就能更進一步確保事情不會出差錯。

想到剛才鄭白雪教官泣不成聲的模樣，心情就不由得好了起來。

只要是普通的女人，絕大多數都會有那種反應。

從她的表情就能看得出來目睹心愛的男人性侵、猥褻別的女人有多麼令人震驚。

韓素拉本來打算先去找紅色傭兵，但想到鄭白雪教官那彷彿世界末日般的表情，便下意識地認為先去找她更有用。

鄭白雪教官現在一定很混亂，現在先去找她說明事情的經過，再哄騙她一下，那女人自然會和李基英為敵。

雖然會花一點時間，但說服一個低能兒不成問題。

在去紅色傭兵接受調查之前，她必須先拉攏鄭白雪教官。她的立場自始至終都是受害者，而不是李基英教官的出軌對象，這一點很重要。

韓素拉在沿著鄭白雪跑走的方向去找她的路上，刻意引起了幾個人的注意，這樣就能留下明確的證據了，韓素拉沾沾自喜地想著。

她不斷強忍快要爆發出的笑意，流著淚敲響鄭白雪的房門，但沒有人回應。

「教、教官，我要進去了。嗚嗚……」

「……」

把眼淚準備好之後，韓素拉隨即打開房門，映入眼簾的是蒙著棉被的鄭白雪教官。

「對、對不起，因為事情發生得太突然了……我知道這樣很失禮，但我只想到可以來這裡求助。我、我覺得您可能會誤會……」

「嗚……嗚……」

「我沒有其他意思。教官……因為李、李基英教官叫我去臨時辦公室……我以為他只是要邀請我加入公會……」

「嗚……」

「鄭白雪教官，這是誤會，事情不是您想的那樣。」

「誤會？」

「對，我和李基英教官不是那種關係……」

「……」

「雖、雖然這種事非常難以啟齒……但是李基英教官他……嗚……」

「……」

「他說我如果安靜聽他的話，就會在公會幫我說好話……我、我當然有跟他說不行，可是……」

「嗚……基英哥是那麼說的嗎？」

很好，事情正在按照計畫發展。

「對，我跟他說不能這樣，但是他……還是執意……」

「他、他、他……他碰妳了嗎？」

「對……」

「碰……碰了哪裡？」

「這個要說出口實在……」

「我在問妳他、他、他碰妳哪裡！」

韓素拉被鄭白雪突然拔高的嗓門嚇了一跳，不過這個情況當然令她高興不已。因為鄭白雪比她想的更激動，看起來內心十分動搖。

「他碰了……胸部和……」

「嗚……嗚嗚嗚……嗝……嗚嗚嗚嗚……」

勝負已定。

那個愚蠢的煉金術師這個時候想必正在向紅色傭兵證明自己的清白，但只要拉攏這個低能兒，就等於贏了一半。

「基英哥……嗝……碰妳的時候……說了什麼？」

「我可以說嗎……」

「快、快……快說！！」

「他說……我很有魅力，我當然有一直跟他說不行……」

「很有魅力？」

「對，我知道李基英教官已經有您了，所以跟他說了不行……可是他一直說……嗚嗚嗚……他說我很性感，還強吻我。」

「……」

「我叫我不要和任何人說，然後就把我的裙子……」

「下、下、下面也……？嗝……」

「對。」

「嗚嗚嗚……嗝……嗚嗚嗚嗚嗚嗚嗚……」

她真的哭得很慘。

韓素拉當然可以理解鄭白雪有多震驚，卻沒想到她會把自己緊緊包在棉被裡哭成那樣。

聽到那彷彿失去了國家般撕心裂肺的哭聲，讓人忍不住再次懷疑鄭白雪是不是真的精神有問題。

由此可知鄭白雪的內心受到了多大的打擊，韓素拉也想過這樣或許對自己更有利，不過鄭白雪哭到不能自已、情緒失控到完全無法溝通，也很令人困擾。

她還要幫自己作證才行……嘖，真是麻煩……

「嗚嗚嗚……不要……不要……嗝……」

「您一定受到了很大的打擊吧，鄭白雪教官……」

「我、我要殺了她……」

「不行。再怎麼說，那也太……」

「嗝……嗚嗚……嗚嗚嗚……我、我、我、我要殺了她……我要殺了她！」

神經病。她真的瘋了吧，竟然想殺了自己的男朋友？

「我們先去向紅色傭兵說明情況會不會比較好？要、要是做到那種地步，您的處境也會變得很為難……事情會越鬧越大的，您還是先去作證比較好……我當然不是在幫李基英教官說話，但是這樣就殺了他的話……」

「殺、殺了她也沒關係，因、因為這個人派不上用場。對吧？只有這次而已，真的是最後一次了……」

「咦？」

「就、就跟妳說了不行……不可以！基英哥會生氣。說不定會被臭罵一頓。這次是真的不行，要是他又禁止我靠近他怎麼辦？」

「教官……您現在……在說什麼？」

「可是她什麼都沒有，不是嗎？又不像紅頭髮和瞎子一樣，能夠幫上基英哥的忙！基英哥也沒有說要特別注意她！妳說他只是還沒說而已？不對！這次不一樣！這、這、這次搞不好不會被罵得那麼慘！」

「鄭白雪……」

「可以嗎？就、就、就只有這次而已，可以嗎？嗯……反正她也沒有天賦……這次一定是基英哥搞錯了，基英哥也還沒邀請她加入公會啊。嗯！她屬於沒用的那種人！」

「……教官？」

「沒錯！還、還、還是……還是殺掉她吧！不行……就跟妳說不能殺人了。殺掉的話，會被基英哥發現的。」

「欸？」

喀嚓，是房門上鎖的聲音。

「只要不殺掉她的話……沒錯！只要不殺掉她的話！那就這麼辦吧，就這麼辦！」

「嘻嘻嘻……」

正當韓素拉發現身體不知為何動不了時——

她看見一把小短刀刺進了自己的胸口。

「什麼？」

鮮血流出的感覺無比鮮明，然而從她口中迸發出的尖叫不是源自痛楚，而是源自恐懼。

「啊啊啊啊啊啊！」

＊　＊　＊

韓素拉很想知道發生了什麼事。她用雙手緊緊揪住發燙的胸口向後退，身體卻不聽使喚。原因顯而易見。

魔法？可是鄭白雪沒有唸咒語啊……這種事……有可能嗎？

雖然在課堂上聽過簡單的魔法可以在不經過詠唱的狀態下完成，但她沒想到真的可以辦到。

這大概是改良型的束縛魔法。

韓素拉的腦海中浮現千頭萬緒，卻無法正常思考，畢竟她連自己現在的處境都無法完全理解。

「啊……啊……」

她緩緩轉頭，眼前只有黑漆漆的房間，屋內沒有一絲光線，氣氛陰森森的。

韓素拉的胸口此刻正插著一把短劍。她根本無法想像自己剛才毫無顧忌地闖入了這個房間，還在這裡滔滔不絕地說了一堆話。

或許是因為魔力籠罩了整個房間，韓素拉感覺呼吸逐漸變得困難，甚至越來越急促。

「啊……啊啊啊！」

口中不斷無意識地迸發出類似尖叫的聲音。大腦還來不及認知，身體就不由自主地開始顫抖，並發出連自己都無法理解的怪叫。

「不、不要這樣！啊啊啊啊啊！」

「……」

「饒、饒我一命……饒我一命。請饒我一命。請饒我一命。請饒我一命。」

「我、我不會殺了妳的。不可以殺人。」

「不要靠近我！不要靠近我！」

「我、我、我才不要聽妳的，嘻嘻嘻嘻。」

韓素拉在此時終於領悟到先前感受到的不安是什麼。

那不是她的錯覺，也不是身體不舒服，當時感受到的恐懼又再一次湧上心頭，甚至讓人忘了胸口插著短劍的痛楚。

現在她身處於密閉空間，身體動彈不得。

最令人在意的是披頭散髮地盯著自己的那張臉。對方的嘴角像上次一樣完全扭曲，眼神看起來空洞無神。

怎麼辦？

腦袋一片空白。

到底該怎麼辦才好？

她當然什麼都想不起來。畢竟只要一個不小心就會死，不對，死不是問題。現在占據她腦海的就只有「無論如何都要逃出這個地方」的念頭而已。

下巴不停打顫，身體也開始發抖。

李基英早就知道這個女人是徹徹底底的瘋子，也已經知道會有這種結果，所以才會叫她披上斗篷離開。

「鄭白雪教官，拜託您不要這樣。我是……無辜的，我只是……」

「噫噫噫！」

「啊啊啊啊啊！」

伴隨著噗滋一聲，韓素拉感覺有某個東西扎進了手背。

「妳這個小偷！」

「噗滋噗滋」的聲音接連響起，身上到處都能感覺到被點火焚燒般的痛楚。

全身上下都受到壓迫，韓素拉痛到叫不出聲，卻依然無法動彈，令人急得不得了。

「笨蛋！傻瓜！」

「啊啊啊啊！」

好恐怖。痛苦與恐懼使淚水不斷奪眶而出，韓素拉甚至無法得知自己的身體發生了什麼事。

「好痛！好痛！請饒我一命，拜託……拜託饒我一命。」

由於身上有太多處同時傳來痛楚，不知道對方究竟在做什麼的未知令人感到極度恐懼。

回過神來才發現，一隻眼睛似乎沒了知覺，手腳也沒不聽大腦使喚。她一定會死在這裡……

韓素拉直到連尖叫，不對，連聲音都發不出來了，最後才只好開口。

她這才明白該怎麼做才能保住性命。準確來說，其實她很早就明白了，她只是沒有機會說出口，因為一直在尖叫。

「那是……騙人的，沒有發生……那種事……」

「……」

「沒有發生那種……」

「咦……」

「沒有發生……」

當全身都失去知覺時，韓素拉才勉強擠出聲音。鮮血不斷從口中汩汩湧出，好不容易才吐出的一句話讓房間陷入了微妙的寂靜。

韓素拉一度猜想那個惡魔是不是離開了房間，直到耳邊傳來細微的聲音，才知道自己猜錯了。

「妳說……什麼？」

「那……是……騙人的，沒有發生那種事……」

「妳說謊。」

「真的……是真的……那都是我編出來的……」

「是嗎？」

「全部……都是我編出來的……對不起……請您……饒我一命。」

「咦？咦？真、真的嗎？啊，好像是真的。」

「請饒我一命……」

「糟了，怎麼辦？怎麼辦？妳、妳進來這裡的時候有被人看到嗎？」

鄭白雪的聲音聽起來有點驚慌。

雖然不知道她是不是因為聽到韓素拉剛才說的話而冷靜了一點，不過相較於稍早看起來不太正常的模樣，現在的聲音截然不同。

現在的聲音的確是鄭白雪教官平常講話的聲音。韓素拉感覺意識似乎越來越模糊，但她不得不努力打起精神。因為她很清楚，回答剛剛那個問題可以決定自己的生死。

「有……有被幾個……紅色傭兵的人看到……」

鄭白雪的表情看起來對殺人非常無感，假如沒有人看到，韓素拉這個人說不定就會消失在這裡了。

仔細想想，其實之前就有一些眉目了。像是昌烈哥給她的建議，還有其他伙伴也叫她不要鬧事，甚至連李基英教官也對她發送過警訊。

韓素拉下意識地想起了李基英教官看著自己時的心寒表情。僅剩的一隻眼睛不斷湧出淚水。

「妳不要哭。」

「我什麼……都不會……說的，請您饒我一命。」

「我都說了我不會殺了妳。藥、藥水在哪裡？所以說……這是妳說謊的懲罰，這樣想就可以了。韓素拉同學！欺騙教官是不行的！」

「是……」

「妳、妳怎麼可以說那種謊呢？」

「非常……抱歉。」

「不過現在到、到底該怎麼辦？被基英哥發現就不好了……」

「沒關……我會一直……閉眼睛……」

「不、不行！妳不能死！」

鄭白雪的態度和剛才相去甚遠，令人不知所措。

韓素拉感覺到全身上下都被淋上某種溫暖的東西後，便失去了意識。

她在失去意識的同時祈禱著，希望自己醒來的時候至少是在其他地方，而不是這個房間裡。

＊　＊　＊

不管怎麼想都覺得自己做得太過分了……

雖然我有料到鄭白雪會大鬧一場，但想都沒想到她會做到這個地步。看來她把最近有意無意間累積的壓力全都發洩出來了。

據說鄭白雪要是沒有去找宣熙英，韓素拉百分之百會斷氣，可見鄭白雪真的把她逼入了死境。

當然，我並沒有指責鄭白雪的行為，不過稱讚她好像也不太對，所以我選擇用從另一個角度來肯定她。

我沒有把重點放在她把韓素拉弄得遍體鱗傷的部分，而是針對她教訓了想做壞事的學員這一點給予肯定，並拍了拍她的頭。

就結果而言，對鄭白雪來說相當於無心插柳柳成蔭。

她明明是因為嫉妒而發狂，卻無意間抓到了做壞事的犯人。

她去拜託宣熙英治療韓素拉的外傷後，就直接帶著韓素拉來找我，當時她還露出彷彿成了大逆罪人般的表情，然而在我告訴她實際上發生了什麼問題之後，馬上就一臉得意地向我要求獎勵。

她的態度實在轉換得太快，連我都有點不知所措。

總之，儘管我有點忙，還是和她度過了一段愉快的時光。

在此期間，演示會結束了，大部分的學員都完成了第一次轉職。

負責製造類職業課程的我把魔法師集合起來，正式開始教他們煉金術，而帕蘭則是用比想像中更「昌烈」的年薪和金昌烈簽了約。

這是他自願的。比起年薪或簽約金，他更想要可以修練的環境。

他的名字雖然叫昌烈，不過精神並不「昌烈」，這點非常值得鼓勵。

他希望能有一個安靜的小房間，還有可以當作武器的英雄級道具。真是古怪的傢伙。

當然，帕蘭和劉雅英之間的商談也正在順利進行中。

金賢成似乎不太懂我為什麼想招攬劉雅英，但我強烈主張必須讓她加入，因此金賢成也點頭了。

雖然劉雅英依然在第二類和第三類人之間徘徊，不過或許是因為她擁有傳說級能力值，她的表現一天比一天好。

韓素拉差不多就是在這個時候醒過來，並開始回到教室上課的。

她的身體當然留下了嚴重的後遺症。

首她的魔力迴路幾乎全毀。按照宣熙英的說法，大約需要一年的時間才能勉強恢復，她的魔法師生涯基本上可以說已經結束了。

她並非完全沒有東山再起的可能性，但她的身體無論如何就是壞了，這是無法否認的事實。

此外，她的其中一隻眼睛無法恢復，也變得有點跛腳。除此之外，恐怕還有其他後遺症，不過她應該不想被別人發現。

有趣的是，她主動來聽了我的煉金術課程。

「謝謝您……給我機會。」

「什麼？」

「那個時候……謝謝您……試著救我。」

站在我的立場來看，我當時只是懶得理她，才揮了揮手要她穿上衣服離開，然而從她的立場來看，似乎以為我是在給她機會。

雖然最後的結局不太好，但我當時並不知道韓素拉會這樣解讀我的意思，所以我也只是點了點頭。

令人啼笑皆非的是，韓素拉上課的時候意外地專注。不知道是不是覺得事已至此，乾脆轉職為煉金術師，總之她沒有放棄自己的人生。

與此同時，還有一點令人覺得有趣的是，她在之前總是一起行動的小團體中，似乎正遭到其他人暗中欺負。我沒有親眼目擊過她被欺負的場面，不過她在新形成的團體中，好像一下子就成了最弱的那個。

人類社會果然很有趣……

如果我沒記錯的話，現在突然開始欺負韓素拉的那些人，就是之前稱呼她為「素拉姐」，像跟屁蟲一樣跟著她到處跑的人。

我只看到她們取笑韓素拉是廢物，但實際情況恐怕更嚴重。

我當然沒有對韓素拉感到同情。

她纏著繃帶一瘸一拐的樣子看起來是有點可憐，不過當時我所在的地方和她們有一段距離，我也沒有對韓素拉的痛苦產生太大的共鳴。

總而言之，無論是誰都看得出來韓素拉現在過得很痛苦，卻還是頑強地硬撐著。她似乎還刻意避免遇到鄭白雪，每當偶然遇見時，就會渾身顫抖著失禁。我實在很好奇鄭白雪到底做了什麼。

讓韓素拉感到痛苦的可能還不只這些。

她長時間缺席課程，連演示會也沒辦法參加，自然沒有任何公會邀請她加入，也就是說，新人訓練一結束，她就會面臨無處可去的窘境。

故事就到此為止。

我對韓素拉失去興趣後，立刻就把精力集中到尋找後衛上。

我本來以為金賢成會帶回很多他在未來認識的人才，結果他卻對這次的新人沒有太大的興趣。

他一開始可能也對自己的記憶半信半疑，所以偶爾會順道過來靜靜地掃視學員們的臉，但後來似乎意識到自己要找的人不在這裡，便轉而前往訓練場，慢慢地觀察起正在受訓的近戰職業學員。

前面說了這麼多，其實我想表達的是帕蘭還有三次優先交涉權沒有使用。

車熙拉今天也正好悄悄向我提起了這件事。她沒有開門見山地問我，但我知道不管她怎麼開啟話題，最後要說的話都一樣。

「真的不用讓她離開嗎？親愛的？」

「誰？」

「不是有個叫韓素拉還是什麼的荒謬丫頭嗎？」

「嗯，不用管她。」

「哦。」

「怎麼了嗎？」

「沒什麼，只是覺得你好像變寬容了。你遇到這種事的時候，不是通常都會緊咬不放，折磨對方到最後一刻嗎？」

「那也要看對象是誰啊。如果我當初有那種想法的話，早就直接殺掉她了。對了，紅色傭兵付給那些小跟班多少酬金？」

「一個人一百金幣左右吧？」

「沒有給很多嘛。不對，對她們來說也許算多。」

「就算那個計畫本來就註定會失敗，她們事先跑來告狀還是有意義的。雖然她們感覺不像乖孩子，但也不能否認她們的確做了好事吧？那個叫韓素拉還是什麼的孩子也真可憐，把那種人當成朋友，還把自己的計畫通通告訴她們，真是笑死我了。」

「站在她們的立場來看，一定覺得投靠我們比較有利啊。」

「她們還真的有問我能不能用加入紅色傭兵代替報酬。我本來想打爆她們的腦袋，最後忍住了。話說回來……」

看來終於要進入正題了。

「你有打算要使用優先交涉權吧，親愛的？其他公會也快要等不下去了。我已經盡量擋住轉會市場了，但不只有來參加演示會的人，連其他中小型戰隊也都在催我們開放市場……你乾脆隨便挑幾個人吧，怎麼樣？」

「嗯……我們會長不太喜歡那樣，而且帕蘭本來就是追求少數精銳的公會……」

「真是的，每天都『金賢成、金賢成』。你們兩個之間該不會真的有什麼吧？」

「我都說過沒有了。」

「沒有就沒有。總之你有打算要使用吧？黑天鵝的朴延周鬧得可凶了，還對我大呼小叫，說難道只有我們兩家公會是同盟嗎。」

「我之前也欠過黑天鵝人情，可以把一次優先交涉權讓給他們。只要我們公會和劉雅英簽完合約，應該就可以開放市場了。啊，對了，熙拉姐，我可以把最後一次優先交涉權直接讓給妳，妳能不能……」

「安其暮？」

「嗯？」

「那小子之前就吵著去帕蘭……」

「不可以嗎？熙拉姐？」

「是沒什麼關係，不過……我要跟你們收錢，畢竟我們公會也有在那小子身上投資。」

「沒問題。」

「嘖……安其暮那個混帳，之前還說要對紅色傭兵效忠……親愛的，你也不要太相信那小子，他狡猾得很，我到現在還不敢相信他竟敢背叛我們。當初加入紅色傭兵的時候還說什麼『這裡是我的墳墓』、『我會和紅色傭兵的伙伴們同生共死』之類的鬼話，結果呢？你看看他現在說要去帕蘭的嘴臉，我還以為他是搞笑演員呢。我說真的，他說不定哪天也可能會背叛你，我先警告過你囉。」

「知道了……」

不知道為什麼，感覺他確實是那種形象。

雖然和車熙拉聊天很愉快，但我差不多該走了。

我才剛從椅子上起身，她就馬上朝我看過來。

「你要去面談嗎？親愛的？」

「嗯，要去見劉雅英。我也想趕快和她簽約，但她完全沒有要接受的意思。」

「比較大的人本來就都是這樣。」

「熙拉姐，妳那樣是性騷擾。」

「我又沒說是哪裡大。」

我回頭一看，只見她笑得像是在捉弄我似的，我只能倉皇逃離辦公室。

——《重生使用說明書04》完

CD010

重生使用說明書 04

회귀자 사용설명서

作　　者　흙수저 (wooden spoon)
譯　　者　何瑋庭、劉玉玲、M夫人
封面設計　C　C
封面繪者　阿蟬蟬
責任編輯　胡可葳

發　　行　深空出版
出 版 者　星巡文化有限公司
地　　址　臺北市中正區重慶南路一段 57號 3樓之 5
電　　話　(02)7709-6893
傳　　真　(02)7736-2136
電子信箱　service@starwatcher.com.tw
官網網址　www.starwatcher.com.tw
初版日期　2025年 02月

總 經 銷　聯合發行股份有限公司
地　　址　新北市新店區寶橋路 235巷 6弄 6號 2樓
電　　話　(02)2917-8022

國家圖書館出版品預行編目 (CIP) 資料

重生使用說明書 / 흙수저 (wooden spoon)
著 . -- 初版 . -- 臺北市 :
星巡文化有限公司出版 : 深空出版發行 , 2025.02
冊 ;　公分
ISBN 978-626-74124-6-6(第 4 冊 : 平裝). --
862.57　　113018614